桑田日暖

王棵 著

北京出版集团
北京十月文艺出版社

目 录

第一章	新秋	1
第二章	新秋之后	23
第三章	寒冬来临	57
第四章	寒冬漫漫	77
第五章	岁末	103
第六章	新的一年	115
第七章	乱春	165
第八章	至诚之夏	189
第九章	炙热之夏	245
第十章	融化之夏	277
第十一章	秋意盎然	329
第十二章	又一年	343

第一章　新秋

净白米饭

收割完的稻子在各家各户的田地上晾着，排队等候何家园唯一的那台公用脱粒机前来临幸，醒兰在自家的田地上数落凰桃：“老话说‘秋忙四十天’，照你这性子，我们不得忙一辈子？”她是在责怪凰桃的优柔寡断。抓号确定使用脱粒机顺序那天，轮到慢性子的凰桃，他的手指头在两个纸团间点来点去，末了抓了个十七号。没抓的那个是三号。“我早晚会被你气死的。”醒兰真的很生气。凰桃嘛，反正是不作声的，这次被醒兰抓到了把柄，他更加作不得声了。醒兰的脾气是这平原上酷夏里的雷阵雨，来得霸道，去得决绝。见被她斥责后的凰桃更加用心地梳理稻子，她心里的怨气顿然消融。兔子急了还咬人呢，凰桃就算被醒兰骂得憋出内伤，也绝不会回一句嘴。这世上还有哪个男人能如此容忍醒兰的坏脾气？除了凰桃，不可能再有别人。什么叫前世修来的福气？这就是。醒兰每每想到这一层，就想去跟菩萨磕一千个响头。“不说啦！”醒兰克制住掉眼泪的冲动，抹掉凰桃脸上的汗，“就这么去想好了，是老天爷看我们两个这些天忙得要断气，心疼我们，想让我们歇上两天。”

嘴上这么说，哪能真歇？醒兰要趁着这个空隙开个家庭会议，把秋忙之后的事情筹措一下。凡事能早筹措就尽早。醒兰没读过一天书，未雨绸缪之道却未必比读书人懂得少。“把珍锦也叫上。”她吩咐凰桃，“这丫头不能不防。上次开会没叫她回来，你看她闹的那一出一出的。我们两个哪是她父母啊，是她仇人还差不多。”

珍锦是醒兰和凰桃的第三个孩子。她一直在计较那桩陈年旧事，动不动就跟醒兰和凰桃闹别扭。八年前，醒兰和凰桃决定把珍锦过继给醒兰的父母，由二老养育。究其实质，珍锦从此变成二老的女儿，但名分和称呼不改，还是唤二老外公、外婆。珍锦、宝锦这对龙凤胎来到这个家庭之前，醒兰、凰桃夫妇养育春锦、秋锦这双儿女已很吃力，陡然多了两张嗷嗷待哺的嘴，把夫妻俩愁坏了。醒兰的父母育有醒兰、金宝两个孩子，金宝小醒兰七岁，不孝，在城里妻子的影响下，婚后逐渐不再与这边的家人来往。结婚三年后，金宝一家一年最多回乡下看望父母一次。上午来，天黑前离去，绝不过夜。把一天到晚叽叽喳喳的珍锦过继给屋中冷清的二老，他们自然乐意。

珍锦心里却有一种不乐意。她四岁开始知道这桩事，此后盯住了事情的某种本质：醒兰和凰桃将亲生女儿送人。她并不管接收她的，其实是她亲爱的外公、外婆。她只认定，她是个父母不想要的孩子。她还认定这桩事本质中的本质，是她父母重男轻女。要不然，送出去的为什么不是比她晚半个时辰出生的宝锦？

傍晚，凰桃把珍锦接到家。尽管何家园与醒兰的娘家郁家园只隔了一里多地，父女二人本可以步行回来，但为了讨珍锦欢喜，凰桃借了辆自行车去接。因为住得靠里，回家还要走一段窄路，凰桃怕摔倒，到了窄路就推着自行车走。按理，珍锦应该跟着下车。她没有。凰桃、珍锦二人在屋角出现的时候，站在场上翘首以盼的秋锦、宝锦姐弟俩看到的，居然是吃力地推着自行车的凰桃和怡然自得坐在车上的珍锦。

那时分，醒兰正在屋里面灶台边忙乎。屋子很小，灶台离屋门只有两米多。也就是说，醒兰只要一转身，就能把场上的光景尽收眼底。珍锦很清楚，不能让醒兰看到是凰桃推着她回来的。这个家里，她唯一要忌惮的，就是脾气说来就来的醒兰。不等凰桃把自行车推到廊檐下停下来，珍锦飞快地跳下车，而后，她心有余悸地看着刚好把身体向外面转过来的醒兰。好悬啊！只需慢一秒钟，醒兰就看到了。“姆妈！”珍锦怯生生地迈过门槛，来到醒兰身后。珍锦要向人示好的时候，嗓音是很甜糯的。她本来嗓音就好听。醒兰没应声，只微微一笑，瞟了珍锦一眼，算是回应了珍锦的示好。

醒兰很少笑。在珍锦的印象中，醒兰也就逢年过节的时候笑过几回。今天醒兰笑了，就相当于过节了。珍锦每次见醒兰之前都是很忐忑的，这一下，她七上八下的心松落了下来。不仅珍锦如此，跟着进屋的凰桃、秋锦、宝锦都迅速捕捉到了醒兰那稍纵即逝的笑，这三人也都因为醒兰的笑放松了心神。这个家庭的气氛是醒兰主宰的，她就是这个家庭的风向标。平日里，这个家庭因醒兰满面的愁容充斥着忧郁乃至悲哀的情绪。此刻，忧郁和哀愁都被醒兰这一笑化解了，每个人心里被压抑许久的欢喜倾巢出动。狭小的屋子被这些欢喜充盈了。

这欢喜马上要到达一个制高点。就在醒兰把锅盖揭开的一瞬间，这一家人要欢喜得上天啦——被揭开的锅盖下面，是满满一大锅的米饭。

这可是净白的米饭啊。在这平原的乡下，自打有生产队这个称谓以来，除开大队支书、生产队队长家等个别家庭，绝大多数家庭的锅里，都很少有机会煮上一回全部由大米构成的净米饭。通常，大家都是抓一把米，再掺了麦麸、玉米糁、糠去煮饭、熬粥。这种主要用粗粮糊口的时光，已经延续了二十多年。凰桃、醒兰家的四个孩子，最大的春锦也才十八岁，秋锦十四岁，最小的珍锦、宝锦九岁，自家锅里满满当当地装着净白米饭的情形，他们是从来不曾见过的，就都激动得不行。特别是刚从外面回来的春锦，他是真的被这大半锅白生生的米饭给惊到了。

“怎么这么香？”春锦大步迈过门槛，两步就来到灶台边，“新米？哪来的？爸！姆妈！我们家的稻不是还在田里没打吗？”

凰桃无声地笑着。醒兰推开春锦，从橱里拿出六只大碗，在灶台上摆好，取了饭勺，要去盛。春锦连忙抢走了醒兰手里的饭勺。

“姆妈！你先别盛，让我好好闻一下！”

说话间春锦挤开醒兰，站到灶台正面中央，头凑向锅内，用力地嗅吸。这孩子发育得不错，从后面看整个人很敦实。他宽厚的后背与嗅吸的动作构成了一种喜感。春锦身后的秋锦、宝锦和珍锦这三个孩子受到感染，也效仿大哥春锦，站在原地嗅吸。珍锦还夸张地嗅吸出了声响。孩子们的胸腔里，一时被熟米浓烈的芳香填得满满当当。

醒兰这时才对孩子们说："我着急想让你们吃到新米，锡兵家的稻收得比我们家早了几天，我就跟锡兵妈借了十斤稻谷，让你们爸爸今天去打了一袋米回来。"说到这里，醒兰情绪转至激昂，来了一句空泛的咒骂："天杀的啊！"

醒兰是在骂过往二十多年半饥半饱的时光。仿佛是为了呼应醒兰的咒骂，平素少言寡语的凰桃也生出了说话的冲动。凰桃是把初中读完了的，在这平原的乡下，他算是同龄人中学问最多的，这一点，从他给四个孩子起的名字就可以看出来。凰桃有时候会故意说那些很官方的术语，以显示自己不同于一般的村民。此刻，他要对"家庭联产承包责任制"这一正在广大农村如火如荼实行的新政策发表见解。

"今年是我们这个地方实行家庭联产承包责任制的第一年，老天爷也给面子，给了我们一个大大的丰收年。今天以后，我们家天天吃米，顿顿吃米，想吃几碗，就吃几碗。"

凰桃居然流了泪。醒兰笑叱他没出息。

醒兰先盛出一小碗米饭，让秋锦给住在邻近的锡兵家送去，之后，醒兰把灶台上的六个大碗盛满，整齐地摆到桌上。在此之间，凰桃找来毛笔和墨汁，在门背面写下一行漂亮的大字：

癸亥年 辛酉月 甲寅时 秋分 食新米

这是公历一九八三年九月二十三日，农历八月十七。正值秋分之日。这一天算是这个家庭自分到田地后借助邻人家的新米第一次享受丰收的成果，值得载入家庭史册，凰桃一定要把它记下来。

分田，是农民自己的说法。不是为了说起来方便，而是下意识地就这么说了。这样说是不准确的。严格说，土地所有权仍然是集体的，农民只是获得了承包使用它们的权利。农民却不管这些，土地是实实在在被他们支配了，感觉上，就已完全属于他们自己。

这小小的屋子只有一扇门，用两块门板对合而成。在这晚之前，两块门板上已经写了很多行字。一块门板，记的是这一年以前的重要事件，包括：他们何时从凰桃的父母手上分到这间房；春锦、秋锦、珍锦、宝锦这四个孩子的生辰之日；孩子们的上学之日。除此之外，几乎没有记下别的事件。这说明，在这一年到来之前，让凰桃、醒兰夫妇认为有价值记下的事情极少。另外的那块门板，记的全都是今年“分”得田地的事，加起来有八行字。无疑，这家的责任田有八块。

这平原处于长江入海口，河网发达，土地被河流切割成一块块的，有的地条件好，有的地条件差，为示公平，村民组在把责任田划分到村民手上时，每一块地都按人头均分到每一户。一人八分地，凰桃和醒兰家是按五口人去占份额的，承包到的，加起来正好是四亩地。珍锦的那八分地，因为她已过继出去，自然是分在郁家园。

春秋种田，夏冬出船

凰桃去集市上买了一罐桐油、两斤石灰，又把先前从醒兰父母那儿拿回来的麻筋取出来，做了一大坨油泥，在家门外的场上修补自家的船。倒扣着架在场正中的这条木船，已经是条老船了，老到了每年都要把它抬上来整饬一番。凰桃、醒兰结婚第三年，也就是他们生下大儿子春锦的一九六五年，夫妻二人跟醒兰的父母借了六十块钱，再加上做会筹得的几十块钱，置办的它。

这船主要用于两桩事：夏天弄鱼；冬天扒螺蛳。春、秋两季侍弄庄稼地，夏、冬用船搞点营收，这构成了何家园农民辛劳、忙碌的四季。这种生活模式，应该是从三百多年前明朝崇祯年间何家园的祖上到此处落户时就有了。有意思的是，在刚刚过去的那二十多年生产队时期，来自田地里的收成，反而不是维持一个家庭生存的重头戏。夏、冬两季出船赚得的钱，倒变成了生存的重中之重。总而言之，这一条木船，对何家园及附近几个自然村落里的农民来说，是极其重要的。在某些政治生态特殊的年份，它的重要性甚至超过了土地。

醒兰一大早就领着珍锦往郁家园看二老去了。昨天珍锦回来开家庭会议，本来一家人吃着新米开开心心的，中间珍锦迟疑了半天，告诉大家一桩事情，把醒兰给气得不行。几天前，醒兰的父亲郁玉忠被同村的村民郁文举打了。郁文举跟醒兰是一辈的，得喊郁玉忠叔叔，小辈打长辈，这就很过分了。说起来，与郁文举的矛盾，从四个月前郁玉忠、郁张氏这对老夫妻在自家田地里撒下麻籽时就埋下了伏笔。

郁玉忠是从纺织厂退休下来的，他如今的退休金，可以确保他一家三口人不用种田也可以生活。如此，别人家都因承包了责任田彻底改变了生活，郁玉忠、郁张氏却因为责任田的到来，添了一个负担。为图省事，二老今年就在自家的田地里种那种不太需要打理的麻。郁文举家的一块责任田，就挨着他们那块种麻的田地，麻这种农作物伤地，郁文举家的地有所波及。波及多少呢？秋收的这个时候，答案出来了：郁文举家那块地种的是玉米，邻近麻地有四五尺的地，长出来的玉米棒都很瘦小。郁文举算了算，他家的这块田，就因为邻近的麻地，少收了能有近百斤玉米。如今，他需要肇事田地的主人，偿付他近一百斤玉米折算下来的钱。郁玉忠不同意，于是两个人昨天就在双方田地间的垄上争执了起来。郁文举张手就给郁玉忠来了那么两下。

凰桃和好了油泥，快马加鞭地修补起船的裂缝来。规划的工作量，是今天修补完一半船身。凰桃抬头看到太阳已经有些偏西了，眼下却才修补完船首到中舱这三分之一多的地方，凭他一个人，白天怕是完不成规划的工作量，天黑之后，是没法做手头这个事的。凰桃加快速度，心里却纳闷了。学校放学时间已过去一刻钟，秋锦和宝锦这两个孩子怎么还不回家？中午，他们去学校前，凰桃要求他们下午一放学赶紧往家里面跑，好替他打下手，这样他今天的工作量就能确保。

这平原应是中国人口密度最大的地方，一个自然村落挨着一个自然村落，每个村落里的户与户之间，挨得更加紧凑，所以，学校虽然在另一个村民组，但离家也就只有一里多地。真要是跑，秋锦和宝锦不消一刻钟就能到家。秋锦眼下刚读初一，宝锦上三年级。两个孩子学习成绩都很好，尤其秋锦，年年是班里第一名。春锦前年初中毕业，高中没考上，就顺理成章地回家务农，成为凰桃、醒兰的左膀右臂。今天春锦替有水家搬砖去了。

这有水得说一嘴。跟凰桃同岁的有水，算是何家园最有想法的人。生产队还没解散那会儿，有水就和他妻子来凤想办法跑班头，咎于生产队集体劳作的束缚，两口子利用农闲的空当，一年最多只能往上海跑两三个月。今年起，田地里的劳作变成了单个家庭私下里的事情，两口子就把绝大多数时间用来跑班头。本来他们每年攒的钱，就比何家园一般的人家多。这一下，他们攒下来的钱，比往年更多，远超别人家了。在何家园及附近几个村民组的农民之间，从今年初开始，流行起一种盖新房的梦想，个别人家已经着手将梦想落到实处了，比如有水家。说家庭联产承包责任制的到来，促发了这样一种集体梦想，这大概并不为过。大家也不避讳这样的梦想。这样一来，盖新房这桩事，就变成村民们较劲的一种方式。谁家先盖上新房，就证明谁家有本事。厉家园有户人家，白露前一天，新房已开始动工。何家园的人都看得真切，有水、来凤夫妇无疑想成为何家园第一户盖新房的人家。今天，是有水、来凤家从窑里运砖回来的日子，春锦力气大，理所当然被请去搬砖。

太阳又往西偏过去一点。凰桃一边忙乎着一边想，秋锦、宝锦今天这是怎么回事？不该这样啊，两个都是懂事的好孩子。难道是，放学延迟了？更不可能，学校里的老师，绝大多数是民办老师，自家也有地要种，也都恨不得提前放学，怎么可能延迟放学？农忙期间，更不可能延迟放学。醒兰同样奇怪，一大早出去，现在还没回来。凰桃正纳闷着，就见他大哥棉桃担着两筐玉米出现在屋角，后面跟着两手空空、悠闲跟随的大嫂厉金香。凰桃排行老二，他们一家五口人与大哥棉桃家五口人合住这幢三间头的瓦房里。这瓦房，是这平原上那年头较普遍的格局：中间的堂屋长一些，进深少了几尺。窄的那部分，正好形成一个廊檐。可遮风、避雨。两间厢房，比堂屋要短一些，但进深多了几尺。这两间厢房，是门对门的。也就是说，凰桃、醒兰家与大哥、大嫂家门对门住。

房子是凰桃、棉桃父母留下来的。他们尚未成年时父亲就去世了，母亲则是六年前去世的。棉桃、凰桃下面，还有四个弟妹，三弟小桃、四妹春桃、五妹红桃、六妹绿桃，四个人都“嫁”或嫁出去了。小桃是入赘到别家去的。在另外一个乡，离何家园有二十多里地。这一幢三间头的瓦房，按理说，在六年前凰桃、棉桃的母亲去世后，应该一分为二。他们两家，一家一间半。棉桃的媳妇厉金香，这个何家园最难搞的女人，却直接把中间那间屋也给占了。也就是说，棉桃、厉金香这一家，实际占了两间。厉金香的理由是，多占的那间房，归属于小桃。由于小桃立户在外乡，在他们的母亲去世后，厉金香、棉桃就花钱从小桃手上买下了这间房。醒兰确信：这一定是子虚乌有的事。醒兰曾专门请回小桃，要他当面认可或否认厉金香的话，小桃就是不说“是”或“否”。小桃的这种表现，坐实了醒兰的猜测。

棉桃、凰桃原本属兄弟血亲的两家人，自凰桃结婚后，就视同仇敌。个中道理，从房屋之争上就可窥见一丝因由。结婚十九年来，醒兰、厉金香这对妯娌，吵架是家常便饭。不过，最近的几年，随着双方孩子长大，醒兰、厉金香都在这方面努力收敛。算起来，她们已经有一年没吵过了。其实，这一年里，她们就没说过一句话。两家人低头不见抬头见，互不搭理是难做到的，但她们做到了。

棉桃、厉金香夫妇从凰桃身边经过时，凰桃像往日里一样用眼睛的余光打量他们。不巧，他看到棉桃也瞟了他一眼。凰桃正暗自觉得这眼神怪异，从小路上跑来一脸惊骇的宝锦。宝锦一边跑一边喊：“打人啦！”

田上无小事

醒兰偎着秋锦坐在堤坝上。半个钟头前，醒兰在这儿跟厉金香干了一仗。棉桃这次一反常态地做了厉金香的助攻。醒兰瘦，厉金香魁梧，就算单挑，醒兰也不是厉金香的对手。有棉桃这么个身强体壮的男人插手，醒兰输得一败涂地。太阳西去，半隐没在一簇杏黄色的云层里。秋锦小心地摇了摇呆滞的醒兰。“姆妈！我们回家吧，天快黑了，人也走光了，你在这儿坐着也没人理你。”醒兰却一意呆望着斜阳，被岁月封住了一般，毫无反应。

今天下午的事本与厉金香无关，她居然横插一杠，帮着别人来骂醒兰。更可气的是，这么多年来，醒兰、厉金香这对妯娌吵过、打过不止一次，凰桃、棉桃兄弟从来都是冷眼旁观，今天，棉桃居然做了厉金香的打手，把醒兰推到河里去了。醒兰实在咽不下这口气。再想起与凰桃结婚这十九年来厉金香对她的欺凌，醒兰愈发愤懑难解。棉桃被推举为何家园记分员的那一年，棉桃在厉金香的唆使下，每到评估工分值，就设法刁难醒兰和凰桃，令他们少得工分。兄弟血亲，再怎么有龃龉，也不能在工分这种事情上下手。要知道，在那些个时候，工分直接决定分得多少粮食。粮食分得多或少，决定了一个家庭能有多少天吃得上饱饭。厉金香、棉桃怎么能在工分上下死手呢？简直难以理喻。

下午未时，醒兰就来到这里来了。珍锦这孩子真是个说书的料，夸大其词的功夫一流。前天郁玉忠跟郁文举的争端，哪有她说得那么严重。二人也就互相推搡了两下而已。早上醒兰到父母那儿时，郁文举还提了一瓶烧酒来看望醒兰父母呢。这一上午，因有醒兰当和事佬，郁玉忠与郁文举已和好如初。郁文举也不要郁玉忠赔一百斤玉米了，倒是郁玉忠心有愧疚，主动要给郁文举赔偿。郁文举却连连摆手，“不必了，真的不必了。”郁文举只提了一个建议：以后，两家每季种什么，都要事先商量好。郁玉忠赞同。“我以前常年在外面做工人，田地上的事，我是外行。再加上今年是承包田地第一年嘛。”郁玉忠又道，“以后我就都知道了。田挨田的，种什么互相影响，得提早商量。”郁文举接过话茬：“是啊，不是屋角靠屋角，才算邻居。我们两家田挨田，也算是邻居。以后我们邻里之间，互相照应着点。和气生财！”郁文举离去时，郁张氏硬塞给他几斤芝麻。郁文举不再推让，提着一兜芝麻走了。也算是终究把赔偿落到了实处。这平原的乡下，很有一些灵透的人。争端过后，大家都有共赴和平的志向，也都具备抵达共同目标的脑力。郁玉忠和郁文举就是这类人。此刻醒兰坐在堤坝上，更加不能理解厉金香、棉桃多年来与她的敌对。

堤坝里侧这片被村里划给何家园村民小组的低田，远离何家园，在刘家园的地盘上。这片地总共加起来才几亩，醒兰和凰桃家在这儿分得的地也只有六个方。醒兰中午在父母那儿吃了饭，给父母收拾了一下，就往回走了。走了半程，决定折往刘家园的这块田里来看一眼。这块田实在是太小了，夏天时，醒兰和何家园的村民们不约而同地都随便往里面撒了些稻种，任其接下来自由发挥。正常种植水稻，得先培育稻秧，再移栽。这样随意撒种，是没有什么好收成的。只能说这块田太小了。家庭联产承包责任制元年，人均八分地的何家园村民们，对这么小、质量又很差的一块田，绝大多数是不在意的。能多收几斤稻，算是老天发福利，少收几斤，也影响不了当下的生活大局。这种心态下，撒完稻种后的这三个多月里，醒兰几乎没有来看过这块田。这块平时不放水、不施肥、不打药的稻田，到底近况如何，醒兰基本不知道。醒兰万万没有料到，这块田出状况了。

醒兰和凰桃家的这块田，一边相邻着的是何兆玖家的田。何兆玖家有八口人，他家在这儿的田有九个方。九个方，对应醒兰和凰桃家的六个方，何兆玖家的看着自然要宽大些。可是，醒兰这个下午来到这儿的时候，发觉自家的田比何兆玖家的一半还少。这是怎么回事？醒兰吃惊地站在堤坝上，端详着自家和何兆玖家的田。只消看一眼，她就弄明白了。原来，两块田之间的那条垄移位了，足足往醒兰家方向移了有两尺宽。也怪这条垄，当初只是象征性地做了一下，达到了界定的目的就行。醒兰和大多数何家园村民一样不太在意这块田嘛。对于那些在意的田之间的垄，各家各户做得可上心了，不但做得坚固、高，尽量宽，还要在垄上种上棘树，这样可以防止谁家偷偷把垄刨细后界线偏离中心位置。

醒兰站在堤坝上，意外何兆玖家的人对这垄做了手脚的同时，气愤得不行。也是巧了，就在这个时候，醒兰看到何兆玖和一个儿子，一人手里拿着一个镰刀，向这里走过来了。显然二人是前来割稻的。醒兰低头看到，何兆玖家这块田里的稻居然长得密密麻麻，跟她家、别家普遍疏朗的稻田形成鲜明对比。看来，何兆玖家区别于何家园的绝大多数人家，对这块田的上心程度，不输于对待主田的态度。这也恰好说明何兆玖家偷偷挪移了那条垄，是有足够心理动机的。想至此，醒兰强迫自己压制住心里的火气，决定在何兆玖父子还没到她面前时，给他们点颜色瞧瞧。醒兰开始了。就在这对父子脚刚刚踏入自家的田里，醒兰飞快地用手去刨那垄，同时将手里的泥块扔出去。泥块准确地飞向了何兆玖父子，砸到了他们身上。何兆玖可不是个好惹的人。泥块还没落到他身上，就大呼小叫起来："郁醒兰，你是哪只眼睛瞎掉了？怎么往我身上扔泥块儿呢？"醒兰回击道："何兆玖！我不往你身上扔，难道往你儿子身上扔？噢！我懂了！你的意思是，我们两家之间这条垄，不是你移的，是你儿子移的？"就这样，醒兰和何兆玖父子吵了起来。吵着吵着，醒兰抢过何兆玖手里的镰刀，以它作耙，开始处决这彰显人性丑陋的垄。她一边用力地扒着这垄，一边把扒下来的土垒到它本来应该在的那个位置，快速地建起一条新垄来。何兆玖父子自是要阻止的，但碍于醒兰是女流之辈，他们又是理亏，阻止的效果就一般。眼看着，新垄就建出一定的规模了。何兆玖父子见难以阻止，就不再阻止，只站在一边骂。怎么难听怎么骂。醒兰才不管，专注于建这新垄。

这片田里的稻虽然比各家各户主田里的稻成熟得晚，但也差不多到了可以收割的成色了，今天下午何家园来这儿割稻的、看一看的，自然不止一户两户。醒兰和何兆玖家的争端，就很快处于十几名何家园村民的围观之下。围观者中，很快出现了棉桃、厉金香夫妇。这天杀的厉金香，居然一上来就替何兆玖家说话。厉金香口才好得离奇，死的能让她说成活的，在她的帮腔下，真理很快发生了偏离，围观的人们居然大多偏向何兆玖家了。气愤的醒兰只得集中火力，与厉金香一人争吵。最终就发生了棉桃助力厉金香将醒兰推到河里去的事。

太阳像是被晚云吃掉了似的，再也不出来了。醒兰瞥见秋锦有些犯困，但不敢睡去。秋锦和宝锦入读的这个学校，就在刘家园。醒兰和何兆玖家在田里吵架，学校那边早就听闻了。一放学，秋锦就喊了宝锦往这儿跑过来。两个孩子来的时候，恰好目睹棉桃将醒兰推到河里。他们将醒兰从河里拉了出来，抱着醒兰哭了一阵，秋锦就推开宝锦让他回家给凰桃报信去，自己一个人留在这儿陪姆妈。这时醒兰看到远处的高地上出现了一高一矮两个身影，正是闻讯赶来的凰桃，以及跟随过来的宝锦。父子二人在傍晚纷乱的光影中冲下高地，很快来到低地这边。“你没事吧？”来到醒兰与秋锦身旁，凰桃一脸的焦急和问询。“大伯把姆妈推到河里去了！”秋锦向凰桃哭诉起来。凰桃面色凝重，沉默了半晌，大声道：“我找他们算账。”醒兰这个时候，才似乎从麻木中苏醒过来。她瞥了凰桃一眼，冷笑，“你要真心想找他们算账，到这儿来干什么？你现在不是应该在家里跟他们算账吗？”凰桃被醒兰的话噎住，不敢吭声。醒兰心中掠过一阵悲凉。每到这个时候，她对凰桃畏事如畏虎的性格比任何时候都有清晰的洞见，也比任何时候都要无奈。

但醒兰早就不会因此责怪凰桃了。凰桃畏事，但勤快、踏实，做事专心，比这平原的乡下多数的男人还是好很多倍。醒兰叹了口气，在傍晚的秋风中撑着腰站立起来，用平素里对孩子们说话的语气，对凰桃说："要不是你一贯太老实，人家今天也不会把我欺负成这样。你啊！"说罢，醒兰拉着秋锦和宝锦两个孩子向高地方向走去。她已经想明白了，跟厉金香的斗争是一生一世的，是需要她独自面对的，所以，她现在要做的不是逼迫凰桃回去跟他大哥棉桃干一仗，相反，她要阻止这一情况的发生。她要多花几天，平心静气地来想一想，以后这漫长的日子里怎么保持跟厉金香斗争的耐心，如何锤炼与厉金香斗争的能力。

在这一思想主导下，醒兰、凰桃及秋锦、宝锦两个孩子黄昏回到家中时，是悄无声息的。他们先经过了棉桃、厉金香家的屋门口，其间，这家人正在屋里吃晚饭，门是关着的。往常，他们在睡觉之前，都不会关门。今天这反常紧闭的门，暴露了同样女主外的这个家庭此刻的心理。他们不想在这晚把战场从田里搬到家中。醒兰在这门口停留了片刻。从窗户和门缝透出来的煤油灯的光亮，将她和凰桃及两个孩子的影子都在地上拉得好长。醒兰断定，厉金香家至少有一个孩子，正屏息站在门后，窥视外面的这四个族亲。醒兰想了想，清了清嗓子，转身背对着那门，朗声道："厉金香！今天下午在刘家园田里发生的事情，我不再跟你多啰嗦，我会让我家凰桃记到门板上。"

春锦回家后，大家都没有跟他讲下午在刘家园田里发生的事。春锦跟他爸恰好相反，他性子随醒兰，受不得憋屈。要是春锦知道自己的大伯和大妈下午这样欺负姆妈，他可不会善罢甘休。春锦显得兴致勃勃。今天他跟何家园好几个壮劳力给有水家搬砖，借由这些人的闲聊，得到了一个情报。有好几户人家，都确立了盖新房的计划。不是今年盖，就是明年盖。

真有意思，过往那二十多年的时光里，有一种静气，那就是，何家园及周边各园，几乎就没有谁家盖过新房。今年奇怪，各家各户都想在盖新房这桩事上拔得头筹。难道说自家手里有田的新生活，把人们原本就沉睡在心里的斗志激活了？

“有水叔家要盖新房子了，何家园别的人家，都急了。接下来，大家怕落了后，肯定抢着盖新房。姆妈！爸爸！我们家也得盖新房吧？要是到时候别人家都盖了，我们家没盖，都不好意思出门了。”

春锦这话过后，醒兰、凰桃脸上一片荫翳。

春锦说得没错，过往劳力多就有绝对工分优势的生产队时期，醒兰和凰桃受困于孩子都小、真正劳动力只有醒兰和凰桃二人的情况，跟别人家没有攀比的优势，现在进入家庭联产承包责任制时代了，大家比拼的单纯就是手脚上的力气和吃苦能力，再给别人家比下去，那就怪不了别人了。再说了，春锦今年十八岁了，最多再过两年，就得找人给他说媒了。到时候，盖过新房的人家，和没盖过新房的人家，在这平原的乡下那些有待嫁女儿的人家眼里，可得分成两个层级了，在这桩事情上，后者将处于绝对劣势。要说春锦这孩子，跟别的同龄男孩比起来，也没有什么过人之处。真到了那种时候，那可是大为不妙的。就算是为了防止春锦到适婚年龄时被动，醒兰和凰桃也得早一点盖房。

道理是这个道理，可盖新房这桩事情，对这一家人来说，至少在眼下是痴人说梦。过往那些年，何家园还是有一些人家手里存了些钱的。这些钱，都是夏、冬两季出船弄鱼、扒螺蛳挣得的钱刨去到黑市买米面粮油之后的盈余。醒兰和凰桃，这些年可没有在这方面有盈余。每年弄鱼、扒螺蛳挣得的钱，一应都花到黑市里用来买米面粮油了。就算这样，那些年里，每到年底一家人都还得有好几十天不得不顿顿喝粥呢。这么说吧，至少，在一九八三年秋天的这个时候，醒兰和凰桃家，还属于何家园最穷的几个家庭之一。

坐在孩子们之间的醒兰和凰桃，这晚心情颇为抑郁，以至于春锦走到门板后发愣时，夫妻二人都没及时发觉。如醒兰在厉金香、棉桃屋外所宣告的那样，刚才到家中，凰桃就把今天下午的争端记到了门板上。此刻春锦忽然发出一声叫唤，冲出了屋门。醒兰和凰桃在春锦冲出后才意识到春锦要去给他姆妈要一个说法了。凰桃第一时间追过去。

已经晚了，春锦已来到厉金香家的窗外，抓起墙台上一块断砖，向窗里扔了进去。

第二章　新秋之后

霸　凌

霜降到来之前，农田里该种的都种完了，秋忙才算结束。凰桃、醒兰这户人家正式进入一种一分为二的生活。这个家庭里最得力的两个劳动力，凰桃与春锦，撑着船去外乡扒螺蛳去了。醒兰带着秋锦、宝锦两个孩子留守家中。这二分法，对何家园绝大多数家庭同样适用。因此，何家园中间那条小河，以某个时间节点为界，会出现迥异的景观。此前，各家各户门前的河岸下，都系着一条乌篷船。这样一来，整条河的两边停满了船。在此之后，河上空无一物。这段时间里，草木也开始凋零。河岸上方的坡地上，一派枯黄、委顿之状。基于此，这个被一条河贯穿的叫作何家园的村民组，时下总体上是一副冷清的面貌。周边那些个村民组，亦是如此。这冷清里却藏有盛大的企盼。每个留守在何家园的轻劳力，这些主要由妇孺构成的村民，都企盼着家里的重劳力在春节到来前的某一天撑船归来时，带回的是挣了大钱的惊喜。

醒兰坐在自家门口缝补一件旧衣服。衣服是她的小姑妈夏天从上海寄来的。醒兰的这个姑妈，一九六三年举家搬迁至上海。这些年里，作为标准的上海市民，小姑妈一家过着一种这平原乡下的村民可望而不可即的生活。小姑妈疼惜醒兰，每年都会专门回来一趟，带回些旧衣服。她家里大人、孩子穿不了的旧衣服，给醒兰一家人，也算是物得其所。就是这些旧衣服，让醒兰结婚十九年来几乎不用为家中老小做新衣。小姑妈多年如一日的善举，造就了醒兰、凰桃这个家庭一种实打实的节省。醒兰和小姑妈却不知道，这些旧衣伤到了宝锦的心。由于醒兰的这位姑妈没生过男孩，她带回来的旧衣里不会有小男孩的衣服，宝锦，这个醒兰和凰桃最小的孩子，从出生到现在，经常不得不穿女款童装去学校。那年代，某些男款和女款的衣服，虽说差别不大，醒兰也是挑像男款的童装给宝锦穿，但有心人一定会放大其中的差别，借此奚落宝锦。就是因为偶尔穿女款童装，宝锦在学校里有了被坏孩子奚落的理由。宝锦却又是极其内向的。这孩子天生敏感，有强烈的自尊心。这也解释了春锦也曾穿着女款童装上学，却没在心里留下任何阴影的原因。学校里的孩子怎么奚落宝锦，回家后他都不会告诉父母。

宝锦今年读三年级第一学期。他早慧，六岁就上小学。这平原对城镇和农村的孩子入读小学时间一视同仁，有同样严格的规定。按规定，不满七周岁，没有入读资格。宝锦算是破例。跟宝锦同年出生的，班里还有一个孩子，班主任的儿子厉学苗。就是说，这厉学苗能成为提前入学的特例，疑似开后门。不知道是因为年纪小，加之生得过于瘦小，还是其他原因，从一年级到现在，宝锦常年处于三个同学的压迫、制裁之下。三个同学，是两女一男。女同学分别叫厉仲淫、厉蚬。男同学叫厉仲建。说到这厉仲淫的名字，还有一段亦真亦假的典故。三年前，厉仲淫的妈妈于丰秀带其来学校报名，因于丰秀与丈夫厉唱球都是文盲，故不曾给女儿预备学名，就叫班主任厉茨仙当场起名。厉茨仙眼睛往上一翻，把脑子里适合女孩的名字梳理了一遍，发现好几个他喜欢的字都被他派发给先来报到的女学生了，这时他突然看了看厉仲淫母亲那张白森森的菱形脸，脑子里下意识地现出一个笔力雄健、虎虎生风的“淫”字。当即，取名为厉仲淫。为什么厉茨仙脑子里会现出个“淫”字？这就得问厉茨仙自己了。然而，厉茨仙平素见谁都耷拉着眼眉，心思难以猜测。较真想一下，厉茨仙当时脑中会生出那个狂浪的字，大概是这个原因：盛传，于丰秀是大队所办之塑料厂里最活跃的女工，跟好几个男工常行不宜言说之事。这些男工、女工，大多是厉家园的村民。也就是说，于丰秀可能已经把厉家园所有不安分的成年男人都给睡了。

于丰秀大字不识，自是不知这“淫”字绝不适合入女儿之名，当天还对给女儿赐名的厉茨仙感激得紧呢。这么着，厉仲淫的名字就在她的练习本、课本的封面上，在学校的花名册上，确定了下来。厉仲淫的父亲厉唱球是个资深的智障之人，对于女儿这名字更是没有能力提出异议。于丰秀仗着有许多厉姓男人暗中替她撑腰，那些年里凶猛、跋扈，得罪过很多妇女。当时大队包括厉家园、何家园等十个生产小队，每一个生产小队，都数得出一两个对于丰秀怀恨在心的妇女。集万千厌恶于一身的于丰秀，自然难以第一时间得到人们对她女儿学名的真诚反馈。那些跟于丰秀苟合的男人，受制于与她的会合之地——床上，夜里的庄稼地里，下班后塑料厂的高高的垃圾堆后面，也从来不可能认真告知于丰秀实情，什么都匆忙、不正经，那些男人怎么可能跟于丰秀严肃探讨起名之道？就这样，一年多之后，在厉仲淫将那学名用到二年级时，她家来了个有点文化的外地亲戚，于丰秀才得知厉茨仙给到女儿的那个字里，藏了多少深意。

太卑鄙了，这个厉茨仙。

有意思的是，于丰秀如此霸道的一个人，在得知厉茨仙在她女儿名字里做了手脚之后，居然没有去找麻烦。这也是这平原的乡下不可思议的一点。往前再推一些年，这厉茨仙可不是寻常人物。当时划成分，尚还年少的厉茨仙家，被划分为地主家庭。按说这地主成分的人，在生产队时期，应该倍遭打压的。可这么多年来，厉家园的村民居然一直对厉茨仙家的人保持着某种敬畏。这也正是厉茨仙并不见得比凰桃这样的村民有文化，但被推举为民办老师的内在原因。同样，这厉茨仙常年阴着个脸，个中原因，也只能去村民的那种奇怪敬畏里找解释。

厉家园所在的位置也值得一说。这平原位于长江下游，属冲积平原。此处的何家园、李家园等十几个“园”所处之地，都属于新陆。这些新陆，最早成陆时间也不超过四百年。所以，这儿的人，全是近四百年来从别处陆续迁移过来的。在此之前，这儿的地貌由一个港湾和一些兴许还没有足球场大的小沙洲组成，背靠一条正在长大的水脊。这水脊从西到东绵延百余里，连接长江与东海。最宽处当时已有几十里地。据说，三百多年前，厉、何、徐、刘等姓氏的先祖同一年来此地开荒拓土，因厉家园所在之地不同于别的沙洲，这沙洲即将与水脊连到一起，因此，大家都想住在这儿。最初几年里，这几个不同姓氏的家庭总在争夺那个沙洲，经常大打出手。最严重的一次事件，是厉氏的主妇用锄头将人砍伤致死。厉氏如此凶残，自然最终夺得了这重要区位。经年之后，厉姓夺得的家园所在之地，西侧还有一条大河，那是后来水脊不断长大侵蚀了港湾大部分后而遗留的港湾的一小部分。港湾虽不复原貌，但厉家园作为此处最受瞩目之地的地位，始终没有变过。二十多年前，大队部毫无争议地建在了厉家园；大队唯一的厂，建在了厉家园；大队支书，姓厉，厉进徐；唯一的小学，建在了厉家园。这小学，在去年的时候合并到刘家园了。刘家园属于当时的另一个大队、如今的另一个村。

厉姓人的凶蛮基因仍残留在厉家园村民的血液中，关于这一点，无须过多解释，从厉家园嫁出来的厉金香，就是一个实证。这一处平原上的各个以姓氏集结而成的自然村落，每一姓氏的性格，都有一个基本面，厉姓蛮横、狡诈，刘姓知性、温和，何姓勤劳、坚忍。几乎可以这样说，各姓氏的基础性格，在早先的那些年里，直接决定了各姓氏的先祖能在什么样的地盘上落地生根。何家园的先祖最没有战斗力，便得到了当年最差的地盘。这是一处最远离港湾的地方。当然，如今的何家园，跟别的“园”比起来，已经看不出差在哪儿。以与港湾的距离来论定地盘的优劣，因为港湾的消失，不复存在了。

再说这厉仲淫的起名事件。于丰秀在厉仲淫上二年级时，意外得知女儿名字的深意后，按理，应迅速将女儿名字改掉。可她却没有。这也不可思议。只能说，人的想法，有时是无法用常规道理来解释的。

厉家园的这一代人，自然要出些性子奇崛的人。否则，对不起厉姓这两百多年来的各种传说。被冠以厉仲淫的这位女同学，盛名之下，难以不成为“这位”奇崛人士。但她的名字所必然带来的他人的歧视，使她无法成为这一代厉姓人中的领袖。厉仲淫就与另一名厉姓女同学厉蚬结盟，搞事情。这厉蚬身材瘦小，长着一头黄毛，尖额头，细眼，突出的嘴，一口坏掉的糖牙，细长的脖子青筋毕露，一看就是吵架的好手。厉蚬的母亲叫赵碧梅，也是那塑料厂的。在厂里，赵碧梅一边干活，一边说别人的八卦，语速快到别人插不上嘴。谁要真插上了嘴，下一个被八卦的对象便是他。为什么？插嘴就是对赵碧梅的不敬啊，谁敢对她不敬，她当然要把其列为八卦目标。有这么个爱耍嘴皮子的妈，吵架天资一流的厉蚬自然能成为一流的后备悍妇。就这样，厉蚬与厉仲淫成为宝锦班里的黑白双煞，两个人的四只眼睛，每天都灼灼放光，寻找目标，取笑、讥讽、谩骂、叱责。她二人还找了个跟班，叫厉仲建。三个人，组成“搞事三人帮”。厉仲建本性懦弱，成绩奇差，本来是班上的笑话，却因为被厉觋、厉仲淫相中，倒也使班上同学慢慢不敢小觑了。厉觋、厉仲淫是同桌，坐教室中间第二排。厉仲建个子与宝锦一样小，坐在这两位女同学前面，第一排。宝锦是厉仲建的同桌。搞事三人帮，正好在宝锦身边围了个四分之三圆圈。那些女款旧衣，虽偶尔出现在宝锦身上，但没法不被他周围那六只眼睛里蓄积的恶意相中。“不男不女！恶心！”从一、二年级在本大队读书，到三年级本大队的学校解散，转至刘家园的这个学校读书，过往三年里，不管宝锦当天有没有穿女款旧衣，这三个来自厉家园的同学都会借机用类似的话刺痛宝锦。

宝锦曾想过向班主任厉茨仙提出换座位，但每次他看到厉茨仙看他的眼神，就不敢提出。厉茨仙从一年级起对宝锦的态度就差于一般同学。宝锦始终不理解这到底是为什么。有一次，他好像找到点头绪了。那天，课间十分钟，厉茨仙的儿子厉学苗把钢笔上的墨水洒到宝锦的的确良衬衣上，宝锦下意识地发出一声大叫。正坐在教室前面批改作业的厉茨仙听到宝锦的声音飞快地跑过来，给了宝锦极重的一记耳光。为什么挨打的人不是失手弄脏宝锦衣服的厉学苗，而是受害者宝锦？这个问题宝锦在放学的路上百思不得其解，令他郁郁寡欢了很久。后来有一天，还是比他晚一年上学的珍锦从别人嘴中听说这桩事，给了宝锦答案。

“厉茨仙哪管什么对错，他只是找到给儿子出气的机会罢了。”珍锦用比大人还老气的口吻，冷笑着对宝锦说。

“他为什么要找我出气？”宝锦还是不解。

“你脑子真是不开窍！我来告诉你吧。”珍锦向宝锦翻了个白眼，“你和厉学苗是班里两个年纪最小的人，但你是经过校长特别同意才能提前入学的，厉学苗呢，他开后门才能提前上学。你挡了厉学苗的风头，他爸能不恨你吗？”

羞耻与荣耀

学校其实是两所学校。新远小学和新远民中。因为建在一起，在周边村民眼里是同一所学校。大家统称为新远校。这新远校，小学在前，中学在后，总共四排房子，小学却独占了一排长一点的校舍和两排相对较短的校舍。中学，就只占了最后面一长排校舍。这说明，至少在一九八三年之前，这平原的乡下，有三分之一的孩子小学毕业后学习生涯就结束了。他们中的大多数，是因为没有考上初中而自然辍学。真正考上了初中却辍学的，只有极个别。这平原从清末以来就是中国著名的教育之乡。考上初中却不让孩子读的话，做父母的会遭人背地里议论的。

立冬过后不几天，农历十月初八，周六，是今年新远民中校长刘庆达亲自为各年级期中考试前五名的同学颁奖的日子。自从宝锦上学后，每年两次学校期中、期末考试后的颁奖日，都会被宝锦在心里鼓捣成节日。他的姐姐，秋锦，这个学习成绩奇好的孩子，在任何一次期中、期末考试后，都会成为学校的风云人物。上一年，秋锦正好从本大队的小学升到这边的新远民中，宝锦恰好也因为本大队小学解散，转到新远小学来。姐弟俩的这次同步，使得宝锦自上小学以来跟秋锦始终在同一个学校。这三年里，秋锦每至期中和期末都会被全校师生的目光聚焦。这目光的矩阵里，最灼亮的那一束，必来自宝锦。这些秋锦获得殊荣的日子，对宝锦来说，就是节日。

此次期中考试，秋锦又考了第一名。这也是秋锦升上初中后，第一次考第一名。这打破了高龄入读小学、整个小学期间成绩都名列前茅的女生初中成绩未必好的魔咒。秋锦九岁才入读小学一年级。当时，是班上年龄最大的三个学生之一。真是不容易啊。这次的成绩出来后，秋锦长舒了一口气。宝锦也一样，替姐姐悬着的一颗心落了下来。一直看好秋锦的以前教过她的老师、现在正在教她的老师，还有当下新远民中的在任校长刘庆达，也都替秋锦高兴。特别是那位小学当了秋锦五年班主任的郁方毅老师，得知秋锦在初中生涯首战告捷的消息，惊喜得哭了。“好样的！秋锦！就这样干。初一过了初二，初二过了初三，坚持三年，年年第一，你就一定能考上县中。”他抹着泪感慨起来，“新远民中已经两年没有学生考上县中了。秋锦！我希望你能成为接下来新远民中的新状元，女状元。”秋锦笃定地看完郁老师哭完又笑，慢慢地点了两下头。

颁奖地点就在新远民中那一排校舍前方的操场上，同时也是中学与小学之间的一个操场。宝锦的教室，就在这操场前方的那一排小学校舍里。当时正值小学课间休息。宝锦和他的同学厉蚬、厉仲泾、厉仲建等扒在后窗户上，目睹了颁奖盛会的最华彩片段。这个片段，正是刘校长为秋锦颁奖，以及秋锦数分钟冷静、逻辑清晰的获奖感言。

“同学们！”五十岁的刘庆达，手执一只米白色迷你扩音器，站在操场中央靠近民中校舍的四张由课桌拼成的舞台上，言简意赅地说，“下面，我为初一年级获得期中考试第一名的何观秋同学颁发奖状和奖品。何观秋！上来领奖。”

排了满满一操场的学生队伍中，秋锦穿着一件仿制的劣质深蓝色海军女军官常服，洗得泛白的红领巾被她在衣领下扎了一个上底与下底的比值接近黄金分割比值的等腰梯形状的结，她走出自己站立的位置，快步向领奖台这边跑来。这边教室里的宝锦，虽然是五个扒着窗子往外看的同学中最中间的那一个，但因为个子小，看不到在队列里奔跑的秋锦。这是他引以为豪的姐姐人生中最光辉的时刻，他怎能错过姐姐的特写？秋锦跑向领奖台，就是她光辉时刻中的特写影像。当然，从刘校长手里接过奖状和奖品的那一帧画面，更是。宝锦不想只看到秋锦领奖，他还要看到领奖的序曲。他都要看到。宝锦踮起脚尖，还是看不到奔跑中的秋锦，但他能从窗外黑压压的学生队伍里众人后脑勺一致移向的方向，判断秋锦跑到哪儿了。哎呀！她快要跑出队列了。接下来，她就要站到领奖台下面，接过奖状和奖品。宝锦一下子就忘掉了他在班里一贯扮演的是一个羞涩、文雅的学生。他推开身边的同学，爬上了窗台。看到了，宝锦看到姐姐了。很清晰地看到了。此刻，红领巾的两瓣尖尾，随着秋锦跑步的律动，优美地飘动。像两片骄傲的旗帜，告诉正在向秋锦行注目礼的老师和学生们：我是最优秀的，我就是两年后新远民中要诞生的女状元。宝锦紧紧贴到窗玻璃上，忍不住想呐喊。“何观秋是我姐姐！”他自然是没有喊出来的，他从来都是个压抑的孩子。秋锦开始领奖了。“舞台”上，刘校长弯下腰，将准备好的奖状递给秋锦。秋锦给刘校长敬了个少先队员的礼。刘校长又把准备好的奖品递给秋锦。这是一只五彩斑斓的镀铜文具盒。秋锦麻利地将奖状卷成筒状，握至左手，右手接过文具盒。她左手奖状，右手奖品，转过身来，面向队伍，稳重地鞠了一个躬。“何观秋！听说你以前在港东小学的时候，年年拿第一。”港东小学正是先前被解散的何家园、厉家园等村民组所属村的那座小学。“像你这样从小学一年级一路拿第一没断过的学生，我们学校很多年没出现过了。我再给你一个荣誉，让你发个言，要不要？”

秋锦端正地站着，听着身后高高站着的刘校长的指令。她大概不知道自己该说什么，因此一时间显得有些木讷。这边窗台上站着的宝锦紧张起来。替姐姐紧张，也替自己紧张。属于姐姐的这个高光时刻，只许不停闪闪发光，亮瞎人们的眼，可不能留下任何瑕疵。姐姐的光芒就是他的光芒，姐姐的瑕疵就是他的瑕疵。这三年来，多少同班、他班的同学，因为宝锦是秋锦的弟弟，对宝锦也生了一份敬意啊。就连那“厉氏三贱”，后来也逐渐因为宝锦是秋锦的弟弟而收敛了几分呢。要是今天姐姐的发言有瑕疵，至少这“厉氏三贱”，会据此借题发挥，说不定会对宝锦来一次新的奚落。这边宝锦兀自替姐姐担心，秋锦已经开始发言了。

“尊敬的老师、同学们，我是初一班的何观秋。我并不知道我应该说什么。如果我说得不对，请大家原谅。其实，我总在想，如果我没有上学，我现在正在干什么。我七岁的时候，本来应该去读一年级的，但那一年，我妈妈生病了。本来我爸爸和我妈妈两个人在农闲的时候应该出去弄鱼的，她生病了，我哥又在上学，就只好我代替她和我爸爸出去弄鱼了。这样，七岁我错过了上学。八岁，我妈妈病好了，我本来可以上学的，但是快到要开学的一天，我跟我爸爸去河里捞虾，我一只脚踩到了河底一块玻璃上。在床上躺了一个月，脚才好。又错过了报名。我九岁才上学，那时候我盼上学已经盼了好久了。我好不容易才上学，就觉得能上学的每一天都是福气，所以我一看书就开心，一做作业就开心。我并没有那么聪明，我只是喜欢上学而已。我就想说这些。”

秋锦说完就往自己的位置跑去，底下的师生们愣了片刻，都鼓起掌来。刘校长开始宣布初二班的获奖者并给他们颁奖。在此期间，这边窗台上的宝锦目光一直追随着跑向队伍的姐姐，直到她跑到自己的位置。他确信，姐姐在哭。宝锦有点呆滞。姐姐的发言好不好，对他来说已经不重要了，重要的是他发觉姐姐刚才说的那些，他从来没有听家里人提及过。是家里人忽略了姐姐，还是他自己忽略了姐姐？这一点他有点想不明白。宝锦忽然觉得一贯亲和的姐姐变得陌生了。他有些失落地松开抓住窗架的手，转身要往下跳。就在这个时候，他才发现他身后的同学都不见了。此刻，他们已经在课桌上正襟危坐。不！除了他，所有的学生，都端正地坐在自己的位置上。班主任老师厉茨仙早已站在讲桌前。在宝锦转身之前，从上面的厉茨仙，到下面的学生们，都保持一动不动，并且看着窗台上的宝锦。什么时候响的上课铃声，怎么没听到？宝锦一阵惊吓，从窗台上摔了下来。教室里哄堂大笑。尤以厉蚬、厉仲淫、厉仲建笑得最大声。宝锦站起来，向自己的座位跑。厉茨仙摇摇头，拿起黑板擦，去擦黑板上的一行字。宝锦在座位上坐下时，刚好厉茨仙才擦掉两个字。没来得及擦掉的字在宝锦眼里一闪即逝。“跃和他姐姐穿一样的衣服”——宝锦的学名是何观跃。擦掉的那两个字，无疑是“何”和“观”。宝锦熟悉班里任何一个人的笔迹。尤其跟他坐得近的同学，他更熟悉，一眼就能看出来是厉仲建写的。宝锦猛地一低头，看到今天穿的这件带补丁的深蓝色仿海军女军官常服。宝锦的脑子一下子炸开了。炸开的脑子里飞溅着他想象出来的某些画面。就在刚才他专心听着外面姐姐的发言时，那几分钟的时间里，原本与他一起围在窗边的几个学生偷偷离开，他们，与教室里别的学生，在厉蚬、厉仲淫、厉仲建的手语指挥下，众志成城地开始用手势和夸张的表情嘲笑宝锦今天的穿着。反观宝锦身上的这件秋衣，在那些时候，高高地置于教室前方的窗台上，是多么的醒目啊。

扒螺冠军

宝锦躲在一口大缸后面。这缸，是醒兰前两天在集上新买的，可以装几百斤粮食。加上已有的大小三口缸，家里现在有四口缸，够装今年收获的稻谷。醒兰和凰桃都是种地的好手，今年他们家水稻的产量很高，亩产达到了八百斤。他们家用于种水稻的田，加起来有三亩。减除前几天卖掉的五百斤稻谷，这会儿在家里贮藏着的稻谷将近两千斤。春节时，凰桃用红纸写上“谷满仓”贴到那口旧大缸身上。如今这三个字所构成的企盼，已经成为事实。只是，多了一口大缸，原本就拥塞的家就更加拥塞了。这间只有二十几平方米的屋子，先前，一大一小两张供这一家五口人睡的木床、一张从父母那儿分得的黑色旧八仙桌，包括两只台箱、一套箱式马桶、一只立式碗柜在内的当年的女主人陪嫁物，几样零碎家什，这些，已占据屋子四分之三地盘。剩下的四分之一地盘，自然是被每个乡村家庭更加必不可少的灶台、灶房及一口水缸占据的。可以说，在几天前那口新的大缸到来之前，这个家已经摆不下任何物什了。摆不下也得摆，总不至于把装满稻谷的这口缸摆到外面场上去吧？醒兰想了想，就把这口体积庞大的缸放置于水缸与门之间。这么摆置，唯一的问题，是平时开门、关门，这两块门板组成的门，其中一块门板就无法打开了。

躲在大缸后面的宝锦，也可以说躲在门背后。放在往常，他这样子做，看起来像是要跟谁捉迷藏。往常那些个时候，宝锦偶尔会在家里跟秋锦捉迷藏。这姐弟俩关系最好。今天宝锦可不是想躲在家里吓一吓一会儿要进门的姐姐。宝锦只是一进家门，就下意识地想找个地方躲起来。这缸高，被他选中了。为什么要躲起来呢？宝锦自己也想不通。他只是被某种不安操控着，就下意识地这么做了而已。今天放学，宝锦也没有等秋锦。一个人就回来了。秋锦现在还没有到家的原因，无疑是因为她在学校多等了宝锦一会儿。

那块可以推开的门板被推开了，缸后的宝锦看到一双端头全被磨出洞的布鞋。这是秋锦的鞋。她回来了。宝锦在缸后面瞪大眼睛，看着缓缓步入的秋锦。就见秋锦匆匆将书包放到八仙桌上后，快速地拿了淘米篓去米缸里舀了米，又提着篓子出门去河边淘米了。待秋锦出门，宝锦飞快地从缸后出来，快速打开锅盖，拿起水勺往锅里舀了两勺水，又合上锅盖，更加快速地跑入灶房生火。火生好后，宝锦把风箱拉得“哐哐”响，仿佛是为了吓走什么。这一系列的动作一气呵成，说明他对此极其熟练。宝锦是个跟秋锦一样懂事的孩子，自小就学会了极多的活计。洗衣，做饭，各种各样的农活。可是，宝锦在完成这一系列动作的过程中，分明能够感到自己内心充满疑惑。对自己的疑惑。刚才他为什么要躲起来？为什么？这个孩子不知道，早在今天之前，他已经是个自闭症患者了。今天在教室里被那般隆重奚落，他的自闭症不知不觉间已被往前推进了一大步。

秋锦淘米回来后看到宝锦在烧火还奇怪呢，问宝锦是什么时候回来的。宝锦不答，兀自烧火。秋锦便在忙碌的空隙，从书包里拿出奖励来的文具盒，给宝锦。“给你的！”秋锦温柔地说。宝锦收下，却没有表现出一丁点儿的高兴。姐弟二人煮了些粥，又去咸菜坛子里刨了一小碗咸菜放到桌上。在粥盛出来放到桌上之前，秋锦把新奖状贴到墙上。黄昏正浓时，醒兰回来了。煤油灯的微光照亮醒兰的脸，也照见墙上整齐张贴的奖状们。那些，几乎全是秋锦的奖状。醒兰却没往墙上看一眼，奖状群里的那张新奖状，理所当然地被她忽视。醒兰就有这点很不好：她从不关心孩子们的学习。秋锦带了那么多的奖状回来，每回都是凰桃亲自贴到墙上，醒兰一次都没贴过。闲着的时候，凰桃会站在墙下，微笑着将那些奖状端详许久。醒兰从没这么干过。她从来都无视这些奖状。有时，家里来了客人，凰桃会诱导客人谈论那面奖状墙，如果当天醒兰在，她还会揶揄凰桃呢，“几张奖状罢了，全取下来生火，都不能把一锅水烧开。”在醒兰的意识中，种田才是唯一重要的事。

醒兰今天很高兴，难得一进门就是一张放松着的脸。有一种可以被理解为笑的表情，时不常地从醒兰的脸庞里跳脱出来。“今天下午我在田里碰到了从新余回来的划锹。”划锹，是何家园一个男人的绰号。此人跟凰桃同辈分，小凰桃几岁。新余是何家园村民秋后扒螺蛳的“主战场”。该地隶属于另一个县，距离何家园有六十里。那儿靠近东海，却有许多老河。老河里螺蛳又肥又大，最重要是多，正是扒螺蛳的最佳去处。“这个划锹，看到我连招呼都不打一个。往常看到我，一准要先喊我‘二嫂’的。”“二嫂”称谓的由来，是因为醒兰嫁给排行第二的凰桃。醒兰说到这儿撇撇嘴，“我心里面奇怪这个划锹，晚上回来的路上，碰到了几个人，这奇怪才没了的。这几个人跟我讲，今年，大家差不多同时去新余扒螺蛳，数我们家扒得最好。每天晚上，大家凑到一起称螺蛳，都是我们家的分量最重。以往那些年，划锹家才是扒得最好的嘛。”秋锦和宝锦听醒兰说到这里，明白了这划锹是出于嫉妒才不理醒兰。被何家园扒螺蛳冠军嫉妒，那是荣耀。难怪醒兰这么高兴。醒兰这时开始夸赞春锦。今年这个家庭派出去扒螺蛳的两个重劳力，天天夺冠，春锦才是最大功臣。为什么？往年，也多数是凰桃和春锦一起出去，但从不曾在某天得到过冠军，更别说蝉联。这说明，春锦今年长进了。这是很好解释的。今年这过去的八九个月里，春锦飞快地长个子，又横向发展，整个人足足重了三十斤。力气之大，可想而知。春锦很可能已经成了这个家庭比凰桃还顶用的首席重劳力了呢。醒兰今天的高兴，来自两个层面，一、作为蝉联扒螺蛳冠军的她家，今年有望攒到很大一笔钱。这是她主要的高兴点。二、春锦太值得她骄傲了。这个高兴点，来得更加深层一些。“我让回来的人捎话给你们爸，不用像他们一样隔半个月、二十来天的，就往家跑。好好在新余扒螺蛳。一趟都不用回家。家里有我和你们这两个好孩子顶，顶得住。再说了，冬天来了，田里也没有什么大活。我一个人干，每天还能匀出时间给你们做鞋子哩。”醒兰目光里的激情一览无余。“我在想呀，等你们爸、大哥最后回到家，说不定能带回来三百块钱。”三百块钱，是醒兰预想中今年扒螺蛳的总成果。这个数目不可谓不大。往年，多次成为冠军的划锹，最多的一次，也不过是两百七十六块五毛七分钱。醒兰把一笔巨款设为目标，这是被盖新房的愿念搞疯了吧？！

要是对夏天那趟出船设置这样的目标，倒是可以理解的。夏天出去弄鱼，鱼直接就卖给河岸上面住着的人家。中间没有人赚差价。冬天的扒螺蛳，是有人赚差价的。大家都是把螺蛳统一卖给收螺蛳的人。之所以这样，是因为螺蛳跟鱼不一样。鱼，人们吃不够，顿顿想吃。螺蛳这种东西，细菌多，肉质硬，不太合乎大众口味。大家只是偶尔吃一吃。螺蛳，就只能卖给收集它们的人，由他们统一交给这平原上那些跑班头的人。后者面对的是整个大上海。这边的螺蛳，只有在人口基数庞大的上海，才能真正卖得完。总之，因了至少有两道商贩赚差价，每天起早摸黑扒螺蛳的农民们，是不可能赚大钱的。何家园的人，夏、冬两季出船。冬季这趟赚到的钱能有夏季这趟三分之一，就烧高香了。

醒兰忽又想到今天发生的一桩事，就讲给秋锦、宝锦听。同样是下午，她来到自家另一块田地，吃惊地发觉了一个问题。这块田地与西侧相邻人家的那条垄，正在发生微妙的变化。又是垄出问题。看来，田挨田的两户人家，最是把中间的垄当回事。与先前何兆玖在刘家园那块小田里明目张胆地改变垄的位置不同，这一次，垄是被一种堪称隐秘的手法修改的。若不是醒兰今天仔细观察，还真看不出这埊有变化。原来，这埊不知什么时候被从头至尾裁薄了。薄了多少呢？醒兰记得，春天这田刚刚分到农户手上，大家都按村里的明文规定修了一尺宽的埊。今天下午出现在醒兰眼里的这条埊，绝对不足一尺。却又没有比一尺少多少。大概只少了一两寸的样子。醒兰就想，难道是春天的时候与邻家共同做埊时，就没有做够一尺？醒兰就带着疑惑来到那邻家的田地上，察看这埊。换了一个方向后，醒兰不再疑惑了。无疑，是这家确确实实裁了埊。

这埊，靠这家的一面，看着可真是整齐。不是刚刚裁过，如何能如此整齐？醒兰还是不想冤枉这家。为什么呢？西侧相邻的这块田地的主人家，女主人跟醒兰不是一般关系，她正是当日借新米给醒兰的锡兵的姆妈，郁水芝，跟醒兰同是郁家园嫁过来的。平素，醒兰与这水芝在何家园以姐妹相称。水芝喊醒兰姐。二人历来交好，要不然当时醒兰怎么会跟水芝借稻谷而不是跟别人家借？要知道，借稻谷会被人暗中嘲笑的。姐妹间就不用担心被嘲笑。因不想冤枉与自己关系不凡的水芝，醒兰就更加细致地观察这埊。她把这足有二十丈长的埊，从头至尾好生检查了一遍。检查到末尾那一段，醒兰倒吸了一口冷气。这段埊，相比这长埊上的其他部分，还多了一个状况：它的下半部分，是被掏空了的。

醒兰吃惊非小。这埊不但被水芝家精心裁切掉了几寸宽，水芝家还打算在裁切的基础上挖空底部，以促使这被挖空的一部分埊，在未来不长的时间里，一点一点地自然坍塌。水芝家到底是什么时候来裁了这埊？夜里吗？她家是想在不知不觉间把这埊所占据的面积彻底吃掉，以达到她家田地面积扩大的目的？这个下午，醒兰站在微风扑面的田地上，感觉到自己的内心颇不静。看来很多人都在明里暗里下手。这田，以后就这样了，今年获准承包了多少，以后每家拥有的就只有那么多。未来多么漫长啊，十年，二十年，一辈子。那么长的时间里，这田就这么多了，那些身体里的贪婪已被激活的村民，是不会甘心的。怎么安抚身体里蠢蠢欲动的贪念呢？没有别的办法，就只好对自家拥有一半管理权的垄下手了。

醒兰不想得罪水芝家。在一个表面平静、内里风起云涌的村庄里，有一个姐妹实属不易。醒兰也绝不想让水芝家侵占她家的利益。怎么办呢？这个夜晚，醒兰跟孩子们吐槽完这垄之后，决定下手。有办法让水芝意识到她醒兰已经盯上了这条垄。如果水芝还要交她醒兰这个朋友，就立即收手。醒兰领着秋锦和宝锦，趁夜来到田间。三个人不带手电筒，就着星光干。用了一整夜，三人把这垄被裁切掉的那部分，重新筑起来了。这其实是一个不那么沮丧的夜晚。一想到她的姐妹水芝很快就会发现这垄被恢复原貌，接下来也许会自知理亏，也许会恼羞成怒，从此，与她反目成仇。无论哪种状况，都是令人兴奋的。醒兰不是个怕争端的人。有时候，争端反而会令她兴奋。

两个孩子更加不会在这夜晚感到沮丧。这个略有些寒冷的夜晚其实是令他们快乐的。快乐的源泉，来自于那条垄上的荠菜。刚长出不几天的荠菜。一晚上，秋锦都在一边协助醒兰筑垄，一边挑荠菜。秋锦真是神了，黯淡星光下，她锐利的眼睛居然总能从杂草间区分出荠菜。天快亮的时候，垄筑完了，秋锦、宝锦两人的上下衣八只口袋里，都鼓鼓囊囊地装满了荠菜。回到家取出来用秤一称，有半斤荠菜。第二天一早，醒兰去集上割了三两猪肉。晚上，三个人吃了一顿荠菜猪肉馅的馄饨。真是好吃。宝锦都要哭了。往年，荠菜馄饨可是逢年过节才会吃上一顿的顶级美食啊。

"等盖了新房，弄鱼、扒螺蛳挣的钱，吃不完卖掉的粮食钱，就拿去买肉。想吃几顿荠菜馄饨就吃几顿。"

醒兰竟开起玩笑来了，还难得一见地持久地微笑着。吃完荠菜馄饨，天已黑得不能再黑。醒兰携秋锦、宝锦去那田地里，察看垄。不错！这垄，新筑的部分，没有遭到任何破坏。可以确定的是，水芝家今天白天是来过这里的。证据是水芝家的田里，刚刚冒出尖叶的麦苗间，有许多新鲜的脚印。无缘无故，别人家谁会到这田里踩这么多脚印？

挑荠菜的孩子

秋锦挎着一只篮子从家里走了出来，宝锦两手空空跟在她身后。篮子里面有一大一小两把铲刀，一把是秋锦自己要用的，一把是预留给宝锦用的。出门前，秋锦问宝锦要不要也带一只篮子，宝锦决绝地摇头。"那我多带一把铲刀吧，万一到时候你也想挑荠菜，就也有铲刀可以用。”秋锦说这句话的时候，用的是探询的语气。言罢，她一脸疼爱地看着宝锦，等他答复。如果宝锦硬说不用，她就只带一把自己用的大铲刀。秋锦对这个弟弟，除了疼爱，还有怎么数也数不完的关心。她不明白为什么宝锦既主动要求跟她一起出去挑荠菜，又抱定了绝不亲自动手挑荠菜的决心。但秋锦跟他们的姆妈醒兰不同。醒兰发现宝锦有什么不对劲，就用盘问乃至训问的方式来表达她的关切。问急了，还会抹眼泪，反问：你这个孩子怎么这么不懂事呀？你要急死我呀？如果时间充裕，接下来她很可能会进入一场漫无目的的数落，最终连她自己也忘了这场数落的导火索，是缘于她对宝锦的关心。秋锦表达关切的方式，是默默地观察，寻找最佳机会，去套出宝锦心里的秘密。从这个角度讲，十四岁的秋锦远比她四十一岁的姆妈情商要高，夸张一点甚至可以这么说：相比于秋锦，醒兰有些方面更具有孩子气。“那好吧！”这时，宝锦低头思忖了片刻，向姐姐抿了抿嘴，动作幅度很小地点了点头。秋锦这才将那把小铲刀也放到了篮子底。

姐弟俩一前一后走过自家与棉桃、厉金香家共用的这块空场地，经过他们共用的这旧宅的屋角，走百十来米小路，到达了灌溉渠。后者，是连接何家园与其他村民组的一条大土路。巧英与徐卫芹已在路口等候。巧英是何家园的，家住灌溉渠西面，今年十五岁。这何家园，共有三十几户人家，一半住在灌溉渠西，一半住在灌溉渠东。徐卫芹是徐家园的，今年十二岁，是秋锦的同班同学。她是专门到这儿与秋锦、巧英会合的。见秋锦领着个子小小的宝锦过来，活泼的徐卫芹用一句玩笑跟宝锦打招呼：“宝锦！我们女孩子挑荠菜，你个男孩子家的，怎么也跟过来啦？”徐卫芹话音未落，宝锦的脸一下子就红了，不再往前走。“宝锦！你怎么了？”秋锦紧张地拉住宝锦。徐卫芹没有意识到，她的玩笑话戳中了宝锦的痛穴，第二个玩笑从她嘴里欢快地跳脱出来：“宝锦！你怎么比女孩子还容易脸红？”宝锦脸已煞白，挣脱了秋锦，趸身奔向来时的小路。徐卫芹这才意识到闯祸了，却搞不清到底闯了什么祸，就愣住了。秋锦忙将手里的篮子塞给巧英，几步追上宝锦，“宝锦！不是说好跟我一起去挑荠菜的吗？怎么又想回家啦？”说话间，秋锦隐约明白了为什么先前宝锦会那么决绝地拒绝提篮子：在这平原的乡下，男性是很少出去挑荠菜的。一个小男孩出去挑荠菜，就等于往自己身上栽种了一个供人奚落的把柄。为什么宝锦会突然有如此强烈的性别意识？最近这两年在宝锦脱离秋锦视野的那些个时候，他到底经历了什么？秋锦忧心忡忡地端详宝锦。宝锦却停下步来，匆促地看了秋锦一眼，又把目光跳开。秋锦从宝锦匆促的一瞥中看到了他的自责。秋锦满是疑惑地看着宝锦。宝锦却笑了，笑得很用力，仿佛什么事情都没有发生似的。他快步跑向灌溉渠，跑到三个女孩前面去了。那急切劲儿，像是在跟女孩们说：没事啦！我们赶紧走吧！时间可金贵啦，每周就一个周日可以用于挑荠菜，请大家珍惜这一天的每一分钟吧。徐卫芹悬着的心这才落了下来，她恢复了调皮、可爱的劲儿，一左一右拉住秋锦、巧英，去追宝锦。秋锦也不再担心宝锦。孩子嘛，心里总会有些莫名奇妙的怪想法。

不必对此过度解读。此刻，她是这样想的。十四岁的秋锦，把自己当成了成年人。少年老成的秋锦却不知道，自闭症的一个表现，就是会设法在别人面前隐藏真实的内心世界。就在刚才，宝锦敏锐地觉察到姐姐和她的两个伙伴就要发现他内心的秘密了，他该做什么？当然是竭尽全力地去阻止她们继续发现。怎么能让她们知道他最讨厌别人说他像小女孩呢？让她们知道他最讨厌这一点，这就意味着经常有人这么说他。推而广之，为什么经常有人这么说他？难道不是因为他身上确实具有小女孩的特征？宝锦一个九岁的孩子，脑子里当然不可能有如此缜密的逻辑链，但孩子自然而然的行为，有时比成人更合乎逻辑。

这是小雪后的一天，农历十月廿三，周日，这平原上已经比较冷了。再过十天半个月的，霜雪会寻找机会临幸嗷嗷待哺的大地，到那时候，农民便彻底不需要去田地里劳作了，由着半睡半醒的田地耐着性子哺育其间的庄稼，那些自然村落间的一块块田地，看起来将比往日要空旷。这种空旷感，不仅仅是因为农民们撤离农田而造成的，还由于田地里的庄稼都很矮小。麦苗是矮小的，油菜是矮小的，蚕豆秧是矮小的，这平原上最广泛种植的这三种农作物的矮小，也造就了那种空旷感。空旷感会绵延整个冬季。在这段时间里，灌溉渠上来来往往的行人会变得比其他任何时候都要醒目。这个周日，各提着一只篮子行走在灌溉渠上的三个半成年的女孩，以及她们身后的那个小男孩，分外引人注目。这同时也说明，这个周日，附近几个村民组里，出来挑荠菜的，也许就只有他们这一组孩子。在这平原的乡下，挑荠菜这种事情本来就不普及。宝锦加快脚步，蹿到了三个女孩子的前面去了。他早已意识到他们的醒目，他想尽快脱离这条灌溉渠，走到远离何家园的那些灌溉渠上，在那些路上，站在何家园自家的房舍旁，是看不到他们的。“我们走快一点吧！”秋锦仿佛洞悉了弟弟的心思，唤着巧英和徐卫芹。三个女孩子便追上宝锦，重新跑到他前面去了。

徐卫芹今天口袋里揣了三块什锦糖。她没料到今天有宝锦。来到另一条灌溉渠，徐卫芹掏出糖分发，秋锦、巧英、宝锦各一块。她自己没有。宝锦何等灵敏，看出这糖本来就是缺了自己那一块的，便摆手不要。徐卫芹讨好地嬉笑着对宝锦说：“你拿着吧，不然我会觉得你还在生我的气。”宝锦无疑又被点到痛穴，更加坚定地不要。见二人僵持，秋锦快速给自己手里这块糖剥了糖纸，咬成两半，一半塞到宝锦嘴里，一半塞进自己嘴里去。接着她取走宝锦手里的糖，同样快速地剥了糖纸，不容徐卫芹拒绝，就将它塞进其嘴里。“这样多好？每个人都有糖吃。”说罢，她从兜里掏出一大把炒花生给徐卫芹，这样就立即返还了她和弟弟吃了徐卫芹一块糖的人情。巧英小气，今天没带任何食物来跟大家交换。秋锦假装不懂巧英的小气，掏出比给徐卫芹略少的一把炒花生给巧英。秋锦总能在最关键的时候展现自己的睿智和周全，也难怪比她大一岁的巧英也喜欢她。巧英三年前小学毕业就没再读书了，是家里的顶梁柱之一。

四个孩子嘴里含着什锦糖，珍惜地走几十米剥开一个花生，将壳内的两粒花生捏在手里再走几十米，吃掉其中一粒，再走几十米，吃掉另一粒。就这样，他们将享用食物的乐趣均分给行程中的每一小段时间，以此抵消行走的乏味。这行走，还是花了他们一段时间的。足有一个来钟头的样子。他们设想中要到达的那块田地，在远离何家园有三里多路的另一个乡。他们要经过三条灌溉渠，再走过一条运河上的大桥，再穿越一条公路，再经过这个乡的集市，再往北走半里地，才能抵达。这是一块最爱长荠菜的田地。按行政建制，这块田地，属于金龙乡港北村四组。无疑，这地方再往前推几百年，也是港湾，但它比何家园成陆可能要略早几十、上百年。这冲积平原的陆地，历来都是由北至南先后出现的。有一个说法，就是这平原上人的聪明和勤劳程度，是与他们目下聚居地的成陆时间成反比的，来得越晚的人，越聪明、勤劳。这个说法主要流传在靠南一点的地盘上，是否有科学依据，无法考证，但这个说法本身就可证明一点：这平原上的人，越往南，越有优越感。聪明这种事情，本来就是伪命题，谁能真正说得清？说得清的人都是大言不惭。不过，要说越往南的人越勤劳，这倒是当下就看得出来的事实。就拿荠菜来说。越往北，荠菜在农田里留存的时间就越长。越往南的人，越眼疾手快。荠菜刚在农田里长出来不几天，就会被盯上，被挑走。越往北的人，越不爱干挑荠菜这种听着就琐小的事情。

一路上巧英都在向徐卫芹传授挑荠菜的规则和要领。挑荠菜这门活计，首先是要讲究规则的。什么田地里的荠菜可以挑，什么田地里的荠菜不可以挑，这平原的乡下都有约定俗成的规矩。农民自留地里的荠菜，是万万不可以去挑的。哪怕，那自留地当时是块荒地。农田里的荠菜随便挑。但挑的时候，要注意脚不要踩到庄稼，篮子里就算还没装一棵荠菜、还很轻的时候，也不能直接搁到庄稼上。铲刀对着一棵荠菜割下去的时候，千万记得要用刀尖割，这样可以确保只割到那棵荠菜根部，不伤及它身边的庄稼。有时候，一棵荠菜是被几棵庄稼裹住长在田地里的，这种情况下，特别考验挑荠菜的技术。还有，要注意观察。在进入一块田地之前，要向远处的农舍看看，有没有谁家场上站出了一个人，向这边指手画脚。这些田地，它们的主人，自然就是远处目力所及的某个农舍里的那一家人。有人指手画脚，说明这块田地的主人，过分珍视自己的承包地，绝不允许外人踏入那里一步。更不容许外人去那里挑荠菜。哪怕这个人，是个技能极其高超的“挑家”。这种热爱捍卫自家承包地上寸土寸草的农民，是个例。通常的农民，都不至于凛厉到这等程度。有人提着篮子进入他们家的承包地，他们就知道是挑荠菜的，也愿意相信，这些挑荠菜的人本心上一定不愿意破坏庄稼。他们中个别心地过于善良的人，甚至会觉得这些挑荠菜的人是在免费给他们清理庄稼地里的杂草。总之，挑荠菜的活计，看似琐小，实则也是一门大学问。这世上，什么事不是大学问呢？大的事，小的事，都是大学问。在挑荠菜这门活计上，巧英是个老江湖了。小学毕业后这三年来，巧英每年冬天都把挑荠菜当成主要职业，每天白天挑荠菜，清晨拿到集上去卖，卖的钱给父母。她家当然也在密谋着盖新房事宜。巧英自然对挑荠菜所涉及的方方面面十分在行，教徐卫芹这种新手，对她来说小菜一碟。

在被他们设为目的地的金龙乡港北村的这块田上，四个人分成三股力量，开始了一天的挑荠菜行动。宝锦自然跟秋锦是一股。真是神奇，宝锦找荠菜的能力极其好。他甚至比挑荠菜的老手秋锦还要快速地发现某一棵荠菜。宝锦也不明白为什么，他看到荠菜就兴奋。这种兴奋潜伏在心里，激发出宝锦身体里的能量。这正是宝锦成为一个找荠菜高手的密码所在。也正是宝锦今早主动提出要跟秋锦出来挖荠菜的原因。是身体里的一股原始力量，催使他要跟着秋锦来的。不过，宝锦只是找荠菜，绝不去挑。尽管，在发现某棵荠菜的第一刻，他分明能感到心里升起一股去挑它的强烈冲动。这冲动终会被他抑制，最终，他只是指着那棵荠菜，发出欣喜的唤叫而已。“姐！那儿有一棵，快去挑！那儿，姐！那儿有一棵更大的。”迎着宝锦的唤叫声，秋锦忙得不亦乐乎。简直忙不过来。

这一天的收获，必定是这姐弟俩最大。这一点，不可能有悬念。巧英今天也不是这姐弟俩的对手。徐卫芹这种三心二意挑荠菜的人，就更不用说了。傍晚，四个孩子沿来路回去，秋锦的篮子，被塞得鼓胀，像醒兰养的两头肥猪的肚子。快到家的时候，篮子的一根篾，居然给胀裂了。醒兰一边帮姐弟俩将荠菜从篮里掏出来铺到八仙桌下面的地上，一边嘴上含了水钻到桌子下向荠菜喷水，并笑着责怪秋锦：“你说你，那么用力往篮子里塞荠菜干什么？篮子都给塞坏了。一只篮子多少钱？一篮荠菜多少钱？你有没有算一算？你这一篮子荠菜，卖出来的钱，能够买一只篮子吗？”秋锦便老到地指出醒兰指责里的错误：“姆妈！就坏了一根篾子，找篾匠穿一根新的篾上去，才五分钱。我这一篮子荠菜，能卖三四毛钱。不！说不定能卖五毛钱。”醒兰这次不再利用母亲的身份强势反驳秋锦。这姐弟两个那么懂事，一到周日就用这种方式去替她挣钱，用这种方式，帮她一起来积攒盖新房所需要的钱，她心里早就乐开了花：“早点睡吧！明天还要早起去集上卖荠菜。要不，我帮你们去卖？”秋锦没有答应。姆妈有她自己的事情，很多的事情，尽管，农忙早就过去很久了。她要做家务，晒粮食，没完没了地给一家人纳鞋底，补旧衣服，喂那两头猪，三只羊，还有一群鸡、鸭，她那么忙，秋锦怎么忍心占用她的时间？在秋锦的心里，挑荠菜去卖，这是她为这个家庭变得富有尽一份力的专门行为，她该独立完成。宝锦都帮她的忙了，她还要姆妈帮忙，那她要求太多了吧。

次日，天不亮，姐弟二人就提着这一篮子荠菜来到本乡的集市上。这集市，每天很早就开始热闹，那时候离天亮通常还要隔一个多时辰。秋锦携宝锦在集市寻了个合适的地方停下时，是离天亮还有个把钟头的样子。宝锦年纪小，易困，靠在后面人家的墙上睡了起来。这集市在河沿上，上面，是密集的民房。这些民房的主人，都是居民户。居民户跟这平原乡下的农民是截然不同的。人民公社时代如此，现在乡镇时期亦如此。秋锦和宝锦的荠菜，将要卖给他们吃。只有他们这些居民户，才会花钱买荠菜吃。农民谁会在这种奢侈品属性的食物上花钱？他们给出的价格，跟上海人买荠菜的价格一样，不会少一分一厘。这也正是秋锦没有像图省事的徐卫芹那样将荠菜卖给跑班头的有水夫妇的原因。何必给这些跑班头的人赚差价？当然，巧英这种职业挑荠菜的，更加不会把荠菜折价卖给跑班头的人。

巧英卖荠菜的位置，与秋锦、宝锦姐弟隔着几个卖蔬菜的农民。她富有经验，适时叫卖，该吹嘘时吹嘘，该承认她的荠菜卖相哪里不足的，立即承认。她真是个天生的销售专家。但即使这样，巧英也是跟秋锦、宝锦姐弟一样，很难把荠菜卖出去。即便居民户会买荠菜，但他们也还是偶尔才吃这种东西。荠菜本来就是小众的。这卖荠菜，相比于挖荠菜，似乎难度更大。不过，巧英在天光大亮时，遇到了一个贵人。这个人一口气把巧英篮子里的五六斤荠菜都买去了。且巧英卖了高价，七分钱一斤。见巧英卖完，这边还没开张的秋锦急了。看看天上明晃晃的阳光，她意识到马上要到晨读的时间了。她必须在第一堂课开始前，到达教室。宝锦也一样。新远校离这集市有三里多地，跑回去要一刻钟左右。一贯沉稳的秋锦有点乱了方寸，大声叫卖起来："要荠菜吗？要荠菜吗？"她叫的声音太大，把靠在墙上打瞌睡的宝锦给惊醒了。"宝锦！你也喊两声。"秋锦回头焦急地央求宝锦。

这是万万使不得的，宝锦怎么可能叫卖呢？

他可叫不出来一个字，把他打死他也叫不出。他今天跟秋锦过来卖荠菜，就有点后悔了。从宝锦前面走过的那些居民户，他们穿着崭新的衣服，脸上是宠辱不惊的神情，一会儿宝锦面前经过一个，一会儿宝锦面前又经过一个，宝锦已经自卑得眼眶随时要掉泪了。喉咙里面有什么东西始终在膨胀，这会儿他已经被这东西堵得完全说不出话来了。让他说一句正常的话都不可能，怎么可能出声叫卖？宝锦下意识地往墙根缩。秋锦无奈地将头转回，专心打量迎面走过的一个又一个人，努力分辨他们中谁才是潜在的买家。终于，秋锦押对了一次。有一个人，看着不像要买的，但秋锦执意向他推销，他居然买去了半篮荠菜。好运接着又来了，过了约莫十来分钟，另一个人，买走了剩下的半篮。秋锦两次卖荠菜，一次是五分钱一斤，另一次，一斤五分半。昨天秋锦和宝锦挑得比巧英多，但今天卖出来的钱，巧英还多了几分。看来，绝不能小看了这售卖的能力。

中午，秋锦、宝锦回家吃饭，将卖荠菜的钱交给醒兰。总共卖了三毛二分钱，比预想的要少。见只是三毛二分钱，醒兰随手揣到兜里。不过，晚上的时候，醒兰像往常经常做的那样，将存钱的布袋拿出来清点钱的时候，还是把那钱从兜里掏了出来。这来自孩子的三毛二分钱，虽属杯水车薪，但也是去往盖新房梦想的一个好兆头。这晚醒兰数钱的动作比往日更有耐心。截至今天，她手上已存有一百六十块三毛八分钱。把她预想中春节前凰桃和春锦要带回来的三百块钱加起来，农历这年的年底，他们会有将近五百块钱。当下砖、瓦、木头等一应盖房材料的价格，醒兰早就弄得一清二楚。一幢最简陋的新房，如果是近两年盖的话，少说也得三千块钱。如果明年夏天这趟弄鱼，他们家赚五百块钱以上，冬天扒螺蛳依然能有三百块，再加上明年匀出些粮食去卖，还有卖那两头猪、三只羊和鸡蛋、鸭蛋的钱，偶尔挑些吃不完的蔬菜去卖，明年一年，就能攒下千把块钱。这么看来，他们家要过三年才能盖上新房。醒兰忽有些忧伤。这两天，有水、来凤家的材料全部齐了，新房子来年开春就动工。另有一户人家，也去窑上订了几千头砖。还有一户人家，今天刚买了两根直径将近一尺的木头回来，打算以后做房梁。两根木头耀武扬威地陈列在这家的场上，醒兰还跟别人一起去看了呢。看的人都羡慕得紧。何家园三十户人家，除开几户老人，有二十几户人家日前都在暗中较劲，比谁家先盖上新房。不出意外，最近两年里，会有十户以上人家盖新房。醒兰可不想最终排在十名开外。做人怎么着也得跑在平均数之前。

这晚醒兰睡不着觉，唉声叹气。她不该总是叹气的。不是有一种说法，说人越叹气就越不能来好运气吗？天亮的时候，这种说法果然应验。那个划锹，不久前刚回来过一次的划锹，又专门跑回来了。他是回来给醒兰报信的。“你们家凰桃和春锦，还有你们家的船，夜里头一起被一台拖轮撞进河里，没了。都没了。”

第三章　寒冬来临

身体里的坚硬

醒兰站在空旷的麦田边，同时，也是站在吞没凰桃和春锦的那条运河的河沿之上。这是一九八三年十一月二十九日，农历十月廿五。事发当时，没有目击者，凰桃和春锦出事的具体时间就难以确定。唯一可以确定的是，事故发生在夜里。那么，这可怜的父子俩就是在前天戌时与昨日的卯时这十来个钟头之间命丧此处的。哪里是因为春锦的身体今年突飞猛长他们才日日成为扒螺冠军的啊？根本就不是。真正的原因，是他们夜里也要去扒螺蛳。别人家都只是按惯例白天劳作，夜里休息。他们是白天全力劳作，夜里瞒着别的人家继续劳作。比别人多花了时间，自然扒上来的螺蛳就更多了。站在醒兰边上的划锹叹了口气，说："你说二哥这人啊，何必那么拼命。夜里头，又冷，又看不清，哪里能扒得到多少螺蛳？！他和春锦也真是的，每天待我们都睡了，偷偷把船从我们的船旁边撑出去，到这种地方来扒螺蛳。这种地方白天扒螺蛳都不行，夜里又怎么能行？”划锹指出了凰桃与春锦出事的一个重要原因：这父子二人每晚来到一个不适合扒螺蛳的地方扒螺蛳。这个地方，就是承载运输功能的运河。为什么要到运河里来扒螺蛳？因为每一条短促的老河里，都停着何家园和相邻村民组人家的船。凰桃不想让别人知道，他们家夜里也在扒螺蛳。这一定是凰桃的主意。这个人啊，一生都沉默寡言，但心里揣着的小念头可多了。如果夜里扒螺蛳被同来此地的人知道，到了白天，他们这一户，就会成为大家的谈资。“凰桃凰桃，你想钱想疯了吗？夜里头扒螺蛳。”“春锦春锦，少扒点螺蛳，也能娶上媳妇的，别让你爸每天夜里还要扒螺蛳，哈哈！”大家的玩笑话，并不一定带有恶意。扒螺蛳终是桩无聊的活计，大家只是需要话题填补这无聊而已。可是凰桃，这个内向的男人，断不想成为众人谈论的目标。再说了，运河里的螺蛳是没有老河里肥硕，但不见得比老河里少啊。就是这样的心理，把凰桃和春锦推向了夜晚危机四伏的运河。

陪同醒兰前来的，除了划锹，还有两个族亲的代表：凰桃的三妹绿桃、弟弟小桃。这二人与凰桃的感情，相较于他与其他几个兄弟姐妹要好一些。尤其绿桃，小时候体弱多病，凰桃对她多有照拂。今晨听说二哥出事，她从八里外的葛灶乡赶到何家园，头上戴着她六岁时凰桃给她买的一只褐色柳叶形发簪。那是当时十三岁的凰桃在河里摸了一暑假的鱼卖得的钱换来的。见到一夜未合一眼的醒兰，绿桃就抱住她哀号。这一刻，站在这寒风微凛的大河之畔，绿桃仍在哭。一边哭，一边骂这吃人的大河。这时，一列由七艘运输船串联而成的拖轮由东向西行驶过来，绿桃红肿的眼睛亮了，在轮船的“突突”声中高声谩骂起来，仿佛这条拖轮，正是肇事的那条，“你们这些拖轮，眼睛瞎了的吗？就算是夜里，我二哥家的船那么大，你们不该看不见。你们就是故意要弄死我二哥，和我那乖侄子，你们还我二哥，还我的春锦啊。”绿桃说到这里，虚弱得要倒下来。小桃一把将绿桃搀住。这绿桃就将头靠在小桃的肩上，闭着眼睛任意地呜咽。这时，河上面，拖轮已行至这四个伤心人的正前方，那“突突”的声音更加响亮了。他们再难以听清彼此的任何声息。正好小桃这时要说什么，因了别人听不清，他焦急起来。稍许过后，来自拖轮的噪声因其远去渐渐隐没，小桃的声音才清晰起来。绿桃和划锹听到小桃说：“不用找别人了，就我们自己下去摸吧。”绿桃和划锹这才明白，刚才小桃是在跟他们商量下去摸凰桃和春锦尸身的方案。

至少有三个方案：就他和划锹下去摸，醒兰和绿桃在岸上监督；再多找几个在此地扒螺蛳的何家园男性一起来摸；去县城里花钱雇有打捞经验的人来打捞。从小桃此刻有些失去理智的脸可以看出：心急火燎的他，要马上采取第一个方案。

划锹下意识地缩了缩脖子。此刻空气中的温度，应在十五摄氏度以下，河水更冷。去冷冽的河水里摸死人，就是不知道活人能不能扛得住。这划锹终是外人，首先考虑到的是自身安全。小桃的目光失望地从划锹脸上移开，却更加坚定了。他目光牢牢咬住这大河，深吸一口气，推开怀里的绿桃，往河沿下方冲去。为了他二哥和他侄子，他要独自去跟这冰凉的河水较量一番。这一两米高的河沿，被一圈风化的泥土包裹。小桃冲下去马上跌倒，随后背贴地向下滑去。脱落的泥土在他身后飘扬，使此时的小桃看起来如同一架身后拖拽着尾气的战斗飞机。然而，小桃最终被那飘扬的泥土弄得眼睛睁不开了。他捂着进了灰尘的眼，卧在接近河水的岸边，双手捶地，放声痛哭。“上来吧，小桃！”这时小桃听到上面的河岸上醒兰呼唤他的声音，“我们回去！回去！”

“回去？”小桃的眼此时恰好已勉强可以睁开，他抬起头，望向上面一动不动站立的醒兰。他是听错了吗？小桃的脸上充斥着不解。那绿桃更是迷惑。此刻，她的嘴微翕着，眼睛瞪得老大，侧身盯着醒兰。划锹亦是如此，动作几乎跟绿桃一模一样。直到这个时候，这三人才发觉，从来到这儿起，醒兰尚未说过一句话。她就一直木讷地站着，两只脚几乎没有移动过一次。有可能她的眼睛都没有眨过一次。“你是说回去？二嫂？！你是让我们现在回去？”

醒兰其实是神游在外的。过了许久，她的声音才传至绿桃、小桃、划锹耳畔。“对！回去！回去吧！”

“那二哥呢？春锦呢？就这么让他们在河里躺着？”小桃激烈地跳起身，连爬带蹿地奔上来，站到醒兰旁边。“二嫂！你不是在说胡话吧？”

“二嫂！你是真的要回去吗？要我们回去？”绿桃也问道。

又过了许久，醒兰才答：“对！只能回去。”

“为什么？”小桃责问起来，“为什么只能回去？”

“二嫂！你要回你自己回。”绿桃也生气了，“你回，我们不回。我们在这儿摸人。”

醒兰那张呆滞的脸抽搐了起来。她双眼通红，眼球突起，气息沉重，颇有些杀气地盯住绿桃看了一眼，又看了小桃一眼，继而向着这大河挥舞着双手咆哮了起来：

“绿桃！小桃！你们是听划锹说凰桃和我儿春锦葬在了这段河里，可划锹也只是猜的。真的葬在了哪段河里，他自己也说不清楚。何家园如今在这儿扒螺蛳的人，都不能说清楚。划锹，你说，是不是这样的？”

划锹想了想，点了点头。他的目光从宽阔的河面跳开去，在对面接近岸边的水面停落。那儿，搁浅着凰桃和春锦倒扣的船。它已经因那夜的撞击损毁得只剩下一个船体了，原本安置在后舱的船篷，早已不知所终。船里扒螺蛳的工具、做饭的锅箱、用于睡觉的被褥等一应物什，全都不见了。

就在昨天白天，划锹家和另外一户何家园村民撑船经过这儿，看到了凰桃和春锦搁浅的船，这才知道这父子二人在刚刚过去的夜里出事了。为什么确信是这夜里而不是更早？因为，前天傍晚，是有人见过他们的。划锹昨天当即就与另外几人去船里查过，确信里面没有凰桃和春锦。什么东西都没有了。

划锹之所以认为这段河流是凰桃与春锦出事的地方，只是因了这船搁浅在这儿。可稍一想都知道，这河最深处有二十几米深，这船会漂移。真正的出事地点，难以准确认定。

醒兰继续道："就算划锹猜得对，凰桃和我儿春锦的的确确葬在这一段的河里。可如今他们还在这儿吗？你们两个睁大眼睛好好看看，看看这水流，多快，流得多快啊。你们也知道这河有多深。这大河，里里外外都是浪。凰桃和我儿春锦已经没了多少个时辰了？你们知道他们给浪冲到哪一段去了？这河水往东流，过去三十里地，就是东海。说不定，凰桃和我儿春锦已经见到东海龙王了。你们打算从这里摸到东海吗？这大河这么宽，就摸我们面前这一段，要花多少时间？你们打算摸几辈子？"

"摸几辈子也要摸！"小桃抢白。

醒兰总算听明白了。小桃今日一切言行，确有充沛的真情实感。但若说他这人一点都不虚伪，那是高看他了。需要他替醒兰、凰桃说句公道话的时候，他因了不敢得罪厉金香这恶妇装聋作哑，令醒兰、凰桃这一大家子人丧失堂屋的一半主权，挤在一间十五平方米的屋里苟延残喘。这些年里，孩子们一天比一天长大，他们这个家，是多么需要那半间堂屋啊。小桃原本是可以雪中送炭的，那个时候，他却没有。现在倒好，人都死了，根本不可能摸得到他们的尸身，他来劲了，要去这波涛汹涌的河里摸上一道。到底摸得着摸不着，他其实根本不在意的。他只是需要这摸一下的经历，好让以后人人都夸他：小桃小桃！大冬天的，你是去那冰凉的河里摸过自己的亲哥和亲侄的呀，你啊，真是重情重义之人。哼！打的一手好算盘。人都死了，还想利用他们为自己的日后博一点虚名。

绿桃也是。枉了凰桃那么疼爱过她。只在春节和中元节，她才装腔作势地来何家园看望哥嫂。每年来，她先去的不是醒兰、凰桃这边，而是先去棉桃、厉金香那头。这棉桃从小心有多狠，何家园老一辈的人谁不知道？弟弟妹妹小的时候摔到地上他也不会去扶，只会在一边笑。厉金香更不用说了。这恶妇，天天跟棉桃和她的孩子们数落棉桃的弟弟妹妹们，包括她绿桃。根本不可能数落得到的地方，她也有本事数落得到。比如绿桃出嫁的时候，带走了他们母亲一对耳环。那是做母亲的愿意，再说了，这是嫁妆，厉金香有什么好计较的？她却提到绿桃就拿这桩事力证绿桃是个贪心的人。这恶妇日复一日在自家屋里数落绿桃等弟妹，这边的醒兰他们都能听得到。她绿桃不知道厉金香常年在挑她毛病吗？怎么可能不知道？她却还处处将厉金香与棉桃供在首要位置，每年回来都先去看望他们，美其名曰：大哥、大嫂理当排在二哥、二嫂前面。可真是尊重礼仪呢。得了吧，就是欺软怕硬。

都是虚伪。但今天，凰桃和春锦的冤魂可看好了，醒兰是绝对要将这虚伪打压下去的。她绝不会让自己冤死的丈夫、不幸早逝的大儿子做了这虚伪的背景板。

醒兰抬头看了看天，这白天马上就要过去了。她要拆穿小桃和绿桃吗？不必了。拆穿他们，需要浪费口水和时间，她醒兰的人生，就是一个匆忙应战的过程，一次一次地去应一场又一场的战斗。接下来，她还有许多许多的仗要去打。她的人生太忙碌了，太疲于奔命了，太多关隘要突破了，太难了，太累了，太得争分夺秒了，她如何敢把时间浪费在这不必要的事情上？醒兰就转过身去，背对那宽阔的运河，面朝空旷的农田，快步走了起来。小桃、绿桃愣了一下，一起看向她的背影。他二人不愿意跟上去。划锹见他们这样僵持，不知该怎么办好，就拿出一根劣质的烟来抽。醒兰在田埂走得飞快，身姿极为硬朗。眼看着，这个今天在小桃、绿桃、划锹眼里变得硬实得可怕的女人，就离他们有几十米远了。这女人却转过身来，大声对河岸之上的那三人道："凰桃和我儿春锦的葬礼，定在后天。后天是廿七。我请你们都来为凰桃和我儿送葬！谢谢了。"

小桃和绿桃自是理解不到醒兰强大到不近人情的理性，他二人就只看到了醒兰的硬心肠，看到了冷酷，残忍的冷酷。他们还没嫁或"嫁"出去之前，就对凰桃对醒兰的百依百顺颇有微词，今天这么一来，他们对此更加不满了。看吧！她就是这么对你的！下辈子你要再遇到她，还敢再那么宠她吗？他二人心里不约而同地如此揶揄着死去的凰桃，他们把醒兰今天的表现视为凰桃宠溺醒兰的后果，视为凰桃自作自受。小桃的心已跌至冰点，他喃喃道："绿桃，你跟她回去吧。我跟划锹老哥下去再找一找。"绿桃把眼一瞪，"你想回你回，我跟划锹老哥下去找。"就这么争执了两句，二人请划锹撑来自家的船，将他们渡到对岸，踏上那倒卧的船里寻找凰桃与春锦的尸身。他们自然不可能如愿。二人又花了一些时间在岸上跑着呼唤着凰桃与春锦。入夜，二人分头在划锹和另一户人家的船里留宿，次日天不亮就起身，赶往何家园。

追吉逐利

小桃和绿桃赶到时，醒兰已在门外的场上用油纸和竹竿支了个帐篷，权作灵堂。他们看到的不止于此，还看到厉金香正与醒兰在场上拉扯。这厉氏誓要将这支好的灵堂毁坏，醒兰自是不让。醒兰那不近人情的理性恰好给了厉金香捣乱的理由：尸身都没有，布什么灵堂？这无疑是厉金香的借口。她搞破坏的理由绝不是这个。理由是什么？她额头上有一块隐约的疤痕，是那晚春锦扔出那块断砖造成的。是她还记恨着春锦这一击？也不会是这个原因。人都死了，她厉金香再凶蛮，但毕竟不是魔鬼，不至于如此没有人性。真正的原因，是她觉得这块场地两家共有，在其上支灵堂，约等于她家也在支灵堂，这可不太吉利。她特别在意风水、运气这种东西，眼下更在意。她大儿子小松二十七岁了，天天找人说媒，屡说屡败。不久前刚刚说了一个姑娘，这次好像要成了，两家前几天还交换了八字。场上支了一个灵堂，一定会破坏运势。运势坏了，交换了八字又怎样？对方家里随时都可能反悔。

这厉氏也曾与醒兰交涉：是否可以将灵堂搬进屋内。人死了，请魂魄进家门，而不是只是请到门外的场上而已，不是更加恰当吗？醒兰严词拒绝。一来，那二十几平方米的屋子实在太小，要将灵堂设在屋里，得把里面能移动的东西全部挪至户外，两张床、那只八仙桌，等等。就算全都给弄出来了，在里面摆开了灵堂，但前来奔丧的人，都无法进入。更别说请来的阴人了。他们要一字排开做法事。这屋里还哪来的空处给他们如此庄重地做法事？摆在场上就不一样了，前来奔丧的人，即便在灵堂外面拜会死去的凰桃与春锦，仍显得与灵堂在同一空间。阴人做法事，自然也可以在灵堂外面另外专设一个帐篷，不影响法事的庄重性。醒兰也向厉金香解释，她问过懂行的人，像她家这种情况，本就一间屋，帐篷设在自家场上，跟设在屋内没有区别。凰桃、春锦的冤魂被召唤到场上，自然是想进屋就进屋去。他们父子二人在世时都是灵醒的人，也不至于死了之后眼睛就瞎了，耳朵就聋了，脑子就坏掉了。不至于到场上了，却不知道怎么进家门。醒兰对厉金香回应毕，冷冷地感谢厉金香想得周到，连凰桃、春锦要进家门的事都想到了，但她也请厉金香不必再多此一举。厉金香被醒兰说得哑口无言，暴脾气就上来了。她走至自家门外，敲开紧闭的屋门，旋又从里面领了大儿子小松、二儿子小俊，真的要来拆灵堂。小桃和绿桃正是这个时候抵临的。

闻听这母子三人要对死去的二哥和春锦不敬，小桃、绿桃首次在厉金香面前发作了。绿桃此刻只想揍人，不便于揍大嫂厉金香，挑一个侄儿总可以吧？绿桃随手在地上捡了根竹竿，往小松身上抽去，“敢拆你二叔的灵堂，我回去天天咒你，咒你一辈子娶不上老婆。”又将竹竿挥向小俊，“还有你！我也要咒，咒你同样娶不着老婆。”小俊、小松满场跑，躲避追上来抽打的绿桃。绿桃越说越来劲，“我咒你们兄弟二人都娶不着老婆！打一辈子光棍！你们自己看着办！”这话点到了厉金香的死穴。她指挥这场骚乱的原因，无非是惧怕某些神秘力量，怕它导致儿子在婚姻市场上遭更多挫折。若这绿桃真的回去咒她儿子，还两个一起咒，那是万万要不得的。厉金香忙拦住要去对灵堂动手的两个儿子，将他们拉进自家屋中，将房门闭了，在里面小声絮叨。不知母子三人在里面商量了什么。过了一会儿，厉金香出门去了。两个时辰后，她回到家，在门上贴了一道符。这之后，她带着两个儿子去了她娘家厉家园，像是避难去了。只要将儿子们带离丧事现场，他们的运气就无法受影响，她最终只好这么安慰自己。虽任由妻子将两个儿子带回娘家，但棉桃自己，对这场丧事很上心的。他领着女儿小梅全程帮醒兰张罗，仔细、周到、认真，尽心尽力。一天夜里，他还跪到凰桃的灵位前，哭着，念叨着些什么。大概是忏悔。这倒让醒兰对棉桃生出了些许好感。醒兰想，若不是厉金香这货，大概他们两家，从一开始就应是和睦相处的。

灵堂正中的龛上，摆着春锦的一件毛衣。这毛衣，当然是来自于醒兰那姑妈的馈赠。亏得这平原的乡下大家都眼浅，这毛衣因为款式新颖，这一次结伙去新余扒螺蛳的何家园人，他们中的几个与春锦年龄相仿的男丁，都想试试这毛衣。春锦脾气好，此番出行多带了件毛衣，如此一来，这件毛衣谁想穿，他就可以借给谁穿。凰桃、春锦出事那日，毛衣是借出去的。这一借，借来了醒兰的一个庆幸。醒兰想，若不是春锦那天将这毛衣借出去，他和凰桃就把身子和身上的一切全都葬送于那大河中了。有了这件毛衣，供在这灵堂上，凰桃和春锦就一定能认得回来的路。你们可一定要回来啊，醒兰在心里面默念。她想好了，假以时日，她一定在春锦二十七岁之前，替春锦娶一门阴亲。为什么是二十七岁之前，而不是二十六岁，或二十八岁？小松不是二十七岁吗？醒兰在这桩事上也想跟厉金香争个先。祝愿小松今年娶不上亲，这样的话，醒兰替春锦娶阴亲的时间就能多宽限一年。

理屈词穷

珍锦这死丫头，简直是胡闹，真要命！她居然跟醒兰杠上了。杠什么呢？她觉得醒兰应该立即去找到那肇事的拖轮，向他们索赔。赔人命，赔船。用钱来偿还。这不是胡闹又是什么？赔钱？这死丫头是在唱戏吗？还是现代戏。她是看电视看多了还是怎的？今年春天，她外公郁玉忠买了一台电视、一台收音机。收音机不是郁家园第一台，电视是。这珍锦每天放学后什么事不做，中午跟着收音机里的《每周一歌》节目学唱歌，晚上看中央电视台的电视剧。唱歌她是自己唱，看电视，是跟郁家园的大人、孩子们一起看。一边看，一边跟着电视演。在学校里用课间时间演，上学、放学路上演，星期天在灌溉渠、田埂上演。谁不暗中取笑她醒兰和凰桃生了个疯子？这回珍锦这疯丫头疯到醒兰面前来了。

醒兰原以为珍锦是说说而已。这孩子有些小聪明，也爱找机会证明自己比别人聪明。醒兰想，她大概是想向他们这些大人证明自己读书多，懂很多文明世界的戏码。证明完了，也就完了。谁知珍锦可认真了。“一定要索赔，怎么能让做坏事的船屁事不沾？这个世界是讲法律的，不管是不是故意的，只要是杀了人，就不但要杀头坐牢，还要赔钱。”珍锦喋喋不休。醒兰不耐烦地制止珍锦：“你这孩子，扯这些没用的东西干什么？还嫌姆妈不够烦吗？你再不闭嘴我找根针给你缝上。”珍锦怒道：“你缝啊，你缝上我照样说，必须索赔。”

到了这个时候，醒兰才意识到珍锦的天真。天真这种东西，醒兰从很小的时候就没有了。

她幼时因了父亲郁玉忠在外地做厂而与母亲郁张氏在郁家园相依为命，有一户邻居欺她们孤儿寡母，常年对她们没有好言语，在弟弟金宝出生前一年，六岁的她背着母亲郁张氏与这户人家的户主顶了一次嘴，过去几天后，她孤身一人夜里在河边的小路上行走，与这家的长子巧遇，这大男孩把她往河边拖，要把她摁死在河里，幸亏她力气不比对方小多少，逃掉了。这桩事，她从未跟父母说过，到死她都不会跟任何人说。性烈如她，被人谋害只让她觉得自己没用，只能令她感到羞耻，她怎么可能告诉别人？

她那个混账弟弟金宝，顶替父亲郁玉忠的工作成了城里人，此后逐渐与家里人摆脱关系，为什么？显然是他觉得自己的小家庭吃了国家饭，一生稳妥无忧了，乡下的家人只会拖累他的小家庭。他就不想想，当时，他离顶替年龄还差一岁，是找人做了假档案才顶替成功的。醒兰才是适合顶替的人选，是父母偏心把机会给了儿子。话是这样说，如果当时醒兰与父母闹，二老也不敢执意让金宝顶替。这改命的机会间接是醒兰让给金宝的，不是吗？这可恶的金宝，完全不念及这些，可见有多忘恩负义。

她嫁到何家园，在生产队里和凰桃辛辛苦苦挣工分，还不是连自家的兄弟都来使绊子？

现在进入了家庭联产承包责任制时代了，看似又是一个新时代了，那又怎样？你看这厉金香，人死为大，她居然不允许醒兰在场上摆灵堂。

凰桃和春锦死了，有人哀悼的同时，还不是有人在背后嚼舌根？说得要多难听有多难听。说什么凰桃是被贪心鬼拖到水里头去了，如果他不贪心，不夜间去那鬼魂出没的运河上扒螺蛳，就不会送命。最叫醒兰气愤的是，居然有人放言，醒兰面相不好，命里克夫、克子。说这话的人是郁家园一对算命的母子。这对母子挺有意思，三年前，那母亲忽然声称其儿子是文曲星投胎，能掐会算。有人是信了他的，还真找这对母子去算。醒兰看不上那母亲由来已久，她凭着直觉认定这女人说了谎。算命是要给钱的！知道个中原因了吧？！醒兰性子直，跟别人说过她对这对母子的认识。一定是传到他们耳朵里了，他们对醒兰怀恨在心。就趁着凰桃、春锦去世，报复醒兰呢。

这惶惶世界，真让人失去信心。醒兰这不长不短的四十一年经见的龌龊事多了去了。索赔？找谁去索赔？当时又无旁观者在场？就算找到了，人家能认吗？别瞎耽误这个工夫了。

珍锦却是铁了心要跟醒兰杠，愈说愈精神，“不行！必须找到杀人的人，叫他们赔钱。”她才是文曲星转世吧？从这两片嘴唇里面跑出来的话，跟电视上的播音员没什么区别。说到激动时，珍锦居然放弃了土话，用标准的普通话了。她脑子里的词也多，很多词文绉绉的，连老师讲都拗口，到她这儿却朗朗上口。醒兰想，这可怎么办？她往四下里看了一眼，很快找到了珍锦的软肋。对！这是在什么场所？是在她爸爸凰桃和哥哥春锦的灵位前。这又是什么时候？是她刚刚得知爸爸和哥哥去世、来到他们灵位前的第一刻。如果是一个正常的孩子，她现在要做的，不该是哭吗？悲伤地哭。她怎么能够这么头头是道地跟她姆妈理论索不索赔的事情？醒兰就以此数落起珍锦来。珍锦突然拉下脸来，大声对醒兰道：

“何家园里都传遍了，你不愿意去河里摸爸爸和哥哥的尸身，是有这回事吧？”

醒兰一愣。这责问从珍锦嘴里跑出来，怎么听着这么奇怪呢？“你在说什么？”醒兰厉声呵斥珍锦。

“我在说，你就是个硬心肠的人。那河是深，是宽，是水流湍急，是下去的话摸到爸爸和哥哥尸身的可能性为零。但他们是你的丈夫，是你最喜欢最喜欢的头生子，你就连下去试一下都不愿意吗？试一下，又怎样？试一下，实在找不到，就才真的能安心。不是吗？”

珍锦伶牙俐齿，醒兰完全招架不住，只能听着。渐渐地，她感到脑子要炸开。天哪！这孩子说得没错啊。全是道理。人世间的道理。她醒兰自己，怎么就没弄明白这道理呢？倒是九岁的珍锦把她给点拨醒了。回想站在那河岸上的时候，她是被什么恶鬼附了身？醒兰用手捂住嘴，防止自己哭出声来。却感到自己的手颤抖得不行。珍锦还在控诉。她外公、外婆拉都拉不住。“你就是个硬心肠的人。你把我送给外公和外婆养，也是硬心肠。”

醒兰的手失控了。她拼尽全力，给了珍锦一耳光。随后，她看着嘴角渗出血来的珍锦，惊惶地扑过去，要将她搂住，“我怎么会打你呢？孩子，姆妈怎么打了你呢？对不起！姆妈不对。”

珍锦硬身往后让去，“别碰我！从此，你不是我姆妈。”言罢，珍锦哭着飞奔而去。

醒兰终于放开捂着嘴的手，号哭起来。秋锦、宝锦早被刚才珍锦与醒兰的这一场大战给吓到了。宝锦吓得都站不住，紧紧地抱住秋锦。秋锦再也无法抑制心里的悲痛，拉起宝锦，跑到两个灵位前，摁着宝锦跪下去，自己也跪下去。她一手按着宝锦的头，使他与自己同时快频率地磕头。磕一个，再磕一个。磕磕磕。磕着磕着，大哭，“爸爸啊！哥哇！你们死得好惨啊。”秋锦又将龛上的那件毛衣抱到怀里。“没法活了啊！”她这样喊。宝锦也跟着哭喊起来。

当日在场的人，因姐弟二人撕心裂肺的哭喊纷纷动容，跟着哭了起来。这灵堂内外，一时变成哭声的汪洋。波澜壮阔的哭声中，醒兰反倒愈发形神呆滞。“你就是个硬心肠的女人！”“你就连下去试一下都不愿意吗？试一下，又怎样？试一下，实在找不到，就才真的能安心。不是吗？”珍锦的话在她耳边游走，如针尖试图钻进她耳膜，令她耳朵疼、头疼。珍锦说得没错啊，醒兰就算试一试，也应该请人去那大河里面找一找凰桃与春锦啊。次日，醒兰将原本定好今日举行的葬礼推到后天，请了何家园、郁家园十余位男性壮劳力，浩浩荡荡奔赴那大河去了。

不知是因了老天同情这一家人，还是他老人家要对醒兰内心里的坚硬予以惩戒，当天下午，居然真的把凰桃和春锦两个人的尸身都找到了。那大河虽然深阔，但底部有诸多的坑，还有诸如破碎的船体等沉积物，凰桃和春锦的尸身就卡在其间，两个人紧紧抱拥着，因而死后也没有离散。那儿，离他们的船搁浅位置不过两百米远。

看到大家运回凰桃和春锦的第一刻，醒兰不知是喜，还是惊恐，晕了过去。醒来的醒兰，从此变了个人。难道，真的像小桃和绿桃他们在背后嘀咕的那样，是因为凰桃对我百依百顺，让我变成了一个全天下最任由性子活着的女人？看吧！我任性到如此自以为是的地步了。醒兰在心里斥骂着自己，一遍又一遍。将凰桃与春锦并他的毛衣葬了之后，醒兰不再轻易说话，不再笑，不再哭。她的眼神，从早到晚都是空洞的。那些爱嚼舌根的人在背地里说，这个郁醒兰，她的魂灵啊，已经丢掉了，跟着她的亡夫、亡子去天上了。

第四章　寒冬漫漫

驱逐坚硬与寒凉

这个失魂落魄的女人，在大雪与冬至之间的这段时间里，时常跑到自家的农田里呆坐。一坐就是一上午。一坐就是一下午。上午，她朝着东面的方向坐。下午，她朝着西面的方向坐。太阳在哪里，她就面朝哪里坐。仿佛，她是在刻意利用阳光去暖化自己的身体。她确实感到冷。是身体里的冷酷使她的身体发冷的吗？凰桃和春锦丧礼办完的次日，她病倒了。秋锦喊了村里的赤脚医生过来，后者要给她挂盐水，她死活不肯。她说，她本来就冷，盐水那么冷，一滴一滴地淌进她的身体里去，会使她更冷。这是什么歪理邪说？赤脚医生摇着头走了。她父亲郁玉忠和母亲郁张氏便喊了一个老中医来看她。那老中医说："风寒之邪，无甚大碍。"开了一组药方便走了。醒兰更加不信这老中医，将郁张氏抓回来的药撒了一地。醒兰就觉得自己只是需要多晒太阳，多接地气。于是，她就每天坐到自家的田地里晒太阳。

这时节的农田，早晨是冰冷、板结的。上午，泥土因了太阳的照耀温度，一点一点地升上来，渗透在泥土里的水分悄悄融化。近午时，农田像流泪的人，水汪汪、亮闪闪地躺在阳光之下，又像一个紧张日久的人，偏要让自己放松下来，越来越软，越来越糯，往上踩一脚，能把它踩得稀巴烂。可这又怎么样呢？它无所谓。就这样，农田保持这副不管不顾释放自我的样子，直到下午三四点钟。那个时候，阳光黯淡了，气温骤然变低，农田开始收缩，将先前数个钟头时间里释放出去的水汽悉数吸回自己的身体，它开始冷了，慢慢地重新变硬了。它的个性又回来了。在黑夜来临之前，它已经把自己变得甚是冷酷。它就是那种冷酷的个性。还有傲慢。冷酷了，傲慢就会上来。它傲慢地等待长夜的到来，并不觉得长夜比它强过多少，所以，它不惧怕和长夜对峙。事实也正是如此，整个夜晚，它愈来愈冷硬。醒兰坐在农田里发呆，有时候会觉得这农田就是她自己。很难说，她醒兰天生是硬的，还是软的，是板结的，还是热爱流泪的。哪个是她自己，这真的特别难下定论。土地是硬的，还是软的？能说清楚吗？不能。倒是有一种事情需要界定，人需要自己温软，还是需要自己坚硬？在农田上晒了数天太阳之后，醒兰好像觉得自己想明白了，以前，她觉得人硬朗些要好，越硬朗越好，若有点杀气对自己更有利。如今，她觉得人太过硬朗，不但会伤到自己的家人，甚至会伤到自己。她多么痛恨自己站在运河边的那个下午，是如此坚硬地确信不可能找到凰桃与春锦的尸身啊。她不再需要这坚硬。即便自己失去了这坚硬，会变得过于软，对自己不利，她也不要这坚硬。

冬至过后，醒兰感觉自己彻底想明白了。她不再去田埂上晒太阳。她换了一种方式，天天在家里烧香，给凰桃和春锦烧香，给菩萨烧香。早上起床后净了手烧一次，夜里睡觉前净手烧一次。她还想找个庙去烧香，月初烧一次，月半烧一次。她记得，在她小的时候，郁家园有一座庙。她姆妈郁张氏就是月初、月半各去庙里烧一次香的。关于这郁家庙，有一个业已湮没的故事。四百多年前，这地方还是一个囊括多个小型沙洲的港湾。某年，明正德皇帝下江南时坐船绕行至此处，见这港湾有些特色，便决定多逗留几日。人人都知道这皇帝是酒色之徒。那几日里，港湾里侧水脊上先期移居至此地的村民们，都在家中备好美食，期盼皇帝不巧来到家中，好献上美食。这港湾，最丰沛的美食，便是里面的水产了。村民们家中备好的美食，多半就是这港湾里的鱼、虾、贝类。却有一个想出位想疯了的村民，将自家刚满月的孩子烹了，要献给皇帝吃。皇帝最终真的来到这港湾边一户人家，吃了这家做的鱼，且赞不绝口。烹小孩的那家，皇帝没有临幸，那小孩也是白烹了。但皇帝终还是得知了这家烹小孩的事情。这还了得？当即法办这户村民，并要求该地官府在港湾处多建庙宇，以镇压这港湾里的凶蛮之气。皇帝下令之后，此地一时间盛行建庙。郁家庙在一百多年前出现，便是这种兴盛的延续。这传说多半是假的。如果是假的，它很可能来自更早期迁移至这平原上的人。这传说的诞生，也许来自于一场先来者与后来者之间的争地之斗。最终，先来者落败，从此对后来者怀恨在心，编造了这一故事，用以吐槽后来者。厉家园那个杀人恶妇故事的诞生，是不是也得归因于同样的道理？

醒兰不知道这一则与皇帝有关的故事。这平原上如今活着的人，绝少有人知道这故事，绝大多数的人，连脚下这片土地几百年前尚未正式成陆这一点都不知道。这平原上，像何家园这样的自然村落，多数连家谱都没有。大家似乎都不在乎过往，过往的事情便难以流传下来。眼前的事还顾不过来呢，谁还管过去？以前这里是水是土，跟如今的他们又有什么关系？

不过，如果醒兰知道这则故事，她一定愿意相信这是真的。人心自有寒凉之处，哪有什么做不出来的事？所以，关于那烹子之说、厉家园的杀人恶妇，醒兰一定会觉得是真人真事。确实需要某些方式，来镇压人心的阴邪。可惜的是，醒兰十几岁后，这郁家庙被列为村民迷信证据的一种，被拆掉了。方圆几十里地，所有的庙都拆掉了。如今醒兰想半个月去庙里拜谒一次的愿望，是无法实现的。

却有那种类似庙宇的地方，层出不穷，生生不息。最典型的是两种情况：一、某农户家中忽然有人在某一天具有了与先人、与神怪通话的能力，一时间这家的访客络绎不绝，这平原上四面八方的人纷纷前来朝圣，最远的可能是从邻县赶过来的人。二、某一幢建筑，某一棵树，某户人家门前岸边平素用来淘米、洗衣、漂洗衣物的摊排，甚至某一处坟，忽然有一天被称沾了圣灵之气，这些，同样会迎来盛况空前的朝圣。凰桃、春锦头七祭日当天，水芝来到醒兰家里，放低声音对醒兰说：“你听说了吗？四总那边有户人家的摊排可神了，人只要往上面站一会儿，从它下面的河里舀点水带回来喝，不消几天，什么病都能除根。”水芝说的四总，官方的地名是金龙乡港北村四组，正是当日秋锦、巧英、徐卫芹、宝锦去挑荠菜的地方。官方的地名变来变去，大家是记不住的，但四总这种偏古旧的地名，大家记得牢。水芝与醒兰没有因为那垄的事情生隙，这一点令醒兰高兴。那之后，她与水芝的关系更加亲密了，有什么新人新事立即分享给对方。今天水芝带来的消息，令醒兰激动。水芝说：“姐啊！姐夫与我大外甥走了之后，你这身体总是病恹恹的，你去四总舀点水回来喝喝看？说不定你就好起来了呢。怎么样？去不去？”第二天一早，醒兰与水芝仔细梳洗过后，将自己打扮一新，奔赴四总取水。取回来的水喝了几日，醒兰果真精神了许多。是那水真有神效，还是心理作用？那就不知道了。总之，一九八三年农历腊月到来的时候，醒兰感觉到自己身体里的寒凉已消失殆尽。

身体热络起来了，心自然是也要热络起来的。那个因凰桃、春锦父子之死而冻结的愿念，在某个夜晚从醒兰的心里苏醒。它就是一团火，熄灭了，又重新自燃。这一次，它比先前燃得更激烈。醒兰被这火燃醒了，猛地从床上坐了起来。

盖新房！盖新房！

这呐喊声是从那火焰里溅出来，一声比一声辉煌、猛烈，使这沉寂的寒夜一时变得风起云涌。醒兰从床上爬将起来，披了衣服，在八仙桌边坐了一会儿。她又摸黑抓到一只碗，从水缸里舀了一勺水，两三口喝进肚里。堵在心口的那个愿念，却没有因这冰凉的水降温。醒兰用手支撑着腹部，悄没声儿地站了起来。秋锦和宝锦都睡得轻，这时他们都醒了。“你怎么了，姆妈？”秋锦在夜暗中小声问。醒兰上了床，躺到姐弟二人中间。她的眼睛在夜暗中闪光。

“秋啊，宝啊，你们爸、大哥没了，但我们这个家还在。这个家，一点儿都没变。”

秋锦和宝锦悲泣起来。

醒兰继续道：“我们孤儿寡母，以后生活不易。如果我们比别人家晚盖了新房，还有谁会看得起我们啊？到那时，我们的生活就更不易了。”

没错！醒兰还是要让自家尽快盖上新房。只许比以前设想的时间早，不许晚。她还是无法不让自己随着性子思考和行事，就算凰桃下辈子不宠她了，下下辈子，再下下辈子，永远都不宠她，她还会是这样任性的醒兰，这是天性，违背不了的。

在希望的田野上

珍锦从座位上站起来，给大家唱一首她从收音机里学到的歌。喊她起来唱歌的是她的语文老师，同时也是班主任老师刘丽丽。这学期以来，由于珍锦家里多了一台收音机，她学会了很多歌。收音机里的《每周一歌》节目每周推介一首歌，每天早、中、晚把这首歌推介两到三遍，珍锦一周学一首歌。一年有多少个周，珍锦就能学会多少首歌。至少珍锦的班里，别的同学家都暂时还没买收音机，这样珍锦就没法不成为同学中会歌最多的。兼任音乐老师的刘丽丽家里也没有收音机，何况她不太会唱歌。如此一来，刘丽丽就有求于珍锦。有音乐课的那天到来之前，她就把珍锦喊到办公室，请珍锦教她唱一首新歌。“何观珍！最近学了什么新歌，都给我唱一下，我看我喜欢哪首，你就教我哪首。”刘丽丽一点都没有架子地对珍锦说。算起来，珍锦充当刘丽丽老师的私教，已有两月有余。两个月，足以使珍锦以新远校首席歌手的身份誉满全校。珍锦读二年级，她的教室在宝锦教室的前面那一排校舍里，与秋锦教室所在的校舍隔了一排，就这样，有时候秋锦还是能在自己的座位上听到珍锦引吭高歌的声音。珍锦的嗓音条件实在是太好，清澈、嘹亮、优美。在其他教室都只有老师在前面教课的声音的前提下，珍锦的声音可以传至新远校每一间教室。秋锦那边都能听到，靠得近的宝锦就更加不用说。今天就是这样，宝锦这边清晰地听到了珍锦的歌声。这边的秋锦，也隐约听出是珍锦在她的班上唱歌。这其实是新的一年了，公历一九八四年一月十四日，若按农历，这一年就仍然没有过去。这一天是农历腊月十二。教室里的秋锦听着珍锦的歌声，觉得这是妹妹唱给她的一道挽歌。再过一会儿，她要向班主任老师提出辍学。

这其实不是音乐课，而是这学期的最后一堂课。这堂课跟普通的课不同，没有授课和听课的功能。这堂课只用于宣读期末考试成绩。宣读者自然是刘丽丽。这个期末多数学生的分数未能如愿，刘丽丽宣读完一门学科成绩后，教室里的气氛颇为压抑，于是她就唤珍锦起来给大家唱首歌，调节气氛。珍锦今天唱的歌是《在希望的田野上》。这也是她自己最为喜爱的几首歌之一。当然，这首歌，她也最为拿手。她已经多次在班上唱这首歌了。珍锦今天唱得尤为卖力。太有意思了，往常，她的成绩不能算好，也不能算坏，但这次期末，她已经公布的各科成绩居然都名列前茅。她高兴极了，歌声中满是兴奋和自负。秋锦在这边的教室里听得不真切，却也能感受到珍锦愉悦的心情。珍锦的愉悦，令秋锦抑郁的心放松了些许。她深吸一口气，审视自己的内心，觉得自己终于准备好了。她终于可以跟班主任老师说出她要辍学的打算了。就在这堂同样用于宣读期末成绩的课结束之后，秋锦要追上班主任林晓琴老师，说出心里的打算。

那夜，醒兰与秋锦、宝锦在床上一阵长谈过后，就又下了床打开装钱的布兜。里面的钱，比先前积攒的还要少了一些。给凰桃、春锦办丧事，花了些钱，亲戚、邻居随份子的钱，补不够花掉的钱。丧事不比喜事，大家随的份子钱都少。如今这布兜里积聚着的钱，才一百块钱出头。盖一幢新瓦房至少要三千块。从今往后，失去两个最得力的劳动力，只剩了三个妇孺的这个家庭，一年能否挣到一百块钱都不一定。这么说来，要攒够盖新房的钱，需要用三十年以上的时间。三十年，醒兰都已经老成什么样子了都不知道，秋锦和宝锦的孩子都该要娶亲、嫁人了吧？什么事都黄了。“真是愁啊！”醒兰哀叹了一声，重又爬上床去。在床上，她又念叨：“我是不是不该还想着盖新房？不该还想着不比别人家晚盖新房？”秋锦与宝锦不知道如何安慰醒兰。醒兰转而却又语气凛厉起来，“我郁醒兰比谁差了？凭什么别人能盖新房，我郁醒兰就不能？这新房，我是盖定了。就算我累死、苦死，我也要盖。我要盖给那些欺负过我的人看看，给那些嚼舌根的人看看，我郁醒兰带着两个孩子，照样能把房子盖起来。”此后的半夜，醒兰一眼未合。清晨她并未因一夜失眠而赖床。她在往常起床的时间点迅速从床上爬起，精神百倍地忙乎起来。

秋锦在那夜之后变得心事重重。接下来的几天里，她不敢看醒兰，生怕醒兰发现她心里的愧疚。秋锦多么愧疚啊。她深深地觉得，这个家到了如今这步田地，让她姆妈一个人扛着盖新房的重任，她于心不忍。除非醒兰放弃这样一种执念，但她是绝对不会的。秋锦想来想去，发现唯一能帮到醒兰的办法，就是她辍学。然而秋锦是多么的不甘心啊。“新远民中已经两年没有学生考上县中了。秋锦！我希望你能成为接下来新远民中的新状元，女状元。”郁方毅老师的话言犹在耳，她秋锦怎么能就此辍学呢？就这样，秋锦在立即辍学与不甘心辍学两种心理之间摇摆不定。她焦躁极了。很可怕，今天，就是今天，秋锦得到了一股推动力。推动她拿定主意辍学的力量。

就在刚才，这个期末考试的所有学科成绩都宣读完了，语文、数学、英语，这三门计总分的课成绩加起来，秋锦的总分，居然是全班第六。不但首次没有得全班第一，还一掉就掉到了第六。是因为整个下半学期她都沉浸于父亲与大哥去世的悲痛而影响了学习吗？有这个可能，但也未必。秋锦想到那个流传在学校里的魔咒，“高龄”入读小学的女生读了初中后成绩会直线下降的魔咒，难道是，这个魔咒终于也在她身上应验了？不能不说没有这个可能。秋锦仔细想了想，这次她掉到第六名的原因，是英语这门课拖了后腿。语文、数学，她仍然是全班第一。英语，她居然才考了二十三名。全班才四十一个同学。二十三名已经是下游了。如果是因为父亲和大哥的去世影响了学习，为什么语文、数学没有被影响到呢？偏偏只影响到了英语这门初一才开的课？秋锦忽又想到，初二、初三，会陆续多出物理、化学两门新课，这两门课从来都男生强过女生，到了初二，她会不会因为新的新课，掉得名次更下？很有可能。秋锦对那个魔咒深信不疑了。对啊！这个魔咒是有科学依据的。依据就是，初中开始后的几门新课，对“高龄”入学的女生本来就是挑战。

与其此后还剩下的初中三年的五个学期里她的成绩不断下落令她成为学校又一破灭的神话，还不如现在就辍学。现在辍学，还能给自己留点面子。最重要的是，现在辍学，她可以立即成为醒兰的左膀右臂。可以成为这个家庭奔赴盖新房梦想的一大干将。秋锦是彻底想明白了，辍学，无须犹豫。毫无疑问，秋锦这一思维轨迹，是以悲观做铺垫的。她看到了自己未来五个学期最坏的结果，以此完善这思维轨迹里的逻辑。她没有想过，最坏的结果，在一个人的生活中出现的概率并不大。或许，她只是需要一个自圆其说的理由，来坦然接受辍学吧。她只是需要心里面舒服一些而已，不那么难过而已。本质上，辍学这桩事，在她心里早有定论。

秋锦开始在教室外面拦住林晓琴老师说出她的那个打算了。“下学期，我不来了。”她幽幽地说。“何观秋！你在说什么？”很多学生从教室拥出来，他们都因即将到来的寒假欢喜雀跃。他们的嬉笑打闹，影响了林老师的听觉。“我不想再上学了。”秋锦不管林老师到底听没听清楚，不待林老师回应，就飞快地跑开去。秋锦不是往家里跑，而是往珍锦的教室那边跑。珍锦又被叫起来唱歌了。这回是领唱。唱完这首歌，刘丽丽会喊“解散”。这学期正式结束。秋锦来到珍锦的教室外。有几个一年级和三、四年级的小学生正扒在二年级的窗外听珍锦和她的同学们唱歌。珍锦站着，同学们都坐着。他们班五十三个学生，珍锦的歌声轻逸地飘荡在五十二个同学的合唱之上。唱的就是那首《在希望的田野上》。秋锦本来是远远站在操场上听的，终究，她还是忍不住走近了去，站在那几个孩子身后，与他们一起听二年级的歌声。她的个子自然要比那几个孩子高，因此，虽然她站在他们后面，教室里的人还是一眼就发现了她的到来。站着的珍锦自然是第一个发现秋锦的。见姐姐居然亲自前来助阵，珍锦的声音更加嘹亮、优美了。就这样，珍锦倾情唱着。秋锦站在窗外，默默地听着。唱的是希望的田野，对秋锦来说，却是绝望的深冬。听着听着，秋锦忍不住流下清泪。里面的珍锦，迷惑不解地瞥了瞥外面的秋锦。或许是姐妹间的感应，珍锦意识到什么。她停止歌唱，别过头去，遥遥看着窗外的姐姐。二年级的孩子们唱得正欢，谁也没有因为珍锦的停唱而停止。反而因为珍锦的停唱大家都不再比拼音高，这教室里的齐唱变得比先前柔和、婉转了。珍锦没有征得刘丽丽的批准，就跑了出来。

“姐！出什么事了？”珍锦问。

秋锦将眼泪忍住，笑着对珍锦说：“答应姐姐！以后你要考上县中。”

珍锦愣了一下，旋即意识到了什么。想也没想，她就大力地点头，“姐！放心吧。我不但要考上县中，还要当歌唱家。”

秋锦抚摸珍锦的头，“那好！我走了。”

秋锦默默走过二年级教室所在的这排校舍，走过宝锦所在的这排校舍，走过新远民中的校舍，走过校舍后农田间的土路，头也不回地走到去往何家园的那条灌溉渠上。直到那里，秋锦才停下来。她站在那儿，回望新远校。那么多的农舍挡住了秋锦的目光，她哪里能看得到啊。如无意外，新远校就此从她的人生中消失了。

灵醒时分

木船请划锹用他家的船拖回来了，就搁在场上。船尾没了，整个后舱已完全裂开。可见，那天夜里，拖轮首先是与船的尾部相撞的。这意味着，拖轮是从船后面开过来的。这一定是一条速度很快的拖轮。否则，以凰桃与春锦高超的撑船技能，就算是后面来的船，他们也一定能及时地把船撑离危险区域。那运河那么宽阔，危险区域其实很小，也就拖轮附近的几米。到处都是安全区域。

后舱是这船最大的一个舱室，何家园的人，都是把船篷置于这后舱之上。也就是说，后舱是船家们的生活舱。这些夏、冬成为船家的村民，哪有什么太多可以称作生活的时候呢？除了睡觉，就是在船上劳作。再无其他。所以说，这生活舱主要是用来晚上睡觉的。那么，难道那天夜里事发之前，凰桃和春锦在后舱里睡觉？太有可能了。不！这才是唯一的事实吧？

这就奇怪了，为什么凰桃和春锦要把船撑到运河上睡觉？每个何家园的人都知道，夜里睡觉时，要尽可能把船停在风平浪静的那些河里。运河上水流湍急，谁会把船停到那儿去？要么是他疯了，要么，是他当时本来就已经睡着。

凰桃与春锦睡着了之后，这船才停到运河上去的？他俩都睡着了，难道是用他们的意念指挥船去往运河再找个位置停下吗？怎么可能？别开玩笑了。是有人在凰桃与春锦睡着的时候，将船弄到了运河上。

这是真的吗？这个人，到底是谁？是何家园同去新余的某个人吗？不不不！绝不可能。凰桃与春锦素来与人为善，也没听说他们这趟出去跟谁吵过架、斗过嘴，不可能有哪个人抱着诛杀凰桃与春锦的目的，趁凰桃与春锦睡着时将船悄悄撑到运河上去。可如果这个“人”是水流呢？嗯？！这倒是有可能的。凰桃与春锦睡着的时候，水流将他们的船推向了运河？！

如果真的是水流作案，也还有疑问。这个疑问就是，像凰桃与春锦这样的资深船家夜里睡觉前，绝对会把竹篙深深插入河底，牢固地插入河底，再用绳索将船系到竹篙上。这水流得有多么大的力度，才能将凰桃与春锦家这根深扎于河底的竹篙拉起？除非，这水流根本不是水流，而是一个人的手。那只手，将竹篙悄悄地从河底淤积的烂泥里拔了出来。或者仅仅是，将那竹篙拔松了一些。

这是极有可能的。或许，那天夜里，并没有人真正揣有恶意。只是何家园的某个人忽就心血来潮，想逗耍老实的凰桃与春锦一番。这个人夜里起身，轻悄地从自家船上入得水中，再悄无声息地游到凰桃、春锦的船边。河底里的淤泥太多，他的脚掌心能深切地感觉到。他的脚踩在淤泥上，使河面冒出脏臭的水泡。他嗅着这臭味，悄没声儿地把手伸向竹篙，竹篙如同生长在河床上一般。他开始发力拔竹篙。一下，一下，他尽量掌握火候，不让竹篙一下子彻底地拔出来，但可以使它的根部最终慢慢脱离河底，倒入河中。他如愿完成了他想做的一切，悄悄离去，回到了自家船上。回到船上后，他偷偷观察凰桃、春锦的船约莫半个时辰，那竹篙却没有按他的设想倒入河中。他太困了，等不及了，一头倒入自家后舱的被窝里，睡了过去。在他刚睡过去的光景，凰桃、春锦的竹篙真的倒向了河面。失去了牵绊的船开始顺着水的流向漂移了。水当然是朝向运河流去的。运河流往更大的运河。更大的运河流往东海。东海是所有河流的归宿。这老河里的水，当然是流向离它也许就几十米远的那条运河。凰桃、春锦的船慢慢向运河漂移。兴许，漂移的时间长到足有半夜。在天快明时，船终于漂到那条运河上了。在它漂移的这些个时候，凰桃、春锦始终在睡梦中。

这才是实情，不是吗？是何家园的某个人开凰桃、春锦的玩笑，暗中拔松了他们家的竹篙，致使他们的船不再稳固停在老河上。接下来，船随水流漂到了运河上，而运河上的某条拖轮，速度并不快，只是黑夜太暗，驾驶员没有及时发现漂在航道上的船。等他发现了前面的船，已经来不及了。拖轮已经撞上了那船。驾驶员当然是吓着了，仓皇逃离。他还会庆幸呢。幸好这河面两岸不住人。他肇事逃逸的整个过程，都没有目击者。

醒兰坐在自家屋内。越过门口，就能看到场上今天刚刚拉回来的船。她是从什么时候开始觉得凰桃、春锦之死蹊跷呢？也许从她坐在自家农田上晒太阳的某一天里，就开始了。只是，她当时沉湎于对自我的疑惑，没有意识到这一疑问已经在心里产生。从她今天看到这船，尤其看到它被撞掉的船尾时，这疑问轰轰烈烈地来到她脑子里了。接下来，她的脑子迅速运算，最终推导出了那样的结论。对！一定是那样的，凰桃、春锦之死，是因了何家园某个这段时间同在新余的村民的一次无伤大雅的玩笑。

更严峻的疑问现在出现了：谁会是这个开玩笑的人？早上，划锹把船撑到醒兰家门前的河边，其后，醒兰喊来十来个人将船拖到场上，这将近一个时辰的时间里，醒兰感觉划锹看她的眼神有点怪。当然，那个时候，她是没有意识到划锹的眼神有什么怪异之处的。她只是注意到了划锹不敢与她对视而已。等到划锹他们走后，并且醒兰的脑子忽然进行了那样的推理之后，她这才回想起划锹的眼神，才觉得那是怪异的。再往前回想。那天，划锹领着她、小桃、绿桃去那运河找船。那天，划锹的眼神里有同一种的怪异。同样是，看到醒兰看他，他连忙将眼神移开。这不是划锹应有的眼神。他其实是个很自我的人。往常，他看人目光笔直，带着某种挑衅。为什么现在他会眼神闪躲？他心里有什么鬼吗？那个恶搞凰桃、春锦的人，是他？

醒兰想到这一层，已经被自己的这一系列推理惊住了。这推理是那么严丝合缝，却又那么地叫她无法接受。醒兰将手捂在心房位置，自言自语："不不不！不可能是划锹。不可能是他。"那么又会是谁？说实话，划锹的嫌疑最大了。前扒螺冠军吃现扒螺冠军的醋，捉弄一下后者一泄醋意，那是再正常不过了。划锹确有动机。其他还有谁有动机？没有。

醒兰取了笤帚开始扫地。她扫地的动作是愤愤然的。她是对自己愤怒。她不该进行这样的推理。这种推理本身就是魔鬼。她是被魔鬼缠住了吗？在脑子里编织奇特的线索，将事情一步步地推向一种不可思议的结论。一定是她自己身体里的硬朗复苏了，叫她的脑子变得爱胡闹。就像那天，她认定是不可能摸到凰桃与春锦的尸身的，结果怎么样？后来的事实还不是证明她是错的？这么想着，醒兰愣了一下。她旋又扔掉了笤帚，出门去河边洗了把手，又回来擦干净手，念念叨叨地开始烧香。如今，她在八仙桌旁支了张微型的龛，上面放凰桃与春锦的灵位，还摆了香炉，同时她还在龛上方的墙上贴了张观音菩萨的印刷像。“罪过罪过！”醒兰一迭声地念叨着，烧完了香，开始做晚饭。

今天的晚饭，依然是粥。但今天的粥不同于最近几个月，在那些时间里，粥全都是白米做的，里面不掺杂麦麸。今天的粥跟过往二十几年里的粥是相似的，是掺了麦麸的粥。凰桃、春锦去世后，这家就不再吃净白米饭、净白米粥了。没办法，醒兰要尽最大可能地多攒钱。将缸里的稻谷尽可能多地省下来，去集上卖掉，变成钱放到钱兜里，这是她目前所能想到的最便捷的攒钱方法。醒兰晚饭还没做完，秋锦、宝锦一起回来了。珍锦居然也跟着来了。哪阵风把这死丫头给吹过来了？更让醒兰觉得离奇的是，这个晚上，她与三个孩子刚刚吃完晚饭，新远校的校长刘庆达、秋锦小学时的班主任郁方毅，还有秋锦现在的班主任，十八岁的代课老师林晓琴，他们三个人前来家访了。

一剪误终生

刘校长、郁老师、林老师，还有秋锦和醒兰五个人围着八仙桌的三面坐着。这八仙桌因为一面靠墙，原先只能坐六个人，如今，因为那龛台挡去了一边的一半座位，就只能坐五个人了。珍锦就坐在床沿上。害羞的宝锦坐在灶房里面的矮凳上。前来家访的三位贵客，一上来就闷坐着，谁也不先说话。气氛就这么紧张了起来。秋锦两只手在桌子底下绞着，绞着，不安地看看老师们，又更加不安地看看醒兰。并没有风吹进来，美孚灯的灯罩里面，火苗却忽大忽小。秋锦看到美孚灯里的灯芯头黑了一截，便道："我去拿剪刀，把灯芯剪一剪。"说罢，秋锦逃也似的站起来，去找剪刀。其实剪刀就在靠近龛台的桌角，秋锦说去找它的时候，桌上其他四人都立即看见了它。但大家都没有告诉秋锦这一点，任秋锦慌里慌张地在屋里翻来找去。过了大概三分钟，郁老师开腔了。"何观秋！你过来。坐下。"秋锦慌忙坐回到桌边。与此同时，她尴尬地看到郁老师慢悠悠地从桌角取过剪刀持到了手上。郁老师左手取下美孚灯的玻璃灯罩，右手持剪，剪刀口准确地对准那灯芯的黑色部分。但他延迟了剪的动作，就这么任剪刀的两瓣刀刃在灯芯裸露的那几厘米外张开着。一动不动地张开着。仿佛灯芯此刻变成了临刑的囚犯。这剪刀，便成了刑器。就这么过了许久，郁老师又开腔了，"何观秋！你知道辍学对你来说意味着什么吗？"秋锦低着的头一扬，目光直视郁老师，"我知道。""你知道？"郁老师冷笑，"我怎么觉得你并不知道呢？"这句话过后，郁老师仿佛才洞悉手上的剪刀为什么对着这灯火支棱着的。他将剪刀对准灯芯顶头薄薄的黑色，剪刀口用力一收。灯芯那薄薄的黑色部分这才如众人所愿被剪落了下来。郁老师又迅速捏住这美孚灯灯体上的旋钮，将灯芯拧出来不多不少的几毫米。灯芯头上衔着的火忽然就变得饱满有力，将原本昏暗的屋子一下子照得特别明亮。“我来告诉你，为什么我会说你并不知道辍学意味着什么。”说话间郁老师手起剪落，贴着那包裹灯芯的铁质匣管上端，将灯芯此刻裸露的部分全部剪除，就这样，那团火，整个儿被郁老师手上的剪刀拿去了。众人惊呼起来，郁老师用剪刀头擎着那团火，将它送向秋锦。秋锦的脸霎时被照得煞白。她惊叫着往后让去。郁老师这时张口将火吹熄。没了火光的屋子变得黑暗了。又因为眼睛突然失去了火光的照射，大家一时间完全看不清楚任何东西。只觉得眼前漆黑一团，像是突然进了地狱一般。这极限的黑暗中，众人听到郁老师严厉的声音，“何观秋！你以为辍学就像剪掉灯芯上的黑头，剪掉了，灯还照样亮？你以为人生就是这样，到哪儿都会发亮？错！大错特错。在我看来，辍学对你来说，就是熄灭你的人生。熄灭，也是毁灭。你只要一辍学，你的人生就完了。毁了。你，一个农村孩子，跟所有的农村孩子一样，上学对你来说意味着什么？意味着你这根灯芯能存活。如果不上学了，你这小小的灯芯人只有死路一路。学校是什么？就是这美孚灯。你这灯芯人得连接到它的身体上才能活着，才能永远接到火气。”郁老师这一段话，起先，是在黑暗里说的。那时候，大家逐渐适应了黑暗，便隐隐能看到了郁老师影影绰绰的脸。后来，醒兰重新调出了一截灯芯，划了火柴重又点亮了灯。如此，郁老师这段话的后面部分，便是在光亮的照耀下说的。那段时间里，郁老师脸上的表情醒目极了。它们就如同茁壮的火焰本身。秋锦、醒兰、珍锦，乃至灶房里只闻郁老师其声、不见其人的宝锦，都被郁老师抑扬顿挫的声音给震动到了。尤其当事人秋锦，她没有想到，郁老师如此盛怒，这令她顿感愧疚。

就拿郁老师的比喻来说，怎么说呢？那不是形象不形象、准确不准确的问题，是它向秋锦当场提供了一种无边的遐想。他是一个很好的讲演者。他太有煽动力了。这样的人说任何事情都能让听者最终只关注到事情最危险的那一面。所以，秋锦脑中突如其来的各种想象，是令她惊恐的。她说到底还是个孩子，并没有那么强大。她抽搐起来，十指紧紧交叉握拳，并用它抵住因惊吓无法合拢的嘴。“我该怎么办？我该怎么办？”秋锦忍住泪，闭上眼，低下头，仓皇地在心里问着自己。这个时候的秋锦已经彻底乱了方寸，想定的事情，又开始动摇了。多么无助啊。她下意识地向醒兰看去。这个时候她变成了一个常规的孩子，需要母亲的指教。她需要醒兰来给她拿一个主意。辍，还是不辍，醒兰说了算。“姆妈！”秋锦伸出手来，拉拉醒兰的袖子。很奇怪，今天晚上醒兰一直神游在外。“嗯！我在。”醒兰向秋锦笑笑。秋锦失望地把手缩回去。她其实希望醒兰也像老师一样阻止她。醒兰这个反应，令秋锦敏感地觉得，醒兰其实是希望她辍学的，只是醒兰无法将这一意见说出口而已。秋锦哀伤起来。醒兰得知她想辍学的第一时间，竟然是支持她这主意的，这一点，秋锦无法接受。秋锦哭了。这个时候的哭，不是因为辍学，是因为那颗受伤的心。珍锦坐不住了。她凛凛地从那床沿上坐起来，两步来到醒兰旁边站定。她是那种训斥的语气，仿佛醒兰是她女儿，她才是妈。“姆妈！刘校长、郁老师、林老师，他们今天来干什么的，你心里面已经清楚了，你何必装糊涂？要我说，你就给老师们一个准话，就说你不同意我姐不上学。”“我不同意有用吗？”醒兰神思恍惚，“你姐自己拿的主意，又不是我帮她拿的。”这话如一声惊雷，在老师们心里炸开。郁老师从听说秋锦要辍学的第一刻起，就坚定地认为是秋锦的家长逼她辍学的，醒兰的这两句话，坐实了这一判断。这个来自郁家园的清高男人怒不可遏地站起来。“郁醒兰！我跟你从小一起长大的，我一直觉得你是个聪明人。今天才知道，你如此愚蠢。愚昧！愚昧啊！你家秋锦就是个上县中的料，上了县中上大学，上了大学变成国家的人，从此你们一家直冲云霄。你倒好！看不到这一点，图眼前这一时半会儿的清闲，要孩子回来帮你种田、弄鱼、扒螺蛳。你看着脚指头走路，你！你你你！太让我失望了。”醒兰大惊。这郁方毅，今天是发神经了吗？绝对是无中生有。她郁醒兰哪里阻止过秋锦？事实是她今晚才听说秋锦要辍学，她一听说就难过得很呢，为秋锦难过。这难过里面，却也有欣慰。到底是自己的孩子啊，知道做妈的眼下艰难，想着舍身来帮妈了。醒兰只是被秋锦感动到了，一时间想起了很多很多的事情，把她自己整个人都想得恍惚了。刚才，她都不知道自己在说什么，她只是顺嘴这么一说而已。不是吗？秋锦从小就主意大，她想要做的事，其实她这做妈的也未必拦得住的。“你可冤枉我了，方毅老弟！”郁老师在气头上，只顾顺着自己的意思说："你就是图眼前清闲，才要孩子辍学。郁醒兰，你是不是心里面在说，'我自己没有读过一天书，不也照样活吗？秋锦一个女孩子家的，已经读了那么几年书了，很不错了，接下来读不读，都无所谓。'你说，你给说说，你心里是不是有这样的想法？"醒兰简直要被这胡说八道的郁方毅给气死了。她郁醒兰没有读过书，恨这人世间还来不及呢，哪里会因此嫉妒自己身上掉下来的骨血？

醒兰激烈地站了起来，拉开那扇可以活动的门板，踉跄着跨过门槛，向场上走去。"冤枉哪！"她悲呼着，向那破船扑去。那破船摆放处，正是当日灵堂的中间位置。凰桃、春锦的灵位，其时就摆在眼下中舱部位。醒兰直往中舱扑去。刚刚被她拉动到的那扇门板还在颤抖，于是，从屋里投射出来的那条光影晃动不已。眼泪汪汪的醒兰将要扑到中舱位置时，视线变得模糊。只模糊了一刹那，却因此看到了她的凰桃与春锦。

对！醒兰看到了，凰桃与春锦的脸在有一小块亮影的中舱的壁上出现了。就那么在舱壁上闪现了一下，旋又不见了。醒兰脑子一凛，清醒过来，眼睛不再模糊。她再仔细端详那一方白亮的舱壁，那白亮里，一切都是静态的。什么都没有。刚才分明就看到凰桃与春锦在这白亮里面笑的。醒兰不想再多想，蓦地在这一方白亮的舱壁下跪下，哭喊了起来。"冤枉哪！凰桃啊，春锦啊，你们可替我做主啊。我是冤枉的啊。"这么喊着喊着，她的头脑缺氧了，更加地心神迷离了，就真的坚信凰桃与春锦今晚在这儿显灵了。

不！怎么是今晚才显灵呢？难道不是今天上午开始就显灵了吗？从这船停摆在这场上之后，就显灵了。那七七四十九天里，他们父子二人的魂没被召唤回来，今天，他们跟着船回来了。这才对啊，他们是跟着船离开家的，当然是要跟着船回家啊。她醒兰先前怎么就没想到这个道理呢？这么一说，醒兰白天里脑子忽然变得那么的灵醒，她居然能鬼使神差地开始推论凰桃、春锦之死的疑点，并最终推论他们是被冤死的，这原来是凰桃和春锦在暗中指点她啊？！他二人从上午起就在这场上，在空气里，在醒兰的眼前，在她的耳畔，甚至钻进了她的脑袋里，以他们的神力，使醒兰的脑子变得比往日灵醒一百倍，她才有能力进行这样的推理，是这样的吗？

不必怀疑，一定就是这样的，是凰桃和春锦回来了。他们显灵了。醒兰怀着一腔炽烈的情感，喊三个孩子过来对着中舱磕头。秋锦、宝锦乖顺地过来，依醒兰指令磕了三个头。珍锦却不干。“姆妈！你在搞什么？你这是迷信？乱弹琴！”珍锦斥了醒兰一句，生气地摸黑回郁家园她外公、外婆家里去了。她已经比那天更烦醒兰了。那天之后，醒兰还是把索赔的事情当成耳旁风，根本不愿费这个心思。还是郁玉忠去张罗这个事了。虽然到今天为止也不曾有任何进展，看起来只能不了了之了。醒兰不理会珍锦。她变得庄重而严肃。待秋锦、宝锦磕罢头，醒兰对站在门口统一皱着眉头看着他们的刘校长、郁老师、林老师喊道：“各位老师！我家凰桃、春锦回来了。是不是我叫秋锦再不去上学的，让我家凰桃告诉你们。活人的话不能信，死人话总要信的。”她又伤心欲绝地抓住秋锦的手，“秋锦啊，这样哈，妈不给你拿主意，你也别自己拿主意。这么大的事，还是让你爸拿主意好了。”秋锦疑惑了，“我爸怎么给我拿主意？”醒兰去了屋里，拿过了一枚两分硬币，将它塞到秋锦掌心里，帮秋锦把手掌合拢了，然后，她握着秋锦的拳头，细声细气地说：“你当着你爸和你哥的面，把这个扔到地上。正面，就是你爸叫你继续上学。反面，就是你爸叫你不再上学。”秋锦回头求救地看三位老师。老师们纷纷摇着头。他们已经看不下去了，准备离开这个如今由一个神经兮兮的女人领导的家庭。醒兰看出他们要走，央求他们：“各位老师！请你们不要走。你们走了，谁来看我家凰桃给我证明我受的冤枉？”那三人按压下心里对醒兰的厌烦，笃定站在门口，看着。就见秋锦将硬币抛了起来。硬币落地时，那三人按捺不住好奇地一起快步走过来看。地面上，硬币反面朝上，冷漠地躺着。

第五章　岁末

田野上的希望

小路的尽头，灌溉渠上，容貌老成的巧英独自等待着秋锦。徐卫芹不参与今天的挑荠菜行动。其实，她早就不参与了。她爸爸是在苏州做厂的，家境不一般，当日她跟着秋锦、巧英挑荠菜去，完全是因了对此好奇。有过那一次，满足了好奇心之后，她只感到了这事的辛苦和危害，再也不愿意跟着出来。危害？对！徐卫芹跟着出来的那一次，天气并不太冷，她居然第二天手上开始长冻疮。秋锦和巧英就不一样，后来天气更冷的时候，她们才长冻疮。

今天，宝锦同样是跟着一起来的。与那一次不同的是，这次宝锦也挎了一只篮子出来。姐弟俩一人手上一只篮子。秋锦是大篮子，宝锦是小篮子。都是竹子第一层皮做的那种篮子，整个身体都是光敞敞的篾面。这种篮子最结实，塞多少荠菜在里面，都不见得能把它塞破。看来秋锦是吸取了第一次的教训。同时也说明，她和宝锦今天是铆足了劲要挑到足够多的荠菜，晚上回来的时候大小两只篮子里塞得足足的，满载而归。

他们沿着何家园脚下的灌溉渠出发。路上秋锦频频打量宝锦，揣测宝锦此时的心思。出来时宝锦主动拿了篮子。秋锦大为惊诧。宝锦何等灵敏，一下子发觉姐姐关注到了他与那天的不同表现。他避开秋锦的注视，率先往外走。他的身体这几个月间没有丝毫变化，还是那么瘦小。秋锦看着弟弟的背影，眼眶模糊了。按公历算，宝锦已大了一岁，她也是。如今宝锦十岁了，她十五岁。她更加觉得自己是个成年人了。秋锦就这样以成年人那种深邃的目光感动地望着弟弟的背影，追过去。追上了宝锦，她将自己的两只旧手套递给他。“今天可冷了，到时候你戴着手套挑。”宝锦停下来，看看姐姐，将那只空着的手塞到裤兜里。“我手上没冻疮，你手上有。你戴。”秋锦心里满是内疚，责怪自己以前只顾着看书、做作业，没有给宝锦织一副手套。她自己的这一副，还是她几年前抽空用旧毛线织的。“那我戴一只，你戴一只，行不行？”秋锦央求。宝锦还是不同意。“姐不想看到你也长冻疮。戴一只吧。”宝锦还是不。秋锦便佯装呵斥：“你不戴我就不带你去了。”宝锦哪里是想去呢？他只是想帮姐姐一起挑荠菜卖钱而已。这一点秋锦也是知道的。所以，这呵斥，其实是姐弟间一种心照不宣的爱的宣示罢了。宝锦不再执拗，接过一只手套揣到了兜里。“你戴上，现在就戴上。”秋锦催促。宝锦便戴上。秋锦的手比宝锦大了许多，这手套戴在宝锦的手上不伦不类。何况，是宝锦忌讳的红色。秋锦看着宝锦戴了手套的手，仿佛才注意到它是红色的，一下子不安了。宝锦应该是讨厌这只手套的，她为什么执意要他戴呢？带着这一份自责，秋锦的不安持续了一整天。

这次他们要去的，当然不是金龙乡港北村四组。从那次到今天，秋锦已跟巧英一起出去挑过五次荠菜。其中两次，是在那个地方。那里的荠菜暂时都被挑光了。至少要再等十几天，那儿如今还小的荠菜才能长到可以挑的大小。像巧英这种职业挑荠菜的人，是有多个常去之处的。这次，他们往更北走，去往金龙乡六组。那儿，离何家园有六里地。巧英的一个亲戚在那个村民组，前几天亲戚去巧英家串门，告诉巧英那儿荠菜可多了。这便是巧英今天毫不犹豫地带着这姐弟俩去往金龙乡六组的原因。

果如亲戚所言，那儿简直是一片未开拓过的荠菜处女地。麦地里，豆田里，甚至惯常荠菜不愿意造访的油菜田里，到处都是荠菜。且那荠菜们棵棵黑油油、胖乎乎，一看就是上等荠菜。经巧英再次解释才知道，原来这个村民组的人今年起有人做起了鸭场，好几户人家都养了几百只鸭子。鸭子的粪便就做田地里的肥料。看来，那几块荠菜又多、又肥硕的田地，一定是那几个养鸭子村民家的田地。说到养鸭子，巧英就问秋锦："你跟我一样不上学了，有考虑过明年养鸭子吗？如果你要养，我们一起养。像这边的人一样，养几百头鸭子。"秋锦只顾埋头挑荠菜，没太理会巧英的话。她哪里想得了那么多？她现在所能想到的是，冬天说过去就过去了，她要抓紧每一天的时间挑荠菜，等到春天了，荠菜会开花，那时候这东西喂猪喂羊都不是好食材，根本不可能有一个正常人想吃它。眼看着要过年了，还能挑多少天荠菜？最多个把月吧。平均一天挑三毛钱的荠菜，一个月才能挣九块钱。九块钱，送入目标中的三千块钱里，如同石沉大海。秋锦心里急坏了，为了必须突破九块钱的今冬宿命而急，为了最终今冬挣的钱也不够买多少块砖瓦而急。“你不想养鸭子，那你是在考虑去干别的什么吗？”巧英见秋锦未接养鸭子这个话题，就将这话题转换掉。“我打算过年以后，就跟有水、来凤夫妻两个去跑班头。正好利用年后的这几十天学学这班头怎么跑。明年冬天，我就可以独自干了。我自己去跑。”巧英说到这里，秋锦对她心生了敬意。巧英比我成熟多了啊，秋锦想。她要好好向巧英学习，要多想点事，一定要多想。巧英又道：“也不一定。跑班头这种活吧，要力气。像我们两个这种，个子那么小，一次能往上海带五十斤荠菜就不错了。这边收荠菜，是三分钱一斤收，到上海卖六分、七分的样子。五十斤，能赚一块五毛钱。去上海的船票、车票钱减掉，还要倒贴许多钱。所以说，跑一趟上海，只带五十斤荠菜，是远远不够的。可是更多的我带不了啊。”说到这里，巧英停止了挑荠菜的动作。她被一种忧伤扼住了，一时对挑荠菜这桩事情失去了兴趣。天真冷呢，她和秋锦手上的冻疮又多长了几颗。她们取下手套，一心一意地蹲在田地上，搓起手上的冻疮来。搓着搓着，秋锦手上的一只冻疮破了，红红白白的，煞是难看。宝锦赶紧把口袋里的手绢掏给秋锦包扎。等到他将手缩回来的时候，感觉自己那只手也开始发烫。继而，他也感觉到了痒。宝锦便也搓揉起手来。秋锦见状，既惊又不安。“宝锦！你手上也长冻疮了吗？”宝锦一边搓一边道：“我不知道啊，就是痒。”秋锦看着宝锦已被搓得红肿的手，心内被自责彻底填满了。

变得柔软

醒兰父母那里有半根木头料，她将它要过来修船。今日里，两位木匠终于有空，被醒兰请过来了，正在场上锯木头。醒兰提醒他二人省着用这木头，锯木头的时候心里要有规划，不然到头来留下一堆废料，船却还有些地方没修到位。那二人反感醒兰质疑他们的专业和职业道德，决意不跟醒兰说一句话，就一意闷着头做事。醒兰却更加不放心木匠们，便取了一只鞋底和针线出来，端了把矮凳坐在门外，一边纳着鞋底，一边监控他二人。今天对门这家动静不小呢。一大早，厉金香就与小梅门里门外地打扫，棉桃则骑着辆自行车去集市上采购东西了。上午十来点钟光景，棉桃回来了，自行车的后座上别着的篮子里装了半篮的货。醒兰用鼻子闻都能闻出来，篮子里面有鱼还有虾。不是逢年过节，这又买鱼又买虾的，看来今天要来贵客。这会儿醒兰侧对厉金香和棉桃家的门坐着，眼睛不时向那门口瞟去。她心里想，来的到底是何方神圣，令这一贯小气的厉金香如此大动干戈？

不消贵客登门，醒兰就咂摸出这贵客贵在何处了。是厉金香抛出了线索。十一来点钟，这家敞着门，开始生火烧饭、做菜。棉桃掌勺，先烙了两大盘米饼。醒兰这边闻到米饼的香味，不争气地咽了几口唾沫。她不想让对家看到她馋这米饼，便提了矮凳进屋去了。她也开始做饭。这平原上找木匠做活，都是要管饭的。约定俗成的规定，是中午四菜一汤，而且至少两个荤菜。请瓦匠饭菜就不必这么隆重，两菜一汤即可。在村民眼中，木匠比瓦匠尊贵些。这也正是那两名木匠做活时想摆脸就摆脸的原因。醒兰今天没有去集市上买菜。随那木匠怎么想，反正她是不想花这个钱。两个荤菜的标准，未必一定需要赶集。她父母那儿一块腌肉，拿来炖茨菰，那是多好的一道荤菜啊！这慈姑，是凰桃和醒兰夏天在稻田一边辟出几方地种的，收了有十几斤，绝大多数被醒兰埋在地窖里，慢慢挖出来吃。还有一个“荤菜”是炒鸡蛋。用韭黄炒。这韭黄，是水芝家的。水芝丈夫手巧，今年学会了捂韭黄的手艺。按说像韭菜、大蒜、韭黄这类味儿重的菜，是不能从别人家拿的，有一个说法，说跟人家拿了这些个菜，来世身上会长狐臭。醒兰已经管不了那么多了，又在心里自我安慰，水芝跟自己姐妹相称，一家人似的，这也不算去别人家拿。两个荤菜有了，素菜嘛，就更加好解决了。这会儿醒兰来到灶台上，打算开始做饭。就在这时，小梅手上托着一小碗米饼进来了。“二婶！这是我妈让我端过来的，叫你趁热吃！”“你妈？”醒兰本想拒绝的，但听到小梅说是厉金香指使她来的，下意识地就将碗接过去了。“我姆妈说，你爱吃米饼，让我端几个过来，给你尝尝。”醒兰愣怔地将米饼倒到自家碗里，将那碗还给小梅。待小梅出去了，她还是不相信。厉金香向她示好？醒兰琢磨了片刻，弄明白了：今天，一定是有女方来这家访亲，厉金香要用这几个米饼堵住醒兰的嘴。

这就是小看她醒兰了。两家再怎么不和，她醒兰也不至于去坏这家的亲事。这厉金香怕醒兰今天跟访亲的人说些不中听的，那真是不该。醒兰有些恼怒地在心里骂着这厉金香的小人心理，就在这时，访客到了。果然是来访亲的人。

说来还是有些意思，今天这门意向中的亲事，本来是给小松的。姑娘却看中了比小松小四岁的弟弟小俊。这小松今天肚子里揣着一股气呢。他与小俊两个人平时就住在堂屋里。为了尽可能与对家保持距离，这堂屋的门平时也是不开的。今天，小松把堂屋门打开了。像是故意要让来访亲的人看到这堂屋的简陋。那里面，除了一张床，别的什么都没有。醒兰从猜中对家接待的是访亲人士起，就琢磨出了小松心里的小把戏。寻了个时机，醒兰就把那碗米饼转送给了堂屋里的小松。小松不知道二婶心里那篇大文章，坦然笑纳。等到厉金香忙里偷闲来到堂屋，小松已经在吃米饼。厉金香叱了小松一句，小松才知道断不该接回这饼，就生起自己的气来。醒兰这边已炒完菜，唤木匠们进来吃饭。一边吃，醒兰一边在心里笑。她把米饼退回去，就是想看到厉金香紧张。为什么呢？这厉金香肯定觉得醒兰退还米饼的行为是向她宣告今天她醒兰绝不配合，一定会伺机搅局。醒兰就要让这厉金香今天在访亲者离去之前一直保持紧张，这算是对厉金香的一种惩罚。这么多年来，醒兰从未得到过惩治厉金香的机会。今天这算是开天辟地头一回。醒兰要好好珍惜，好好观摩这厉氏的紧张。

醒兰开始了。她这边开饭的时候，对家还没开。醒兰就走了出来，假装无心地对访亲者中的那位女人说："让你在场上站着，多不好啊。不如来我家坐一会儿吧。等小俊家的饭好了，你再过去吃。"这女人，正是女方的母亲。访亲访亲，不就是来调查访问的吗？调查调查，跟这意向中的亲家调查，能调查出个什么名堂？得跟邻居调查。醒兰的邀请，正好迎合了这女人的心意。女人不顾马上跳出来的厉金香阻拦，要跟着醒兰进屋。醒兰拉她坐在门口，与她高声谈话。"看二婶这样子，年纪应该比我轻吧？"这女人看来心里是确定了小俊了，不然怎么跟着小俊喊起醒兰"二婶"了呢？醒兰正要回答，这女人的第二句话已经上来了。"我比小俊的妈要小六岁。比小俊的爸爸小了八岁。"看来这女人也是个性急之人，一上来就要把话往准亲家身上引。从另一个角度看，她算是个调查访问的高手。醒兰便道："我那大嫂、大哥，就是小俊的父母，看着也年轻呢。"对门的厉氏放轻了炒菜的动作，竖起耳朵听着。听到这里，她松了一口气。只听那女人又道："小俊妈跟我讲，她这人性子急，有时候说话比较随意，得罪了不少人。她啊，嘴是刀子做的，心是善的。"这话有嚼头。听上去这女人已经知道了两家不和。谁告诉她的？当然是厉金香和棉桃。这算是提前给准亲家打预防针吗？看来这预防针打得很有成效，这女人已经向着厉金香，来帮她开脱了呢。醒兰想到这一层，起了顽心，便道："你说得对！我跟金香虽是妯娌，但亲如姐妹。平时我们之间什么话都可以讲的。就拿今年秋上一桩事来说吧，那一回，有人在刘家园对我家的田做手脚，还是金香大嫂、棉桃大哥替我解了围的。我心里一直记着这桩事。要记一辈子。"醒兰指的这桩事，对面炒菜的厉金香和灶房里烧火的棉桃自然都一清二楚。厉金香听到这里，陡然紧张，手头的动作就不准确了。本该是倒酱油的，她却错拿了醋瓶子，往锅中倒去。等她发现了错误，已经倒进去足有一两醋。这道菜本来是红烧鱼，加了那么多醋，可怎么吃？厉金香懊恼着，慌忙将鱼捞起，舀光锅里的汤汁，重新下了油烧鱼。醒兰和这女人在这边看得清清楚楚。后者警觉起来，用近乎耳语的声音，问醒兰："二婶！她紧张什么？"又更加靠近醒兰，"我来之前听人说，小俊她妈脾气不好，有这回事吗？"谁家嫁女儿，都要提防恶婆婆。这女人看来并未真的完全看好这家人。醒兰这时心软了。再这么捉弄厉金香，恐怕她醒兰什么恶言都没出口，厉金香那边就要差错不断了。这是变相破坏这家今天的事情。醒兰忙小声道："这位姐，我跟你说，没有这回事。一定是哪个坏人乱嚼舌根。他们这一家人，待人好着呢。你就放心跟他们结亲吧。"这女人像是终于等到了一句她最想要的话，心里一块石头落地。她笑吟吟地告辞。醒兰望着这女人，直到她进了对门。她居然唤着自己的女儿一起帮着择菜了。这可是不容易的。说明，从现在起，她真的让自己，并要求女儿，跟这家合二为一了。醒兰怔怔地站在门口，向对门看了一会儿，而后她将门合上，来到凰桃的灵位前站好。站在这儿，闭上眼睛，醒兰感受自己的身体。她居然能真切地感受到自己的心是十分柔软的。从什么时候开始，变得这么柔软呢？醒兰对此奇怪，但颇为惊喜。“凰桃！你可看好了。看到了吧？我郁醒兰如今待你这恶心肠的大哥、大嫂，是什么心？那可是一颗红心啊。从今往后，他们要是再刁难我、搞我，你可要替我做主。”言罢，醒兰打开门，再也不关注对家的动静，去替那木匠打下手去了。她要在冬季结束前就将这船修完，这样到了来年夏天这船就可以用。到时候，她要与她那懂事的女儿秋锦撑着船去弄鱼。

第六章　新的一年

要吉利，不要晦气

春节后第三天，大年初三，秋锦一早就挎着篮子去找巧英。巧英没料到秋锦这么早就要去挑荠菜，很是吃惊。这平原的乡下，对新年极为重视，古往今来都是如此。平日里再忙、再苦、再累，到了新年，该歇息还是要歇息，该享受还是要享受。通常大家要等正月十五元宵节过了之后，才彻底收心，才会去主动将那繁忙、艰辛的生活正式开启。正月十五前，都是跑亲戚的日子，都是吃点这个、吃点那个的日子，哪有初三就要去做事情的道理？巧英家今天有好几拨亲戚要来，她父母正在场上坐在矮凳上忙着择菜。巧英跑到场边会见秋锦，两个人在那儿小声嘀咕着些什么，她父母一边忙乎一边打量着她们。巧英的母亲很不高兴。这时她忍不住握着手里的菜直起身来，大喊："巧英！回来！"巧英抱歉地向秋锦笑笑，跑到父母身边，在矮凳上坐下来择菜，并回过头来大声对秋锦说："秋锦！你今天也别去挑了吧？！"巧英的母亲伸出一只脏手，在巧英头上拍了一把，巧英只好回了头，专注于择菜。“搞什么名堂？大过年的过来喊你去挑荠菜？是要咒我们家今年从头忙到尾吗？你怎么不把她咒回去？还站在那儿跟她说半天话。”原来巧英的母亲将秋锦唤巧英同去挑荠菜的行为，视作秋锦对巧英一家的诅咒了。这平原的乡下，确实有这种说法：过年忙，一年到头忙。这也正是大家过年一直要歇息、享受的原因。这长达十五天的歇息、享受，承载着给漫长的这一年做示范的功能。大家都寄希望于这一年后面的众多日子主动效仿这十五天。谁想忙碌和受苦受累呢？一年到头都没活儿干却还能过得下去，那该多好？

秋锦挎着篮子转身往回走。天阴阴的，像极了她此刻的心情。巧英母亲那句责怪她的话，她是听见了的。这会儿她对巧英的母亲分外歉疚。她并非不知道过年出去挑荠菜不吉利，她只是被挣钱的渴望烧灼得不行，一时糊涂就过来找巧英了。春节那天上午，她带宝锦去乡上玩，碰到同样过来玩的前班主任林晓琴。林老师趁机劝她不要辍学。“正月十三报名，你正常到学校来，你这辍学的说法也就没存在过了。”秋锦仓皇离开了林老师。她不想听林老师讲这个，以后谁也不要跟她讲这个，提一下都不行。不可能不辍学的，秋锦心意已决。

秋锦挎着篮子来到农田里。今天她不能走远，就在何家园的田地里挑。挑到中午回去，今天她家里也有亲戚要来，春桃、红桃、绿桃、小桃，他们四家人今天一起来何家园拜年。秋锦不见他们的话，是不好的。等吃过饭，再出来挑吧。没出何家园挑，就也不算是正式出门做事，对不对？秋锦在心里自圆其说。她也忌讳那个说法呢。今天秋锦挑荠菜的能力欠缺。她眼睛像是瞎了，明明一棵健美的荠菜就在脚尖前方，她却走过去之后才想起刚刚看到它。秋锦是有些心不在焉呀。她脑子里面一直在转悠着巧英在场角头跟她讲的话。“我妈去跟有水叔和来凤婶讲过了，过了正月十五，我跟他们夫妻两个学跑班头去。”巧英这个新动向，在秋锦的意料之中，却也在意料之外。说意料之中，是因为秋锦知道巧英总有一天要去跑班头。说意料之外，是秋锦没有想到，巧英这就要去跑班头了。没错！巧英才不甘心卖死力气挑荠菜每天挣几毛钱。跑班头跑得好的话，平均算下来，一天挣一块钱都不止的。有水、来凤夫妻就是例证，据说，两个人一年就能挣一千多块钱。而且挑荠菜只能冬天。跑班头不一样，一年到头都可以跑，就一年到头都能挣钱。冬天主要靠贩卖荠菜挣钱，春、夏、秋靠别的挣钱。这才是一个正经职业啊。这会儿秋锦被巧英的新动向搅得心里七上八下。

从秋锦决定辍学的第一天起，她就把巧英当成她模仿的对象，当成她新人生的导师。她对巧英的能力有十足的信任。巧英干什么，她就干什么。如今巧英要改变人生路径了，她秋锦呢？是沿着巧英以前的足迹再走一会儿，然后再折向巧英眼下的新路径？还是当机立断，立即跟到巧英的新路径上去？当然是后者了。做任何事情都是宜早不宜迟。这会儿秋锦拿定了主意，要去跟巧英说，或直接去跟有水、来凤夫妇说：正月十五一过，她也要跟着跑班头去。几天后，秋锦在何家园里巧遇巧英，将想法告知巧英。不知巧英心里在盘算什么，她竟委婉地拒绝了秋锦，还建议秋锦不要去找有水、来凤。对于巧英的拒绝、阻止，秋锦甚为不解。又过了几日，她在何家园巧遇巧英的母亲。那时，这女人正与何家园另一个女人在后者家的屋角扯闲话。她们没有发觉秋锦的到来。“你想啊，跑班头这种事情，要坐船，要坐车，那可是比种田、弄鱼、扒螺蛳还要讲究的。这一家出去扒螺蛳一下子就死了两口人，有水、来凤怎么敢沾这一家人的霉运？什么叫晦气？这一家人就是晦气。有水、来凤夫妻两个那么精明，心里头不会盘算的吗？他们怎么敢沾秋锦身上的晦气？我女儿就不一样，她清清白白的，他们夫妻两个是要的。”秋锦听得瑟瑟发抖。原来，巧英的拒绝、阻止背后，还藏了这么一大篇文章。巧英母亲还在絮叨：“巧英拜有水、来凤为师，喊他们师傅，他们高兴得不得了。你想啊，既是师徒关系，我家巧英肯定是一分钱都拿不到的。他们夫妻两个凭空里就多了个帮他们背货、卖货的人，跑一次得多挣多少钱？十几块钱总有的吧？他们会算的呀。精得很！我跟我家巧英偷偷说过了，跟着跑一趟两趟行了。这跑班头，要学的东西也不多，无非是熟悉一下情况。就叫他们夫妻两个吸我们家巧英一次两次血够了。”她在絮叨这些时，秋锦郁闷地离去。

这一天艳阳高照，何家园里，有人边走路边脱掉棉衣。温暖让她手上的冻疮痒得不行。这像是冬末的一次小阳春。看这光景，寒冷的日子说过去就要过去了。那时候，田地的温度升上来了，荠菜会疯长直至拔节、开花，将不再有挑的价值。秋锦快走到自家场上时，眺望不远处的田野，心里面一片焦虑和慌乱。

大地蠢蠢欲动

正月十三新远校新学期报到那日，秋锦一整天都没有出门，她搬了张短凳，坐在两张床之间狭窄、黑暗的过道里，拼命地编织着一只手套，中午连饭都顾不得吃。手套是织给宝锦的，已经织完了一只。从这副手套起针到现在，已经有二十多天了，秋锦还是没有织完。都怪年前年后她几乎每个白天都在挑荠菜。她心里面对宝锦愧疚得紧，下定了决心在明早之前就织完这副手套，好让宝锦明天一大早戴着这副黑色新手套去上学。宝锦喜欢冷色，尤其黑、灰二色。毛线是旧毛线，来自醒兰的上海姑妈带回来的一件大家都不适合穿的杂色毛衣。秋锦当时拆掉毛线后，专门把里面的黑毛线分拣出来，估摸了一下，正好够给宝锦织一副小小的手套。

天气已经在转暖，料想宝锦也戴不了几天手套。但秋锦不管，她就是要让宝锦戴着新手套上学。如果宝锦没有戴着新手套去上学，在接下来的整个春天、夏天、秋天，她都要被愧疚折磨。她就是这种人，容易愧疚。大概在人格上，她属于取悦型人格的人。秋锦自己自然不知道自己有这种人格缺陷。

天擦黑宝锦才回家。秋锦的手该有多快啊，她这个时候居然还剩几百针就要把手套织完了。“宝锦！反正姆妈还没回家，索性让我把手套织完，再跟姆妈一起吃晚饭吧？！”秋锦说。宝锦连连点头，坐在床边看姐姐编织。毛衣针与毛线在姐姐手里起落，宝锦看得叹为观止。像秋锦这样的巧手，织毛衣的动作是好看的。宝锦被姐姐的动作吸引，忍不住问：“姐！我能织一下吗？”秋锦说：“我快织完了，让我专心织完，以后再教你吧。”宝锦有点失落。秋锦敏锐地注意到了这一点。她让翻飞的手指停了，将手里的这只连着针与毛线的半成品手套小心翼翼地递给宝锦。宝锦同样小心地接过去，端着它们不敢轻易动作。秋锦指着这半成品手套说：“宝锦你看，这种呢叫平针，这种，叫满针。我给你织的这副手套，有平针，也有满针，我先教你平针，这个容易学。”秋锦就将自己的手，握住宝锦的两只手，织了起来。一边动作，一边口授编织平针的规则、技术要领。织了几针，到了需要织满针的地方，秋锦又开始口授编织满针的学问。宝锦天生是干这种活计的料，才十几针后，他居然已掌握编织平针、满针的技巧。秋锦见宝锦的手再不需要她的手操纵就能准确编织，便松开了自己的手，坐在一旁看着宝锦编织。接下来宝锦自行编织的十来针，一针都没有出错，尽管，他暂时织得很慢。今天的宝锦让秋锦大开眼界，她未料到宝锦是这方面的天才。回想自己当初跟巧英学这活计，她是学了数个钟头，才学会平针、满针技巧的。宝锦真是神了呀，秋锦想。这时，醒兰从外面回来。她今天去郁家园给父母送了两双她做的布鞋去。见宝锦在编织手套，醒兰诧异得不行。要不是秋锦着急要把这副手套织完，好让宝锦明天可以戴着它上学，秋锦都想让宝锦来完成这副手套的收尾工程。

醒兰从郁家园带回来不少新消息，何家园及周边几个村民组人们的消息。后天就是元宵节，这一天过后，新的一年将正式进入轰轰烈烈的拼搏时光。这半个月里，大家的身体顾忌那吉利不吉利的说法，不便行动，内心却早已运行了起来。醒兰说，郁家园有一户人家已经去县里一家温房预约了五百只雏鸭，准备今天开鸭场。另有一户人家同样去了县里这家温房，预约了三百只雏鸡，准备开鸡场。刘家园有一户人家准备在自家后面的水塘里养殖鲢鱼。厉家园有一户人家在到处借钱，准备买一台蚬子机，接下来在厉家园后面的运河上挖蚬子。再往南，马路南边一个村民组，邱家园，有一个人准备开纸箱厂，正在跟乡里打报告。醒兰花了大概有半个钟头说完这些来自各村民组的村民新动向，秋锦、宝锦听得头脑发涨。过往哪一年，能有今年这么多的动静？往年，过完年之后，依旧是平静的。只听醒兰感叹道："看来大家都在动脑子啊。"她说的意思比较含混，其实她大概想说，如今啊，死脑筋怕是不行了，脑子得活。光是闷头干活，下死力气弄鱼、扒螺蛳，挣来挣去，挣到的钱也还是小数目呀。想挣大钱，就得去做那些农民本分之外的事情。醒兰没把这繁复的意思全部说出来，秋锦却早已脑补了醒兰未说出的部分。秋锦忽而想起了跑班头的事。看来，如果想多挣钱，就不能再挑荠菜。接下来可以用于挑荠菜的时间仅余有十几天，这段时间，她不再挑荠菜去了。还有，今年冬天，她也不挑了。以后，永远不挑。她得做一个荠菜贩卖商。只有这样，她辍学的初衷才能真正有所实现。她辍学不就是为了尽快让自己家有钱盖新房吗？

醒兰还在念叨。这会儿她开始抨击何家园的一户人家。这户人家的户主叫何彪。何家园还是生产队时，最后三年是这个人做的会计。去年划分承包地的时候，他要了点心计，让何家园的所有地划分完之后，还剩余了一小片地。这片地不算大，也不算太小。接近一亩，八九分地的样子。恰巧这块地就在他家背后，与他家的自留地相邻。从去年到现在，何彪一家就很自然地将那八九分地收入囊中。何家园有几个人去年初夏看到何彪在这块地上种花生时，曾暗中提出异议，但却也就只能做到暗中议论而已。并没有人真的起头去质疑何彪。如今何彪已经在这块地上种了两季。显然，以后这块地自然变成了他家的承包地，不用向国家交税的地。再过去一些年，后来生下来的一代又一代，将不知道这块地原是何彪非法侵占的。何彪这种人精，早看透了人性，料定了何家园没人会起头来质疑他，更不可能有人当面来阻止他，自始至终，他占取这块地，都是十分笃定。

醒兰自然说的不是何彪这块地。她是不会去起这个头的。她也像何家园的人一样，默许了何彪对这块地的侵占。醒兰说的是何彪别的事。大概，成功侵占了那块地使何彪获得了莫大的自信，如今，他要来侵占何家园的那条河了。当然，他想侵占的，只是这河的某一段。怎么侵占呢？他专门制了两套拦网，用它们隔出一段水域，美其名曰是拦网捕鱼。以大家对何彪的了解，他会在大家习惯了两张网的存在之后的某年某月某一天，将两张网变成两个堤坝，如此，这片水域就真正属于他何彪家了。这可如何了得？果真到了那天，何家园的船，都要停在那靠近外水的堤坝一侧去。“不能让何彪这么干！”宝锦说。醒兰冷笑，“是不能让他这么干，大家都是这么想的。但就是没人出头。谁想得罪人呢？何彪那么凶，谁惹了他，他会上门来打人的。”她道出了从前、现在大家对何彪的所作所为装聋作哑的本质。之后，她摇摇头，道：“不管这么多了。我们管好自家的事就好。秋锦、宝锦，儿啊！你们都给妈说说，我们家今年，该怎么办？”秋锦、宝锦都低下头，不语。醒兰便道：“我想好了，我也要干点别的。”“姆妈！你要干什么？”秋锦和宝锦同时问。“知道吗？今天我送鞋子给你们外公、外婆。你外公的那双鞋子，他还没来得及穿，就被别人给看上啦。这人呀，把鞋试了一试，很合适呢，就把这原本给外公的鞋给买去了。这人挺有意思的，非得给我三块钱。我是怎么都没想到过，我做的鞋子，原来是可以卖钱的呀。”秋锦和宝锦惊喜地看着醒兰。醒兰从兜里掏出三张崭新的一元纸币。仿佛从未见过钱，宝锦、秋锦兴奋地传看这三张纸币。只听醒兰语气里掩饰不住的兴奋：“从来都听你们说，我做的鞋又结实，又好看。我却没有想过，我可以做鞋卖。真要感谢这人呀，是他，今天把我给点醒了。”秋锦和宝锦这才听出醒兰所说的今年要“干点别的”，原来是做鞋子卖。然而，做鞋子这活计，何其辛苦。就拿纳鞋底来说，醒兰是如何在纳完鞋底的第二天喊手疼的，秋锦、宝锦是历历在目。

两个孩子担心着醒兰，早早上床睡觉。这一天就这样又过去了。醒兰今天向孩子们隐瞒了一个对她来说更为重要的信息：买她鞋子的，正是邱家园那位跟乡政府打过报告要办纸箱厂的人。此人属鸡，一九四五年生人，小醒兰三岁。他似乎看上了醒兰。没错！醒兰今天被她父母叫到郁家园，其实是去相亲的。这是个多么有趣的男人呀，二人真要是成了，往后回想起来，那双鞋子的意义就变了，变成什么了呢？那是他用聪明向醒兰索要到的一件信物啊。

跑班头要点之一

正月十六，巧英找到秋锦，要跟她结成合作组，一起跑班头去。力气共同出，资金一人出一半，赚到的钱对半分。这桩事说起来也有点意思。正月十五前不宜做事的说法，被巧英的母亲自己打破了。打破的前提是有水、来凤夫妇要打破它。有水、来凤是计划今年开春就盖新房的。过了元宵节，离开春也不远了。如果像往常那样正月十六之后出去跑班头，势必盖新房之前跑不了几次。来凤贪心，想多跑两趟。在她的建议下，夫妻二人初六就去跑了一趟。他们是偷偷跑的。初九回来时，巧英母亲才知道。正月十二这夫妻二人跑第二趟时，巧英母亲直接把巧英送到他们眼前。这么着，巧英在今天之前，就已经跟有水、来凤夫妇跑过一次班头了。前天，巧英刚从上海回来。

巧英脑子调整得快。跟着跑了一趟，就明白跑班头没什么需要学的，便不愿意再帮有水、来凤白干。她要自己干。可单干她没有把握。她一个小姑娘家的，独自干这个，危险。还有一个原因：一个人，能捎的货太有限。秋锦不是也想干吗？就跟她合伙好了。

巧英与秋锦讲这些的时候，她二人是在社场上。所谓的社场，就是生产队时期何家园的社员集合、进行集体劳动的场所。由一个面积足有一亩的水泥场、两幢大瓦房，还有一个烧制薄荷油的作坊构成。生产队期间，何家园是有几年种过薄荷的，成熟了收割后自行制作薄荷油，这作坊便属于这一历史的见证。去年，这家庭联产承包责任制的第一年，何家园的村民站在先要把饭吃饱的立场上，集体放弃了栽种薄荷这种经营性农作物，这作坊就废弃了。

社场上的两间房子、那块场地，如今当然同样是被废弃了的。不知道去年划分承包地，为什么不推掉它们，这样也好将它们所占据的这一亩多地划分。一亩，三十几户人家，每个人家还是能划分到几个方的。大概，当时负责划分田地的人心里不太自信吧。人民公社这种延续了多年的形态，就这么取消了吗？万一哪天它又恢复了，还不是需要社场？这种心理，使这社场保留了下来。社场后面还有一片树林，这里面每一棵树，都是何家园的公物。这树林种了有快二十年了，显然生产队这种人民公社最基层的组织甫一存在，就栽下这树林了。种的是水杉。这种树，长二十年是不足以做房梁的，不够粗，得长更久。又不能锯它做椽子。这平原上的人家，是不用水杉做木头椽子的。需要更坚硬的木材来做。这也正是它种了近二十多年后，终究没有分给社员的原因。

这是下午。巧英与秋锦在那个废弃的作坊里会合。作坊除了烧薄荷的锅灶，边上还有一小间贮物间。巧英、秋锦就是在那贮物间里。这里面在今天之前很脏，充满了猫、狗、鸟的粪便。刚才，巧英、秋锦将它打扫干净了。她们打算以后用这个地方收购荠菜。这社场不是有两幢房子吗？加起来有六个大房间，为什么不用它们？巧英、秋锦倒是想用，可早有何家园的人占用了，在里面堆自家的柴火、杂物，甚至养羊、养鸡。不但占用，还锁死了，占为己有。作为社场主体的那块水泥地，也给占用了，有至少十几户人家在上面堆了草垛。那树林无法霸占。为什么呢？因为大家还不敢公开将公物拿走，要在形式上达到真正的霸占，那只有把树挖走，挖一棵树，那可是要大动干戈的，需要不少时间，无法不让人发现。在第一个挑荠菜的人前来交易之前，巧英告知秋锦一个信息。“我爸已经给村委打了地基报告。我们想把新房子盖在这边。”她说的“这边”，指的是社场旁沿河的这一路田地。何家园的人家，都住在河的北侧。社场边的这些田地上，目前是没有人盖房子的。“不知道报告能不能批，据说何家园打报告要把房子建在这儿的，已经有好几户了。”秋锦忽然想起何彪占据那块地、想占据一段河域的学问，立即感觉自己看到了巧英家与另外那几户人家想住到这儿来的真正动机。他们是看中了社场：如果他们住在了这儿，就有机会将这社场瓜分为自家的自留地。

第一个送荠菜的人来了。是刘家园的一个女人和她女儿，后者年纪跟宝锦相仿。她们挎着两只篮子，但里面都只有半篮子荠菜。巧英与秋锦相视一笑。言下之意，像她们这种只要一出去一天准能挑满一篮子荠菜的人，并不多。巧英今天带了一杆秤。是那种带了铝质秤盘的秤。秤砣小小的，最高称重是一斤。这秤显然是新买的。秋锦很疑惑：按说家家都有一两杆可以称五斤以上东西的大秤，巧英为何专门买了杆小秤？就说这女人和孩子带过来的荠菜，加起来得有三四斤，用这小秤的话，得称四次。大秤，称一次就够了。这不是舍易求烦吗？秋锦揣着这一疑惑，与巧英称起这女人和孩子的荠菜来。果然称了四次。

大概是巧英先前的宣传做得好，今天，包括何家园在内的三个村民组，都有人送荠菜过来。巧英统一以三分钱一斤的价格收购荠菜。天黑前，巧英、秋锦收购了四十多斤荠菜。她二人计划收一百斤就上路。巧英确信：明天再收一天，就可以上路。这四十多斤的荠菜，花去了她们十来块钱。秋锦有些心疼自己花出去的六块多钱。她做了醒兰两天的工作，才从醒兰的钱兜里拿到了十几块钱，作为这一次跑班头的经费。后面还要买车票、船票啊，这些钱都要准备好。巧英就笑话秋锦。“你还嫌花出去的钱多，要不是我，你花出去的更多。”秋锦不解巧英所指。巧英就将那小秤在手里抖了抖，说：“你知道为什么我要专门花钱买杆小秤吗？用我们家里现成的大秤，不是更方便？”秋锦当然正等着她解释呢，忙问：“为什么？”巧英忽将那秤盘底朝上一翻。秋锦看到上面吸着一块磁石。“你作弊？”秋锦惊呼。巧英来捂秋锦的嘴。“你喊什么？别给人听到了。现在你知道了吧？多称一次，就多一次机会少算荠菜的分量。你算算，今天这一场下来，我用这秤多称了多少次？四十多斤，就四十多次。四十多次，多了多少次少算荠菜分量的机会？你个高才生，算得明白吧？”秋锦脑子里一亮，今天收购到的荠菜，真正的分量看来一定在五十斤以上了。难怪巧英觉得明天再收一天就可以上路。但是秋锦心慌起来。“巧英！不好吧？这属于欺诈。”巧英不屑地说：“我念书只念到小学，不像你，初中生。我文化水平低，不知道欺诈是什么意思。”秋锦说：“就是以使人发生错误为目的的故意行为。”巧英眼睛往上一翻，讥笑道：“我只是说我文化低，你当我是文盲？我懂你说的意思。不过我提醒你，别乱给自己头上扣帽子。也别给我扣。太重，我戴不起。你要说我欺诈，那这世上就没有一个不欺诈的生意人。你以为做生意跟你卖死力种田、挑荠菜一样？做生意讲究的就是这些。你不做这些，怎么能多赚钱？”秋锦无法认同巧英，沉默。巧英看了秋锦一眼。目光里满满的不屑。“你要是知道有水和来凤怎么干的，你今天都不好意思在这儿说我。”“他们是怎么干的？”“还能怎么干？他们比我用的磁铁重一倍。”仿佛刚刚讲的是一桩特别可笑的事，巧英乐不可支了。笑毕，她开始在地上铺草席。今晚，她要和秋锦睡这儿。一来，是怕夜里还有人来送荠菜。二来，是怕荠菜放在这儿会被人偷走。“对了！那桩事忘了跟你说。”临睡着巧英抱住秋锦说，“买这秤，花了三块钱。我们共用的秤，不能我一个人出钱。你也出一块五。现在把这钱给我。”秋锦只好将钱掏给巧英。巧英收了钱，皱着眉头又道："你这人不是高才生吗？不是年年考第一名的吗？怎么今天从下午到现在，像个榆木脑袋似的。真的年年考第一？你每年都作弊了吧？还是把老师都收买了？弄得他们个个给你批高分。真是想不通，你这样的人，居然是高才生。我都不是高才生，你竟然是。"她当然是在开秋锦的玩笑。巧英是个亦动亦静的人，动起来的时候，调皮极了，特别招人爱。经巧英这一逗，秋锦不再因巧英今天做了那手脚而不快了。

意愿与恐吓

第三天秋锦与巧英将一百斤荠菜分两只蛇皮袋装，开始了她们跑班头的历程。一大早她们就上路，为的是能赶上八点钟从乡上到市里的那趟公共汽车。从何家园到这个叫俞灶乡的乡上有四里多路，醒兰借了辆自行车，与巧英的母亲各推了辆自行车，送秋锦与巧英。巧英的母亲骑的自行车是自家的，春节前刚买。她们将两只装荠菜的袋子分别绑在自行车后座上，推着自行车步行。适逢周日，宝锦执意也要送行，醒兰便把他也带上了。到了乡上，醒兰与巧英的母亲各对自己的女儿千叮咛、万嘱咐，直到目送载着她们的汽车开走。巧英的母亲会骑自行车，醒兰不会，送完秋锦与巧英，巧英的母亲便骑上自行车先回去了。每天的这时分乡上热闹得很，到处都是上街来买菜、办事的人。醒兰推着自行车与宝锦来到一个油条铺前，想买根油条，让宝锦吃。宝锦将油条撕成对半，一半给醒兰。醒兰将那半根撕成一半，还宝锦其中的一半。醒兰还想去前面的麻团铺给宝锦买一个麻团，这孩子最喜欢吃麻团了。将这想法跟宝锦一说，宝锦连连摇头，“姆妈！我吃油条就饱了，不吃麻团。”醒兰执意要买，宝锦想了想，就说：“姆妈！你把买麻团的钱省下来，给我买别的东西吧。我以后永远不吃麻团，省下的钱你今天都给我买这样东西。”醒兰问：“你要买什么东西？”宝锦话还没出口，脸却红了，“算了！不买了。”醒兰急了，“到底是什么东西？”宝锦嗫嚅半晌，小声道：“头绳！”在这平原上，人们是把毛线说成头绳的。熙熙攘攘的集市吵闹极了，醒兰没听得太清楚，“豆腐？你要我买豆腐回去做给你吃？”宝锦说：“不要了，不要了。”“是大肠吗？你想吃炒大肠？宝锦！你什么时候也爱吃猪下水了？这东西我们不吃了吧。”宝锦笑了，“好啊！我不吃了。我们回去吧。”说罢，宝锦警觉地观察醒兰的反应。看醒兰的样子，她无疑是真的以为刚才宝锦说的是大肠。宝锦松了一口气，旋又环顾四周，像是想求证刚才有没有人在偷听他与醒兰的对话。自然是没有的。这宝锦悬着的一颗心彻底放下来，跟着醒兰离开了集市。回到家中，宝锦还在庆幸：幸亏醒兰没听清他那句话。可是，他分明能感到心里的那个意愿在烧灼着他。从正月十三晚上秋锦手把手地教他织手套，这意愿就来到他心间了，接着到来的这几天里，它在他心里变成了一团火。

宝锦打算织手套卖。这几天，他很巧妙地在同学中做了调研，没有手套但需要手套的同学大有人在。如果他向同学们兜售手套，他们中一定会有人掏钱买的。就算一个学期卖三副手套，也能赚几块钱。但是这个宏愿却与一种恐吓同时出场。这恐吓便是：何观跃同学！你会织手套啊？你怎么可以织手套呢？这是女孩子的活计。宝锦在自己的脑子里清清楚楚地看见发出这声恐吓的人是谁。他们是厉蚬、厉仲淫、厉仲建，这新远小学三年级的“厉氏三贱”。他们的头趋近在一起，三张嘴里喷出腥臭的热气，沾满黄垢的牙齿颗颗尖利，牙床后面是三个黑色洞穴，从里面发出巨浪般的笑声，笑声之后是分了三个声部的一句讽刺：何观跃同学！你就是个女的。宝锦，这个十岁的羞涩男孩，最近的这几天里，快被那个蓬勃的意愿与那种恐吓所形成的对垒逼疯了。那对垒在他心里拉锯般搏斗，每一拳都打到他的心脏上。

我到底要不要织手套卖呢？要，还是不要？回到家中，宝锦依然在纠结这个问题。不善于对孩子察言观色的醒兰根本没有意识到宝锦心里汪洋般恣意的思绪，一到家，她就将自行车还掉，赶紧去田里忙乎去了。气温日渐温和，麦苗、豆苗、油菜蓄积了一冬的力气，现在要开始发力了。三五天，人们肉眼就能看出它们长大了一些。它们铆足劲生长的同时，跻身于它们之间的杂草们，也开始不安分了。田地里的杂草一天比一天多。醒兰这几天的计划，是要把自家的四亩承包地整体梳理一遍。将那些不自觉的杂草，一棵不剩地铲除。这算是开年之后第一次去承包地收拾，醒兰半点不敢马虎。马虎了，让田地感觉到对它的怠慢，接下来也马虎应对醒兰，不好好监督依附于它的庄稼们，那损失对醒兰来说是不可估量的。这会儿，只剩了宝锦一人的家中静悄悄的。宝锦三两下将作业做完了，趴到八仙桌上继续纠结那个问题。近中午的时候，他下定了决心：干！

怎么干，却是个问题。按宝锦的想法，最好不跟任何一个人讲，就他自己偷偷摸摸地织手套。这却是行不通的。他用来织手套的时间，通常都是晚上放学后，那时候只能在点灯的屋里。不可能在醒兰的视线外。所以说，不让别人知道可以，不告诉醒兰，那是行不通的。就只能告诉醒兰了。中午醒兰回来吃饭，宝锦便把早上说得半途而废的那个话拿出来说了。这回他很直接，“姆妈！给我买半斤头绳。我要织手套卖。”让宝锦意外的是，醒兰分外支持。她还很高兴。“我儿懂事啊，知道帮姆妈一起挣钱了。”醒兰的高兴，来自这种欣慰。在儿女干活这桩事情上，她从来都是鼓励的。不管做任何活计，只要不偷不抢不犯法，她都鼓励。这一点上，她算是有点自私的。碰到儿女主动要去做点什么活计，她并不会去想别的什么，只会想到，儿女来替她分忧了，她的压力多少会减轻一些了。这算是她作为这平原上缺少文化的农妇没远见的一种表现。这会儿醒兰只担心一个问题。“你刚刚学会织，这得多少天才能织一副手套啊？”她多虑了。这几天，她完全没有注意到，宝锦的编织技能突飞猛进，他已经利用放学并做完作业后有限的时间，将自己训练成一个成熟的编织者了。宝锦自己心里确信，他还有很大的进步空间。再过几天，他可以织得比秋锦还快。有的人天生就是巧手，适合干手工活，宝锦就是这种人。“我织得可快了。”宝锦回应醒兰质疑的方式，是迅速拿出针和毛线向她展示他当下的实力。看得醒兰连声惊叹。她自己脾气急，对这种活计极不在意。宝锦当下的水平，已然超过她了。醒兰放了心，当天下午，她就先把去田地里锄草的活计放了放，去乡上买了半斤毛线。宝锦如获至宝，当天就起针织他的第一副商品性质的手套。醒兰被宝锦身上不达目的不罢休的气势感染了，当晚在田地里忙完后，她就马不停蹄地纳鞋底。母子二人挑灯夜战，直到哈欠连天才不舍地放下手上的物什，上床睡觉去了。夜里，醒兰做了很美好的梦。那些梦，使她笑出了声。她不知道，宝锦也是做了一夜的梦，却是噩梦。有一个梦中，“厉氏三贱”的脸齐向他逼来，朝他脸上吐口水。

跑班头要点之二

秋锦、巧英于中午前到达市里。二人又各自背着袋子上了市里的公交车来到客轮码头。在一九八四年近春的这个时候，从这平原去往上海，大家都是坐轮船的。要坐七个多钟头，才能到上海。秋锦和巧英今天要坐的是下午两点半的那班船，离这个点还有两个多钟头，她二人把各自带出来的干粮取出来，坐在候船厅吃。吃了一会儿，秋锦回过神来，意识到她们应该先去买船票，再回来吃东西。万一买晚了，她们还得等下一班。人一出门，时间是珍贵的，这买票的事可不能拖。秋锦将手中的食物放进兜里，站起来就走。“你去哪里？”巧英在秋锦身后唤她。秋锦头也不回地往售票处走。“我去买船票。你不用管，我先用钱，到时候我们一起算账。”巧英飞快地站起来，将秋锦拉回。“算什么账啊？这钱得省。”秋锦疑惑不解。“省？”巧英四下里看了看，用手拢住嘴，凑近秋锦耳语，“一张五等散席票一块六毛钱，两个人就是三块二。来回就是六块四。买了这船票，我们这趟出来，还能挣几个钱？”秋锦脑子里自然也是盘算过这个问题的，对巧英能力的信任使她没有把这个疑问提出来。现在秋锦才知道，原来巧英是要用作弊的方式解决这个问题。这次作弊比在秤盘下面放磁铁还狠。秋锦不知道该怎么回应巧英了，有点失神地往那售票处看去。那儿，大多是些穿着体面的人，在有序排队购票。只听巧英纤细的声音传入她耳中。“有水、来凤夫妻两个就从来不买。”巧英跟有水、来凤跑了一趟，就为了学这些作弊技能吗？抑或是，这巧英天生透悟，一步到位地变成了一个作弊高手？“不买票，怎么进去？”秋锦喃喃地问。她用的是自然的声音，把巧英吓了一跳，赶紧向她挤眼睛，意思是到处都是耳目，说话注意点。秋锦会意，放低声音，“你说呀，没票怎么进去？”巧英诡秘一笑。那笑中有掩饰不住的自得。“我当然是有准备的。”她用目光示意秋锦向下看。秋锦向她身下看去，就见巧英藏在裤兜里的拳头迅猛翻转后松开，秋锦愕然看到那掌中握着两张船票。“原来你已经买过船票啦?”秋锦满心喜悦起来。“巧英!你又逗我玩儿。”“谁逗你玩儿了?”巧英快速将船票塞回裤兜，装作无意地将这手举起来，拢拢头发，又向秋锦耳语。“这种船票，一毛钱可以买十张。”又补充，“有专门卖这种船票的人。”秋锦明白了，这是假票。当下，有专门制作这种假票的团伙。只听巧英又道，“有水、来凤夫妻两个，买了几十张这种船票，够他们用一整年。我跟他们跑了一趟，他们没给我一分钱，听说我要自己跑，就送了十张船票给我。五张去，五张回。噢!不好意思，他们不知道我会跟你一起去，给的是单数。等这些票用完了，我再跟他们买。他们可鬼了，不愿意告诉我这票是从哪儿买的。这个不管，以后再找机会套他们的话。”巧英这一番话，算是让秋锦开了眼界。这跑班头的营生，可真是藏了太多机巧啊。这机巧却都是化了装的作弊，不值得惊诧。秋锦开始闷闷不乐。她上学的那些年里，最厌恶的是作弊。有一回，某个嫉妒她的同学诬陷她作弊，她气得发抖，当着那同学的面拿着铅笔刀对着自己的手指说，“我要真的是作弊，我就把这手指头给切了。”那同学吓得不敢开腔。秋锦的脾气，有时是比较直愣的，如果那同学还要说她作弊，她真的会切下去。这会儿秋锦感到她心里攒了数年的对巧英的信任与敬佩，一阵风似的跑掉了，一下子心里空落落的。“你在想什么呀?”巧英问。秋锦不说话。巧英白了秋锦一眼。“别在心里打小算盘了。这票，是有水、来凤送我的，我没花钱，不会收你钱。白给你。”巧英从兜里掏出一张票，要迅速转移到秋锦裤兜里去。“拿着吧！回来的票，到时候我再给你。你愣头愣脑的，我怕现在给你，你给弄丢了。”一边快速动作，一边更加快速地说着。秋锦像遭了蜂蜇般跳起来，躲开了巧英。“我不要，你自己留着。”不等巧英有所反应，秋锦已飞快地跑向售票处。她要去买票，必须买。

她秋锦虽然是出来挣钱的，但如果挣的钱全是拜作弊所赐，她无法接受。秋锦排到购票者队伍中去了。她前面，排着十几个人。轮到她买票，得要十几分钟。这段时间对秋锦来说极其漫长，她不敢扭头去看候船厅里的巧英。仿佛，做错事的是她。她确实是对巧英是有愧疚的，因为巧英的行为虽然为秋锦不齿，但秋锦心里面也确信，巧英对她是好意。秋锦却这样让她下不了台。那边巧英只是对秋锦生了几分不满，却早已不在乎秋锦当下所为了。她取了干粮，笃定地坐在候船厅里吃了起来。秋锦买完票，回到候船厅，巧英还问秋锦要不要来点她带的干粮。像是为了讨好巧英，秋锦忙不迭地接过了巧英给她的一片白面馒头干。“你这个人很有意思。跟我先前想的不太一样。”喇叭里开始通知检票进码头时，巧英表情淡漠地向秋锦来了那么一句。巧英轻松用假票通过了人工检票口。去往码头的长廊里，人们走得慌里慌张，巧英矮小的身体背着五十斤的荠菜，却比任何人都要镇定。秋锦亦步亦趋跟着巧英前进。她感到体内对巧英的敬意又恢复了一些，这令她心安。巧英却不再跟她说话。这个说冷就冷、说热就热的女孩，不再向秋锦展示她灵动的那一面。她原本已经向秋锦打开的心扉，现在关闭了。

重任在肩的手套

教室里端正站立的珍锦正在唱《妈妈的吻》。在有了先前一个学期的无数次当众演唱经验后，珍锦的演唱更加放松、自如了，此刻，她将嗓音发挥到了最佳状态。这是课间休息时间，所以珍锦的听众不止班主任刘丽丽和同班同学，还有前后六扇窗户外面的几十名来自中、小学的各个年级的学生。珍锦这种人来疯，当然是越多观众唱得越好的。随着窗外围观者的增加，珍锦的歌声愈来愈出色。一曲唱罢，教室内外响起一片掌声。珍锦不等刘丽丽宣布下课，一脸骄纵地向教室门口走去，先自下课了。她是故意的。她要走到窗外围观的他班学生中去。“到人民中去！”她想起有一次在电视新闻联播上看到的领袖发言。她将纤秀的脖颈高高挺了起来，仿佛此刻她真的成了某种意义上的领袖。外面窗口的学生们看到珍锦走出教室门，不约而同地都向这门口跑来。后窗的学生们，跑得更快。大概他们不想让前窗的同学占了先，想同样迅速地来到二年级的歌唱天才何观珍身边。“你唱得真好！”一个年纪最大的女学生首先来到珍锦身边，真诚地赞美珍锦。“我刚才唱的，叫通俗歌曲。”十岁的珍锦要趁机给她的崇拜者上课了。唱得好有什么了不起？能像新远校的老师们那样教课，对一个孩子来说，更加了不起。要知道，新远校的小学和中学加起来，如今有五个代课老师，他们中有三个人不太会讲课，其中有一位，因为讲课差而令一个班的学生整体丧失了对教师职业的敬意。某天下午，当场揍了那老师。好胜心强到不可思议的珍锦现在把那三个不太会讲课的代课老师当成了假想敌，要给这教室外加起来超过一个班人数的学生们上几分钟音乐课。“你们知道吗？有美声唱法、民族唱法、通俗唱法三种。”诸如此类的音乐知识，珍锦也是在充当《每周一歌》忠实听众的漫长过程中学得的。如今，她的音乐知识远远超过了兼任音乐老师的语文老师刘丽丽，在所有新远校的半吊子音乐老师之上。也许整个乡，目前加起来的五所学校里，没有一个音乐老师具备她那么多的音乐知识。有几个音乐老师家有收音机呢？就算有，谁会像珍锦那样每天中午疯了一般抱着收音机录写《每周一歌》里的歌词、疯狂学唱其中的每一首歌呢？“通俗唱法是最容易唱的，也是最难唱的。”珍锦大声道。显然，经历了这么久的自我探索，她已校准了自己的喜好，洞悉到自己更喜欢的是通俗唱法。但她这样说，自然有些厚此薄彼的意思，会引发争议的。珍锦才不管那么多。作为一个潜在的明星，要有不惧怕争议的先天素质。珍锦显然是有的。“民族唱法和美声唱法难听死了。”珍锦越说越狂妄。幸好这个时候，小学的上课铃响了，迫使珍锦停止了她的公益授课。那些学生一下就散开了。珍锦有些失落地站在原地。人群解散后，珍锦蓦地看到了同样留在原地的宝锦。原来，宝锦刚才也在这些听众里面。珍锦有些尴尬。这尴尬马上变成了不悦。“你像个傻子一样站在那儿干什么？”珍锦冲着几米远的宝锦大吼。这时给二年级上接下来这堂课的老师夹着书本快步走来。珍锦忙往教室里面奔去。却听到宝锦在她身后喊：“二姐！我有话跟你说。”“没听到上课铃声吗？”珍锦停了一下，转身向宝锦怒斥。“那我一会儿下课到这儿来等你吧。”宝锦说完箭步向后面他的教室跑去。

下一堂课间，宝锦果真来到二年级教室门口等珍锦。珍锦出来，宝锦便将她拉到新远校东侧的河边。河岸上有树，河岸边是密密的杂草，一般情况下，很少有学生课间到这儿来。“你鬼头鬼脑地拉我到这儿干什么？”珍锦烦躁地推了宝锦一把。他们脚下的泥地是半湿的，宝锦差点摔了一跤，幸亏他的小身子灵敏，及时抓住上面一棵树，才化险为夷。珍锦“扑哧”一声笑了。“你还笑得出来？！”宝锦揶揄珍锦。“你一年到头穿的都是新衣服，我呢，不但从来穿的都是旧衣服，还就那么几件。我刚才要是摔倒，把身上弄脏了，回去就没衣服换了。姆妈不把你骂死。”珍锦骤然冷若冰霜，讥讽道：“你喜欢穿新衣服，你应该跟姆妈讲，说你想跟外公、外婆过。”看来珍锦要为这桩家庭旧事跟这一家人打一辈子肚皮官司了。宝锦自知不该挑起这话题，忙道：“不说这个，说正事。脸别拉这么长啦！”珍锦恢复了神色。“你能有什么正事？是不是厉茨仙的儿子又欺负你了？他要再欺负你，你告诉他，你姐是何观珍。新远校唱歌最好的何观珍。你就跟他讲我脾气很坏。”珍锦一直记着当初厉茨仙为袒护儿子厉学苗打了宝锦一耳光的事，却从来都不知道宝锦所遭受的校园霸凌主要来自“厉氏三贱”。正说着，珍锦眼前出现了一副漂亮的红色手套。此刻，宝锦冻疮未好的双手托着它。手套的美感烘托得那冻疮更为丑陋。“你怎么长冻疮了？”珍锦惊呼。她是第一次看到宝锦手上的冻疮。“二姐！这副手套好看吗？”珍锦重又把注意力转移到手套上。“很好看啊。哪儿买的？你给我看这手套干什么？送给我的？”宝锦郑重地点点头。“嗯！”“真的？太谢谢你了！宝锦！二姐以后不跟你斗气了。你别计较我以前总骂你，好吗？”宝锦却在珍锦伸出手时将手套收了回去。“有个条件，你答应我。我才把手套送给你。”珍锦不高兴了。“不给拉倒！我还不要呢。马上就春天了，这手套我要了也戴不了几天。”这句话令宝锦慌乱。这两天，他利用放学时间、以惊人的速度织完了他人生中第一副手套，他如此急切的一个原因，是因为他意识到春天就要到了。届时，他的手套织得再好看，也不会有市场。他刚刚开辟的一门生意，将被迫搁置。要等过了春天、夏天、秋天，他才能重启这门生意。想想都不甘心。“姐！算我求你了。”宝锦都快哭了。“你就答应我好不好吗？就算是帮我一个忙。”珍锦软下了语气。“快说吧！上课铃又要响了。”宝锦立即言简意赅：“二姐！以后我每三天给你一副手套，你帮我卖。一副手套卖一块钱。我给你一毛钱提成。”“谁要提你的成？你先说清楚，为什么要我帮你卖手套？还有，这手套是谁织的？”宝锦当然不会跟珍锦说这手套是他织的，除了他姆妈，他不想让任何人知道他会织手套，包括珍锦。他一边把手套塞到珍锦手里，一边说：“你名气大啊。我不一样，谁也不认识我，不好卖。”珍锦最大的软肋就是好听吹捧。只要吹捧她，你叫她干什么，她都会尽量去干。她也不再追问手套的来源了。“行！我帮你卖。”这时上课铃声响了。姐弟二人跑上岸，去往各自的教室。

作弊不止

秋锦与巧英扛着两蛇皮袋的货物，在夜晚轮船的舱外寻找空一点的地方。散席舱人太多，又闹又臭，还不如出来。外面很多与她们想法一样的人。二人终于在后甲板上找到一小块空处，在那上面铺了两张报纸，又将袋中货物倒出来，开始清点。江上烈风阵阵，二人冷得不行。还没清点完，下起雨来。冬末江上的雨，冷得彻骨。她们忙将地上的货物收入袋中，背着袋子向船舱里面冲去。经过一个客舱门口，巧英停了下来。秋锦跟着停下，巧英却忽然捂住胃部，缓缓向地上坐去。“哎呀！疼死我了。”巧英叫得大声，客舱里的两个人都能听得到。这是一间二等舱。秋锦紧张起来。“你是胃疼吗？”巧英摇摇头。“胃疼应该没有这么疼。”秋锦被巧英吓住。客舱里那两个人中一个二十多岁的男青年，见巧英这样，关心地跑出来。“你们两个，这是怎么了？”秋锦如遇救星，对这个打扮洋气的男青年说：“她好像得了什么急病。”男青年不由分说将巧英往客舱里让。巧英也不客气，进去了。秋锦便拖着那袋东西一起进来。在男青年的床上坐下后，巧英的样子看着没那么难受了。“我能在你床上躺会儿吗？”巧英哀求地对男青年说。“我们两个，已经有三天没怎么睡过觉了。”她说的是实情。秋锦忙点头附和巧英。这是个慷慨的男青年，像他这样的青年是受过良好教育的。无须任何考虑，他就把自己枕边的收音机和包取了，对巧英和秋锦说：“这个床铺是你们的了。”他还把票取出来，要给巧英。“要是碰到查票，你就把我的票给他们看。你的票呢？我跟你换一下。”不知道巧英是怕假票到了男青年手里不好，还是别的什么，她连连拒绝。“不用换，不用换。我躺半个钟头就很满足了。”男青年不强求，收了自己的票出去了。屋中另外一人，也是男客，但并不是这男青年的同伴，这时，此君也开始问询巧英的病情。巧英却冷漠地敷衍他。这人觉得无趣，也出门去了。见屋中只剩下她们自己，巧英变得精神百倍，提示秋锦赶紧清点货物。秋锦这才知道巧英是装的，为的是有个好一点的地方分配货物。

可巧英何必那么着急，待把这些货物带回到何家园，再分也不迟啊。无疑，她们已经在回来的路上了。带荠菜去上海卖，再带些这平原的乡下紧俏货物回来卖，这便是跑班头。说到此次在上海卖荠菜，巧英缺斤少两的作风自是少不了的。不过，上海毕竟不比乡下，所有的农贸市场都有严格的管理。巧英很快被抓了现行。一个精明的上海老太太先是微笑着买了一把荠菜走了。过了十分钟，她领着一男一女两名市场管理人员过来。“就是她们，不老实的乡下人。”一名管理人员拿出罚款本，在最上面那张罚款单上写了罚款金额，撕给巧英。“刚才我花一分钱用公平秤称过了，我买的是三两荠菜，你们才给我二两五，少五钱。市场罚你们多少钱我不管，你把少我的五钱荠菜补上，把我用公平秤的一分钱补上，这事就跟我没关系了。”巧英、秋锦无奈地补给这老太太五钱荠菜及一分硬币，接着开始跟管理员讨价还价。巧英的理由不能说是不充分。这老太太买得太少，三两和二两五实在不易区别。所以，若真是犯了这错，她们也是无意。两名管理人员见两个乡下孩子可怜，巧英又说得那么有道理，便收回罚款单，叮嘱她二人要老实经商，便走了。巧英与秋锦心有余悸地离开了这一家农贸市场。幸亏遇到软心肠的市场管理员，要是遇到心肠硬的，将她们没卖完的几十斤荠菜没收都有可能。

接下来巧英和秋锦不再去农贸市场卖，专找居民区的大门口卖。在这个大门口卖个把两个钟头，再跑到另外一个大门口。少称了荠菜，回头想找她们也找不到。这个法子高明。接下来，她们的荠菜平均卖到一毛三分钱一斤。先前，在农贸市场，她们平均一斤才卖九分钱。这是秋锦没想到的。原来，找对了路子，在上海卖荠菜的价格，可以远超卖给乡上的居民户。还没卖完，秋锦在心里盘算了一下。平均一斤荠菜她们要赚一毛钱，一百斤荠菜加起来，这一趟，她们要赚十来块钱。两个人平分，她得五块多。刨去她已投入的收购荠菜的钱与来回的差旅费钱，她自己算起来已经赚到几毛钱了。她们回来是要带货的，那些货将是她们更加重要的赚钱筹码。巧英说，这次她们要一人赚十块钱。她说的这个钱当然没扣除船票钱。那么秋锦减去来回船票船，也是能挣七块多钱的。这总共才花了三天的时间，平均一天赚两块多。真是比挑荠菜赚得多了几倍了。怪不得有水、来凤夫妻两个如今手上有三四千块钱。

只是秋锦仍惶恐不安，因这些钱上贴了作弊的标签。秋锦表达惶恐的方式，是不时向巧英投去不解的目光。巧英看在眼里，心里面是不爽的。有一次，她居然对秋锦直言："你这个人吧，装！我帮你赚钱，你不感激我，倒用这种眼神看我。寒心！"从回来坐船秋锦再次要买票时，巧英便一直冷着脸，能不跟秋锦说话便不说。这会儿秋锦看出，巧英执意要在船上与她平分货物，是想一下船就分道扬镳。这一趟过后，她们就不再合作了吗？秋锦心里盈满了不安和内疚。她想，难道真的是我错了？也有些后悔：她是不愿巧英不跟她合作的。

巧英很快将铺在床上的货物分完，自己提着一个袋子走了。她不看秋锦，显然要马上与秋锦划清界限。秋锦跟着巧英出了这舱门，又跟着她往船行驶的反方向走了几步，停了下来。雨已经停了，秋锦便在这个过道里蹲下。她分外无聊，从袋中取出货物把玩。她们带回来的货物，主要是洗衣粉和牙膏。秋锦转着牙膏外面的包装壳，盯住了底部的生产日期。秋锦视力好，即便光线昏暗，也能看出出产日期是一九七八年六月十四日。再看保质期：三年。秋锦内心震动，忙将袋里所有牙膏、洗衣粉一盒一盒、一袋一袋地翻出来检查。牙膏是同一批。全是过了保质期很久的。洗衣粉只是看着没过期，因为，那包装袋上根本没有生产日期和保质期。秋锦这时无法不用恶意揣度巧英：这洗衣粉背后的秘密显然更为糟糕，它不是正规厂家生产的。秋锦心内惊惶。怪不得昨天巧英执意要单独去购买捎回去的货物，原来她是去黑作坊买过期、伪劣产品。秋锦又想到，巧英买这货物的钱，不但包括买卖荠菜的本钱和利润，还包括她秋锦带出来的十块钱。但这堆破烂加起来能值十块钱吗？不值。也就是说，巧英买这堆破烂非但没花出她自己一分钱，就连秋锦的钱，她还用剩了好几块。这会儿它们已经安躺在巧英的囊中。这也太奸诈了吧？这趟跑班头，对这巧英来说，原来还包含了对秋锦的设计和侵吞。秋锦看着眼前的这堆破烂，心想，如果她因为这些东西是破烂而回去不向村民兜售的话，那么她一分钱都收不回来。这一趟跑班头，她投入十几块钱，得连本带利亏个精光。

想到这里，秋锦这才意识到，巧英要快快与她划清界限，不全是因为对她不满，还因了她怕事情在路途上就败露。难道，巧英早就琢磨好了只跟她秋锦跑一趟班头的吗？否则，如何解释她眼下的绝情？一定是这样的。这跑班头，未必一定需要两个人结对。一个人，无非是少带点货，其他的根本不受影响。就是说，巧英拉秋锦入伙的真正目的，是想从秋锦身上获取好处，绝对是这样的。

秋锦可是年年考第一名的人。真要论智商，巧英绝对是比不过她的。巧英真把秋锦当傻子了？秋锦心里升腾起一团团火气。在寒夜里，这火气令秋锦浑身发烫。从前秋锦总听人说，学校跟社会不一样，她总是不以为然，如今，她拿才比她大一岁的巧英为标本，发觉人们说的是真谛。这惶惶社会上，都是巧英这样的人吗？有水、来凤一定是跟巧英一样的人，不然，巧英不会去拜他们为师。秋锦忽然想到，在她有限的人生里，包括何家园在内的这个那个的村庄里，不独有水、来凤以跑班头为业，是有不少人以此为业的，不同的是，这些人中的大多数，都没坚持下来，就只有有水和来凤等几人坚持了下来。为什么大多数都坚持不下来？无疑，是因为大多数人还做不到像巧英、有水和来凤那么道德沦丧。想至此，秋锦像是获得了些许安慰，也获得了一定的勇气。她提起这装了一堆伪劣产品的袋子，疾走起来。秋锦骨子里的倔强这时候指挥着她。现在，她要找到巧英，与其好好理论一番。

巧英才不怕秋锦。她什么都能料到，什么都会在心里有预案。算秋锦厉害，在归途上就识破了巧英的诡计。但秋锦在巧英眼里还嫩。这是巧英在看到秋锦凶巴巴地跑向她时的心理活动。她不会承认的。不会承认这牙膏过期她事先就知道，只会承认她失误，当时没仔细检查。不会承认那洗衣粉不是正规厂家生产的。她没有那么多购物的经验，怎么知道生产日期和保质期一定要在洗衣粉包装袋上体现，她又不是秋锦这样的高才生。她脑子没那么好使的。这个巧英兵来将挡，水来土掩，无论秋锦质问什么，都有事先准备好的答复交出来。不但回答完美、流畅，还不满足于被动挨打，找准时机反击秋锦了。“该问的你也都问完了。该回答的我也回答完了，轮到我来问你了。你告诉我，老老实实地告诉我，为什么要偷我的钱？”偷钱？这话从何说起？秋锦大惊失色。巧英是疯了不成？秋锦惊惶地向围观的人们张望。她们是在前甲板上吵的。这儿正围来更多的人。人们看到两个乡下女孩大声争执，都很感兴趣。“枉我视你为姐妹，你为什么要偷我的钱？”巧英义正词严地喊道。围观的众人齐刷刷地将目光投向秋锦。显然他们相信了巧英所言。雨又下起来了，看客们却不愿散去，他们要亲耳听到秋锦给出的答案。“这个小姑娘，看起来漂漂亮亮的，怎么能偷钱呢？”“是啊是啊！还偷自己小姐妹的钱。”秋锦听到他们的议论。事到如今，秋锦明白了，这巧英不但奸诈，还毒辣，她已拿定主意要跟秋锦决裂。都要决裂了，扯个弥天大谎又有什么？秋锦因洞见巧英这一刻的心理而悲痛、绝望，极度生气。在未来漫长的人生中，她还会遇到比巧英更奸诈、毒辣的人吗？但愿不要。她不要人生里到处都是奸诈、毒辣，她要人生清静一点。现在秋锦该怎么办？怎么对付如此强大的对手，这个突然成为她生命中对手的人。这轮船上是有警察的，如果秋锦不解释清楚她没有偷钱，警察会把她抓起来。到时候，最好的情况只能是：巧英假惺惺地向警察求情，声称不计较秋锦的违法行为，愿与秋锦私了，于是警察放了秋锦。秋锦会让局面滑落至此吗？当然不会。她年年考第一，可不是白考的。

倏忽间江风像是停了，秋锦感觉不到它的吹拂。她只感到内心里涌动着足够多的亢奋。现在，作为史上何家园唯一期中、期末连考过十一次第一名的优等生，秋锦要给何家园史上最卑鄙、无耻的孩子巧英上课了，就在这黑夜的江面上，就在这装满异乡人的船上。秋锦飞快地脱掉身上的棉衣，往地上一掼。“你不是说我偷你钱了吗？就在这棉衣里，你去拿吧！”巧英没料到秋锦这一手，她拧着眉头，向秋锦投去短促有力的一瞥。她不敢随便接话，装可怜地向围观人群望去。应着巧英的请求，立即有人跑出来捡起棉衣翻找。“没有！这棉衣里面就一个兜，里面没钱。”“有没有缝在里面？”有人提醒。那人便仔仔细细将棉衣摸了个遍。“没有，没缝在里面。”这时天空出现了第一抹霞光，再过一会儿，太阳会跳出江面。秋锦的脸被照成了彩色。她大声道：“你们不用找了。我记错了，不在棉衣里，在我的棉裤兜里。巧英，你要我把棉裤脱下来给你查吗？”巧英完全被秋锦弄蒙了，失去了招架的能力。秋锦不理会巧英，速战速决地将棉裤脱了下来。微明的晨光里，秋锦现在穿着单薄的衣裤站在甲板上。她浑身发抖，脸上的神情依然凛然不可侵犯。“有谁愿意查一查我的裤兜吗？”秋锦问。先前检查的那人再次自告奋勇，上前查了一遍。“没有，棉裤两个兜，里面只有一块手帕、一支笔、几张练习本上撕下来的纸，没有钱。没有一分钱。”

怎么可能有钱呢？秋锦的钱连本带利都给巧英买了这堆破烂了。她身上已经一分钱都没有。刚才没有发现巧英的这些勾当时，秋锦还在想下了船该怎么回去呢？下船后要坐从市里到俞灶乡的汽车，她没有买这趟车的一毛五分票钱。先前她还在想，要不要下船问巧英借。“对不起！我又弄错了。”秋锦说，“钱也不在我棉裤里，在我内衣口袋里。各位！你们想让我把内衣都脱下来给她检查吗？”

那太不道德了，围观者当然不会答应。这时人们开始同情这个瑟瑟发抖的小女孩。秋锦需要的就是这个。她先要博得一份同情，才能正式给予巧英一击。秋锦央求一位阿姨上来，将她的身体上上下下摸过一遍，最后又请她将那蛇皮袋倒空，然后秋锦说：“我所有的家当都在这儿。大家都可以证明，我的家当里面、我的身上，一分钱也没有。我偷钱的说法，从何而来？我偷的钱呢？在哪儿？”众人纷纷点头表示赞同。秋锦厉声道：“我来告诉大家我偷的钱在哪儿。”她将手向巧英一指，“在她身上。巧英！你敢像我一样脱掉衣服，让大家检查吗？”

巧英已经被秋锦吓呆，她捡起地上她的蛇皮袋，要跑，却被一个女人拉住。“你无须像我这样把棉衣、棉裤都脱下来让大家检查，你只需要把棉衣脱下来就行。”秋锦说。

秋锦很清楚，巧英的习惯是将钱装在棉衣兜里。她也确信，巧英的棉衣兜里此刻是藏着钱的。购买那些破烂后剩下的钱。这些钱，至少有十几块。由于当时她二人卖荠菜得到的钱大多面值很小。虽然是十几块钱，但也是一大把钱。秋锦把目光盯向巧英的衣兜处。这一刻，谁都能看得到，那衣兜因为里面塞满了钱而鼓突。“孩子！天冷！棉衣就别脱了，我直接上来检查你好了。”先前那女人建议。巧英下意识地捂住那衣兜。这一捂不要紧，所有人都把目光聚焦到那儿。巧英见自己暴露了钱的去向，忙将那手移走，别到身后，大声道：“哎呀！大家都散了吧，我和我妹妹闹着玩儿的，都别当真。”围观者糊涂了。巧英装模作样地从地上捡起秋锦的棉衣，往秋锦身上披。“闹着玩儿的脱衣服干什么呀？”秋锦一把拉住巧英，手准确地戳向巧英那衣兜。在巧英还来不及抵抗时，将那兜里的钱一把抓了出来，要向地上扔。“别扔别扔别扔！”巧英急声央求。这钱一扔，多半要被风吹到江里去的。太阳突然从江面上升起来了，甲板上一时变得透亮。秋锦冷笑道：“我当然不会扔。如果这钱都吹到江里面去，谁来替我证明这不是冥币？谁来替我证明你才是‘偷’钱的那个人？”

秋锦说话间对这“偷”字加重了语气。

说完，秋锦牢牢抓握住那把钱，来到众人间，向他们示举。待众人都认可这是真钱之后，秋锦举着钱，来到巧英面前。她将这钱稳稳地托举着。“这里面的钱，一部分是你自己的。一部分，是你偷我的。现在，我要当着大家的面，把我的那部分钱拿回去。巧英，你没什么意见吧？”

巧英完全就垮掉了。她语无伦次地说：“你要拿多少？”

“我把我的本钱拿走，就可以。”

巧英不情愿，也不敢反抗。秋锦便用另一只手一张一张地从那一握钱中取钱。她挑两块、一块等高面值的，共抽走十块钱，之后，她蹲下身来，去地上捡刚才她掏巧英口袋时掉出来的硬币。她随便捡了一些，感觉差不多达到了本钱的数值，便将那握着的一把钱重重拍到巧英手上。然后，秋锦捡起棉衣和棉裤，将这失而复得的本钱塞进棉衣兜，又指着刚才从她蛇皮袋里倒出来的那些牙膏、洗衣粉，说：“这些东西你觉得好，你拿回去卖吧。我才不要。”

言罢，秋锦坦然离去。秋锦走后，巧英在愈益变亮的晨光中在甲板上待了许久，直到围观者逐一散去。下了船，巧英与秋锦没有乘同一趟汽车回去。秋锦这天的下午才回到何家园。她将身上的十几块钱一股脑儿地抓出来，交给醒兰，愧疚地说：“姆妈！我没赚到钱。”沉默了片刻，又道，“不过，我把本钱拿回来了。以后，我也再不去跑班头了。”

没能守住的秘密

下课铃一响，宝锦就冲出教室。他跑过三年级前面的操场，跑过二年级所在校舍东侧的道路，直向其下的河岸跑去。在几天前同样的课间时分他与珍锦说话的那个地方，他蹲下来，等珍锦。他们今天约好这个课间在这儿交接一副新的手套。珍锦姗姗来迟，见了宝锦，就咋咋呼呼地说：“给我吧！”珍锦这样一副吊儿郎当的样子，让宝锦有点对她把握不准。如此重要的事情，他选择请说话、办事都不太靠谱的珍锦帮忙，这真的合适吗？宝锦插在裤兜里的两只手，一只攥一只手套，心里的惶惑层出不穷地冒出来。“你这个孩子怎么回事嘛！”珍锦烦了，向宝锦瞪眼睛。宝锦嘟囔道：“别喊我‘孩子’，你不是孩子吗？”珍锦抢白道：“我没你那么㞞，自己织的手套叫别人帮你去卖。所以我不是孩子。”宝锦一愣，旋即脑子“嗡”地炸了。他的脸一阵红，一阵白。他就这样整个人乱了套地呆看着珍锦。珍锦很得意，笑得开心死了。“你不愿意跟我说手套是哪儿来的，就不说呗。你不说我也猜得到呀。哈！是你自己织的。”见宝锦一副无力辩驳的样子，她盯了他一眼，更加开心了。“还真让我说中了？！真是你织的啊。我就说嘛，秋锦这几天跑班头去了。姆妈这人手笨，织不出这么好看的手套。只有你，心灵手巧的何观跃同学啊，你才是唯一的嫌疑人。我的宝贝弟弟，你可真行啊。你的手比我们女人家的手还巧呢。”珍锦说到“女人”二字，宝锦立即受到刺激，眼泪要掉下来。

这会儿宝锦只恨世上没有后悔药，早知珍锦会猜出来，他宁愿自己卖。自己卖别人也未必会觉得就是他织的啊，他可以说这是他姐姐秋锦织的。对！就是那个总考第一的新远校著名学霸何观秋同学织的，谁戴了她织的手套，谁就能提高学习成绩。这样的营销文案不是更优秀？为什么他用了眼下这种再烂不过的方法卖手套？真是脑子里装了猪食了。珍锦却只顾沉浸在自己的聪明被证实的自我膨胀中，满头满脑都是逗耍宝锦的意念。“你紧张什么呀？不想让别人知道是你织的？为什么呀？要是我有这门手艺，巴不得让全天下的人知道呢。多有本事啊，你一个孩子，还是男孩子，能织这么好看的手套，这是值得骄傲的事情啊，可以让别人知道。”珍锦是笑着说这番话的，如此一来，敏感的宝锦就觉得她的每一个字后面都包藏着讽刺。这是冤枉珍锦的，她是真心这么觉得。“要不我帮你宣传一下，告诉大家你有这门手艺，这样你就也出名了。你看！我们姐弟三个人，秋锦是新远校的名人，我也是，你要是也出名了，那就太棒了。”“我才不要出这个名。你们出的名说出去好听。我这名要是出了，说出去难听死了。我才不要出这臭名！”宝锦小声而用力地说罢，又用同样有力的语气，极肯定地对珍锦说，“我也不要你帮我卖了。不要。”说罢，宝锦转身欲要离开这河岸。

宝锦却一下子惊住了，就在他们上方的树林里，不到两三米远的地方，有他的两个同班男生。见宝锦看他们，这二人离开了。宝锦怔住。“他们听到我们两个说的话了，一定听到了。”珍锦已经因宝锦刚才的那番话收起了笑容，这会儿她已意识到宝锦是多么担心别人知道他会织手套，立即，她也替宝锦紧张起来。“我刚才跟你说话的时候，是看到他们在上面的。你没看见吗？”听珍锦这么一说，宝锦心里那个后悔啊，刚才他为什么忘了向上面多看几眼？“他们离我们还是有一定距离的，未必是听见了的。”宝锦得到了一丝安慰，犹豫地舒出了一口长气。这时珍锦靠近宝锦，小声道：“有桩喜事，现在告诉你。”“什么事啊？”珍锦从兜里掏出两张一元纸币，递向宝锦。“卖手套的钱。”宝锦吃惊地看着这钱，不敢接。“你不要我帮你卖手套的吗？我帮你卖了啊。傻了吗？”宝锦意识到珍锦说的是他几天前送她的那副手套，立即是一副过意不去的样子了。珍锦把钱塞进宝锦兜里，同时掏走宝锦兜里的新手套。“别想那么多了。等我的好消息就是。我打赌，今天我就能帮你把这副手套卖掉。我的好弟弟！你呢，你要做的就是赶紧织一副手套，交给我。”宝锦心里又是欢喜，又是感动。这时珍锦已揣好了那手套上岸去了。宝锦跟了上去，小声叮嘱珍锦：“你答应我，不跟别人说是我织的。你还要答应我，永远不告诉别人我会织手套。”这时上课铃声响了，珍锦用手搂了搂宝锦的肩，快速说道：“放心吧！这是我们姐弟间的秘密。”

宝锦没有料到，就在珍锦将卖手套的两块钱交给宝锦的那一刻，新远小学三年级的教室里一场与宝锦有关的好戏开始上演了。那两个无意间听到宝锦秘密的同学，此刻进入了教室，将那秘密告诉了另外两个同学，另外两个同学迅速告诉了更多的同学，就这样，这秘密在教室里高速行进，很快到达厉蚬、厉仲淫、厉仲建耳中。那厉仲建一听到它，就表功般对厉蚬和厉仲淫道：“我确定，这不是污蔑。他真的织手套的。”他用了“污蔑”这个词，这表明在他理解中，宝锦织手套是该羞耻的。这种心理代表了在场多数人的心理。可见，男孩子不能织毛线的观念，在这平原的乡下多么根深蒂固。厉仲淫兴奋地问厉仲建：“怎么讲？快说！”厉仲建道：“我保证，赃物就在他书包里。”话音未落，厉仲建已将手探入宝锦半空的桌箱内，将宝锦鼓鼓囊囊的书包抽了出来。这时上课铃响。与此同时，前来上语文课的厉茨仙从门外进来。学生们赶忙跑回自己的位置。厉仲建正要将宝锦的书包塞回桌箱，已回到座位上站好的厉蚬将身体向前够过去，抢走了那书包，并迅速提着书包底部将里面的东西倒了出来。两本课本、三本练习本、那个当初秋锦赠予宝锦的彩色文具盒，都争先恐后地掉落下来，再掉出来的，是一团毛线。这线团在光滑的泥地上滚了起来。向着前面滚。宝锦坐第一排，前面当然是空地。快速进入的厉茨仙，几乎与那线团同时到达空地中央。那儿，正是授课桌所在位置。厉茨仙皱着眉头站住，将手上的书本搁到授课桌上，弯下腰来，打量着这一团咖啡色的小东西。宝锦这一次准备织一双咖啡色手套。他听说咖啡色是今年的流行色。“谁的东西？”厉茨仙直起身。目光如同探照灯，扫视学生们。他首先看到，第一排的厉仲建捂着嘴“哧哧”地笑了起来。见厉茨仙看他，厉仲建赶紧松开捂嘴的手站起身，指了指旁边那个空位，复又坐下。厉茨仙向那空位望去。又向空位下面望去。他看到，刚才从宝锦书包里掉出来的书、练习本和文具盒，以及宝锦洗得泛白的军绿色帆布书包。从这绿色里面，长出一根咖啡色毛线。此刻，这咖啡色绷得紧紧的，一直绷到厉茨仙的脚底下。厉茨仙低下头重新审视脚下的毛线，这才发现线团正与第一排空座下的那只书包连接。就在这时，宝锦匆匆从教室的前门口跑入。他刚往里跑了两步，就看到了地上的景象。怀着震惊，在紧随而至的众人的哄笑声中，宝锦跑到自己座位上。“现在开始上课。”宝锦正要捡地上的东西，厉茨仙用黑板擦敲了敲桌子。学生们都端正姿势坐好，表情严肃起来。宝锦只好也在座位上坐直了，眼睛的余光看着地上他的那些个东西，心里面翻江倒海。

宝锦曾经设想过会有人发现他的那个秘密，但他从来没有想过，这秘密这么快就暴露了。他更加没有想过，它是以公开展览的方式暴露的。这厉茨仙大概从来都是把宝锦当成他最不喜欢的学生看待的。这一堂课，他不提问，不背对学生去黑板上写一个字，他就一直坐在授课桌后念课文、喊学生轮流站起来念课文。宝锦便找不到机会去捡地上的东西。与其说这是一堂语文课，不如说这是一次针对宝锦的长达四十五分钟的施刑。宝锦痛不欲生的同时，也后悔不已。他最不该将毛衣针和毛线随身带。

他实在是太急于完成一副新手套了，这种着急，催生出一个灵感。他发现，课间里，他可以装作若无其事地坐在座位上，两手塞进书包里盲织。尽管盲织的速度奇慢，但多少还是会推进手套完工的时间。他真是走火入魔了啊，以至于把自己推到了今天这步田地。

坚信逝者还在

天黑有半个时辰了，秋锦、宝锦这两个孩子还没回家。秋锦倒还好，这孩子懂事，醒兰放心。秋锦是挑荠菜去了的，也许今天她去的地方远，回来晚是正常的。宝锦这么晚不回来，就不正常了。离放学已经过去一个多时辰了。醒兰洗了手，往凰桃、春锦的灵位前面的两只香炉上各上了一炷香，口中碎念了几句。如今她养成了一个习惯，心里面稍有不安就给凰桃和春锦烧香，仿佛他二人已经成为家中的保护神。烧完香，醒兰便不等两个孩子了，从锅里舀了一碗粥，面朝外端在手里坐在门槛上吃。

醒兰今天去了趟父母家。说起来是被她父母骗去的。郁玉忠、郁张氏谎称麦田里的草太多了，他们又拔不动，要醒兰去帮他们拔。醒兰自是十分乐意的，下午就去拔了。如果两个老人不编这样的借口，醒兰就不会上他们的当。实际上，自从上次她被父母骗去相了一次亲之后，她对父母就有些警觉了，怕他们又骗她去相亲。那一次，相的当然是那位邱家园的男子。这人在醒兰看来是顶顶好的，但就是好得过头了，醒兰根本不敢跟这样的人好。更何况，凰桃刚走不久，她醒兰也没有要跟另外哪个男人好的意思。也许一辈子都不会跟别的男人好都说不准。

不想这一次父母还是骗她来相亲。相的竟还是上次那位。看来，这人真是对醒兰上了心了。他故意穿了醒兰亲手做的鞋子，并且醒兰看得出来，他是到了她父母家后，才将它换上的。原来，他来的路上穿的是另一双鞋子，进醒兰父母的门，才把鞋换上。可见，他对这鞋子的珍视。醒兰的父母自是对这样的人喜欢得不得了。二老把家中压箱底的好食材全拿出来了，半条腌青鱼、一块腌猪肉、四根腌鸡腿。郁张氏最喜欢腌东西。下午醒兰到那儿的时候，那人还没到，二老正坐在门口，用盆子的水清洗这些腌肉。

那人到达后，醒兰草草应付了他几句，便回来了。二老怎么留她吃饭，她都不愿。这个叫邱新尧的男人，真的是个好男人，又聪明，又灵醒，而且还有俞灶乡公路南边的人那种特有的精神劲儿。俞灶乡以乡上的那条公路为界，区别为两种情况的人。公路南边，全部是清朝康熙四十四年后从崇明岛上迁移过来的人，他们还说着一口原汁原味的崇明话，外观上有公路北边的人少有的那种机灵和活跃。公路北的人，自然是更早迁移至这冲积平原上来的人。越往北，迁得越早。越往北，人越缺少公路南边人的那种显明的机灵和活跃。历来，俞灶乡公路南边的人，是很少到公路北边的人家娶亲的，更极少将女儿嫁到公路北边的人家。所以，若有一个公路南边的男人看上了公路北边人家的女孩子，后者心里多少会有一些受宠若惊之感。醒兰可不是女孩子，她是个丧夫、丧了一子的中年女人，有如此杰出的公路南男士对她情有独钟，她心里不可能不受宠若惊。然而，自认为配不上邱新尧的醒兰除了受宠若惊，还有无穷无尽的自卑和感伤。这个邱新尧，他的每一种好，都让醒兰想到凰桃。凰桃真是命薄啊，他哪点比这邱新尧差？却只活到四十三岁就没了。这邱新尧的出现到头来给醒兰带来的是哀伤呢，她怎么可能会配合父母留在那儿陪邱新尧吃饭。

这会儿醒兰坐在门槛上又想起了凰桃，她下意识地向那场上停着的船看去。一看就看了许久。后来，眼泪止不住地流。她再也不敢在这门槛上坐着了，抹了把泪，端着碗起身就进了屋。这时秋锦回来了。她今天的收获真是太大了，带出去挑荠菜的家里这只最大的篮子，此时装得满满的。一进门秋锦就兴奋地取了秤来称，有十一斤多呢。不去上海跑班头了，秋锦暂时还没想到新的营生，就拾起了老本行：挑荠菜去卖。秋锦这时发现宝锦不在，便问醒兰宝锦怎么还没回来。这时郁玉忠、郁张氏领着珍锦过来了。一进来，珍锦就道："姆妈！宝锦出事了。"醒兰一惊，"出什么事了？"珍锦说："下午放学路上，我听宝锦同班的三个学生说，宝锦在课堂里织手套，被他的班主任厉茨仙拉出来示众了。"这当然是被篡改了的事实。传言嘛，传来传去，都会变味的，越变越离谱。醒兰急了，"坏了坏了！宝锦到现在没回来，一定是心里面不痛快，跑到哪里去了。"珍锦和两位老人仿佛这才发现宝锦不在，都一迭声惊呼起来。珍锦紧张地说："我们应该马上去找宝锦。可他会去哪儿啊？"几个人七嘴八舌在门口说着，引得对门那家人也跑出来问这问那。珍锦嘴快，醒兰拦都拦不住。"宝锦丢了！"珍锦夸大其词。"那还不赶紧去找啊！都在家门口愣着干什么呀？"厉金香大声道。

连厉金香、棉桃及他们家的三个孩子都参与了，大家分头去找宝锦，学校、农田，还有何家园的每家每户。一个钟头后，他们中的大多数人回到场上。带回来的一致消息，是哪儿都没有宝锦。何家园里有几个男人、女人还跟着过来了。看来这一个钟头里，宝锦失踪的消息已扩散至整个何家园。这些男人、女人在这场上讨论着宝锦的失踪，有人随口感叹了一句："郁醒兰啊，你们家再不能出事了。"这话的意思显而易见：郁醒兰啊郁醒兰！你家去年死了两个人，今年不能再死人了。醒兰厌恶这人可能有、可能没有的言外之意，对宝锦更加担心。"宝锦啊！儿啊！你是要让妈急死啊？！你到底去哪儿了啊？"醒兰哀呼着、哭着，忽又想起了什么，三步并作两步进了屋，"扑通"在凰桃、春锦的灵位前跪下来。“凰桃！春锦我儿！你们快告诉我，宝锦在哪儿？”她真就盯住那一动不动的灵位，希望它们能给她提示些什么。当然不可能提示她什么的。醒兰不甘心，将祈求的话重复了一遍。她正念叨，外面一片嘈杂了。珍锦的声音浮在这嘈杂的顶端：“宝锦！你怎么会在这儿？”醒兰闻声而起，奔出门，就见珍锦正与宝锦面对面站在船远离屋子的那个方向。这船，是与屋子平行搁置在场上的。醒兰快步绕过船头来到珍锦与宝锦之间。“珍锦！你是从哪儿找到宝锦的？”珍锦说：“就在这儿啊。他一个人靠着船，坐在这儿。”这时秋锦与其他人也走到这儿来，纷纷证实珍锦的说法。“我就乱转悠，转到这船背后，就看到了宝锦。”珍锦道。醒兰抓住宝锦的肩摇晃了两下，见宝锦两眼呆滞，神情木讷，她紧张起来。“宝锦！你什么时候回来的？啊？”宝锦不说话，就只管失魂落魄着。醒兰生气了，“你说话呀！说！什么时候回来的？”醒兰这一喝，把宝锦的意念给喝集中起来了。他转动眼珠子，嘴角微微翕动了一下，别过头来。“姆妈！我早就回来了。我一回来见你不在家，就在船背后坐着。后来我就睡着了。”醒兰仔细地看着宝锦，脑子里面回想着她下午从郁家园回来后是怎么从场上走过的、当时有没有看这船，几秒钟后，她确信，她当时是往这船上看过一眼的。她坐在门槛上吃饭的时候，也往船这儿看过啊。不止一眼，好几眼呢。这船，包括下面架着它的矮凳子，高度不超过一米。醒兰有一米六几。就算宝锦在船背后坐着，她看的那几眼，是不可能把船背后的宝锦忽略掉的。“天哪！我家凰桃和春锦显灵了呀！”醒兰忽而这样大声唤叫起来。众人都被醒兰的话弄得莫名其妙。“这船就在我眼皮底下，我儿宝锦要是在我回家的时候就在船背后了，我怎么可能看不见呢？怎么可能看不见？一定是他那个时候不在船背后。不在。他是这会儿才到船背后的。这会儿才到。一定是我家凰桃和春锦帮我把我儿宝锦找回来的。一定是这样的。你们说，是不是这样？”前来观看的何家园的这几个男女对醒兰的话将信将疑。他们对凰桃、春锦显灵这桩事发表了一些意见，各回各家了。厉金香这一家也进屋了。醒兰将父母让进屋，再快速将三个孩子拉进屋。“跪下！”孩子们一进来，醒兰就喝令道。三个孩子一起跪下。“磕头！磕三个！”在孩子们磕着头的时候，醒兰郑重其事地对郁玉忠和郁张氏说：“父！姆妈！凰桃和春锦还在，就在这家里，他二人时时刻刻都在这家中。在场上。都在。父！姆妈！凰桃是在的，你们以后可别给我张罗那事了。凰桃会知道的。他会生你们的气。”

第七章　乱春

还　击

谷雨前后，这平原的农田里有了忙碌的气息。农民们几乎每天都要到自家田地上走上一圈，给庄稼施一施肥，清理一下杂草，松一松土。空气温暖，田地湿润，庄稼们攀比地奋勇生长。这段时间，油菜花成了这平原乡下的主角。这些黄色小花成群结队地穿插出现在以麦田为主的农田里，使这春天再也没有可能平静下来了。无数的野蜜蜂“嗡嗡”叫着，穿过及膝的麦秧，扑向那些油菜田。它们在油菜花上比赛着吸食花粉，为某一朵花争风吃醋，怎一个吵闹了得。除了野蜜蜂，还有许多白色、杏黄色蝴蝶。它们没有发声器官，只好安静。却仿佛是为了弥补无法发声带来的遗憾，它们更加热爱发情。在油菜花上面飞着飞着，两只蝴蝶就开始交媾了，完全无视离它们不远处，另有两只蝴蝶也在交媾。它们当然要无视了：另一个方向上的不远处，有三只蝴蝶在一起交媾呢，不！是四只，五只。完全就乱套了。

宝锦从练习本上撕了一片白纸，再小心地撕成一只蝴蝶的大小与模样。他将这“蝴蝶”系到一根白色细线上。细线约莫半米长，尾端连到一根细竹竿上。宝锦就举着这竹竿奔向那些油菜田。他找一簇开得最艳丽的油菜花，在旁边站住了，开始挥舞手上的竹竿。那“蝴蝶”便随着宝锦挥舞的竹竿上下翻飞起来。宝锦个子比去年高了些，手臂上的力量大了些。他操纵起“蝴蝶”来，完全称得上得心应手。有宝锦的操纵，这“蝴蝶”自然是这一刻这片油菜地里最淫荡的角色。在这片油菜地里追逐、嬉戏、求欢的蝴蝶们都被这突然到来的“同类”吸引了，它们中的绝大多数，都毫不犹豫地向它飞来。这场景是甚为壮观的，四面八方的几十甚至上百只蝴蝶突然在同一个时间里向一个目标飞来，仿佛宇宙大爆炸的回放，是颇有些美感的。这美感会被最大化。那是宝锦用挥舞的技巧制造蝴蝶们空中飞成各种漂亮形状的时候。“S”形，“8”字形，椭圆形。都是些形体很大的“S”“8”和椭圆。

这些美感迅速要因为接下来的屠戮而荡然无存。宝锦见已引来几十只蝴蝶，停止了蝴蝶造型舞的游戏。他开始指挥自己的“蝴蝶”变成一只妖蝶。此刻，这妖蝶像是吸走了这些刚刚到来的拥趸们的魂魄，它开始引导最靠近它的那个拥趸变得引人注目。它当然做到了。于是，这只变得引人注目的蝴蝶突然间被几只蝴蝶围裹住。外围的蝴蝶不知道发生了什么，只顾往前蹿，便围裹住那几只刚充当围裹者的蝴蝶。就这样，宝锦手上这副器具的末端，是几十只蝴蝶围裹成的蝶球了。宝锦不用看得到蝶球里的实况，他靠想象都能知道，这蝶球的内部，正在发生的是一场集体叮咬。外面的咬里面的，里面的咬更里面的。宝锦挥舞的动作变得轻柔，那“蝴蝶”便逐渐失去诱惑力了，蝶团开始专注于自相残杀。宝锦挥舞得酸疼的手臂便松落了下来，他嗅着油菜花浓烈的芳香，心怦怦跳着，专注地观看那蝶团。后者却忽然醒觉似的，最外面的蝴蝶忽然逃开了，新暴露出来的蝴蝶也跟着往外逃。它们一层一层地逃走，最后暴露出来的是几只蝴蝶的死尸。三只、四只、五只，总之，绝对不止两只。这时，那几只暴毙的蝴蝶中，有一只翅膀掉落了下来，紧接着，这残缺的死蝶在空中踉跄着往下坠落。另外的死蝶还保持完整，所以它们坠落的样子不那么难看。

等它们全部落地，宝锦跑过去。他捡起一只蝴蝶的尸体，恐惧了起来。

他恐惧于刚才不短的时间里，他所感受到的他作为一个杀手的全部。精心的设计，熟稔的谋杀动作，明知被杀者正承受痛苦却安之若素的心态，不！不是安之若素，是一阵阵的激动从体内袭来，还有兴奋，莫名其妙的兴奋。他在回顾中看到了它们。他看到它们的身体上，统一写着一个标签：残酷。

但是，恐惧之后，宝锦分明感到了一种前所未有的轻松。一种根深蒂固的恐惧从身体里大量释放后的轻松。他不再无法控制地想那厉茨仙和那“厉氏三贱”了，不再像先前那样恐惧上学了。他可以较为坦然地在每一天固定时间准时去往学校了，放学路上，对于可能尾随在他身后的“厉氏三贱”，他也不太在意了。只是宝锦对那些死去的蝴蝶生出悔意。他在心里请求它们原谅。

把时间往回推一推，从惊蛰到春分，从春分到清明，从清明到谷雨，这长达一个半月的时间里，除了天气一直在变暖，宝锦的自闭症也在改善。这要感谢秋锦。惊蛰前一天，她去刘家园挑最后一次荠菜，在一块隐秘的豆田里，她碰到了躺在沟渠里看着天空发呆的宝锦。再三逼问才知道，刚刚过去的几天里，宝锦说是去上学，实际上所有上课时间都在刘家园一带各种各样的农田里游荡。秋锦怎么能容忍宝锦逃课？如果宝锦逃课，她辍学的意义又在哪里？秋锦很生气。在秋锦持续的追问下，宝锦说出了一年级时被厉茨仙当众抽耳光的往事，说出了“厉氏三贱”始终持续的霸凌行为。秋锦没有把宝锦的事告诉醒兰。醒兰在她眼里不算是个称职的母亲，秋锦认为，告诉她也没用。思考了两天，瞒着宝锦和醒兰，瞒着所有人，秋锦去了厉家园，径直进入厉茨仙家。“我家在县教育局有亲戚。”秋锦说，“你如果不向我弟弟赔礼道歉，我去教育局告你。让你当不了老师。”

这平原上的乡下人中，有幸得到民办老师、村干部、赤脚医生、水电工这些工作的那一部分人，最怕的是什么？当然是丢掉这份活计。更何况，这厉茨仙，他的教学能力实在是不好，比新远校那三个不太会授课的新晋代课老师好不了太多。早就有学生对此提出怨言了。这平原的乡下，人人都默认，办事情主要还是靠关系，只要有关系，就能办成事。要真是有人找到教育局的人，以举报的名义投诉厉茨仙，他手上这个饭碗是保不住的。可这狡猾的厉茨仙怀疑有假，便观望着。过了几日，见厉茨仙没有行动，秋锦便又来到他家。这次她带了一个青年，后者天生有官相。他却只是个瓦匠，是秋锦刚认识的准师兄。她与这青年是在乡上碰见的，二人一见如故，他已把秋锦推荐给他师傅，准备让秋锦跟他一起学做瓦匠。“我上次说我有个亲戚在教育局，就是他爸。”秋锦对厉茨仙说。又过了几日，秋锦问宝锦，厉茨仙有没有对他做什么？宝锦嗫嚅不语。一问，秋锦才知道，厉茨仙这几日变本加厉了。他专门喊宝锦起来读课文。宝锦读之前他却先吓唬他，经了吓唬的宝锦自然是读不出来的。他便拿出专门抽打学生的木条抽宝锦的手。这平原的乡下，小学里，多数老师都有一块这样的专用木条。宝锦已经被厉茨仙抽过两次。秋锦举起宝锦的右手，看到这手上还能看出被抽的痕迹。可见，这厉茨仙抽得多用力。

秋锦分外悔恨。看来她失策了，厉茨仙显然识破了她的计谋。秋锦唾弃起自己来。她以为学到了巧英的手段，现在看来并没有。她不是巧英，无法真正化身为诡计多端的巧英。一定是她那两次去厉茨仙家里，露了破绽。若是巧英，是不可能露破绽的。到了这步田地，秋锦也无法收手了。一不做，二不休，她真的去了县里，走进了教育局。这平原乃教育之乡，自然是对教育上的事分外重视。一个乡下孩子前来举报，这样的情况前无古人，必须更加重视。再有，去年八月起国家颁布了“严打”令，这风潮仍未过去，秋锦的举报，不重视也得重视。教育局专门成立三人工作组，到新远小学蹲点。经查，厉茨仙所作所为是事实。当月，就把厉茨仙从人民教师队伍中清除。包括新远小学在内的全县所有学校，那些专门备有板条的老师全被批评，板条被没收。为示重视，教育局钦点俞灶乡小学一名优秀的年轻公办老师到新远小学三年级代职班主任一年。这青年教师一上任，就给宝锦换座位，让宝锦、厉蚬、厉仲淫、厉仲建四人换坐到教室的四个部位，远远隔离。他还改了厉仲淫的名字，新的名字叫厉仲迎，又好听，又特别。新远小学还以此事件为契机，整理了一下教师队伍，劝退那三个不太会教学的代课老师，说服本乡三名德艺双馨的优秀应届中考落榜生来当老师。那三个不太会教学的代课老师中，其实有一位是小学校长的关系户，一位是某资深公办老师的关系户，这校长和那资深公办老师都被批评。有桩事值得一提。这厉茨仙的儿子厉学苗，二年级时因学习成绩太差留了级的，如今与珍锦同班。珍锦也是有趣，利用一次被叫起来唱歌的机会，唱了一首自己创作的歌。歌词里将当事人的名字匿去，但全班同学都能听出是在骂厉茨仙。厉学苗课后找珍锦算账，就在新远校东边的河岸上。他本意是要推搡珍锦的，却脚底打滑，摔了个四脚朝天，下半身全被泥水打湿、弄脏。

这一系列的纷乱之后，宝锦不再排斥上学。表面上看，他似乎比以前开朗了些。但宝锦自己知道，他还跟往常的那个自己没有太大区别。他还是惧怕上学，惧怕老师和同学，惧怕出现在他身边的每一个人。他还是会偷偷跑进田地里，仰躺着盯着天空发呆。在这个春天，有些时候，宝锦化成蝴蝶杀手的原因，一小半来自一种孩童天性，一多半是来自于某种后天造就的恐惧。

春 情

厉金香、棉桃这一家人，这个春天比蜂蝶还要忙碌。上一次前来访亲的那组人，在春分时又来复访了一次，半个月后，托媒人捎来愿意结亲的口信。厉金香、棉桃喜不自胜，当即写了小俊的八字让媒人捎到对方家。次日，媒人带来那姑娘的八字。双方都象征性地找人合了合八字，觉得没有问题，便敲定一个多月后的农历三月廿六“送日子”。“送日子”是这平原结婚前的仪式之一。结婚要先订婚，订婚要先“送日子”，都需庄重操办，无非“送日子”比订婚要操办得简略些。订婚要大办，亲戚、同村民组的人，都是会来参加的。到时，摆酒席，十桌八桌不在话下。“送日子”那天，来的只是亲戚和同村民组里相对关系好的几家。通常，“送日子”摆酒席也就几桌。“送日子”男方主要给女方带些现金去。遇到个别宽厚的女方，会把现金退还，却也有的女方，会将那现金全部收去的。厉金香和棉桃带过去的现金是八十八块钱。不算少，也不算多。照当下行情，一百零八块钱算是多的，六十六块钱算少。厉金香、棉桃平时是很小气的，在儿子身上花钱，他们算大方。

“送日子”前两天，棉桃、厉金香从自家门口走出来，直奔醒兰家。他们是过来与醒兰商量事情的。“送日子”是吉利事，他们觉得那出过事的船停在场上，有碍观瞻。这一家人早早将堂屋收拾一空，借了三张桌子，并自家的桌子共四张，在堂屋里摆好。“你看！这船就摆在场上，大家在堂屋里吃饭、喝酒，一抬眼就能看见它。我看啊，还是移走的好。”棉桃代表二人的意思说。醒兰恨这二人视这船如同瘟神的心理。再怎么说，出事的也是你棉桃的亲弟弟和亲侄儿啊，你至于这么排斥这船吗？醒兰也觉得他们多此一举。如果连一条死者用过的船都要忌讳，这世上该忌讳的事情太多。这惶惶世界，把古往今来死去的人都加在一起算，地底下埋了多少死人？说不定，每一寸地面之下，都埋过。你厉金香和棉桃真要有那么多的忌讳，应该到空气中去办酒席。醒兰拒不同意。

喜事当前，厉金香、棉桃不便生气，耐着性子与醒兰讨价还价。“这块场地，我们两家一家一半。这船啊，眼下这么停着，有一半是占着我们家的场地，你把这一半移走，也行。”这是逼醒兰把船移走呢。明知道这场小，只能一部分摆到他们家的场上去。要移只能移到河里去。移到场边醒兰家的那块自留地上去，会伤了那些长势喜人的蔬菜。可要是这阵子这条船能下水，醒兰也懒得费口舌，弄去河里便是。这船刚刚完成第一步的修补工作，还有填油泥、将油泥晾晒足日，这两个步骤。若现在将船送入河中，之前的工作算是白做了。

为了那莫须有的理由逼醒兰将船移到河里去，这厉金香与棉桃，真是自私得可以。醒兰生气了，当着厉金香、棉桃的面，她双手合十向凰桃的灵位拜了一拜，朗声道：“凰桃！你说说看，这还有没有天理？如今谁要是欺负我们孤儿寡母，我也就忍了。欺负你和春锦，我不能忍！”也许醒兰说这话时气息太重，凰桃灵位前的那炷香，从香炉上倒了下来。醒兰惊喜起来。“凰桃！是你显灵了，一定是你显灵了！你看不下去了是不是？”棉桃与厉金香也怔住了。厉金香嘴唇哆嗦，看向棉桃。她是信这些的，虽说信得不够坚定。那晚醒兰述说看到凰桃、春锦叠映在船壁上，她也是听见的。另一晚，醒兰声称是凰桃、春锦的鬼魂将宝锦找回，她同样是听见的。那两次，因为她觉得醒兰如今有精神问题，故而，对于到底是不是凰桃、春锦显灵，她存疑。这一次，她算是亲眼看见，便真的有些信了。棉桃一贯不信这些，用力摆摆手，离去了。醒兰不愿移就罢了，装什么神、弄什么鬼，真是讨厌。这是棉桃拂袖而去时的心理。厉金香随后也惶然离去。最终是她不再执意要移走那船，这事才罢休。本来，就是她一个人要移船，棉桃并无此意。

“送日子”那天，醒兰与棉桃、厉金香暂时冰释前嫌，她亦是帮着这家一起择菜、洗碗。却是发生了一桩意外事情，叫醒兰哭笑不得。那邱新尧居然不跟醒兰打招呼，以亲戚的名义前来参加这家的仪式了。自然是从醒兰父母那儿听来的消息。他真是不该来的。他和醒兰，如今算是什么关系？什么关系都不是。所以跟这家也不算是亲戚，那他来干什么？就算他与醒兰有关系，他也不该来。又不是醒兰的孩子“送日子”，是侄子。来了就算是多此一举。

醒兰真是从未见过如此多礼之人，难道是公路南边的人就是比公路北边的人多礼？但醒兰也不好拂了邱新尧的好意，这天只好配合他。邱新尧果然多礼，活跃在四张酒桌间，给主、客敬酒，一人都不落下。他说话自然是漂亮、中听的，喝酒的动作也麻利，也能喝，敬了一圈下来，仍然模样体面。整个何家园，都找不出这么完善的男人，但醒兰很明确地知道，他的完善用错了地方。她看到，被这邱新尧敬过酒的人，当场就在他背后交头接耳，显然是在讨论他的多礼。“这个人是个傻子。”他们一准是这么讨论邱新尧的。傻在哪儿呢？多了去了啊。比如，你邱新尧敬酒，你手上拿的是谁家的酒？当然是棉桃、厉金香家的。你这满场敬下去，多喝了这家多少酒？何家园的人，都是懂得算计这些的，不懂计算这些的邱新尧，在他们眼里就是傻子。鉴于醒兰对何家园人的认识，兴许，连邱新尧迥异于何家园一带的沙地话，都会成为人们的取笑点。当晚，醒兰携秋锦、宝锦送邱新尧走。送到灌溉渠，醒兰草草跟他说了句告别的话，就要往回走。这个夜晚，邱新尧不知因为喝多了酒还是性格本就如此，竟变得情深意长起来。

“醒兰！我们从认识到今天时间也不短了。今天都是第三次见面了。我与孩子们，秋锦、宝锦，包括珍锦，也都认识全了。我是全心全意地想和你们变成一家人。我入赘过来也好，你们全部跟我去邱家园也可以，反正我看上的是你醒兰这个人，形式这种东西，我不在意。你呢？你怎么想？”

这邱新尧年轻的时候在成都当过兵，说话直接得要命。他先是说他们邱家园一带的沙地话，又换成普通话。醒兰这种几乎没出过远门的女人，听沙地话已很吃力，普通话，更让她听得头疼。幸亏她身边有个曾常年拿第一的好学生。醒兰就用手捅了捅秋锦。秋锦会意，便以耳语向醒兰概略翻译了邱新尧的意思。醒兰听懂后，尴尬得不行。她挥手令秋锦、宝锦先自回家去，独自与这当过兵的人站在夜晚的灌溉渠上说话。

“我们不合适。”醒兰说。

邱新尧愣了一下。他大概没料到醒兰会拒绝他，还如此决绝地拒绝了他。他有什么不好吗？虽然与妻子离婚，但孩子都归她，他可是没有拖累的人。醒兰身后还跟着两个拖油瓶呢。他还比醒兰小好几岁。若要再往深里说，他可不是个简单的人。当年，他在那个驻扎在成都市区的部队，当过团级领导的公务员。他当年的领导，如今已是将军了。有一次，他在电视上看到他的前领导扛着少将军衔，威风凛凛。他当场就捂着脸哭了。是高兴的哭，也是悲伤的哭。高兴于自己曾有过辉煌的历史，难过于他没有把握住生命中的机遇。若不是他四年义务兵期满后不愿继续留在部队，后来他不是提干就转了志愿兵，绝对是。要真是那样，任何一个农业户口的女人，都不可能入他的眼。

他是一个因为错判了形势不得不回到乡村的非凡人士，胸中藏有东山再起的大志，而且他坚信自己以后一定会比他那些提了干、转了志愿兵的战友混得还好。这醒兰，居然看不到他的非凡与杰出，就这么拒绝了他，太令他意外了。不过，这邱新尧终是沾染了大城市浪漫习气的人，他的自负很快使他将醒兰的拒绝理解为羞涩。女人嘛！总是喜欢说“不”的。在女人说“不”的时候该干什么？邱新尧这种见过世面的男人，自然是懂得的。

这被浪漫袭击了的邱姓男子倏尔微笑起来。他将眼睛眯缝起来，在夜色中饶有兴味地仔细端详醒兰。醒兰这时低着头，不曾意识到他的非比寻常。他却正式上劲儿了。只见他推自行车的两只手很自然地一松，那自行车“哐”的一声倒在灌溉渠上，又翻了个三百六十度，滚入下面的沟里。醒兰正自吃惊了一下子，他猛地张开两臂，箍住她的脖子，要亲吻她。接吻那种。

醒兰何时经见过这等事情。与很多同年龄段的农妇一样，她与凰桃结婚十九年都没接过吻。接吻在醒兰的词典里始终是桩羞耻的事情。二十多岁时，醒兰还在郁家园，尚属待嫁之身，有一天，她与两个已婚妇人结组干活，劳作之间的休息时间，两个妇人当着醒兰的面咬耳朵。醒兰听到她们在讨厌一个新婚的妇人，她们在笑话这妇人与丈夫接吻，并向彼此申明，她们反正是没跟丈夫接过吻。“这也太恶心了吧！”“是啊！真恶心！”醒兰听到她们这样同声一气地给接吻下结论。如今，这说生不生、说熟不熟的男人，竟然在何家园的主路上要公开与她接吻，这还了得？让人看到了，该怎么嚼她的舌根。醒兰感觉到莫大的耻辱，奋力推开邱新尧。她干惯了农活，力气比这好高骛远、不会干农活的邱新尧还要大。这一推，竟将邱新尧推到了沟中。正好倒在那自行车上，后背被自行车的轮子卡到，疼得他“啊啊”叫着，停不下来。“别喊！”醒兰小声而严厉地呵斥。邱新尧疼得听不见她的话。醒兰惊慌不已，四下里匆忙看了一下。这暗夜阒无人迹，但醒兰还是被想象中那些繁复的闲言碎语吓到。她不再理会沟里的邱新尧，转身快步在小路上奔跑。回到家中，她后怕了许久，这才想起灌溉渠下躺着邱新尧，忙令秋锦与宝锦过去看看。过了十来分钟，秋锦、宝锦回来，告诉醒兰，他们没看到邱新尧，但看到了几个何家园的人站在渠上围观一个在沟里睡觉的人。秋锦末了总结道："猜都不用猜就知道这个人是今天来的那位。"这语气，显示了秋锦也看不上这人。

他居然在沟里睡着了？这男人，真是太那什么了。太什么呢？醒兰说不上来。总之，这人跟凰桃比，差得太远。凰桃多好啊，开口说一句话前，要想很久很久。这人跟凰桃完全是相反的，嘴长在脑子前面。醒兰不能想象，她要真是把这男人带到何家园来，与他一起生活，他到底要闹多少这样那样的笑话。这样的男人，若去办厂，能成吗？醒兰对此存疑。她不信，一个人没有一颗精细的心，在这世上能走远。次日，醒兰扛着锄头要到一块田上去。经过昨天邱新尧摔倒的沟渠，她在那儿站一会儿。即便她从内心里庆幸自己摆脱了邱新尧，她还是有些怅惘。这怅惘很快要令她蒙羞。

夏天用来放水的沟里，在这春天也不闲着。如今，那里面蓬蓬勃勃地长满了杂草。醒兰忽然看到杂草里露出一个鞋尖。她走进沟里，拨开那团草。出现在她眼前的，正是那双被邱新尧"索"去的布鞋。

这挺让醒兰意外。他难道是赤着脚踩自行车回去的吗？记得昨天他来，是没有进门换鞋这一套动作的。他很可能没有像上次那样，多带一双鞋来。又是何必呢？醒兰觉得这男人的爽性，原来只是在他愉快的时候才有。不高兴了，他也是什么事情都做得出来的。从这一点来看，他跟何家园里的诸多男人没什么两样。

所谓应验

厉金香、棉桃心急，经与女方协商后确定，订婚时间定在农历四月廿一。就离“送日子”那天隔了二十多天。在这二十多天里，醒兰与这家发生了一桩极不愉快的事。太可恶！醒兰都没脸说出来的。住在堂屋里的人，居然在墙上抠洞。墙，当然是醒兰的屋子与堂屋之间的这道墙。它是纯板制的。醒兰这屋里不是有两张床吗，一张是当初醒兰、凰桃的婚床，大一些，就顶靠着那墙摆放。另一张床，小一些，摆放在这大床的另一端头。那洞，就在大床上方。确切地说，它有时是洞，有时不是。不是洞的时候，它是与洞的周边拢为一体的一块拳头大小的心形板块。只要将它拿掉，那儿便是一个洞了。

若不是醒兰看这春光大好心血来潮，要将这屋子打扫一遍，这洞不可能被她发现。通常，过年前才这么大动干戈地打扫屋子。一年才打扫一次屋子的。这么说的话，这洞是今年春节后掏挖出来的？春节前，醒兰全面打扫过这屋子。她明确记得，当时擦过这洞所在位置。若它当时就在，那块板不可能不因她的摩擦掉落。

这天是立夏前一天，农历四月初四。离小俊“送日子”才过去八天。离他订婚还有十六天。那心形板块在醒兰用抹布擦墙时，掉落了下来。不是掉在醒兰这边，是往堂屋里掉落的。醒兰震惊地赤脚站在她与凰桃的婚床上，举着抹布的手不自觉地颤抖起来。对面堂屋里没有因那板块掉落生出任何动静，说明那里此刻无人。醒兰按捺住愤懑，大着胆子将眼睛凑到那洞口，看到这堂屋里一张同样顶靠着墙的双人床，此外全是杂七杂八的物什。这张双人床，这些年来，每夜都由小松、小俊兄弟二人共用。

这洞是谁挖的？小松？小俊？兄弟俩合伙？

不可能夜里挖。夜深人静，一点声响就跑不过人耳。夜里挖，再小心，醒兰和她的两个孩子也会听见。一定是趁着醒兰这屋里没人的时候挖的。

这边的屋子白天长时间没人，也就是谷雨之后的这半个来月。这段时间，因为田地里的活多起来，醒兰就很少在家。没错！就是这半个月里才挖的了。

醒兰又想到，小俊“送日子”那天，堂屋里的床是给移走了的。那时，墙面一览无遗地暴露着，且那天的堂屋里来了很多人，若已有那洞，是很容易被人发现的。是最近这八天里挖的？

醒兰拿了手电筒过来照了一下，发现这洞周边的挖痕很新。果然是新挖的洞。这个发现令醒兰略感欣慰。若这洞为掏挖它的人尽偷窥功能已久，醒兰连继续活下去的勇气都不会有。

四周围静得可怕。厉金香一家人今天全部不在。醒兰再也不想对这洞做任何思忖，此际她的心里只剩恼怒。她从床上下来，穿上鞋，打开门，又折返至凰桃与春锦的灵位前，“扑通”跪下。接下来，她哭号的声音跳出屋门，越过场，越过场下方的河及河边零星的芦苇，要让春末变得更加淆乱了。“不要脸啊！”醒兰发出了她的第一声哭号。这声音不够大，她的声带还没打开。“凰桃啊！你可得替我做主啊！”这一嗓是从一系列的哽咽里溜出来的，压抑而沉闷，都不能称之为喊了。这哽咽，意味着醒兰此刻实在是痛心疾首。随后的这一嗓就有些石破天惊了。“没天理了啊！”这嘹亮的一嗓立即使醒兰开嗓。她趁热打铁，一迭声地大声数落起来。“天杀的！一年到头欺负我孤儿寡母啊，从我嫁到何家园来就欺负，这一欺负就欺负了我十九年啊。”这话谁都能听出来，是针对厉金香的。这就搞错对象了。厉金香绝不可能知道墙上有洞，更不可能是指使者。

这就是醒兰这乡下文盲女人的弊端。她们心里永远囚着一个敌人，这个敌人通常是她们的婆婆、儿媳或姑子、妯娌。很少会是这乡下的男人们。更不可能是她们接触不到的男人，比如在某种程度上驾驭着社会、驾驭着这个世界的那些达官显贵。这些文盲乡下女人，活在这样的狭隘里日久，对这狭隘永不自知，但凡得到任何一点关联性，她们就会把她们心里的固定敌人当成战斗的标靶。此刻，作为醒兰人生固定标靶的厉金香，自然是不能被醒兰放过了。她誓要抓住今天的机会好好撕一撕厉金香这身恶皮。“厉金香！你做的好事！你怎么能叫你那不懂事的儿干这种事呢？你，不得好死！”醒兰开始咒骂。这时分，屋子里的动静已经迅速传至何家园的角角落落，陆续有村民向这边跑来。第一个跑过来的是醒兰的闺蜜水芝。醒兰便继续跪在灵位前，倚在水芝怀里，专注地骂起厉金香来。“厉金香啊厉金香，我郁醒兰前世里与你无冤无仇，你何必这样作弄我啊？”

厉金香一家闻讯从田里回来时，醒兰的屋里屋外已被围堵得水泄不通。醒兰依旧跪在凰桃的灵位前，骂着厉金香，声音却已失去力量。墙上那洞早已变成人们讨论的焦点，此刻人们还在大声讨论着它。有人告诉醒兰，对门这家人回来了。醒兰的精气神立即恢复。她起身拨开众人，来到那堂屋门外，挥起拳头砸门。“厉金香！你把门给我打开！让大家到堂屋里看看，看看你和你那混账儿子干的丑事。”厉金香此时已获知事情的来龙去脉。她暂时还不信醒兰，遂依着性子与醒兰对骂了几句，这才从朝向醒兰家的家门进去，再在里面打开堂屋门。醒兰扑进堂屋，众人跟着一哄而上。进得这屋后，醒兰就去寻那块掉下的板。它掉到床底下去了。醒兰钻进去，找了出来。她扬起这板，对堂屋中央站着的厉金香、棉桃、小梅和小俊道：“看到了吗？证据！证据在这儿，厉金香！你敢抵赖？”厉金香、棉桃同时抬头，看向墙上的洞穴。棉桃大怒，扭头寻找两个儿子。却只看到身后惶惶然的小俊。棉桃一巴掌打到小俊脸上。“是不是你干的？”小俊冲棉桃喊：“我没干！你打我干什么？”棉桃的目光在人群中扫射。显然他在寻找今天他家唯一不在场的那个人。刚才他是跟他一起回来的。此刻他的不在场，恰好说明了一切。棉桃冲小俊喊：“你！把他找过来。让他给二婶下跪。”醒兰这时也终于确知：这事是小松干的。回想起凰桃去世后这数个月来有几次小松看她的眼神，现在怎么想怎么不对劲。醒兰内心被羞耻感淹没，捂住脸要走，却听那厉金香斥责起棉桃来。“你对小俊呼来喝去的干什么呀？莫名其妙的。叫小俊去把谁找过来？噢！是找在墙上挖洞的那人？到哪里去找？那天过来参加‘送日子’的人那么多，你知道要找的人是谁？光知道让小俊去找，找你个头啊。”这厉金香在说什么？她是在告诉众人，挖洞的人，不是众人现在已了然于胸的小松，而是小俊“送日子”那天前来喝酒的四桌人里的某人？这张巧嘴，真够可以的，怎么不说这洞是凭空长出来的？醒兰停下步子，愕然瞪着厉金香。厉金香却得意于自己的机智，夸夸其谈起来。“难道我说得不对？那天，这里满满当当一屋子人，他们在这里待了足有三四个钟头。三四个钟头，别说在这木板墙上挖一个洞，就是挖十个洞，时间也是很富余的。你们说，这挖洞的人是谁呢？谁会这么坏心眼，趁乱在我们家墙上挖洞。咦！这墙上只要挖了洞，大家就指定会觉得，是我那两个日常睡在这里的乖儿子挖的。这人挖洞，就是想往我儿子身上栽这事啊。”厉金香说到此处，做出恍然大悟、惊怒的样子来。“可恶！这个人，太可恶了。可是，那天来的四桌人，哪个不是我的亲戚和素来跟金香我交好的邻居？不！是有一个人不是。这个人跟我不是亲戚，也不是素来交好的邻居。我就一直不解呢，他那天怎么莫名其妙地来我家送礼、吃酒了。我这会儿懂了，他就是专门来这墙上挖洞，来给我儿栽赃的啊。”她说的这人是谁，众人用鼻子都能听出来，是那时而沙地话、时而普通话的狂放不羁的邱新尧啊。

这狡辩太过拙劣，在场的人里有几个村民素来唯恐天下不乱，却就连他们也不能认同厉金香。无人应和厉金香。醒兰自是完全没有料到厉金香可以如此放纵地睁着眼睛说瞎话，但她见众人都未被厉金香说服，便笃定了。就见醒兰发出一声冷笑，快步离开了堂屋，回到自己屋中。众人都跟着移步过来。醒兰干脆利落地在凰桃灵位前跪下，大声道：“凰桃！我诅咒厉金香家灾祸不断。请把我这话给老天爷捎去。”咒毕，醒兰跑至场上，从那船下捡起一块当日修船剩余的废弃木料，又去取了榔头和钉子，当着众人的面，三两下将那洞封杀。

转眼就是十六天后的农历四月廿一，这一天公历是一九八四年五月二十一日，适逢小满。小俊的订婚酒宴如期举行。今天，前来送礼、吃酒的人不只厉金香与棉桃的亲戚、小俊的个别小学和初中同学，来得最多的是何家园的人。这平原的乡下，人们参加同村民组的婚丧嫁娶，家里到底安排去几个人，得分情况。丧事，全家都可以去吃席，诸如订婚、结婚这样的喜事，一般一家去一个或两个人，去多了，主家会暗生不忿。这何家园的人却在吃席这桩事上有些例外，仿佛人人都是饿鬼一般，逢到吃席，不管丧事喜事，绝大多数人家都至少去两个人。个别人家倾巢出动。小俊的订婚宴上，何家园平均一户来两个半人，三十多户，来了将近一百人。加上亲戚朋友，这一场宴席，共要接待一百三四十人。

棉桃、厉金香在堂屋和场上，摆了八桌。堂屋四桌，场上四桌。天气有些暖和了，日头照得人睁不开眼。场上的四张桌子上方，便搭了帐篷。这一百三四十人分成两批吃。何家园的人早早就过来等着了。醒兰今天没有去帮对家做这做那。她认为已经没有必要跟厉金香维持面上的和平了。早晨，她差秋锦将礼金送到对门后，把自家门一关，去田地里干活去了。这天是星期一，宝锦去了学校。秋锦已经开始去学泥瓦匠了，早出晚归的她自然也不在家。这家的门就持久地关着。醒兰正在田地里干活，大地摇晃了起来。

那是一种十分明确的摇晃。地震了。

一九八四年五月二十一日，南黄海发生里氏六点二级地震，与这平原隔了一条长江的上海，震感强烈，死了三个人。这平原上的震感，虽比上海弱，但当日的人们只要不是在沉睡之中，都能感觉到地震。醒兰活到如今的四十二岁，第一次真切地感到大地的震动。因了对地震的陌生，醒兰不认为那是地震。这个女人站在俞灶乡港东村一组她自家的田地里，眯起眼抬头向日光灼灼的天空望去。空气中弥漫着庄稼的气味，她被日光照得晕眩。她看着空中的光圈，想起了十六天前当着何家园众人对厉金香一家的诅咒。这时她觉得，这大地的晃动，是在应答她的诅咒。醒兰不用想也能猜到，正举办订婚大宴的厉金香一家此刻该有多么惊慌和恐惧。订婚之喜，大地动了起来，灶台上、桌上的酒杯、碗、酒菜，说不定会掉下去吧？在众目睽睽之下掉到地上，那是何等惊人的场景。醒兰想象着这样的场景，同时想：厉金香该吓坏了吧。

醒兰的猜测是对的。厉金香也像她一样，自这大地摇晃之后，就认定是醒兰的诅咒应验了。这摇晃并没持续多久，惶恐却持续蔓延在这订婚宴中。所有人都不再谈论别的，只专注于谈论先前大地的摇晃。厉金香亲耳听到，有人交头接耳："这郁醒兰的嘴啊，还真是灵。以后可不能得罪她。"这样的暗中议论，让厉金香更加确信，正是醒兰的诅咒应验。厉金香惶然拉住棉桃，直往对门跑去。"我们赶紧去跟凰桃赔个不是。赶紧赶紧！"棉桃无奈于厉金香的迷信。这平原乡下的男人，经常觉得女人间明里暗里的争斗来得没有道理，搞不懂女人们远远多于他们男人的愤怒、惊喜、惶恐、迷信，却为防止引火烧身，只好配合他们的女人。棉桃总是被厉金香弄得团团转，但也没办法。他只好跟厉金香来到对门外面。这门却是锁着的。厉金香无计可施，在门外踱步。内心里堆积的焦躁令她乱了方寸，对着这门，她跪了下来。"凰桃老弟！大嫂给你跪下了。往日里我和你大哥，还有我那不懂事的孩子们，如果做了什么让你不高兴的事，请你大人不计小人过，以后我们会注意的，一定会注意的，相信我啊。凰桃啊！我喊你一声老弟，你饶过我们吧。"这厉氏说罢对着这门就磕起头来。场上的众人看得心生怪异之感。棉桃大力拉厉金香起来。"你干什么呀？快起来！那么多人看着。你在这儿又是跪又是拜的，像什么话？"这厉氏就是不起，跪拜个不停了。这时醒兰跑了回来。

诅咒真应验了，醒兰反倒不安了。这就是她赶紧跑回来的原因。见厉金香对着她家的门跪拜，醒兰心里的不安更甚。她快步来到门外，搀扶厉金香。“你快起来！起来！在我家门口跪着，像什么话？不知道的人，还以为我欺负你了。是你常年欺负我的好不好？”醒兰说这话的语气，跟往日完全不同。这是有点嗔怪的语气。厉金香自是已听出这微妙的不同，她一把抱住醒兰的腿，哀求道：“那我不在这儿拜，我进去拜好不好？”醒兰便利落地打开门，将厉金香让了进去。厉金香近乎跪爬着扑至凰桃的灵位前。“凰桃老弟！你听见我刚才在门外说的话了吗？没听见我就再重复一遍。我是说啊，你饶过我们吧。我以后每天过来，跟醒兰一起给你烧香，早上一次，晚上一次。还有春锦侄儿，我也给你烧。你劝劝你爸，饶过我们吧。”

醒兰站在厉金香的身后，泪眼迷离了。当厉金香真的以求饶者的姿态跪在她面前时，她并不能感到任何快意。她只感到惶恐，认为自己作了孽。明知道凰桃会显灵，她怎么能当着凰桃的面诅咒厉金香一家呢？没错！这个叫郁醒兰的女人，此刻比往日任何时候都要确信：她死去的丈夫凰桃，是在这屋里的，是在这场上的，是在场上的船上的。他一直在，永远都会在。不只在她心里，还在她看不见、摸不着的空气中，她身边的空气中。

如今，不止醒兰一人对此确信无疑。厉金香也是。

第八章　至诚之夏

热色的新房

秋锦来这工地上学瓦匠已一月有余，但她只能从辅助的工作做起。工地上的辅助工作，分大工、小工。大工干搬砖、递砖这类重活。小工负责和泥、递泥包这类轻活。秋锦身高不到一米五五，体重不足八十斤，只能做小工。虽然说好了为了学瓦匠才来跟这赵瓦匠干活，但考虑到秋锦是外甥盛峰介绍来的，赵瓦匠也给秋锦发一份工钱。按小工的标准发，一天八毛钱。如果是大工，一天能得一块钱。可惜秋锦没本事做大工。盛峰正是那位很有官相的男孩，今年十八岁，长得跟在世时最后半年的春锦一样魁梧。

八毛钱一天的收入，秋锦是满意的。她对这不苟言笑的赵瓦匠心存感激。她也感激盛峰。毫无疑问，赵瓦匠看盛峰的面子，才给她发这笔工钱。赵瓦匠总让秋锦想起她死去的父亲凰桃，但她也说不出有何相似之处。

工地上的事情赵瓦匠说了算，他承包了这户人家的新房建造工程。这平原的乡下从去年起盛行建造新房子，多数人家自己购买材料、自己笼络相应的木匠、瓦匠建造，但也有个别人家图省事，材料自己买，工程包给某个瓦匠或木匠。包给瓦匠最多。盖一幢房子，瓦匠比木匠重要。何家园的有水、来凤家，就是这么干的。把建房事宜承包出去，他们自己继续跑班头。承包者赚取的钱，并不比他们赚的钱多。所以，他们逢人便说：将建房事宜承包出去是值得的。

在有水、来凤家的新房子建成之后，紧接着何家园另有两户新房子也开始动工。其中一户，正是那巧英家。眼下时近芒种，这两幢新房子都已开始封顶。过了芒种，这平原的乡下，再想盖房子的人家，也得将这意愿按捺。通常，人们都选择春天盖房。夏天之后，是不会盖的。等来年春天将这意愿重启。

赵瓦匠承包的这户人家的新房子，眼下也要封顶了。秋锦从这屋打地基开始，就来到这工地上。她看着它怎么从无到有，怎么从一块平地变成一幢五六米高的红砖大瓦屋。这平原的乡下，如今盖的新房，与眼下暂时还举目可见的旧房外形迥然不同。那些旧房看着都是一个模子里出来的：一式的灰墙青瓦的清式民居。这新房，身子用红砖垒就，屋顶由红瓦铺成。远远望去，这纯由红色组成的新房子，在绿油油的庄稼映衬下，显得喜气洋洋。大概，这也是村民们不约而同采用了红色的原因：新房子代表一种新生活，满身红最吉利。

有时候，秋锦会在干活过程中走一会儿神。她想起姆妈心心念念的新房子。那幢仍然只能纯粹存在于她一家人想象中的新房子。它是什么样子的呢？秋锦实在没有信心能把它建造起来。秋锦想，姆妈如今每日在田地里一抬头就能看到有水、来凤家漂亮的新居。换一个方向看过去，就能看到巧英与那另一家即将完工的新房子。每当那个时候，她会难过吗？答案是“会”。醒兰会难过的。会非常难过。她如此要强，怎能眼睁睁地看着一户又一户人家盖成了新房子，而自家新房只能持久地藏在某种期待之中？

几天前醒兰还拿出那装钱的布兜数了数钱。里面只有三百多块。离三千块钱的最低盖房标准还差得很远很远。秋锦记得，当时，醒兰抓着那钱兜，恍然失神了。那一刻，秋锦想取代醒兰，去承受她心里的焦灼、苦痛。如果自己能迅速挣到一笔钱，那该多好啊，可她一个瘦小的人儿，该怎么去挣呢？秋锦心里的挫败感是越来越强烈了。

到开饭的时间了，盛峰跟赵瓦匠还有其他几名瓦匠从墙上面爬下来。有至少三名瓦匠几乎异口同声地喊：“秋锦！吃饭去了。”这一个多月来，瓦匠们都知道了秋锦家去年飞来的横祸，也知道了秋锦曾经是个学习成绩极好但辍学的懂事孩子，都对秋锦存了份同情。这个十五岁的女孩子不像他们通常见到的女人那样爱扯闲话，就只是默默地干活，尽自己所能地干最重的活，这让他们对她多了份尊重。听瓦匠们喊自己，秋锦便答应着，与那壮硕女人停了手中的活计，去旁边的工棚里吃饭了。相比于自家的饭食，这工地上的饭食是很好的。每顿都有一个肉菜，饭都是净白的米饭。在自己家中，由于醒兰不得已而为之的节俭，如今很少吃到肉菜，饭也不太可能是净米饭。工地上的伙食超过家中，也是秋锦喜欢工地的原因。

秋锦喜欢工地的另一个原因是，在这几乎纯由技术型男人组成的环境里，她总能听到些新鲜的消息。比如，刚刚过去的五月，这个地方被国家划为沿海开放十四个城市之一，这些天大家持续热议这事。来自国家的这种决定，似乎对这平原上的乡下人也产生了影响。对这些瓦匠来说，最真切的影响，是他们中某个同事变得不安分了，据说要去往南方打工。秋锦几乎每天都能听到这些瓦匠在讨论，“我们要不要也出去打工？”每当他们说这个话，盛峰就凑过去，仔细地听着。秋锦知道，这些瓦匠拖家带口，不可能说出去就出去，但盛峰的心却被他们的话搅浑了。“我们结伴出去打工怎样？”在工棚里吃完饭，盛峰将秋锦拉到一边，小声问。这话带点探询的意思。在盛峰眼里，秋锦虽然比他小三岁，但性格沉稳，她自己不说出来，别人永远不知道她在想什么。“你为什么要出去打工？”秋锦反问盛峰。“那还用说？原来在这儿一起干活的几个瓦匠，他们放弃这边这个一天一块五的瓦匠活，去外地干活去了。明摆着说明外地比这儿挣得多。”“那你等他们过年回家的时候问清楚了，确定了外面比这儿挣得多，再出去也不迟。”盛峰想了想，觉得秋锦说得有道理。可秋锦说出来的这个道理是浅显的，任谁都能说出它来。难道盛峰不知道？他是知道的。只能说明，十八岁的盛峰想出去打工，还因了心里的躁动。年轻人，不管家里穷富，都不免会想着多到外面的世界走上一走。“盛峰！”秋锦喊起盛峰来。“唉！”盛峰忙靠近秋锦。“你知道，你舅舅包这一幢房子造一个来月，最后能挣到多少钱吗？”秋锦小声问道。盛峰答：“不知道啊，我问过他，他搪塞过去没说。”秋锦的眼睛亮了一下，“为什么他要搪塞呢？正常的问题，有什么不能答的？”盛峰笑了起来，“他不想答，我哪儿知道为什么。”秋锦不再说话了，陷入思索之中。在这幢房子落成前一天，秋锦将盛峰叫到了一边，“盛峰！我那天想告诉你，你舅舅不想说承包这幢房子挣了多少钱，是因为他挣得挺多。他怕别人知道了，跟他抢承包生意。”盛峰吃惊地端详秋锦，眼神里带了点佩服的意思。就听秋锦道：“盛峰！你不是要跟我合伙吗？我们合伙，去看看能不能像你舅舅那样承包一幢新房做一做，怎么样？”盛峰想，这小女孩，心劲儿挺大啊。但这事谈何容易。“秋锦！你的想法是不错，可眼看夏天就要到了，到时候干活能热得晕过去。就算有个别人家夏天盖新房，但你到哪儿找到愿意给你干的瓦匠？”秋锦目光坚定地看着盛峰，“你没试过，怎么就知道不行？”盛峰虽激赏秋锦的自信，但还是觉得一个小女孩想去做包工头，是异想天开。盛峰的看法是对的。退学这么久以来，秋锦虽然努力，但她再努力也没有给家里挣到多少钱。像所有急于快速挣大钱却又缺乏挣钱实力的人一样，秋锦落入了那个叫作浮躁的人性陷阱。

关乎宏旨的失窃

工地离何家园五里多地，秋锦是步行回家的，路上花了半个钟头。到家已近戌时。醒兰从田里回来，坐在八仙桌边发牢骚。宝锦小心翼翼地从锅里盛了粥端到醒兰面前，又默默地坐到对面的桌角做作业。每至农忙，繁重的农活让醒兰变得暴躁。早年，这些农活主要由凰桃顶着，后来春锦大了，也顶了上来。今年，也许只能醒兰一个人顶四亩地的活了。马上要割油菜，收蚕豆。过了芒种，要割麦子。接下来是打麦子，晒油菜籽，榨油，等等。这么多的农活接二连三地到来，这正是农忙的题中应有之义，醒兰作为一个资深的农民，本应坦然接受，但她身体是接受了的，几天前就开始起早贪黑去田里忙乎，心理上她却不太接受。这就是醒兰，任劳不任怨。

今天醒兰埋怨的是秋锦。除了秋锦，眼下似乎没人可供她埋怨。总不能埋怨只有十岁，还在上学的宝锦吧？“你怎么才回来？不能早点回来？”瞧醒兰这语气，好像秋锦是出去玩儿似的。秋锦腰酸背疼，一进家门就想躺到床上去。无端被醒兰指责，秋锦感到委屈，但还是温柔地坐到醒兰身边。“姆妈！你是刚从田里回来吗？怎么晚饭都还没吃？”醒兰抓起面前的碗，动作激烈地用筷子扒粥吃。“这粥太稠了，你这孩子！煮那么稠的粥干什么？”粥是宝锦放学回来做的，这当然是在训斥宝锦。宝锦也感到委屈，昨晚他煮的粥稀了点，被醒兰说了好久。真不知道她到底爱吃稠的还是稀的。“秋锦！明天别去工地了，跟我一起到田里割油菜。”醒兰三两口扒完了粥，把碗往前一推，“不可能我一个人去割吧？”秋锦不明白醒兰今天为何无理取闹。什么时候她秋锦说过不一起去割油菜了？她这不是趁着农忙没到才去工地上做活的吗？做活还不是为了替家里挣钱？这农忙是否正式开启，也是得听醒兰的发令，直接说我们家明天开始过农忙不就行了吗？何必说话这么阴阳怪气。“姆妈！明天要割油菜吗？要割的话，我就不去。我打工，可以说不去就不去的。”秋锦道。醒兰没好气地说：“那你以后都别去了，最近一两个月跟我一起过忙。过了忙，差不多宝锦也放暑假了，到时留他在家看稻田，我们两个人出去弄鱼。”醒兰这一系列的安排，与秋锦心里的事业规划有出入，秋锦暗自烦躁。过了一会儿，秋锦想到：姆妈平时虽然脾气坏，但也不会如此刁难她和宝锦，一定是今天出了新状况。她猜对了，今天确实发生了一桩让醒兰不快的事。不！不止一桩，是数桩。但因为这数桩事因循着同一个逻辑，就统称为“一桩”。

早上，醒兰锁了门准备去田地里。她打算今天顺便挑点羊草回来。家里的三把铲刀，平时搁在外面墙台上。她便走到墙台边去取。三把铲刀全都不见了。醒兰便打开锁进了家门，看有没有放在屋里。没有。她又去猪圈、羊圈、鸡窝、鸭窝，那些地方也没有。

无疑是被人偷走了。谁偷走的？醒兰下意识就想到了对门这家，却迅速否定。这家就这点好，从不干偷鸡摸狗之事。更重要的是，自打订婚那日出了那事之后，厉金香对醒兰态度一百八十个转弯，她家里人跟着她最近也对醒兰尊敬有加。是谁偷了铲刀？还将三把铲刀全偷走了。

被偷的铲刀提醒醒兰好好看一看外面还有什么东西被偷。这一看不得了，少了好几样东西。一只碗被偷了。有意思的是，这是一只破碗，但破得不彻底，醒兰就用它做猫碗。她不久前刚刚养了一只猫。两双鞋子被偷了，旧鞋，且是凰桃和春锦的鞋。醒兰舍不得扔，就搁在墙台上靠屋角的位置。小偷如果是何家园的，一定会知道这鞋是凰桃和春锦的，这家现在没人穿这么大的男鞋。何家园之外的人千里迢迢跑来偷东西，可能性是很小的。死人的鞋都有人偷？墙台上收集着的几只牙膏壳也被偷了。要说这碗和鞋偷走，也许还可以用一下，牙膏壳偷走有什么用？难道小偷是收破烂的？不对啊，俞灶乡那几个专收破烂的人醒兰都认识，他们最近并没有到何家园来过，醒兰家墙台上的东西断不可能被其盯上。再说了，如果真是收破烂的人专程来偷盗，那破碗是不会失踪的。碗，哪怕是完好无损的，收破烂的人也不会要。

昨夜到底哪路神仙曾光临此处，弄出这一副见什么偷什么的架势。醒兰生着闷气，进了对门。如今她跟厉金香关系缓和，这种事她是可以跟厉金香探讨一番的。厉金香也正要去田里，与醒兰草草讨论了几句，便走了。她也觉得不可思议。厉金香走后，醒兰又在场上转了转。她来到船背面，大吃一惊。船身上，一个新鲜的挖痕历历在目。一块约有半寸宽、两三寸长的船皮，被挖走了。这船刚上过桐油，何况是老木头做的，要从它身上削挖走一块皮，是有难度的。醒兰忽有领悟：如果不是抱着搞破坏的目的，谁会费那么大的劲来削挖她家的船？只要把来者的动机推想为搞破坏，一切仿佛都解释得通了。挖船皮，是标准的搞破坏。拿走有用的铲刀，属顺手牵羊。拿走没用的碗和牙膏皮，就是搞破坏心理的延伸。

不断向醒兰胸口袭来的无穷尽的愤懑，伴随她来到自家一块田里。正是与水芝家相邻的那块麦田。今天水芝也来察看麦子。醒兰与水芝家的麦子很同步，麦穗都已颗粒饱满，正在收浆变硬过程中。再过十来天，就可以收割了。醒兰与水芝在田埂上扯了几句眼前的麦子，便说到了发生在她家的怪事。水芝听醒兰说完，也不安慰醒兰几句，匆匆走开去她家麦田的另一边察看去了。醒兰将水芝的怪异揣在心里。中午过了饭点许久，醒兰才回家吃饭。路上碰到去上学的锡兵。锡兵手上的盐水瓶引起醒兰的注意。小俊订婚那日夜里，醒兰发现自家一只盐水瓶不见了。这只盐水瓶往日是用来给秋锦灌水去学校喝的。由于宝锦也有自己的盐水瓶，秋锦辍学后，这只盐水瓶就闲置在灶台上。有时候，醒兰去田地里时间长，需要带水出门，就让它发挥一下作用。锡兵手上的这只盐水瓶很像醒兰丢失的那一只。但醒兰也不算太确定。盐水瓶这种东西，都是统一规格的。谁家的盐水瓶看着都像同一只。然而，醒兰联想上午水芝的反应，就觉得锡兵手上拿着的，正是她丢失的那只盐水瓶。

果真的这样，这盐水瓶就是小俊订婚那日，水芝趁乱拿走的。她拿走这只秋锦用过、醒兰用过的盐水瓶干什么？盐水瓶这种物什，到处都是，平时送人都没人要，怎么水芝却要来偷拿这别人用过的玩意儿？

再推想昨夜的事情，无疑醒兰就觉得昨夜的事正是水芝干的。是水芝也说得通。只有她最熟悉醒兰家的情况，可以做到神不知、鬼不觉。这一幢房子三间屋，每间屋里都住着人，加起来八口人，换了别人，不可能不惊动屋里的人。

这时醒兰已与秋锦将锅碗洗好，宝锦也已做完作业。母子三人准备上床睡觉。却听门外厉金香在喊："郁醒兰，你睡了没有？"醒兰忙答："没睡。进来吧！"厉金香推门进来。这厉氏是来给凰桃与春锦烧香的。她说到做到，自小俊订婚次日起，每天早上待醒兰开门后过来烧一次香，晚上待醒兰睡觉前过来烧一次。第一天，她疏忽了，没自己带香过来，发现醒兰虽赞赏她的好意，但还是不快于多烧的那两支香。香都是花钱买的，烧的可是钱啊。第二天，厉金香早早去乡上买了几盒香，晚上来烧香时全部搁置于醒兰家的龛上。这之后，她就烧自己的香了。最近几日，醒兰多次劝厉金香不必如此遵守诺言。不可能一直这样下去啊。以后她厉金香家盖了新房，她醒兰家也盖了新房，两家就分离了，也许一家在何家园的东头，一家在何家园的西头，难道到时候厉金香要每天两头奔波着来向凰桃与春锦致敬吗？想想都不可能。醒兰给厉金香提出一个堪称两全其美的方案：每月来醒兰家烧两次香即可，初一一次，十五一次。这平原上的人向菩萨致敬，不就是采用这样的规律烧香的吗？以厉金香现在对凰桃与春锦的膜拜，她是将这父子俩当菩萨看待的，那么，就按对待菩萨的方式给这父子俩烧香好了。厉金香却不同意。“等我们两家有一家真的盖了新房，分开住了，我不方便每天来给凰桃老弟和春锦侄儿烧香了，再初一、十五烧吧。如今我是方便天天过来烧的。”醒兰只好认同厉金香。

厉金香烧完香，识趣地要走。醒兰喊住她。“金香！跟你说点事。”厉金香坐下，听醒兰讲昨夜发生的事，还有水芝和那只盐水瓶。醒兰才将前因后果说完，厉金香便说：“是水芝干的。盐水瓶是她拿的，铲刀、牙膏皮、凰桃和春锦的旧鞋子，都是水芝拿的。船也是水芝削挖的。不过，我不觉得她这么做为的是搞破坏。她与你的关系，就像我们两个的关系一样，情同姐妹。怎么会搞你的破坏呢？不会的。她只是喜欢这些东西呀。”醒兰一家三人都甚为不解，秋锦与宝锦好奇心起，都向厉金香坐近了去。厉金香忽地眼泪汪汪了，嘴却咧开着笑。她摸着宝锦的头，说道：“宝锦啊！你爸！你哥！跟我们知道的那些先人不一样，他们是成了仙的先人。你想啊，谁不喜欢仙人用过的东西？谁不想到仙人家拿点东西回去用？那些东西，都是沾过仙人的仙气的，谁用了都是福气啊。”秋锦与宝锦都当笑话听。他二人从小就被教育，这些、那些的迷信，是一定要破除的。宝锦小的时候，像他的好些同学一样，家里烧经、上坟时，他都不想下跪，那些个时候，凰桃给予宝锦特权，允许他不跪。凰桃、春锦去世后，宝锦才学会了烧香、上坟时给先人跪拜。宝锦就嘟囔了句“我困了”，到那小床上睡觉去了。秋锦也跟着起身，上那大床睡觉。就只剩下了醒兰与厉金香妯娌二人在昏黄的美孚灯光下继续她们的话题。醒兰自然极愿意相信凰桃、春锦如今已非平凡之鬼，便对厉金香说：“那船也是水芝挖的？”厉金香点点头，“不是她还能是别人？”她亲密地在桌上握住醒兰的手。“妹妹！我有一个建议，不知当讲不当讲。”见厉金香如此客套，醒兰不适。“不必客气，都是自家姐妹。”厉金香便道：“你啊！不能说人家偷。这种情况吧，不能说成偷。那是拿，是拿！”醒兰觉得厉金香说得有道理，然而，偷也好，拿也罢，都是她在损失东西，要是再这么损失下去的话，她可吃不消。醒兰郁郁道：“水芝不会还要过来‘拿’吧？那可不行。再有，她要是还来挖我家的船，真要是把船挖漏了，怎么下水？过两个月，我要用它去弄鱼的。”厉金香如今很容易对醒兰的担忧感同身受，她想了想，拉起醒兰就往外走。“只要跟水芝挑明了，料想她以后也不好意思再来拿。”

醒兰与厉金香来到水芝家门外。里面还有灯光，说明这一家还没睡。水芝开门，见是醒兰和厉金香，甚是吃惊。在她心里，这两个人是生死对头，不可能这么亲密无间。水芝家其他人都睡了，怕打扰他们，醒兰就拉水芝到场角头。三个人就站在昏黑的月夜之下说话。周围密布各种阴影：树、草垛、房檐们投下的阴影，三个女人却毫无惧色，坦然对鬼神之事高谈阔论。厉金香口舌利落，几句话就说清了来意和诉求。水芝的反应一如厉金香所料。盐水瓶和昨夜醒兰家失掉的那些物什，都是水芝干的。水芝却不羞不臊地笑了。往日，水芝可算是个面皮薄的人。看来，在德高望重、慈悲为怀的仙人面前，人人都有资格得了便宜又卖乖。“姐呀！我家锡兵正在长个子，天天用你家的盐水瓶喝水，以后锡兵就可以长得像春锦那么魁梧。”说到这里，水芝惋惜起来。“早知这样，去年醒兰你给凰桃、春锦办丧事的那天，我应该拿个碗回来。”

这平原上的风俗，若有长寿之人死了，丧礼那日，会有很多人过来吃完丧席顺手将碗带走，回去每天用来吃饭。算是一种让自己延年益寿的方式。凰桃死时才四十三，标准的短寿。春锦十八岁就没了，算是早逝。他们的丧礼上，一个碗都没被带走。若当时强让某人带碗走，一定会被其骂死的。这时醒兰见水芝振振有词，便一迭声责问起来。“三把铲刀呢？也给你家锡兵用吗？你家又没有养羊，需要锡兵挑羊草？还有那破碗，人又不能用，你没养猫养狗，拿去有什么用？牙膏皮又是怎么回事？你拿走它们能派上什么用场？船呢？船上挖走的一块皮，你能用它来干什么？”水芝抢白：“我那么多亲戚，有各种各样的东西想要，这铲刀、破碗、牙膏皮、船皮，都有人要。我这才拿走几样东西，根本就分不过来。”醒兰、厉金香吃惊非小。厉金香问：“水芝，你的意思，是你的亲戚们都知道了凰桃、春锦成仙的事？是你告诉他们的？”水芝笑道：“还用我告诉他们？你家小俊订婚那天凰桃、春锦显灵，这事第二天就传开了呀。照我看，如今方圆十里八里以内的人家，都知道这桩事情了。我家的亲戚又都住得不远，怎么可能不知道？是他们托我去醒兰你那儿拿东西的。我吧，又不好意思当面跟你要，就只好这样子去拿了。”在水芝说到此处时，醒兰不知该为凰桃、春锦高兴，还是为接下来她家可能要面临的频繁被偷窃而担忧。这时厉金香笑叱起水芝来，“以后不许你这样到醒兰那儿乱拿东西。要真还有人托你来拿，你就让他们拿同样的东西来换。”这个主意不错，水芝接受。厉金香又严厉地问：“那你先前拿的铲刀、碗、盐水瓶，要不要明天去街上买新的还给醒兰？醒兰家的船你破坏过的地方，要不要找木匠来修？工钱你出。”水芝是何家园最贪心的人，要不然先前也不会费了那么大的心思对田埂做手脚，这样的人自然是只进不出的，她开始装聋作哑了。厉金香何等厉害，她是一定要趁机帮醒兰要回补偿了。“你必须还。”厉金香连唬带吓，“不然你再敢来拿，我就去乡派出所告你偷东西，让你坐牢。”为防厉金香对这个话题纠缠不断，水芝口头同意。夜已深，醒兰、厉金香回到两家场上。当日小俊“送日子”、订婚时用来做帐篷的油纸还没扔掉，厉金香将它从堂屋取出，与醒兰合力罩到船身上。不大不小，正好把船罩得严严实实，仿佛，这油纸是专门为这船量身定做的。这样一罩，若谁夜里来弄这船，油纸会响，屋里的人会听得到。厉金香又大方地将自家墙台上的牙膏皮、破碗、破鞋等废弃之物拿到醒兰这边的墙台上，供后来者“拿”。

值得引导的失窃

厉金香当晚移至醒兰这边墙台上的废弃之物，无一例外在几天里被人当成宝贝偷走。农忙当前，醒兰与厉金香家白天多半时间是铁将军把门，这使得这种偷盗不只黑夜里可以进行。醒兰花了两天时间与秋锦将约一亩地的油菜割了晾晒在田地上，接着又花了一天时间去把约半亩地的蚕豆都收了回来，接下来又花了两天时间去郁家园帮醒兰父母割了油菜、收了蚕豆。这五天时间里，醒兰与秋锦早出晚归，每晚回来时，厉金香家已有人回来。先回来的人多半是不爱干活的小松，偶尔亦有可能是厉金香、小梅这两名女将。在醒兰与秋锦回来前，他们三人中的某人，已早早帮醒兰家清点了墙台的物什。

他们跟醒兰记得一样清楚，早上他们出门前，这墙台上面搁有哪些物什，眼下又有哪些不见了。这时他们便踊跃向醒兰汇报他们清点的结果。自然是能拿的都已拿走。醒兰多此一举地去那墙台边再去清点了一番后，开始发些牢骚。这三人便劝慰醒兰，并又拿了些他们刚刚从家中床底下、猪圈或羊圈里、鸡窝或鸭窝里新找到的什么物什，交给醒兰，让她放到刚被洗劫一空的墙台上。他们的这番作为，也提醒了醒兰。于是醒兰便与秋锦也去自家床底下、猪圈、羊圈、鸡窝、鸭窝里搜罗了些肮脏的物什来，搁到墙台上去。“有句话是怎么说的，普什么生？孩子们，你们念过书都知道的。”厉金香说着，习惯性地将脸转向以前成绩最好的秋锦。秋锦不肯定地答：“‘普度众生’？”厉金香连击了两下掌，“对！普度众生。我们就当是在普度众生好了。帮凰桃与春锦普度众生。”醒兰道：“不这么想，还真浇不灭心里面那股子气。”说着，醒兰忧愁起来，“金香，你我两家用不着的东西，该找出来的都找出来给别人拿走了。再接下来，我们难不成要把家里用得着的东西也拿出来？真把我们两家当成宝库啊？要什么有什么吗？我们哪样东西不是花钱买回来的？”厉金香自然也是贫穷的，她再怎么迷信现在的凰桃与春锦，也绝不可能牺牲自家有用的东西。

一时，大家站在场上无计可施。棉桃回来了。看见小松与小俊两个儿子比女人们还来精神的样子，就训斥：“你们两个，干活倒是挺会偷懒，宣传封建迷信倒积极。”他把当下人们的偷窃行为，归结为封建迷信还流毒在这乡间的一种表现。这些天，那妯娌二人每每为当下这事交头接耳时，他都会上来嘲讽两句。今天也不例外，“你们这些妇女，真是好笑。哪来什么鬼神？你们，也不该纵容那些相信鬼神的人天天过来偷窃。要照我说，赶紧报案。只要一报案，看谁还敢来偷。”厉金香赶紧去堵棉桃的嘴，连声念着“阿弥陀佛”，“何兆午！你怎么张口就来？”棉桃、凰桃是兆字辈的，棉桃叫何兆午，凰桃叫何兆申。两个人的名来源于同一个意思：棉桃生于午时，凰桃生于申时。“你不胡说八道会变成哑巴？”厉金香向棉桃瞪眼睛，继续叱道，“凰桃老弟和春锦侄儿就在屋子里面听着，我不许你当着他们的面乱说。”遇到厉金香目眦尽裂的时候，棉桃只好甘拜下风，他也叱了两儿一女两句，领着他们回屋去了，留厉金香、醒兰、秋锦三人在场上。芒种之后，这平原上的蚊子都死而复生了，厉金香胖，肉体最遭蚊子垂涎，她连被三只蚊子叮了数口后，嚷嚷着也进屋去了。这晚无人想到应对偷窃之人的策略。

又过了几日，开始割麦子、打麦子了，今年的春忙就这样地进行到了最紧张的时候。那几日里，事情不仅仅停留在偷窃这一层面上了。这平原的乡下，无数醒兰、厉金香他们看不见的人，在暗暗地将事情推向一个不可预知之处。开始有人不再甘于在幕后搞点小动作，他们公开亮相了。这一天，两家人中午暂别田地回家吃饭，就见一男一女两个陌生人正在他们家的场上找这找那。见有人来，他们也不躲避。“找什么呢？”醒兰语气平和地问。这些天来，随着事情延续的时间越来越长，她和这房子里其他几个人一样，对藏在暗处的黑手越来越有好奇心。今天陡然见到真人，醒兰还有些失望呢。原来是跟多数何家园的人一样，长得不丑也不俊、不高也不矮的两个凡人。不过，他们一看就不是何家园的人。也不是周边村民组的。“你们住这儿吗？”这两个人不知道是明知故问，还是真的不知道。厉金香便过来，狡黠地答道：“我们不是住这儿的。我们也是像你们一样过来寻东西的。你们找到没？”二人中那个男人失望地说：“没有，什么也没找到。”醒兰便也像厉金香那样，耐着性子问：“你们想找什么？”那女人抢话：“我们想要一个碗。

我儿子下个月高考，我们想送他一个寿碗，好让他金榜题名。”原来这二人是夫妻。醒兰冷笑，“好好的碗，怎么可能放在场上？你们找也是白找。”那男人便笑，“一般鸡窝、鸭窝都有碗的，我们刚才去鸡窝、鸭窝里找过了。都没碗。”他们是打算用鸡、鸭用过的碗让他们那亲爱的儿子金榜题名呢。这两家人，同时在场上笑了起来。“你们笑什么？”两名来者不解地看看眼前的这几个人。那男人灵醒，从藏不住事儿的小松脸上看出了端倪，“朋友！我看出来了，你住在这儿对不对？”又问众人，“你们都住在这儿吧？你们就是这房子的主人，对吧？”那女人经她丈夫点拨，抓住了离他最近的厉金香，“给我一个碗吧，求你了。我儿子不听话，我怕他考不上高中。他有一个寿碗用，说不定就能乖一点。”厉金香笑，“我家碗多的是，但我家的碗是花钱买的，我又不认识你，白给你吗？”那女人愣住。她丈夫反应快，笑逐颜开地说：“好说好说！一个碗多少钱？”厉金香瞥了瞥场上停着的摩托车。这平原的乡下，如今哪家能买上一辆自行车，就算富户。这一对夫妻，骑着摩托车来，家里一定富得冒油。厉金香便把两只手都伸了出来，先把一只手掌的五根手指头都递到那男人眼前去，想了想，又将另一只手的两根指头递到那五根指头旁边。她的本意是想说“七毛钱”。那男人领会了厉金香的意思，掏出一只纯牛皮的漂亮皮夹子，“七毛钱！小意思！小意思！”哦！“小意思”？照他这语气，难道他是下凡的财神爷？厉金香脑筋使劲一转，马上决定让他来点“大意思”，“我说的是七块钱。”厉金香大言不惭。两家在场的人都听得深吸了一口气。这厉金香真是狮子大开口啊，把她家碗啊，碟啊，瓶瓶罐罐的一股脑儿地划拉到这场上拍卖，也拍不出七块钱吧？！但大家心里都不约而同地以为这厉金香是在捉弄来者。为什么呢？因为明明她并非是所谓寿碗的主人啊。在场的醒兰和秋锦才是。醒兰、棉桃等人便都饶有兴味地看这厉金香表演。万万没料到，这男人豪爽、麻利地从皮夹子里掏出七张崭新的一元纸币，恭敬地向厉金香呈上。“请您移步家中，给我拿一个碗出来好吗？”这男人在厉金香接过钱时文绉绉地说。厉金香大声差遣小梅：“拿一个碗出来给他。”小梅快步进门，拿出一个新碗交给那女人。二人致谢后上摩托走了。厉金香马上怪小梅应该拿家中最旧的那个碗出来，旋又欢喜雀跃地将那七块钱从兜里掏出来，数着它们快步进屋去了。

公开前来寻找东西的，接下来大有人在。他们只有一小部分来自周边的村民组，绝大多数从俞灶乡以外的地方来，这一点从他们操持的方言就能听出。这平原，因了古往今来陆地逐年增多、移民随之慢慢迁来的原因，隔三四里地，方言就变。起先，方言间还有联系。慢慢，联系越来越少。醒兰他们听说，有一些人至少来自五十里外，因为他们的方言，醒兰他们是几乎听不懂一句。五十里外，那么远？那绝对是他县的范围了。醒兰家的事情，已经传到那么远去了？醒兰忽有些心虚，即便凰桃与春锦能显灵，那么多人来求他们，他们能帮得到他们中的每一个人吗？醒兰也担心，如果凰桃与春锦真能帮这其中的每一个人去应验他们心中的期许，那这父子二人在天上不累死了？醒兰的思绪繁多，她的心完全被这场上白天、黑夜都会不期而至的一个又一个人给搅得乱七八糟。有一天，醒兰与秋锦故意不去田里忙碌，就一整天待在家中，搬了一张长凳，双双坐在家门口看光景。她们好生数了一下，这天从早到晚来人共十五拨，加起来三十六人。母女二人这天也好生听了听这些人在说什么。

有一点，醒兰和秋锦都是很有好奇心的，她们很想准确地知道，如今外面给她们家的事情安的那个传说的版本，到底是什么样子的。传说这种东西，一旦流传广泛了，就会变成固定版本的。“这父子二人啊，是托塔天王李靖和他的儿子哪吒转世投胎的。他们在人间完成了使命，于去年同时被玉皇大帝召回了。”那天，母女二人听到一拨又一拨人，如此叙述凰桃与春锦的前世今生。当一个说法多次在醒兰耳边萦绕，这个本就相信神鬼的女人迷惑了。难道，凰桃与春锦真的是那托塔天王与哪吒转世？要不然为什么每个人都这么说？难道，今天来的这些人，正是老天爷派过来给她醒兰诠释心头之惑的？这些想法在醒兰心里盘旋，很快她就顺利地把自己洗脑了。往后，她也主动向别人这样解说凰桃与春锦。“他们一个是托塔天王，一个是哪吒。你们知道了吧？”有一天晚上，珍锦前来留宿，醒兰便用如今她已熟稔于心的这种表述来讲凰桃与春锦。珍锦说话办事总是奇怪的，她嘲笑母亲，“对！我爸是托塔天王转世，我哥是哪吒转世。那么请问，你怎么不把家里收拾成一座庙呢？这样天天就有人来丢香钱的。你盖新房子不是差很多钱吗？什么最来钱？香钱啊。比你每天累死累活种地、纳鞋底，比我姐挑荠菜卖，比她到工地上做小工，比我弟织手套卖来钱快多了。说不定，你收几个月香钱，立马可以盖一幢新房子。”

醒兰心脏狂跳。她蓦地想起那天厉金香轻易就使那对陌生夫妇交出七块钱的事。所有来这儿朝圣的人，都可以成为这对陌生夫妇。他们中有人富裕，有人贫穷，但他们来到这儿后，都会轻易往外掏钱。

醒兰却又马上在心里骂自己。怎么可以利用凰桃与春锦挣钱？没错！她是要盖新房子，白天夜里都想着盖新房子，随着一户又一户人家的新房盖起来，她心里的这个念头越来越急迫，她快被折磨疯了。但她从来都想凭自己双手来获得盖新房的这笔钱，凭她子女的双手，来获取它们。她从没想过，要用这之外的方式来获得这笔钱。一个人，不可以为了得到一笔钱，什么手段都不计较。如果用凰桃与春锦挣钱，那就叫不择手段。醒兰不干。

珍锦不是个光说不练的人。第二天，她与宝锦吃完早饭去新远校，刚走出他们家的场，珍锦想起什么来，便反身回到屋中，又取了一个碗，回到场上。她又麻利地从练习本上撕了一小角纸，用铅笔在纸上写了三个字：投币处。想了想，她又用橡皮将字擦掉，拿出钢笔将这三字重新写上。写完，她来到船体旁，选了正中的位置，将碗放置于地面上。又将那张纸字迹朝上，放入碗底。她做这些时，醒兰与秋锦是不知道的，她二人一早就去田里干活了。入夜，醒兰、秋锦、厉金香他们回来，才看到那碗与碗底的字。不过，他们看到的不仅仅是这二者了，还看到了钱。碗里，真真切切地放着纸钞数张、硬币数枚。厉金香惊喜地帮醒兰取出来数了数。有三块三毛四分钱。“瓦匠一天才一块五毛钱，木匠一天才两块五毛钱。这凭空里一天就能掉三块多钱。醒兰！这场成聚宝盆了。”

醒兰却惶惑了。她遭了蜂蜇般将钱放回碗里，迅速拾了碗要往屋里走。昨晚珍锦那个提议后，最终来到醒兰心里的那些个声音，此刻又开始在她心里训斥她了：不可以这样利用凰桃与春锦。心里却又很快响起另一种声音：人家都是自愿的，我凭什么不要？这样一种声音最终占了上风。

夏日已来临，蚊子多得不得了。醒兰的腿被一只蚊子牢牢叮住。她忍受着腿上传来的亦痛亦痒的奇妙感觉，飞快地将碗里的钱取出，塞进裤兜，又将纸条与碗归还至场上。回到屋中，醒兰给凰桃和春锦烧了两炷香。“人家的好意，我不收不好的呀。”醒兰如是对这父子二人解释。话，也是说给她自己听的。没有什么不对啊。善男信女们为了求得心灵慰藉投币，她郁醒兰只是在帮他们将这慰藉落到实处而已。她在做好事，有什么好心虚的？坦然点。

专注于热念

第二天醒兰在田里干活，却干得三心二意。脑子里面不停闪现的一个计算公式，使她无法集中精力干活。一天三块钱，十天就是三十块钱，一个月算三十天，那就九十块钱，一年十二个月，那就是一千一百八十块钱。醒兰虽没读过一天书，但人民公社时期郁家园短暂地存在过妇女识字班，醒兰当时是很积极参与的，从“1”到“9”的阿拉伯数字她早就会写了，而计算是先天的能力，所以，她脑中的这个公式是一个清晰、好看的图案。这图案像一个比珍锦还调皮捣蛋的坏孩子，不停跑到醒兰的脑子里来，来一次，就带来一些兴奋，最终使醒兰有点小便失禁。秋锦看醒兰两个小时里往离这田最近的一户人家的茅房跑了三次，担心地问：“姆妈！你老毛病又犯了吗？”醒兰上个月查出得了神经官能症，这病一犯，便意会变得蓬勃。醒兰听不到秋锦的问询。她脑子里的那个公式出现的频率更快了，快到一定程度，它就成了一个音符群。如果歌唱狂人珍锦此刻有幸钻进醒兰的脑子里，会惊诧地认出，这是四二拍的行进曲的曲谱。这音符群跳动的速率愈来愈大，随之变身为音符的细小刀群了。醒兰的脑袋因音刀们狂乱的律动而涨痛。这涨痛，令她暂时耳鸣。这时的醒兰怎么可能听得到秋锦那声体贴的问询呢？听不到听不到。“照这样下去，后年，后年我就能盖新房子。”醒兰沉浸在自己的臆想中，喃喃自语。秋锦疑惑地看着她，不知道她又在讲什么。只见醒兰脸上掠过一丝惊喜，又掠过一丝恐慌。这惊喜和恐慌自内而外地拍击着她，使她最终跌坐在了田地上。“后年，何家园盖新房子的人家绝不超过十户。后年盖，一点不晚。”醒兰凛身从田地上站起来，一把就将额头与脸上的汗全部抹掉，又甩掉沾到手上的汗，语气激昂地向秋锦喊：“儿啊！天气真好啊！”她把自己内心活动所产生的大量言语几近全部省略，只象征性地来几句心声，任谁都觉得眼前站着的这个人出了点问题。秋锦紧张起来，她想起自小听到的那些个传说，这平原乡下的传说。她想，姆妈今天这个样子，多么像传说中的“鬼上身”啊。秋锦在学校所受到的唯物主义教育，使她难以相信“鬼上身”这种事情。但在醒兰的感染下，她最近也有点唯心论了。这种改变，是令她不安的。“姆妈！你要是哪里不舒服，我们今天就早点收工吧。忙了这好些天，也还是可以休息一天半天的。”醒兰像是被秋锦点醒，嬉笑了起来。“对啊！老在田里干什么？得赶紧回去看看。”

看看什么呢？当然是那个静置于场上的碗了。她脑子里的画面，是公式也好，是音符也罢，最终都会幻化成这个白白净净的瓷碗。这可心的碗啊，会不会被她那些偶尔会突破栅栏跑出来的鸡和鸭撞翻，会不会被她那只爱乱刨的猫抓翻，会不会被总喜欢来她家串门的那条狗踢翻？如果它翻了，硬币还好说，纸币就不行了，会被风吹走。这平原上，有时会有一阵急风赶来，晾在外面的衣服都能给向上吹走，在天空里站立好几秒钟。纸币那么轻，能被吹到她家的河对面去的。

醒兰携秋锦往家中奔去。途中，她又担心起雨来。时近夏至，偶或会有雷阵雨天气出现。这种雨说来就来，从不给人一点点的准备时间思忖怎么应对它。醒兰担心的是，哪天她正在田里干活，突然就下雨了。大雨。场上迅速积满水，水变成一股股水流，卷起那碗冲出这场，顺着立即形成的小沟奔赴她家门前那条数十尺宽的河。

昨晚之后，醒兰除了要面对脑子里的那个公式，还要应对这种担心。她的担心至少在今天是多余的。这是多么和煦的一天啊。微风舔舐人们的脸，阳光在人们头顶上漾动。醒兰与秋锦携着这微风和暖阳来到自家场上，二人被今天眼前的光景惊呆了：那只碗里，几枚硬币和几张低面值的纸币之间，隆重地躺着一张十元面值的纸币。

这这这，醒兰脑子里的那个公式就这样变成了一个笑话。她太保守啦，怎么能就只是按一天三块钱来计算呢？这世上多少热血沸腾之人，多少人会在瞬间变得热血沸腾，促使这碗里能经常出现一张大面值的纸币。醒兰倏忽间意识到，有可能，啊！天哪！最乐观的可能，是今年年底前，她就会积攒到一幢新房子所需要的全部费用。

醒兰的心被狂喜裹挟。她只从碗里拣了那张十元纸币，其他的碎钱不管，尔后跑进屋里向凰桃与春锦倾诉去了。“凰桃啊凰桃，春锦啊春锦，今年我就要盖新房子啦。到时候家里有三间大屋子，东屋、西屋、堂屋。到时候，你们就不用缩在一个角落里受委屈了，我把你们供在堂屋。我要打一口大柜子，里面装稻，装麦子，装米，装面，装满了粮食，柜面正中就给你们两个人用。到时候，你们敞敞亮亮地住在家里，谁来我们家，第一眼就能看到你们。”她是怕亡夫与这早逝的爱子责怪她被财富迷了眼，遂用向他们做保证的方式，来求得一些心安吗？也许是的，也许不是。她正这么絮叨着，忽然一阵大风从门外袭入，龛台上的那两只香炉被吹倒，一只就倒在龛台上，一只滚过龛台边沿，向下跪着的她扑过来了。她条件反射地将头往后一让，铁质的香炉就砸到了她膝盖上。她疼得叫唤了一声，旋又将两只香炉抓回到龛台上。“我错了我错了啊，我不该贪图别人的钱财，不该啊。”她显然将刚才突如其来的变故视为凰桃与春锦显灵了。他们在阻止她，对！一定是他们在阻止她。她就是这么想的。她正要继续向凰桃、春锦忏悔，更大的一阵风刮进来，那扇可以活动的门被刮得扑前扑后。只听秋锦在外面大声呼喊：“姆妈！下雨了！快来收东西呀。”醒兰纵身而起，扑向门外。外面的风更大，雨有一滴没一滴的。有响亮的雨声从西边传来。雨正在往这边跑啊。醒兰看到厉金香与小梅正跑回场上，她也顾不得跟她们打招呼。“秋锦！你先把衣服收进屋去，收完过来跟我收菜籽。”醒兰声音响过这大自然的一切声音。

今早，醒兰在船尾的前方，她家的自留地上，搭了晾盘，晒前几天收上来的油菜籽。这时秋锦跑至那船外围，将晾衣绳上的衣服一股脑儿地卷进怀里去，等把衣服送进屋后她跑出来与醒兰合力将垫在油菜籽下的油纸一收，上面几十斤的油菜籽一下子被拢到当中。而后，母女二人一人紧握住油纸的一头，将油菜籽端进屋里。她们又跑出来将先前铺在地上晾晒的十来斤蚕豆合作着端进屋。西边的雨离这儿不远了，只有几十米了吧？厉金香与小梅还没收完她们家的东西，醒兰与秋锦过去帮她们。刚帮厉金香、小梅收完东西，西边来的雨跑到了场上。四人两两站在自家门槛里面，看着突然开始被暴雨狂啄的场，庆幸在雨真正到达前把粮食和衣服全收进屋了。

她们的目光同时看向那只碗。此刻，它在倾盆大雨之下显得无助。“郁醒兰！你怎么把碗忘啦？”厉金香在对面高声提醒。醒兰推了秋锦一把，秋锦飞奔而去。跑到碗旁，秋锦摔了个四脚朝天。与此同时，场上迅速形成的积水将那碗卷走。倏忽间，秋锦看不到那碗了，却看得到从碗里掉出来的那几枚硬币，它们牢牢地攀附着场上的泥土。秋锦下意识地去找碗，发现它被卡在了放置船的一条凳子的脚下。她便要钻进去抓。门槛里的醒兰和厉金香同时急了。“碗不要了！”她二人几乎是异口同声地发出这一指令。“把钱捡回来就是。”这是厉金香的声音。“对啊！就捡钱！快捡！”秋锦便从船底下钻出来，在雨的暴击下寻找那几枚硬币。一枚，两枚，三枚，秋锦将它们都捡到手里，起身要往回冲。听醒兰大喊：“还有，还有啊！”秋锦转身察看满场的浑泥汤。哪里还有？秋锦想，算了吧，大概还有一分两分钱罢了，别找了。却听醒兰还在喊：“哎呀！就在你屁股后面啊。”秋锦一屁股坐到泥水地里，大哭起来。

秋锦不能理解醒兰今天对一枚两枚硬币的热爱超越了对女儿应有的疼惜。醒兰这个做母亲的应该知道今天是秋锦的什么日子。她不知道一个女人来身子的时候，是不应该受凉的吗？她居然任由秋锦在暴雨中跑动，任意地指挥秋锦在暴雨中为她捡钱。她是被钱弄疯了头脑了吗？还是她心里从来没有这个女儿，不，从来没有别人，只有她自己，只有她自认为正确的执念？无论是哪一种情况，秋锦，这个十五岁的青春期女孩都不能接受。醒兰却不明白秋锦为何坐在大雨里哭。她还以为秋锦想起了自己的失学呢。“秋锦！回来哭吧！妈陪你哭。”秋锦却因醒兰的话停止了哭泣，继续坐在雨中，大笑。“郁醒兰！你看你家这孩子是‘鬼上身’了吗？”对面的厉金香大声说道。她又推了身边的小梅一把。“小梅！你去把秋锦拉回来吧。眼下这雨，太冷了。能把人给浇死的。”小梅跑出去拉秋锦。秋锦赖在地上不走。醒兰与厉金香齐出动，才将秋锦拖回屋。“你这孩子，发什么神经？”在屋里，醒兰怒斥秋锦。秋锦不看她，收拾着刚才搬进来的油菜籽和蚕豆。醒兰看着秋锦冰冷的侧影，感到受伤。一种惯性将她推至凰桃与春锦灵位前，她数落起秋锦来：“白养了你啊，白养了你啊。我怎么这么命苦啊，辛辛苦苦把你养这么大，你无缘无故冲我摆脸，我命太苦啊。”念叨着，醒兰想起什么，怔住了。灵位上方照片里的凰桃与春锦，同时向她皱了皱眉头。这是幻觉！但醒兰不这么认为。她羞耻地低下头去。头脑中闪出凰桃凶巴巴的脸。“郁醒兰！你是怎么当妈的？这几天是你女儿什么日子，你忘了吗？”天可怜见，醒兰她真的忘了啊。从昨天开始，她这是被什么鬼给缠上了，彻底失去了自我。醒兰上前抱住秋锦，“儿啊！妈错了！”她飞快地拿了毛巾替秋锦擦拭，将她推进被窝。

醒兰的补救不迟，秋锦的心暖了过来。之后，秋锦想到，她今天之所以如此失态，最深层的原因是她内心深处的挫败感。她抱着拯救家庭的热望轰轰烈烈地辍学，可随着辍学时间日久，她更加深切地看到：她的辍学，并不能从本质上将这个家庭拯救于水火之中。我是没用的！她对自己说。我该去向何方？她问自己。谁也不能给她答案。

财源滚滚

五天过去，那只碗总共交给醒兰一家二十一块六毛三分钱。比醒兰起初预想的平均三块钱一天要多一点，但比照那张十元纸币给她带来的妄想，这钱还是少了一些。醒兰已经很知足。她不再那么轻易地兴奋和激动了。似乎，短短五天，她就已经适应了这种天上掉钱的生活。就在这一天，一桩意想不到的事情发生了。

这天醒兰与秋锦在田里插秧。这活太累，她二人天大亮就回家了。除了看到几个陌生人往来之外，她们还看到场上多了一只碗。比先前那只碗口径大了将近一倍的一只碗。醒兰只需一眼就能认出，这碗是厉金香家的。是她家最大的一只碗。显然是因了这碗更大，今天的来人大多将钱投进这里了。醒兰用目光草草清点了一下，今天这只碗里已积聚了三块多钱。她的那只碗里，只有几毛钱。

醒兰正与秋锦站在两只碗之间思绪不停，厉金香一个人回来了。她今天提前从田里回来，原因不言自明。“你们娘儿俩今天怎么回来这么早？”厉金香嘻嘻哈哈地跟醒兰与秋锦打招呼。这句话暴露出了她此刻的小心思：如果知道对门今天会提早回家，她会更早回来。这个小心思又暴露出了一个可能的事实：厉金香的这只大碗，不是今早才放到场上的。昨天，甚至前天、大前天，已经放上去了。只不过，今天之前，厉金香都早于对门回家，先自取走了她的碗和钱。这个情况又让醒兰意识到：大面值的纸币其实也可以经常到来，也许这种情况天天会发生。只不过，它丢在了厉金香的大碗里，抑或是，每天先回来收钱的厉金香已对当天来自场上的收入进行了一番挑拣。“你每天都这个点儿回家的吗？”醒兰直截了当地问。厉金香知道醒兰在问什么，她也不打算掖着藏着。“这你可冤枉我了呀！”厉金香捡起那大碗，大手迅速将里面的钱一扫而空。“今早上，我第一次放碗。”醒兰不敢与厉金香理论。

怎么理论呢？死的人是我丈夫凰桃和儿子春锦，人们是奔着我丈夫和儿子来的，投钱是由于对我丈夫和儿子的信任，只有我和我的孩子们有资格替我丈夫和儿子取走这钱，别人没有，这样去跟厉金香理论吗？想想都很怪异，醒兰要能说出口，就不是她醒兰了。“你没什么意见吧？”见醒兰不语，厉金香笑问道。醒兰嘴角轻轻一抿，算是向厉金香笑了一下，而后弯腰端起碗进屋去了。到了晚上，厉金香端了一碗炒蚕豆进来了。“新蚕豆就是比老蚕豆香，秋锦！来吃！”厉金香将蚕豆搁到八仙桌上，率先磕了起来。秋锦便过来，陪着厉金香磕蚕豆吃。过了许久，醒兰还是不坐过来，就一意坐在床沿上纳鞋底。厉金香便起来也坐到床沿上去。“醒兰妹妹！你体谅一下姐姐吧。”厉金香倒真是有话直说。“你想啊，我们家三个孩子，个个都到了婚嫁年龄，你呢？秋锦才十五，宝锦才十岁。我比你愁啊，我比你压力大啊，我比你更着急要盖新房子啊。前几日我和棉桃跟媒人和亲家商量了一下，打算这个腊月就给小俊把婚事办了。到时候，堂屋就是小俊的新房，小松就要搬到西屋来住。你替我想想，我们家四个大人住在西屋。西屋两张床，我跟小梅睡一张，小松跟他爸睡一张，一时还能应付得过来。要是明年小松也结婚呢？把西屋让出来给他当新房，我和他爸、小梅搬到场上打地铺吗？我倒是愿意，但是不被人笑掉大牙了？”厉金香适时抽泣起来。“妹妹啊，你的急，跟我的急，还是不同的呀。你想赶紧盖新房，主要是你不想让郁家园的人赶了先，你不想掉队。我要赶紧盖新房，是因为我不盖的话，我要到场上打地铺啊。你能看着我到了那一天吗？你能忍心看我笑话吗？妹妹！你看我成天笑嘻嘻，却不知道我心里的苦啊。”秋锦被厉金香打动了，恨不得马上把醒兰的钱兜拿出来，问问厉金香要不要跟她家借钱。醒兰却始终对厉金香保持一份警觉，过去那十九年，厉金香的诡计醒兰领教得太多，她不能不认为厉金香是知道她醒兰吃软不吃硬，所以今晚专门来向她示弱。为了接下来也可以过上凭空天上掉钱的生活，示一下弱又有什么了不起？“金香！全郁家园的人都知道，你家来年春上就盖新房。大家是怎么知道的？还不是你自己说的？你要不是早把钱准备足了，会放出这话？你不差钱。”醒兰直陈要害。

厉金香与棉桃跟她醒兰和凰桃可不同，这二人存有的钱，早就够盖一幢新房了。厉金香父母当年被划为富农，抄家时她母亲精明，将金银财宝全藏到了极隐蔽的所在，前些年她断定形势是真的稳定了，这才将这些金银财宝挖出来。前年，厉金香父母双双去世，光厉金香一个人，就分到了价值数千元的金银财宝。她要是想盖房子，分分钟就可以盖。她不过是遗传了母亲那方面的小心翼翼，不愿成为先期盖新房的那几户之一。但是厉金香父母当年藏金银财宝、前年他们子女瓜分那些金银财宝，以及厉金香惧怕在盖新房这桩事情上成为“出头鸟”的这一系列情况，除了醒兰、死去的凰桃两个人，这郁家园里是没有人知道的。醒兰和凰桃也是前年某天夜里，在厉金香家的墙根下无意间听到了她家的这个秘密。醒兰自是不能戳破厉金香的这个秘密。

这时厉金香居然撒起娇来。“就体贴一下姐姐嘛。都是苦命人，理当互相帮衬呀，何况，我们如今是姐妹。”醒兰这会儿觉得厉金香的惺惺作态极为恶心，但她是万万不能跟她理论的。有些事情，可以默认、默许，到此地步就可以了，如果还要拿到嘴上去说道一番，那就是不知廉耻。“今天插秧太累。明天一早就得上田。秋锦这两天身体也不好，我们娘儿俩得上床休息了。”醒兰向厉金香下逐客令。“那我就当你是不计较啦？！”厉金香试探地说。“我不知道你在说什么。”醒兰道，“我只知道，不该拿的东西，如果拿了，会遭报应的。”这话对厉金香这种笃信凰桃、春锦在天有灵的人来说，是很严重的。就等于醒兰在警告她厉金香：你要再胆敢往场上放碗，我到凰桃和春锦灵位前咒你。厉金香惶恐起来。“郁醒兰！你可不许再在凰桃老弟和春锦侄儿面前咒我。你要是这么爱咒人，你也要遭报应的。”醒兰见厉金香语气变硬，更加不快了。但她绝不想再与这厉金香争吵，更加不想当着凰桃、春锦的面争吵。醒兰起身将专门放置于场上的那个碗拿来，对厉金香说：“从明天起，我不会再放碗。你自己看着办。”言罢，醒兰将手中碗摔到地上，捡起一只碎片来到龛前，朗声说：“我郁醒兰说话算话。以此为证！”醒兰第二天果真没有在场上放碗。醒兰不放，厉金香也不好放了。但是厉金香马上就知道醒兰是怎么想的了。

醒兰将这段时间以来一直覆盖着那船的油纸拿开，交还给厉金香。船有前舱、中舱、夹舱、后舱，总共四个舱。先前上过的桐油如今已经干了。这四个舱，一点儿都不会漏水，且可以贮水。醒兰从河里提了几桶水，倒进前舱、中舱、后舱三个船舱里，只余了最狭窄的夹舱里没有倒水。之后，她往那三个储存了水的舱室里分别投了一枚一分硬币。那些庙里不都是这样的吗？人们往池子里面投币。醒兰想，明天第一个来者一到这场上，就会看到那三个水舱里那三枚做示范的硬币，马上就知道正确的投币方式，之后，人人效仿。那么纸币呢？纸币不可能投到水里去啊。醒兰早想到了不是吗？滴水未沾的夹舱，不就是用来给大家投放纸币的吗？

将这船彻底改造成“投币器”的第一刻，醒兰站在场上，端详着这壮硕的船，暗想，我怎么没早点想到这一招呢？让这厉金香钻了空子。是啊，她已确认，有了这么大气、醒目的“投币器”，就算厉金香再放碗，料想也不会有几个来客往碗里投币。就算厉金香接下来把她家的碗全部拿出来放到场上，她也不容易得到多少钱。

事实完全切合醒兰的想象。厉金香随后几天一如既往地将那只碗搁在场上，但收获甚少。那业已成为投币器的船，似乎因为它过于气派，使来者投币的欲望被进一步激发了。接下来的每一天，醒兰从这船四个舱室收到的钱，任何一天都比前五天收获得要多。

心声与宣告

夏至已过，前来朝圣的人比先前更多，每天不少于四五十人。从灌溉渠通往醒兰家的那条宽六尺的小路，已被踩踏成一条近十尺宽的大路。旁边人家的自留地或承包地，靠近这路的一部分，都被踩成了路。拥有这些自留地或承包地的五户人家都怨声载道。但这次暂时还没有谁家敢真的站出来指责。仿佛，谁敢跑来责问醒兰家的人，会遭天谴。醒兰自己却过意不去了。她想，别人家的田地被踩踏，这一定是善良的凰桃、春锦所不愿看到的，他们会内疚。她得让他们的内疚少一些啊。一天晚上，醒兰挨家挨户上门，向这五家人道歉。“真是对不起啊！这些人啊，也不知道他们从哪里来，我一个都不认识。如果我认识，我会跟他们讲，走路看着点，别从你家的田里走。”醒兰用这样一套制式话语，逐一去安抚这五户人家。有一户人家没好气地对醒兰说："这四面八方的人，都是跑过来给你家丢香钱的。你把你平白无故得到的钱拿出来一点，赔我们被糟蹋掉的庄稼，那不就得了？"涉及出钱，醒兰不愿意。她立即在心里还击这一家：我来跟你家道歉已经不错了，真是不识好歹。回去后，醒兰还是张罗秋锦写了张字条贴到船帮上。字条上写的是：请从路上走，勿踩踏田地。秋锦贴完字条提醒："姆妈！人家先得从路上走到这儿，才能看到这张字条。这张字条最多能让来的人回去的时候不踩。"醒兰冷冷地摇头，"我反正已经提醒过了，踩得到踩不到，那是这些田地自己的运气。"秋锦从醒兰的回答里听出了傲慢。她姆妈因了家中成为本地一处著名的朝圣之地，有了扬眉吐气之感了呢。是啊！醒兰来何家园将近二十年，先是因为凰桃老实，后是因为凰桃死，在这欺软怕硬的乡间，这始终羸弱的一家人，没少遭人欺负、没少遭人暗算。如今，这一家子人被来自四乡八地的人自发地供养起来了，端端架子又怎么了？

有一点，令醒兰最近牵肠挂肚。那些来自四乡八地的人，会对凰桃、春锦说些什么？这样一种好奇抑或疑惑，牵动着醒兰的内心世界。每天来的这五十个人，醒兰他们有时能碰到，有时碰不到。碰到时，来者却大多会躲避醒兰他们。无论这些来者当时是跪着还是站着、是对船跪着还是对房子跪着、是在磕拜还是随意走走看看，只要醒兰他们出现，来者都会停止或放低独白抑或交谈。那些声音，小到醒兰他们要凑近他们才听得见。

醒兰能理解他们。她小时候跟郁张氏去庙里烧香，向菩萨祷告时不都是尽量避开别人的吗？有些事情，只许对神灵说，对天说，对地说，不许让外人，尤其是陌生人知道。

只有神灵、天和地，才有资格让人彻底敞开心扉。

醒兰也大体能猜到，来者会跟凰桃、春锦讲些什么，无非是求取功名，祈祷自己或家人身体康健、婚姻美满幸福、财源广进，不外这些。但是醒兰还是想知道些细节。来人是用什么腔调说的？语气急迫不急迫？是带着哭腔说的？还是结结巴巴说的？这些细节会反映这个人现时过得怎么样。一个正愁苦着的人，与一个快乐着的人，说话一定是不一样的。醒兰其实是想听出谁是愁苦的人啊。她自己是个苦命人，她想知道这惶惶世界还有多少同类。

她是孤独的。

怎么能不孤独呢？醒兰是看得出来的，秋锦、宝锦这两个孩子，对她急于盖新房子，其实不是真的理解的。只是因为她的愿望过于显明，他们就配合她罢了。如果有一天，她跟这两个孩子说，好啦！姆妈不着急盖了，这个事情就顺其自然，能盖就盖，不能盖也无所谓，能早点盖就早点盖，不能早点盖就等等，他们指定高兴得一晚上睡不着觉。

醒兰想到了倾听来者秘密的办法。这天早上，待对门这家人全都走光，待宝锦去了学校，她让秋锦先去了田地里，而后她把窗子打开，再出去锁了门。这之后，她从窗子里跳进来，又牢牢将窗子关死。她从缸里舀了一碗水，搁在手边，蹲至门后那口大缸与水缸之间，等待来者。很快有人来了，这男人声音孱弱、细微，醒兰把耳朵支棱了老半天也没听清他到底说了些什么。过了一会儿，又来了一组人，是一对母子。醒兰先是听辨出二人在场上跪过、拜过，也投过币后，接着听到那母亲开始大声祷告。“菩萨！求你让我儿的病好了吧。”来的人是真的把凰桃与春锦称作“菩萨”的啊。醒兰一阵感动。她悄悄站起身来，看到那母子俩一胖一瘦。胖的是母亲，瘦的是儿子。这儿子，实在是太瘦了，皮都瘦皱了。他年纪与春锦相仿，但他远没有在世时的春锦那么硬朗。他一定是得了很重很重的病吧？醒兰为这孩子难过。

醒兰决定趁着今天自己在，给这母子二人开后门。她悄悄来到凰桃与春锦的灵位前，点上两炷香，又双手合十，替那孩子祈祷了几句，这才悄悄回到窗下。过了一会儿，醒兰觉得不对劲。她正要站起来向外窥视，却感到有人就站在墙外。“儿啊！千真万确，刚到的时候，我是往这屋里看了的。没见里面那香炉上有点着的香。”这是那母亲的声音。接下来是那可怜孩子的声音。“这烧着的香真的是才有的？！”“那可不是？”母亲坚定地答道。那儿子便又细声弱气地问：“万一里面有人呢？”母亲说：“这门都锁着，窗户紧紧闭着，里面怎么可能有人？”儿子还是疑惑，便来到门口。“我敲一下门！”他向母亲报告了一句。醒兰便在里面听到几声敲门的“咚咚”声，以及那孩子温柔的呼唤：“有人吗？里面有人吗？”醒兰屏住呼吸，缩紧身体。门外的人回到墙外。“没有人，确实没有人。”那儿子话音未落，母亲便惊喜地哭喊起来：“就说这儿灵的呀，真的很灵的呀。菩萨，你终于显灵了呀。救救我儿新新，救救他吧。”

这一天后，来者更加络绎不绝。这大概得益于那对母子，他们离去后绝对会卖力宣传这宅院。醒兰之后又躲在屋中窃听了几次。这一天，醒兰的耳朵居然与小松的声音遭遇了。“二叔！春锦弟弟！别人都说你们成仙了，我就也权且相信一次吧。”这是小松的开场白。由于他一上来就表明了自己的身份，加上醒兰不可能不熟悉他的声音，所以她一下子就听出是小松。醒兰当然是吃惊的，她扶着水缸悄无声息地站起来，将头支棱到水缸之上的窗后，向外察看。

这家的这一面，其实全是窗子。但其他都是木板，合上去就是墙，取走了才是窗。唯独水缸上方这宽两尺、高三尺的那个窗子，是由田字形的木质窗棂和四块玻璃组成。厉金香和棉桃家的这一面，也完全如此。先前，春锦就是从那唯一可以透视的窗子外向厉金香和棉桃家中扔砖头的。之所以他一到那窗外就能往里扔，是因为当时厉金香、棉桃家的这个窗子坏掉了一块玻璃。几天前，那对母子，也正是透过这扇有玻璃的窗子观察屋里的。此刻，醒兰透过这窗子看到了背对屋子站在船边的小松。“既然你们是仙，我就跟你们说说心里话。”小松说着，将头颈往船舱里探了探，一只手伸进去，摸了一枚硬币在手中。他甩着硬币上的水迹。“你们说，二婶这人是不是也成仙了？我上一天刚挖完，第二天她就发现了。”醒兰听到这里，一阵欣慰：果然，这洞还没来得及发挥作用。这时小松见硬币上的水迹甩干了，将硬币塞进裤兜。这个动作令醒兰不满。只听小松继续道："二叔，春锦弟，苍天做证，大地做证，我对二婶没那意思。她是长辈，我怎么可能对她有那种意思？都怪何家园那几个坏东西，也怪我蠢，听了他们。是他们跟我讲，要是我敢在墙上挖个洞，他们就给我买一包大前门香烟。"醒兰听到这儿，心内五味杂陈。

小松没有那种意思，这让醒兰心里面悬着的某个东西落了地。然而，那几个唆使小松挖洞的何家园男人，使醒兰对这乡间根深蒂固的某种不信任感和恐惧，进一步强化了。这乡间的人们可以在背后对一个孤儿寡母的家庭做多少见不得人的事情，醒兰怎么联想，都不为过。这就是凰桃、春锦死后醒兰盖新房的心情变得更加迫切的原因。这其实是一种悲哀。秋锦和宝锦这两个孩子，能理解到根植于醒兰身体深处的这种悲哀吗？醒兰垂下泪来。这泪让她恼恨自己。她抹干泪，目光冰冷地继续窥视小松。就见小松又从水里摸了枚硬币。这次他动作潦草地甩了两下，就将硬币塞进裤兜。这之后，他从水里掏摸、甩掉水迹、塞进裤兜的动作变得一气呵成。醒兰在窗后瞪大眼睛，看着越来越多本属于她的钱被小松收入囊中，揪心得很。她还想听一听小松的心声，如果他还有的话。果然还有。就见小松一边捡钱，一边控诉起醒兰来。"二叔！春锦弟！你们说二婶，她也不先把事情搞搞清楚，就当众搞出那么一出。她一搞这倒好，我名誉臭掉了。如今谁不在背地里笑话我，说我偷看二婶。这些人的嘴真能编。听听他们怎么说的？说我偷看二婶洗澡，偷看二婶在床上一个人叫欢，偷看二婶在家里面跟男人胡混。这不是胡说八道吗？二婶也是活该，她那样一搞，把她自己的名誉也搞坏了。”醒兰听得心惊肉跳。果然如此，对这乡间人们在背后的所作所为，再怎么联想都不过分的。就听小松又道：“二叔！春锦弟！说实话，我心里面敞敞亮亮，对二婶没什么好愧疚的。她倒是好，自打那事之后，再没跟我说过一句话。我受够了。我讨厌何家园。我在这房子里待够了，在何家园待够了，在这种地方待够了，再过几天，我要走啦。听说南方很多厂在招人，我要去深圳打工。二叔！春锦弟！我今天背着我家里人专门回来跟你们说话，就是想请你们保佑我，到深圳以后顺顺利利。如果真的像他们说的，你们在天有灵，就保佑我吧。”小松说罢，这才转过身来。小松的脸才在醒兰眼里一闪，醒兰赶紧蹲下。之后的几分钟里，醒兰听到小松从场上离开，来到对门，拿出钥匙开门，又从西屋走进堂屋，最后是躺到了床上。再以后，醒兰这边，听不到来自小松的任何动静了。醒兰却蹲在那儿不能动弹。小松今天带来的信息太过丰沛，她在心里反刍着，一时半会儿消化不过来。

次日醒兰忍不住专门来到何家园的灌溉渠上指桑骂槐。“苍天在上！凰桃和我儿春锦在上！我郁醒兰在这里发毒誓，我要是有半点不清不白，我就遭雷劈死。那些个背地里坏我名誉的人也好好给我听着，你们说什么，我家凰桃、春锦都听得见，你们做了什么坏事，凰桃和春锦也看得见，你们就乱说吧，就做吧，只要你们不怕被雷劈。”这一天灌溉渠上来来往往着肩挑背扛的村民，灌溉渠两边的稻田里，密布着插秧的村民。何家园的村民几乎都在场啊。醒兰想起那些年里生产队长在社场上开会，也不过是眼下这种光景。这确实是她发布宣言的绝佳时候。醒兰将自己说得激动起来。“你们都好好给我听着，你们不是见我家凰桃、春锦死了，巴不得多看点我郁醒兰家的笑话吗？对不起！你们以后再也不会看到的。我现在告诉你们，我郁醒兰明年一开春就会盖新房子，盖一幢大大的瓦房，三间头的大瓦房，我让你们眼睁睁看着我们家盖起了新瓦房，气死你们。”

这女人情商真是低到极点，怎么可以公开为自己挖坑？怎么可以这样公开示威？这不等于将所有何家园的好人、坏人一网打尽，全体树为对立面吗？比之于在这桩事情上选择韬光养晦策略的厉金香，醒兰简直是个标准的蠢货。但这就是醒兰啊，有什么办法？现在好了，醒兰当众给自己下死命令了，她的盖新房计划已经有时间表了，从今天起，开始倒计时，离明年开春还差八九个月，看她到时候盖不成该怎么办。

才不能简单地将醒兰当日的言行视为蠢，她有她的逻辑。她需要给自己进一步施压，巨大的压力。只有这样公开宣告，才能得到全体何家园村民的监督。只有得到更多的监督，才能得到巨大的压力。

如果没有那次偷听，醒兰怎么可能从小松那里得知如此重要的秘密呢？醒兰感受到了偷听的乐趣，以及偷听的必要性。她必须将这偷听的习惯延续。在灌溉渠上挑衅一众何家园人的第三天，醒兰又像先前一样躲在家中，偷听了大半个下午。这一次，她听到了划锹的心声。

划锹到的时候，有三名朝圣者在。他点了一根烟，靠在船的前舱位置，慢慢地抽着。直到一根烟抽完，那三人才依依不舍地离去。划锹四下里看了看，又专门跑到这家那扇带玻璃的窗子外，把脸贴到窗玻璃上往里看了看，这才又回到船边。他是没有发现躲在门后的醒兰的。划锹又点了一根烟，但这次他点着以后没抽，而是将它平放到船舷上。"凰桃！这根烟，是给你点的。抽吧！"他拍了拍船身。凰桃在世时，他这样拍过凰桃的肩膀。他又点了一根烟，还是没有自己抽，而将它与刚才他给凰桃的烟并排放好。"春锦！你不抽烟，我也给你来一支。"划锹又拍了拍船身，这才点了一根烟自己抽。"好了！我们三个人，一边抽烟，一边好好聊两句。"划锹的嗓子像是突然灌了铅，他接下来的声音在里面的醒兰听来，变得特别沉重。"凰桃！春锦！你说你们这父子俩，那又是何苦呢。我那话都是气头上的话，当不得真的，你们怎么就当了真啊？"

气头上什么话？什么"当真"？划锹说到这里，醒兰感觉心要跳出来了。果然是划锹啊。醒兰想起刚把这船拖回来时，她心里莫名其妙涌现出来的那一系列推理，那时，她将这推理视为凰桃与春锦显灵的一种表现、是他们有话要提醒她。那推理最终指向一种可能：何家园当时同去扒螺蛳的人间接制造了凰桃与春锦的死，而所有人中，划锹是第一怀疑对象。这一刻，划锹是要来向醒兰证明，她当时的推理并非空穴来风吗？醒兰恨起自己来。为什么在有过那样的猜测之后，她又要在心里责怪自己不该那么去胡思乱想呢？醒兰正这么心潮起伏着，外面的划锹小声哭了起来。一个大男人的，在青天白日之下低泣，听着颇让醒兰感到不适。“凰桃啊！春锦啊！你们倒舒坦，走了就走了，一了百了，可是我啊，我给折磨坏了啊。我每天都会想一百遍，我就想啊，要是我不跟你们父子俩说那些气话，你们也不会夜里出去扒螺蛳了吧？如果不夜里出去扒螺蛳，就什么事都没有了吧？！”

是划锹说了什么话，气到了凰桃和春锦，导致他们父子二人夜里出去扒螺蛳？听到这里的醒兰都快被划锹气炸了。她强压住心里的怒火，继续听下去。划锹又说道：“凰桃、春锦，我已经知道错了，你们就不要动不动夜里过来捉弄我了。我再也不想做噩梦了。我今天专门跑过来，来跟你们道歉，请你们，放过我。”

醒兰再也控制不住自己，她起身打开窗子，指着场上的划锹哭喊：“凶手！你果然是杀凰桃和杀我儿春锦的凶手！”划锹因醒兰的出现受到惊吓，完全没向醒兰这边看，就下意识地跑了起来。他却马上又跑回来，站在窗外，与醒兰对吵。“郁醒兰！你把话说清楚，什么‘凶手’？谁是杀你家凰桃和春锦的凶手？你可别乱说。”醒兰叱道：“我说你是凶手！你是凶手！你自己刚才亲口说的，你现在要抵赖？”划锹居然也怒了。“我自己说的？你胡说八道什么？”划锹忽又领会到了什么，摇头笑了。“郁醒兰！我知道我刚才什么话让你误会了。也好！我跟你当面解释清楚，省得你这神经兮兮的女人想东想西。”

划锹便开始解释起来，其间醒兰多次打断他的话，但他执意解释到底。照他的解释，由凰桃与春锦出事那夜往前推三天，二人与划锹发生过一次不愉快的争吵。起因是划锹那天见凰桃与春锦过了午饭的时间点也不愿停下船来弄饭吃，便嘲笑说，你们再怎么拼命，也扒不过我划锹。血气方刚的春锦当即与划锹吵了起来，后来凰桃也加入了争吵。这场争吵持续时间不长，就几分钟。这之后，两家各划着自家的船扒螺蛳去了。划锹当晚就发现，这场争吵刺激到了凰桃与春锦。这父子二人把当夜的很多时间也用来扒螺蛳了。划锹自然不是个息事宁人的主儿。凰桃与春锦连续两夜加班扒螺蛳之后，划锹再在老河上碰到这父子二人时，又拿话来刺激他们了。“有本事夜里别扒啊！夜里扒，当然能比我扒得多，但那不算本事。要是大家都只白天扒，你俩绝不是我的对手。”划锹说，他清清楚楚地记得自己这一次刺激他们的话里的每一个字。除了这些字，他没有多说任何什么话。“我就只说了这些啊，谁承想，你家凰桃既不想担夜里加班扒螺蛳的名，又对我不服气，偷偷把船撑到运河里去扒了。”划锹变得有些委屈，“要说我有错，错就错在我不该两次刺激你们家凰桃和春锦。可谁知道这父子俩心眼这么小，几句玩笑话都开不得啊。出门在外，大家不都是经常这样开玩笑的吗？你开开我的玩笑，我开开你的玩笑，大家都不会往心里去的啊，谁知道凰桃和春锦就往心里去了呢？”

醒兰这时恨划锹恨得比任何时候都要真切。果真是划锹间接害死了凰桃与春锦啊。虽然没有她脑中曾经出现过的那一种想象那么严重和可怕，但同样不可饶恕。醒兰将钥匙丢给外面的划锹，令他打开锁。一出门，醒兰抓起地上的一张矮凳要往划锹身上砸。划锹让开。她便追划锹。最终他们就一个跑，一个追，围着那船转圈。醒兰一边追一边喊："你害得我家破人亡，还说不是你杀的凰桃与春锦？"划锹停下来，抢走醒兰手上的矮凳，暴跳如雷。"郁醒兰！我再不许你这么说我，我就开了几句玩笑而已，怎么能说我杀了凰桃和春锦呢？你要再敢这么说，我也会向你动手。"划锹说完，将矮凳砸到地上，恨恨地走了。无论醒兰在后面怎么呵斥他，喊他回来，他都充耳不闻。醒兰无奈大哭着过去抱住船嘶喊："凰桃！春锦！今天我才弄明白，你们是怎么冤死的。划锹不是人啊，怎么能乱开玩笑呢？"这么喊着，她已经明白，将划锹视为杀人犯是不妥的，真正杀掉凰桃与春锦的，是他们自己当时的心境。

如果凰桃与春锦去年不是带着那么巨大的压力扒螺蛳去，也不至于被划锹的几句玩笑话就刺激到啊。可这压力是怎么来的呢？难道，她醒兰就没有一点责任吗？要不是他们走前她每天都忧心忡忡，他们兴许不会有那么大的压力。如果硬要说划锹也是杀掉凰桃与春锦的凶手，那她醒兰也是。醒兰这会儿内心里对凰桃与春锦充满了自责。她自责着，默默地抱着船垂泪。这时，她惊恐起来。她想起了此前在灌溉渠上无端给自己制造压力的行为。这一刻，她意识到自己这么做，确乎是不必要的。她那是怎么了呢？为什么跑到灌溉渠上说那些个胡话去了呢？难道，她的神经官能症发作到不可收拾的地步了吗？醒兰左思右想，对自己还是不太理解。

变成公物的投币器

农忙就要结束，醒兰要面临一次选择了。照醒兰先前的设想，稻田里插完秧之后，田里便不再有密集的活，接下来就是对稻田的照应，所涉及的活计零碎地散布在之后的三四个月间：每天待村里水电站开闸时，为自家的稻田放一次水；十天半个月的，为稻田打一次药、除一次虫；隔三岔五去整理一下稻田，主要是及时将长出来的稗子拔除。这三桩事，第一桩，宝锦可以做。第二桩和第三桩，可以请醒兰的父母代劳。所以说，至少在宝锦放暑假的这将近两个月的时间里，醒兰和秋锦可以长时间外出。外出干什么呢？当然是弄鱼了。

这就是醒兰先前的计划：待宝锦一放暑假，她就跟秋锦去百多里外近东海的一个地方去弄鱼。那儿的河里，鲫鱼特别多。醒兰却没料到，在她的计划在心里形成之后出现了那样的事情。那当然是好事。但是现在这样醒兰是出去弄鱼好，还是让船一直停在场上好呢？醒兰犹豫了。出去弄鱼，不就是为了挣钱吗？这些年来，她夏天亲自出去弄鱼的次数并不多，在弄鱼这桩事情上，她不算是个高手，秋锦就更不行了，算是个生手。照她想来，她与秋锦出去弄两个月鱼，能挣三百块钱就不错了。可是，如果这段时间这船是继续停在场上的，她可以收多少钱呢？刨去每天被小松或其他人偷偷取走的，这船眼下带给她的日均收入是五块钱。五乘以六十，也正好是三百。同样是三百块钱收入，一个是什么也不用干，还可以留在家中照应稻田，另一个是每天在河里起早贪黑，风吹日晒，辛苦劳作，哪个更划算？不用脑子用脚都能想明白。

如此答案明确的计算，醒兰还在犹豫什么呢？何谈要她来做艰难选择呢？就选不去弄鱼好了啊。才没那么简单。新生的一个情况，让醒兰对这船以后还能不能每天收到那么多钱，产生了怀疑。事情要从她偷听小松心声的几天后说起。这天傍晚，醒兰从田里回到场上，发现四个船舱里一个子儿都没有。醒兰站在船边愣住了。是今天一个人都没来吗？来的人互相商量好了全都没往船舱里投钱？还是小松或厉金香他们今天变得贪得无厌，在她来到这场上的前一刻，把钱全部摸走了？前两种情况，是没有可能的。第三种，仔细想想，似乎也没有可能：

厉金香对凰桃与春锦的敬畏直到如今没有减少一丝半毫，虽然偶尔她会一时受贪念支配偷偷将手伸进那水里去，会对小松抑或小俊他们偷拿水中钱币的行为装聋作哑，但绝大多数时候，这一家人的手都是规规矩矩的。

那么，这到底又是怎么回事呢？醒兰揣测着，拿出钥匙打开锁。她正要进屋，忽见屋角有人影闪动。醒兰忙跑至屋角，就见一个熟悉的身影正在逃离。这个人是何家园的。原来是这么回事啊：何家园的人开始来这场上取钱了。何家园有两百多号村民，如果到这场上取钱变成人人效仿的风潮，那还得了？醒兰必须制止。次日，醒兰放下田里的活计不管，将屋门敞着，就坐在门槛里面，纳着鞋底看管门前的场地。

今天前来朝圣的人，与往日没有区别。还是零零落落、三五成群地过来。见这房子的东屋门里静静坐着一个女人，绝大多数来者的反应都是：有一点点吃惊。当然不是因为她们发现这里与往日的变化，他们通常都是第一次来朝圣的。他们吃惊，是因为他们没想到这儿还有一个管理人员。这吃惊很快嬗变为惊喜。他们都过来跟醒兰攀谈，弄清楚醒兰就是升天者的妻子与母亲之后，个别大胆的人就要求进屋看看凰桃与春锦的灵位、看看他们的照片。对于最先提出这要求的几组人，醒兰爽快地答应。她移开门口自己坐的凳子，引他们进入，流着泪向他们讲一些凰桃与春锦的故事。来者总是依依不舍，久久不想离开这屋子。后来还是醒兰委婉地将他们支使了出去。后面提出这要求的人，醒兰是坚决不让他们进来了。这也太烦琐了。再说了，她坐在这儿的真正目的，并非是要充当他们的讲解员，而是要监看何家园的来人。她在里面跟这些人讲来讲去的，还怎么监控外面？

何家园今天前前后后来了七个人，而且七个人来自七户，没有任何两个人来自同一户。这七个人中，有三个人来了就直奔主题，大大方方地去船舱里一番掏摸，几分钟内将里面的钱掏拿一空。他们对身边的朝圣者视而不见，甚至在一名朝圣者手上的钱将投未投时，耐心在旁边等候，等其投放后，马上将钱拿走，令那朝圣者看得发愣。这三个人中有两人拿完钱之后才转身看到屋里坐着的醒兰，他们有些不好意思地离去了，剩下那人走的时候都没往醒兰这边看一眼，也许他眼睛的余光早看到了吧，为防给自己带来尴尬故意视而不见。七人中另有三人来了之后，先装模作样地跟在场的朝圣者攀谈两句，或围着船转一圈，这之后，才开始把手往舱里伸。这三人，都是看到醒兰的，但只有其中一人放弃了捡钱，红着脸走了，其他二人，捡完装装样子过来跟醒兰寒暄了两句莫名其妙的话，揣着钱走了。七人中剩下的那个人，一到场上就看到了醒兰，他显然是七人中面皮最薄的，当即，他就放弃了今次来的主旨，表现得很真诚地与醒兰闲聊了足有十分钟，这才空着两手离去。

醒兰这一天就是看着，没对前来取钱的何家园人采取任何行动，制止、呵斥、嘲讽，都没有。她就是想看看，人们当着她的面拿她家的钱时，到底会是个什么样的状态。醒兰过后要为这一天的不作为后悔。过后，她会认定，正是她这一天的不作为，鼓励了何家园的人，使他们变得更加猖狂。我们都当着你的面拿了，你都没说什么，说明你是同意我们拿的，那我们不拿白不拿。何家园的人，在这一天之后，一定都是这么说服自己的。

接下来的几天，醒兰看到的就是何家园的人速战速决、一脸平静地来此取钱了。他们逐渐对坐在门里的醒兰视而不见。够了！醒兰再也不想只看不行动了。她要制止、呵斥、嘲讽，让这些人立即住手。她当着朝圣者的面，开始了她的行动。朝圣者吃惊地看着她骂骂咧咧地驱逐着何家园的人，他们中有人投币的动作犹豫了。醒兰见状，忙回到屋中坐下来。直到那犹豫的朝圣者终究投了币并有何家园的人迅速将那币取走时，醒兰才又蹦出来，继续她的驱逐。

已经没有用了，何家园的人根本驱赶不走。事情还走向了醒兰希望的反面。因为她的驱逐，反而先前尚且不知道可以来此摸钱的何家园人，都知道了这桩事。何家园的人，老人、小孩，男男女女，能来的现在都来了。他们中自然有人像厉金香一般能言善辩。这一天，在醒兰叱骂他们时，这人就与醒兰对骂起来。“又不是在你家里捡的，是在你场上捡的，我捡这钱，关你什么事？”这人还是个男人呢，嘴皮子比女人还利索。醒兰说：“你真是笑死人，船是我家的，船里的钱不该是我家的吗？”那男人道：“你家的责任田是不是你家的？我们在上面捡到的钱、捡到的东西，都要上交给你家？”醒兰一愣，回道：“当然是。”那人哈哈大笑。“那我问你郁醒兰！你女儿秋锦一冬天都在这户那户人家的责任田里挑荠菜，她挑的荠菜不是应该交还给责任田的主人吗？怎么她都拿到街上卖钱去、钱都交给你了呢？”醒兰一惊，招架道：“到责任田里挑荠菜，挑羊草，挑猪草，只要不动主人的庄稼，就都是允许的。这个大家都知道。”那男人便顺着醒兰的意思道：“那就是一样的道理啊，责任田里除庄稼之外的东西都可以随便捡，那么你搁在场上的船里的东西，只要不是原本就是你家的，别人都可以随便捡。”那人又促狭地补充：“除非，你把船搬到你家屋里去。”醒兰被他驳斥得无语，顺嘴道：“我自家的船，规矩我来定。”那男人的反驳立即出场。“责任田里的规矩都大家定，你家门外的事情跟你家无关，也得大家一起来定。你们说是不是？”他跟渐次跑来围观的几个何家园的人大声说道。这些人立即起哄：“说得对！家门外面的事情，何家园的人一起来定。”“那你们大家都说说，这郁醒兰家门外的钱，是属于何家园共有的，还是她郁醒兰家私有的？”那几个何家园的人集体答道：“我们共有。”那人转脸对醒兰说：“听到了吗？这算是公开表决，从今往后，你家场上的钱，何家园的人都可以随便拿。”这时有个何家园的人提出一个对他们有利的建议。“我们每天都来拿，不方便。再说了，来早了的人，拿得多，来晚了的人，有可能一分钱拿不到。这不公平。不如我们请郁醒兰一家人负责取钱，再均分给大家。我们定个时间，每天这个时间点家里留人，郁醒兰一家人将我们应得的那份钱送过来。当然了，考虑到郁醒兰一家人付出了劳动，本着多劳多得的原则，让郁醒兰家拿双份。大家看怎么样？”这简直是越说越无耻了。气极了的醒兰将手中鞋底上的针拔出来，要去扎刚才说话的二人。“你扎了试试看？”先前那巧舌如簧者将瘦仃仃的胸膛挺向醒兰。醒兰自然是不敢真扎。她怒不可遏，想着对策。有了，她还有一个撒手锏。

醒兰向屋里跑去。没到凰桃与春锦灵位前，她便凄怆地哭叫起来：“凰桃，春锦，你们看到了吗？全何家园的人都跑来欺负我孤儿寡母了。你们活着的时候，他们欺负我们。你们死了，他们更加欺负我们。我要向苍天好好咒一咒他们。我咒他们不得好死。”曾经发生过的事实证明，她的诅咒是灵验的。这是她的认识。她倒要看看，今天当着凰桃、春锦的面咒他们，他们还敢不敢再这样动不动过来取钱。醒兰要失望喽。这平原的乡下，被称之为迷信或被称之为不迷信的人，分成两派，哪一派的人都不多不少。今天醒兰遇到的，正是一个压根都不信神鬼的主儿。这个男人，见醒兰居然揣着如此大的恶意向苍天索要他的命，怒了。“郁醒兰！看我不撕烂你的嘴。”这男人说着真的扑上来要动醒兰。还没扑到醒兰身边，便有前来朝圣的两个人合力将他的身子锁住。“你个大男人的，怎么能欺负女人？”那两个朝圣者冲这男人吼。这人只好收手，悻悻走了。

这一场闹剧，迅速在这平原上传播，对那有关凰桃与春锦的传说的现行版本造成了致命损伤。接下来，每天前来朝圣的人逐天减少。闹剧过后的第十天，也就是宝锦暑假正式开始的那一天，来者只有三个。

醒兰所受到的打击，是多重的。第一重，那天那个闹事的何家园男人使醒兰意识到，像她与厉金香、水芝那样坚信凰桃与春锦会显灵的人，并不是大多数。这多少也动摇了她心里的那一份笃信。继而，她感到自己其实早已经失去了凰桃与春锦。而并非像她先前所想的那样，她虽然已永远看不到、听不见他们，但时刻与他们同在。那种失去他们的感觉，令她产生前所未有的失去重心的感觉，令她虚空，令她产生了某种前所未有的恐惧，令她悲痛得不能自已。第二重，通过自那场闹剧之后的这十几天的变化来看，醒兰发觉，这平原上的人对凰桃、春锦的态度，是随时会发生改变的。

有一双无形的手，操控着这平原上的人，它叫他们奔赴这场上来，人们就纷至沓来，它叫他们放弃这块场，他们马上就会放弃。这只看不见的手，是比凰桃、春锦显灵更高远的一种存在，它决定着凰桃、春锦是否在人们的口中显灵。醒兰对这双看不见的手，极感无奈。第三重，与醒兰的领悟无关，与她实质的利益有关。这么看来，凭空来钱的事情只是个意外，这种事情，并不能成为她郁醒兰的固定收入。若要固定收入，还得靠自己拼命到田地里劳作、去河里掏摸，她必须每晚就着油灯纳鞋底。这一重，对醒兰的打击是最大的。因为，她郁醒兰已经把话向何家园的人放出去了：她要明年开春就盖新房，如此一来，她明年开春之后就要因为没有如期盖成新房，成为何家园最大的笑话了。

醒兰越想越恐慌。就是宝锦暑假开始的当晚，厉金香来到醒兰这边，真心诚意地开导醒兰。自从那晚厉金香前来向醒兰示弱之后，她二人的关系每况愈下，进至最终都要像从前那样分崩离析了。厉金香今晚的到来，出乎醒兰意料。“郁醒兰！我说句实在话，你听了别往心里去，你本不该那么贪心的呀，是你的贪心把事情推到了如今这步田地。这下好了，你也拿不到钱了，我厉金香嘛，早就因为你的贪心拿不到钱了。”醒兰明白厉金香所指。她不想搭理厉金香。只听这厉氏继续道：“如果这钱我也有份，后来的事情我就可以不让它发生。我厉金香不比你郁醒兰，我臭名在外，若何家园的人知道这钱是你我共取，谁也不敢来分我半杯羹。”醒兰觉得这厉氏过于自信了。若真是像起初那样，她与厉金香各放一个碗在场上，到头来一定还是今天这样的结果。醒兰的认识是准确的。贪婪来自人性深处，不会因为面对的是相对温柔的醒兰，或是相对凶恶的厉金香，而改变一丝半点。对于这凭空掉下来的钱，没有人能阻止何家园人们的索拿之手。这时水芝也过来安慰醒兰。醒兰便一意与那水芝说话去了。厉金香独自在这屋里坐了一会儿，感觉无趣，似笑非笑地回到对门去了。

第九章　炙热之夏

错位的悲痛

醒兰这边正为着到底出不出去弄鱼烦恼着呢，珍锦要给自己的人生来点小花样了。这丫头天生就精怪得很，能供她搞花样的地方可多了，上至天，下至地，哪里都能让她搅出点花边新闻来。不过珍锦这次的花样有必然性，她的根基受到冲击啦。珍锦的根基是什么？当然是她的歌唱事业了。

市群艺馆搞一次歌咏比赛。这次比赛的缘起，是一位市领导要求市委宣传部重视本市刚刚被确定为沿海开放城市这桩可歌可泣的大事，所以主办方获得了大量的经费支持。这世上干一桩事最难的是什么？不就是钱吗？钱足够了，事情自然可以办得漂亮。这次比赛从第一次市日报、晚报上联合发出启事之日起，就显现了它的大气。“本次比赛，划分为青年组、少年组、老年组。”那启事洋洋洒洒的五百字文里，其中的这句告示，足可显现它的大气。一个小小的地级市举办歌咏比赛都要进行分组，那不是大气是什么？

珍锦自然是要报名的，她只能去乡政府办公室报名。作为一个大气磅礴的官方赛事，参赛者先要被本乡选拔，再参加县里的选拔，接着才能参加市里的决赛。市里的决赛还要再分成初赛、复赛、决赛呢。步骤再多，再繁复，也无法击退新远小学二年级女生何观珍的自信心。就让比赛猛烈地来吧，她珍锦脑中的歌库已存有上百首歌，每一首她都牢记住了歌词和旋律，足够她参加十场八场这样的比赛。

珍锦由她的班主任老师刘丽丽领着，来到乡政府办公室报名参赛。她是新远小学两个歌唱代表之一，另一个正是美丽的刘丽丽本人。俞灶乡今日前来参加本乡选拔赛的，有五十几名歌唱代表。除了学校，各村委、乡政府机关等单位也派出了代表。珍锦自然参加的是少年组。步入临时充当选拔赛现场的乡政府会议室，珍锦昂首默数她的竞争对手。报名少年组的人很少，就三人。珍锦都要开怀大笑了。看看那两个竞争对手，一个长了双眯缝眼的男生，一个胖胖的黑皮肤女孩。二人都不明来路。仅凭外观，珍锦就可以俯视他们。

珍锦今天准备了两首歌，《牧羊曲》和《万水千山总是情》。后者是一首粤语歌，珍锦确信，当时她跟收音机里的朱明瑛学这首歌时，准确学会了歌里每一个字的粤语发音。能用标准的粤语唱歌，全俞灶乡都找不到几个人吧？《牧羊曲》就不用说了，珍锦有一天在收音机听到一个主持人说，《牧羊曲》是公认最适合参赛的歌曲，那一份优美、婉转，珍锦真要能唱地道了，不在市里拿个大奖那是怪事。今天珍锦心里的方案是，如果只考一首歌，她就唱《牧羊曲》，如果考两首，抑或因为她唱得好被要求加唱一首，她就来一首原汁原味的粤语版《万水千山总是情》震一震在场的人。珍锦没料到，这次选拔赛是有人伴奏的。她可从来没有真正跟着伴奏唱过歌。

清唱、有人在旁边专门伴奏，这二者对演唱者本人来说有什么区别呢？对那些节奏感好的人来说，是没有区别的。如果这个人天生缺乏节奏感，那就是灾难了。任你清唱再好，跟着伴奏唱的话，歌唱水平都会打折。珍锦是不是那个天生缺乏节奏感的人，过往她的清唱生涯无法帮她证实。

珍锦才不怕呢。更何况，那个充当伴奏者的人是今天的评委，他用二胡给参赛者伴奏，但他也是兴之所至地充当伴奏者。颇具随意性。原因在于，他不是每首歌都熟悉。他能拉的歌，就更加有限。轮到珍锦，说不定他就不来伴奏呢。

其实珍锦是多么希望轮到她的时候，这老师提着二胡替她伴奏啊。她还从来没有跟着伴奏唱过，她很想知道，跟着伴奏唱，会不会跟收音机里朱明瑛的歌声一样好听。一如珍锦期待，轮到她，那位评委果然拿起二胡来给她伴奏了。《牧羊曲》这么脍炙人口的歌，他怎么可能不会？不但会，而且因为他也喜欢这首歌所以熟练得很呢。可以说，这是他拉得最圆熟、好听的一首歌了。

《牧羊曲》的过门才过去一半，珍锦就迫不及待地唱了起来。那位业余二胡演奏家本身就是俞灶乡小学的音乐老师，在珍锦这样的学生面前，本身就是很拿老师架子的，见珍锦抢了那么多的拍子，他很不高兴地停止了演奏，大声呵斥道："着什么急啊？等我过门拉完再唱。"珍锦顿感意外。她已意识到自己抢了拍子，但毕竟她已经开了嗓，展示了美妙的歌喉，这位评委一点都没意识到她声音很好吗？

伴奏重新开始了。这一次，珍锦足够警惕，但也好险，慢了半拍开嗓的。就是半拍而已，伴奏者便只是皱了皱眉头，继续伴奏。珍锦却似乎根本不在乎什么是节拍，接下来的两句，一句慢一拍，一句居然慢了三拍。原来，珍锦每到一句结束，都要停顿较长时间。这是长期在课堂独唱留下的毛病。那些时候，她总是想多留点间隔，方便同学们多点时间鼓掌。

第四、五句的时候，伴奏者显然已经放弃了为珍锦伴奏的打算，却被演奏带来的纯粹乐趣控制了。他闭上眼睛，倾情演奏起来。这样一来，二胡的声音变得更加清亮、激越了，把珍锦的声音一下子盖了过去。珍锦哪能允许自己的声音被二胡的声音欺负，她气沉丹田，使自己的声音更加有力、嘹亮。接着下来，在场的人们听到的是一场强烈的声音对抗赛。一个女童声对抗二胡的乐音。也许是珍锦的注意力全部集中在如何让自己的声音盖过二胡声上面，也许珍锦真的是严重缺乏节奏感，就算在场最不会唱歌的人也能听出来，珍锦的歌声完全与二胡的伴奏没有关系了。很多人都吃惊地微张开嘴，望着引吭高歌的珍锦。珍锦便把人们的这一表现视为被她的歌声震撼，唱得更加卖力，也更加偏离伴奏。

大家其实是吃惊于这个小女孩身上那种奇怪的力量。她怎么了？为什么要跟一把二胡拼命？她受了什么刺激吗？这时，演奏者终于结束了演奏。他还沉浸在自己的演奏所带来的震撼中，脸上充满着各种各样的情绪。珍锦却还没唱完呢。这演奏者猛地睁开眼，看向珍锦。也就是这一刻，珍锦终于唱完了最后一个字的长长的尾音。全场鸦雀无声。都不知道该鼓掌好，还是不鼓掌好。演奏者的表演堪称完整，打六十分绝对没问题，加上他的评委身份，理应鼓掌。这演唱者声音好不好不论，态度就有问题，想让演奏者下不了台的动机显而易见。可为什么她要让演奏者下不了台？莫名其妙。众人都这样怀着同一种思路误解着珍锦。

掌声终究响了起来，如平地一声惊雷，震得门窗都响了。珍锦想当然地认为，这掌声是她的歌声折服众人之后她理应得到的奖赏。她想起电视上看到过的芭蕾舞演员谢幕的动作，立即予以模仿。“谢谢大家！”她昂首、收下颌、挺胸、收腹、并拢双腿，右掌如一片羽毛从右前方划过后落在胸口上，优雅地一鞠躬。

“这个孩子不行！”刚才的演奏者将手中的花名册拍到桌子上，仿佛戏文里的黑脸判官拍下惊堂木。“一个好的歌手，除了拥有姣好的嗓音条件之外，节奏感也是不可或缺的条件。她的节奏感，可以说非常非常的差。她根本不具备当歌手的基本条件。”这人说话中气十足，每个字都像暴雨雷电击打着珍锦的小心房。

珍锦双手捂脸跑了出去。

刘丽丽唱了一首《我的中国心》。这首歌是她最喜欢的，每天都唱，上学路上唱，去办公室路上唱，回家路上唱，唱着唱着她对这首歌有了深厚的感情。每唱至末尾，她都会泣不成声。这很容易打动评委的。加之，她的声音沙哑而低沉，是罕见的女低音。唱歌技巧和水平其实很一般的刘丽丽就这样被全票通过了。她将代表俞灶乡去参加几天后的县试。同她一起代表俞灶乡去参加县试的少年组选手，是那位黑胖女孩。据说，她是俞灶乡小学校长的小女儿，标准的关系户。

这个暑假一开局珍锦就被击溃了。她本来还想着这次暑假让外公郁玉忠带她去上海的呢。郁玉忠十天前就给上海的妹妹，也就是那位长年给醒兰提供旧衣服的女士写信了。信中，郁玉忠说，他七月中旬将带外孙女珍锦过去住几天。上海有一个全国性的歌唱比赛，初赛定在七月中旬，复赛定在八月下旬。珍锦的报名信早就寄给大赛组委会了。今天的乡试之挫，令珍锦恨不能化身为一只鸟，追上装载着她报名信的那趟去往上海的车或船，将信取出来一撕两半。她不会去参加上海的比赛了。别说这种全国性的比赛，就算新远小学搞比赛，她也不会参加。此生，她都不会去参赛。不！此生，她都不会唱歌了。不久前，她在电视里看到一个情节，炮制一种药，喝了变成哑巴。容她想想，要不要趁着这个暑假央求她姆妈帮她跟那个乡下郎中打个招呼，让她拜入此人门下，好尽快获得将人致哑的中药配方。醒兰今年经常去找此人看病。神经官能症之说就是来自于他。

珍锦要让自己变成哑巴。如今她对歌唱的痛恨，让她对自己什么狠手都能下。反正她自己是这么诉说的。乡试败北的当晚，回到郁家园家中，她又是哭，又是喊，说着这样、那样的疯话。郁玉忠、郁张氏一贯是惯着这个孩子的，珍锦闹得这么夸张，二老一点办法都没有。郁张氏就迈着一双小脚，连夜赶到何家园，将醒兰喊过去帮他们应对。醒兰、秋锦、宝锦三人火速赶到。一见醒兰，珍锦扑上来抱住她，真就要醒兰去请求那郎中收她为徒了。“我要变成哑巴！我要变成哑巴啊！”珍锦哭喊道。醒兰推开她。珍锦便又去抱住秋锦。秋锦便静静地搂住她。“你把她放开！”醒兰命令秋锦。秋锦不解地松开了珍锦。“你爸、你哥死的时候，也没见你这么哭过。”醒兰悲愤地指着珍锦，训斥道，“一个什么破唱歌比赛，让你哭成了这样。你这个孩子，到底是什么妖怪变的？”珍锦不敢哭了，来到素来袒护她的外公、外婆中间，拉了拉外公的衣角，暗示他帮她阻止醒兰发威。郁玉忠便道：“醒兰！孩子今天没考上县里的比赛，心情不好，是很正常的。你的话权威，你安慰她几句，她就不闹了。你倒好，不安慰孩子就算了，怎么一上来就教训孩子呢？”醒兰更火了，“你还好意思帮她说话。她这一身的毛病，都是你们两个老人家惯的。你们怎么对她好，都不能把她当城里孩子养。她就是个地地道道的农村孩子，跟宝锦、秋锦一样。农村孩子该干什么？唱歌吗？去参加什么歌唱比赛吗？唱个鬼！比个鬼！她要收音机，就给她买，她要电视机，也给她买。电视多少钱？你们怎么不把这钱省下来借给我呢？我是你们的女儿，我一天到晚累得要死，就为了攒下盖新房子的钱。你们怎么不体谅我，把钱借给我呢？尽把钱往这些没用的东西上花。你们气死我了。”

郁玉忠和郁张氏没有想到他们的女儿还因为他们给她的女儿买了一台昂贵的电视，而对他们有那么大的意见。他们惊得说不出话来。郁玉忠有退休金，但确实为了给珍锦好一点的生活，一年到头存不下几个钱。珍锦来到他们身边这八九年以来，他们已经习惯了，就完全没有思考过对错。今晚，醒兰的话提醒了他们，郁张氏颠着小脚跑进里屋，拿出一包钱出来。“儿啊！我们攒下的钱都在这儿了，以后我们会省，帮你一起攒。这钱，你先拿去吧。”醒兰抢过钱撒到地上。“我不要你们的钱，我拿你们的钱是不孝。我醒兰不是不孝之人。”吼罢，醒兰一意地哭泣起来。秋锦和宝锦赶紧趴到地上捡。两个老人存的钱比眼下醒兰他们存的还要多一些，但也只是三四百块而已。秋锦捡完将钱交到郁张氏手中。这时珍锦已经吓得不敢再有任何动静。郁玉忠和郁张氏此刻却因醒兰而无措。郁张氏手里握着钱，不知该继续交给醒兰好，还是该送回里屋去，便将钱交到郁玉忠手里，过来抱住醒兰一起哭了起来。醒兰紧紧地抱住自己的姆妈，放声悲呼起来：“苦啊！”

年迈的郁张氏生来好命，一生未曾吃过真正的苦头。出嫁前她家里开米房，顿顿白米饭将她喂得心宽体胖；嫁到郁家园后郁玉忠很快出去做厂，每月给她寄钱；又不像别的人家有太多子女拖累。纵是如此，郁张氏还是能深切体会到醒兰心里的苦痛。“儿啊！你带秋锦、宝锦来郁家园跟我们住吧，别再娘儿三个挤在那么小的一间屋子里了。凰桃已经没了，你还在何家园干什么呢？我这儿三间房，你们都搬过来住，也不挤，一大家子在一起，还热闹。你说呢？”这不是郁张氏第一次提出这个建议了，凰桃和春锦去世后，她总是这么跟醒兰说。醒兰每次都严词拒绝。这次也不例外。醒兰怒道：“姆妈！我说过，我怎么可能带秋锦和宝锦住到郁家园来？请你以后别再说这话了。”在醒兰看来，她把家搬到郁家园去，得让何家园的人笑掉大牙。“看哪！这郁醒兰啊，没本事盖新房子，带着孩子灰溜溜地跑回她娘家逃难去了哩。”何家园的人指定会这么暗中讨论她。郁张氏陪着醒兰哭了起来。秋锦与宝锦也跟着哭了。这珍锦也觉得应该哭，却怎么都哭不出来了。也许，她预备给今天的眼泪，刚才已经哭掉了。醒兰忽然注意到珍锦的“欲哭无泪”，立即停止哭泣并推开郁张氏。她来到珍锦身旁，在幽暗的油灯光下揣测地打量珍锦。“珍锦！姆妈问你一句话。你爸、你哥死的时候，你难过吗？你爸、你哥死了这么久以来，你难过过吗？”如此说着，醒兰这才意识到，她心里是一直想弄清这个问题的。今天，她是必须要弄清了。如果珍锦说她也难过过的，醒兰今天就饶了她。如果她说没有，她今天要跟她一刀两断。

以醒兰的认识，这乡间有一种人天生狠毒。如果珍锦就是这种人，她要离珍锦远远的，以防止沾到毒。她这思想真是太偏激了。珍锦就是个性格粗放的孩子而已，她不像宝锦和秋锦，也更不像她和凰桃，那么习惯且善于进入自己的内心世界。珍锦的意识只习惯性地停留在感官上，她自小很少与凰桃与春锦生活在一起，与二人不曾有过那么多生动的互动，于是就难以产生激烈的悲痛情绪。就仅此而已啊。若让珍锦也像他们这些心思重的人投入地想一回，她一定也会很思念很思念爸爸与哥哥的。

珍锦瞪着醒兰，不明白醒兰何以会有此一问。但醒兰凛厉的目光让她不得不认真地思考起这个问题来。这样的思考，在珍锦，真的是很少的。珍锦脑中倏忽间就出现了去年秋天凰桃舍不得她走夜路用自行车将她推到那家中的往事。这个回忆瞬间击中了她，对凰桃的思念，对春锦的思念，以排山倒海的力度袭击了她。冷不丁地，珍锦就痛哭起来。"爸爸啊！哥哥啊！"这迟来的哀哭如此猛烈，仿佛正是因了它的迟到而蓄积了太大的能量，令珍锦如同决堤的江河彻底崩溃。醒兰惊愕地望着沉浸在悲痛中的珍锦。

她先前把这世界想得太黑暗啦，这世上哪会真的有人连亲人死了都不悲伤呢？醒兰被这个领悟重重地一击。她猛地一把将珍锦搂住。"儿啊！你把姆妈吓到了！快别哭了。"珍锦的没心没肺，原来是这孩子的福气啊。要是珍锦也像秋锦与宝锦一样，遗传了她醒兰的多思、多虑、多愁，她哪里会有如今这样的天真烂漫。醒兰心惊肉跳地想。醒兰还想，她这一家人，自凰桃、春锦死后，能有珍锦一个人有本事开心，那真是不幸中的万幸。她该知足的。

破除迷信

醒兰还没想好，要不要弄鱼去。这是新远校放暑假的第三天，上午接近中午时分，醒兰携秋锦、宝锦从稻田里回来弄饭吃，刚进家门，就见她认识的徐家园的徐建群和刘家园的况明兰，以及她不认识的一个女青年站在她家场上。三个人手上都夹着一只公文包。徐建群是现任村支书，去年大队改称为村时他同时走马上任。他是他的前任厉进徐的亲外甥，十年前从部队复员回来，任大队民兵营长，人人都说，他能成为村支书离不开他舅舅厉进徐的力荐。但是也没有人觉得现在的村支书有什么了不起，也不拿几分钱，也没有太多人买他的账。是比做一个普通村民要强一点，但还没有强到人人都要对他敬重的地步。这平原的乡下，人们对任何一个村干部的态度都是，有一点点的羡慕，但这一点羡慕被嫉妒抵消掉，于是，人们对他们始终是平视的。不歧视，也不敬重。那况明兰，如今在村委任妇女主任一职。

见到醒兰进屋，那女青年转头问况明兰："她就是郁醒兰吗？"况明兰说："对！是她！"那女青年便朝着屋门方向深深地打量了两眼，便开始围着船转悠起来。徐建群见她转，就跟在她后面，也转了起来。醒兰想，这女的什么来头？官比徐建群和况明兰大的样子。

醒兰并没有理睬这三个人，兀自与两个孩子在屋里弄起午饭来。这平原的乡下，有的村民会故意不理睬村干部。也不知道为什么要这样。大概，先是有个别村民这样做，后来有村民效仿，慢慢这一份不理不睬，就变成一小部分村民的特色了。醒兰就属于这一小众群体中的一员。

与前几天相比，今天算是有点奇怪的。按前几天的惯性，今天应该几乎不会有朝圣者来这儿。今天却一早就有人来。在徐建群他们来之前，已经来了四拨人了。理所当然，那船舱里，已经有了钱币。与前几天完全不同的是，今天虽然有何家园的人前来，但一见到有村干部在，没有任何一人去船里取钱。醒兰进门后，越过水缸上方的窗子，看到徐建群、况明兰和那女青年已经转了三圈了，却还在转。醒兰想，这三个干部有意思，还挺能转。这时厉金香、棉桃家的人也回来了。小俊一度也想当村干部的，对干部这种身份至少仍保有敬畏。他忙殷勤地跟徐建群打招呼。“徐书记！进屋里来坐啊，进屋！都进屋！”说着他飞快地打开堂屋的门，邀请那三人进去坐下。

几天前，小松果然告别何家园去深圳打工去了，这堂屋便由小俊一个人住。作为未来自己的新房，小俊早已将它收拾得干净、利索。如今，这屋里已经多了一张吃饭的八仙桌。厉金香和小梅赶紧在西屋开火烧水，棉桃也来到堂屋，与小俊一起陪那三人坐下。“这是乡上的林主任。”徐建群向棉桃介绍那女青年。他又向林主任介绍棉桃："这位是何兆午，他是何兆申的大哥。何兆申在他们家排行老二。"这一口两个"何兆申"，看来他们今天是为凰桃而来。醒兰与两个孩子隔着木墙在这边监听，顿然觉得今天这三人来者不善。醒兰忙小声令秋锦与宝锦弄饭，她自己则专门在木墙下找个空隙坐下，耳朵贴近了墙，听他们讲些什么。就听林主任道："何兆午！我看你与何兆申兄弟二人这房子的结构，这场，应该是你们两家共有的吧？"棉桃天生警觉，不解林主任用意，便没应声，只是向她笑了一下，算是回应了。林主任又道："我跟你说啊何兆午，我们乡上接到群众举报，说你们这儿搞封建迷信活动。我们刚才到了之后，先大体看了看，感觉群众的举报像是确有其事。"况明兰补充道："我们一来就亲眼看到，有人在往场上这条船里投硬币。"厉金香是一边站在西屋的灶台边等水烧开，一边监听的。这时她从连通西屋与堂屋的小门蹿了过来，紧张地问："你们刚才在说什么？'封建迷信活动'？"林主任不动声色地看着厉金香，反问："难道不是吗？"这林主任虽然年纪轻，但气势是有的，厉金香有点被她吓到了，一下子就把自己往避嫌的思路上引了过去。"我是个大字不识的农村妇女，你说的'封建迷信活动'我不知道是什么意思。我只知道，这场，虽然是我们跟另一家共用的，但你们看到的这场上停着的船，不是我家的。这船跟我家一点关系都没有。如果这船就是'封建迷信活动'证据的话，那这'封建迷信活动'跟我家是一点关系都没有。"醒兰在这边听得大骇。

"封建迷信活动"这个词组，厉金香怎么可能不知道？醒兰怎么可能不知道？要是把时间往前推十几年，“搞封建迷信活动”可是一顶人人不敢戴的帽子。醒兰该立即跑到堂屋去解释，还是在这儿多听一会儿？她决定先按兵不动。这时堂屋里传来徐建群打圆场的声音，“厉金香！谁也没有说你搞封建迷信活动，你那么激动干什么啊？坐下！坐下一起聊。”况明兰也跟着打圆场，“我们今天就是陪林主任过来了解一下情况。你真的不必紧张。”厉金香见这二人如此一说，忙道：“水开了！我去锅里舀水给你们喝。”跑至西屋，厉金香不忘大声补充解释：“这船不是我们家的，你们想了解的事情，真的跟我们家没有关系。”这边的醒兰在心里骂了这厉氏两句，继续听。那林主任又问道：“听说住在这房子里的人，这段时间靠这船收了不少钱。有这事情吗？”厉金香正好一手拿了三个搪瓷杯、一手提了热水瓶过来。林主任这一句令她不爽，她将热水瓶和杯子往桌上用力放下，厉声道：“你这人说话注意点，什么住在这房子里的人收钱？我不是已经跟你说了吗？这船，不是我家的，这船里的钱，我家也不会沾。你听明白了吗？请你再说到钱，不要用‘这房子里的人’这样的说法，换个说法，行不行？”这边的醒兰听罢在心里大骂这厉氏“无耻”，就听林主任道：“今天就这样吧。这事情一天两天解决不完。我们先去村部商量一下工作步骤。”这话自然是跟徐建群与况明兰说的。不一会儿，醒兰在自家屋中偷眼看到，徐建群与况明兰引着林主任离去了。与此同时，堂屋里传来厉金香指责棉桃与小俊的声音。“看你们这一大一小两个人，呆头呆脑的。他们都要往我们家头上扣那么大的帽子了，你们连个屁都不放。要不是我赶紧怼他们，这帽子不是坐实了？”棉桃与小俊没有理睬厉金香。只听厉金香又道：“反正这事情跟我厉金香、何兆午一家没有关系。”她的声音很大，且醒兰可以确信，她说这话的时候，是面朝这边说的。显然是说给醒兰听的。醒兰此刻一点儿不想理会厉金香。“秋锦！宝锦！你们两个继续弄饭。我先出去一下。”醒兰说着就出门了。她要去何家园找几个壮劳力，马上将场上的船弄到河里去。她终于拿定主意了：出去弄鱼。

来了八个人帮忙，醒兰忙着张罗他们抬起这船下水。她与他们一起抬。九个人抬一条船，平衡性差了一点。棉桃与小俊两次要从屋里跑出来帮着抬，都被厉金香制止了。直至这船终于抬到河中，整整半个钟头里，厉金香都没有跟醒兰说一句话。她就这样突然决定与醒兰形同陌路了。醒兰忽然想到，这厉氏已经有数天没来她这里烧香了。自打她的碗放在场上失去意义之后，她就没再来过了。

信仰经济

乡、村两级三名干部前来进行所谓调查、访问的第二天，一早，醒兰就去街上买芦头壳子。她要赶紧用芦头壳子做一个新船篷，支到后舱上去。她得赶紧带秋锦出去弄鱼啊。何家园该出去弄鱼的人家，都已经撑着自家的船出去了。从街上回来刚进屋，水芝进来了。她显得很神秘，一进来就替醒兰将门关上，道：“姐姐！你弄错啦！”醒兰不解，“水芝！我什么弄错了？”水芝道：“你不该把船弄到河里去。要不，你再把船拉上来？我帮你去叫人。”醒兰不耐烦了，“算了算了！不知道你到底想跟我说什么，料想你也没什么正经事。你来了正好，我还要拜托你事情呢。我打算后天就带秋锦出去弄鱼。你们家反正是不出去弄鱼的，我儿宝锦在家，他每天要负责给稻田放水，这孩子没单独负责过这事，你家稻田离我家近，你要是看宝锦哪里做得不对，就教教他。”水芝急了，“哎呀！还出去弄什么鱼呀，你要发大财了。”醒兰这才被水芝吊起胃口，急问：“你到底想跟我说什么事？”这水芝便开始一五一十向醒兰说了起来。

昨天徐建群、况明兰与林主任来，并不是来找醒兰麻烦的。有人举报醒兰没错，可这些天来，举报的人多了去了，别说乡里派人下来，就是村委，不也从来没派一个人过来探访吗？因为举报而来此调查访问，这个理由其实是不太成立的。这三个人昨天来的真正目的，才不是要查办什么，而是他们受了一名乡领导所托，替某位神秘人士来此看看能不能好好开发一下醒兰家的事情。干部说话就喜欢卖关子，喜欢故意误导群众，昨天那三人也真是的，把醒兰一家吓成这样。今天一早，醒兰上街的时候，这个内部情报在何家园迅速传播开来，等醒兰到家，就已成为公开秘密了。至于这“开发”的题中应有之义，目前是不明晰的。总之，对醒兰一家来说一定是好事情，兴许，对何家园来说也是好事情，这是何家园村民的共识。水芝夹叙夹议地说完，门外传来厉金香的声音，“醒兰妹妹！你在家吗？”醒兰和水芝自然一下子就听出是厉金香的声音，水芝忙小声对醒兰说：“她一准是来说这事的。你想啊，果真上面要开发你家的事情，她还不跟你一样受益？我先走了，你跟她聊。”水芝站起身要往外走，却又小声提醒道：“厉金香诡计多端的，你当心点。”这还用水芝说？醒兰对厉金香的提防是生生世世的。

醒兰将水芝送出门的同时让厉金香进来。“醒兰妹妹！你都知道了吧？”厉金香揣测地问。醒兰面无表情地说：“我一早就上街了，才回来。刚才水芝跟我说了一些，她说得不太仔细，这会儿我不知道我算不算是‘知道’。”厉金香便将先前水芝说过的用她的嘴又复述了一遍，与水芝的内容出入不大。不过，厉金香最终抛出了一个新的信息。“我早上听到这些之后，赶紧出去找人打听了一下。我刚弄清楚，上面要把我们的房子弄成庙。”她又强调了一句。“公庙。”庙哪有什么公私之分，她的强调真是多此一举。“你有没有弄错呢？”醒兰问，“你到底是跟谁打听的？这人的话可信吗？”厉金香不愿随便供出她的信息源。“是谁告诉我的你别管，反正我家上面也是有人的。你只需知道：这个人绝对不会乱说话。”醒兰沉默不语。厉金香急了，“我说你这人也真是的，这么大的事情，你怎么听了一点反应都没有？”醒兰淡淡一笑，“你需要我什么反应？”厉金香说：“果真上面要把我们的房子充公，会按价折算给我们钱的。你不是心心念念要盖新房子吗？我也要盖。拿了钱，你、我的新房子想动工马上可以动工。”醒兰笑道：“能给几个钱？盖一幢新房子又是需要多少钱，这个你又不是不知道。”厉金香也笑，“到底能给几个钱我自是不知，但你这间屋子到时扒掉了之后可以给你新房子利用的材料，折算下来，又能值几个钱？怎么着上面赔给你的钱，都不会比这钱少吧？只要比这钱多，就算只多一分钱，你就划算。何况，怎么可能只多一点点钱。再说了，你不是还有一条船上面会收走吗？这船，你到时就按新船的价格，问上面要赔偿。一间屋、一条船，这两样加起来，你赔到的钱，会是个小数目吗？”醒兰这才一惊，“我们家的船上面也要？”厉金香回答道：“反正我是这么听来的。我还听说，你家这条船是要重点保留在这儿的东西。跟我们这房子一样重要。”

醒兰感觉今晨从水芝和厉金香这儿听到这一切有点莫名其妙。昨夜，她在梦中，沉睡在她心里的羞耻感蜂拥而出，使她在接下来的长夜里辗转反侧。她居然曾经利用死去的亡夫、爱子挣过钱，居然做得出这种事情，那羞耻感，化作一声声责问，令她心里波澜四起。她一次次地起身，摸黑去外面的茅房。这频频到来的便意，令她的羞耻感变得更加深刻。她甚至认定，最近身体这一奇特的病态反应，并非源自那个郎中的神经官能症之说，是凰桃在暗中惩罚她啊。早晨，醒兰已做出无坚不摧的决定：出去弄鱼！与最近这段插曲一刀两断。毫无疑问，如今她做出这等决定，跟昨天那三位干部给她带来的威慑无关。这是她自己真实的内心需要。

此刻，醒兰看着这厉金香，深深地觉得，今晨到来的新状况，违背着她昨晚做出的决定。“如果我不干呢？”此刻，醒兰试探地问厉金香，“我的意思是，如果我不干，上面会逼着我把船和屋子交出来吗？”厉金香大笑，“你不干？这么好的事情，别人家想要都要不到，轮到你头上了，你为什么不干？我们这房子，几十年了，又漏风又漏雨的，你还当它宝贝？你家那条船，当时都撞成那个样子了，要是我，真不敢把它撑出去弄鱼，不安全的。你也当它是宝贝？”醒兰说：“早就是新社会了，我不干，上面会逼着我干？会把我从屋子里赶出去？会把我家的船强行没收？”厉金香说：“那倒不至于。哎呀！我不是这个意思。我是想说，就算你不想干，我也不会同意你不干啊。或许，何家园的村民都不会同意你不干。你想啊，要是我们的房子真成了货真价实的庙，来的人会更多，丢的香钱会更多。就凭这个，何家园的人，会同意你不干吗？”醒兰保持耐心，提出疑问：“这庙以后真要是成了公庙，香钱也是公家的，何家园的人敢像先前那样随便来取？不敢吧。这儿变成庙，对何家园的人真有好处？不见得。”厉金香却是不耐烦了，“这些你我不需要讨论。反正如今的事实是，何家园的人听说了这桩事，没有一个人不支持的。”醒兰冷笑起来，道：“我管别人是支持，还是反对。反正我坚决反对。哎呀！今天我事情可真多啊，要把刚买回来的芦头壳子做成芦扉，还要往船上安个锅箱。不晓得这两桩事情今天一天干不干得完。”醒兰委婉地下起了逐客令。厉金香对醒兰的驱逐充耳不闻，就要与醒兰继续理论，忽然，宝锦从外面冲了进来。“我也反对！我不许我们家变成庙。不许！”宝锦的出现把两个女人吓了一跳。醒兰还以为宝锦这会儿在自家的稻田里帮她放水呢，早上她出门前，交给了他这个任务。宝锦确实是去放水了的，不过十来分钟前他已经回到屋外了。他一直在外面偷听她们的对话。

醒兰有所不知，暑假前的一段时间，在学校宝锦没少遭“厉氏三贱”嘲笑。三个坏孩子动不动就上来对宝锦说：“何观跃！听说你妈把你爸、你哥打造成升天的神仙，守在家门口收香钱，是有这回事吧？”“何观跃！有一个神仙老爸，外加一个神仙大哥，是不是很威风啊？”“何观跃！你一家人，怎么这么不要脸呢？”宝锦本就排斥学校，这样那样的恶意嘲讽，让他更加不想去上学了。幸好，暑假来临了，可以有两个月的时间不用去学校了，耳朵根子清净了。不承想，人们要把他家打造成真正的庙了，果真如此，接下来整个暑假就他一个人守在家中，那他不是日日夜夜要面对那些神神道道的声音了吗？宝锦越想越恐惧。

宝锦的出现，以及他的愤愤然，解救了被厉金香缠得不耐烦的醒兰。她当即不太客气地向厉金香下了逐客令，接着与宝锦背着芦头壳子来到灌溉渠西一户人家，做篷子去了。那户人家有石磙。做篷子先要用石磙把芦头壳子碾压成平展的芦扉，再用一片一片的芦扉编织成一块四四方方的芦扉篷子。用竹子搭个篷架子，再将做好的芦扉篷子合到架子上方，一并固定到后舱上方，一个船室就形成了。这船室可以遮挡风雨，更可以用来睡觉。在弄鱼的那段时间，还要在中舱放一个锅箱。这锅箱是弄鱼、扒螺人家特制的可以用来生火做饭的器具，其身体用黄泥烧制，一侧开一个长方形的孔，便于往里面塞柴火。上面敞口，用来放置锅。有了这锅箱，一天三顿饭，基本上能够实现。通常出去弄鱼、扒螺，时长都不止十天八天，所以一般人们都会备些劈好的干木柴，上面用油纸盖着，搁在中舱的锅箱旁，用于下雨无法去岸上找柴火时应急。出船时要带出的必需品还包括几副碗筷和洗脸的盆子。如果有女人一起出船，船家会带一只痰盂在船上。如果没有，就不带这个。男人解决这种事情是随意也容易的。醒兰今天除了要把芦扉做好，还要去找一个锅箱。先前这船上的锅箱，自然已在去年的事故中翻入那运河中去了。

醒兰背着芦头壳子与宝锦来到这户有石磙的人家。万万没料到，这人家听说醒兰急于做这个篷子是为了后天就能出去弄鱼，立即就不愿意把自家的石磙给醒兰用了。“昨晚上下了雨，这场上还湿漉漉的。”这人家的男主人说，“这石磙子一滚，沾的全是泥，不但再也滚不动，而且把我家的场，都滚烂了。”他显然夸大其词了。这场上的土被经年踩踏，已坚固如砖石，昨晚只是细雨，湿到的只是场的表层，何况这会儿早被风干了。今天这石磙要是不能在他家场上滚，她醒兰也不会过来。

醒兰不是不知道这人只是不想被她借用而已。不过，她也没展开了去深想什么。这家不借，她就打算多跑一点路，去郁家园办这桩事情。郁家园也有一户人家有石磙。醒兰便背起芦头壳子，带着宝锦离去。那人却把醒兰喊了回去：“郁醒兰！我劝你还是先别去弄鱼了吧，至少，最近这几天不要出去。”醒兰道：“为什么不能出去弄鱼啊？脚长在我身上，船是我自家的，我想什么时候出去弄鱼就什么时候出去，不是应该是这种道理的吗？”那人道：“正是因为船是你自家的，你才得留在家中。你想啊，眼下上面派下来的人随时会去你家，到时候你铁将军把门，他们不是白来一趟了吗？他们要是总白来一趟，那事说不定就黄了。”噢！他在说那个事情呢。厉金香说得没错，果然何家园的人会阻止她郁醒兰出去弄鱼呢。“我留了宝锦在家。我家不会是铁将军把门的。”醒兰笑吟吟地说。“宝锦一个十岁的孩子，能做得了什么主？这事，他们肯定要找一家之主谈。你走了，他们就谈不成了。”“谈不成就谈不成。谈不成关我什么事？”醒兰丢了这么一句话就走了。那人用疑惑不解的目光看着醒兰的背影直到她从他眼里消失。“先前那么贪财。如今做出一副跟钱有仇的样子。这郁醒兰，装！”那人嘀咕道。

在郁家园那户有石磙的人家做完芦扉，正好赶上吃饭时间。醒兰便将芦扉捆成大小两扎，大的她背，小的宝锦背，母子二人来到醒兰父母家中吃饭。吃饭时，醒兰就把今晨得知的那个情况及厉金香与何家园对这种事的积极简单地讲了讲。郁玉忠与郁张氏倒没说什么，珍锦很反常地表现出反感。这孩子自乡试失利那晚之后，变得对醒兰他们的事情特别关心，像变了个人似的。或许，这次失败的经验，让珍锦的心理有了一次突飞猛进的成长吧。醒兰着急要将芦扉背回去接着去找锅箱，与宝锦草草吃了几口饭就走了。

何家园有一户人家今夏因为家里有人怀的孩子接近生产，不能出去弄鱼了，醒兰打算去跟这家去借锅箱。虽然这家住在灌溉渠很西之处，与醒兰家相隔很远，平素交往极少。但依照醒兰对何家园人的理解，这家会把锅箱借给她用的。醒兰与宝锦将芦扉背到家里放好，便又带着宝锦出门去那户人家借锅箱。同样的情况又发生了，像上午何家园拒绝将石磙给醒兰使用的人家那样，这户人家也拒绝将锅箱借给醒兰。理由也如出一辙：你郁醒兰最近不应该出门，应该在家中老老实实地待着。

醒兰的脾气上来了。不借就不借，明天早上，她去俞灶乡的街上买一只新的锅箱就是。本来她是想暂时先把这笔钱省下来，先借一口锅箱用。看来这笔钱是省不了的。做锅箱的商户不只早上营业，整个白天都营业。醒兰离开这人家就让宝锦先回去，风风火火去了乡上。入夜，领着送货的商户将锅箱带回了家。一到家，饭也顾不得吃，张罗着秋锦点一盏灯到场上来，她今晚就要把这张芦扉编织出来。她一进门就火烧火燎，焦急万分，大声使唤秋锦。秋锦几次想插话都没插上。这时秋锦终于找到一个空，赶紧对醒兰说："姆妈！宝锦今天没跟你一起出去吗？"醒兰这才发现宝锦不在。"上午和下午宝锦都跟我一起出去的，后来我上街买锅箱，宝锦也派不上什么用场，我就让他先回家了。他怎么不在？"秋锦问："你几点让他回家的？"醒兰答："下午三点多钟吧。"秋锦说："我是四点多钟回家的，他就不在。"醒兰一惊，"四点就不在了？现在已经八点多钟了，宝锦不在四个钟头了？这孩子平时根本不爱出门，现在放假又不用上学，他出去干什么了？不管了！说不定他出去找同学玩了，他会回来睡觉的。”见醒兰这么说，秋锦也觉得自己大惊小怪，便松了一口气。秋锦又说了一桩事，却让醒兰十分不悦了。

这家的船，原本是用一根绳子系在岸上一棵桑树上的。今天这家人全部出门的时候，不知道是谁加了根铁链条的系船绳。秋锦将这一情况告知醒兰后，醒兰顾不得做芦扉，跑到岸边。果然那桑树与船之间，被一根铁链子牢牢地系在一起了。经历了早上与厉金香的交谈、上午和下午两户人家的两次拒绝，醒兰不用思考就能知道，这根铁链子的到来，出自何家园村民同一种心理。“郁醒兰！最近你不该出去弄鱼。你该好好在家守着，等着上面来人跟你谈判。”这明里暗里一套一套的，看来是不把醒兰拴在何家园，拴整整一个夏天，这些人是不会善罢甘休了。醒兰气愤不已，恨不得立即跑到灌溉渠上，像上次那样声音高高地好好骂一次，但这次她吸取了教训，不敢放任自己的冲动真的去骂。怎么办呢？醒兰与秋锦在场上刚编了两道芦扉，实在按捺不住心中的气愤。她跑进屋，从灶房里取了斧头出来，掠过场，直向下面黑漆漆的河岸奔去。来到那桑树边，她就开始砍树。这桑树反正是她自己家的，她想砍就砍。反正也不粗，砍它也不用费太多力气。三下两下醒兰就砍断了桑树，然后她提起铁链掂量了一下，大声道：“谢谢你送给我的铁链子，我估摸着这得有一斤多重，卖废铁怎么都能卖两毛钱吧？这钱，我收下了。”言罢，她准确地拎着铁链的这一端，将它扔进船舱。铁链撞击船舱的声音在这月夜清脆响亮，醒兰听到西屋的门被打开的声音。不用向上看她都能猜出来，开门的是厉金香。醒兰猜测得没错，这铁链子就来自对门这家人。那么这一家人显然听到刚才醒兰的大声挑衅了吧？看他们还不收手。

醒兰与秋锦编了半夜，才把这一张芦扉编完。宝锦却还没回来，这令醒兰与秋锦感觉奇怪。但二人后来想，是不是宝锦今晚去醒兰父母那儿去了，以前是发生过这种情况的。次日，醒兰让秋锦去郁家园确认，却发现宝锦昨晚并没有住在那儿。

孩子的游荡

太阳真大，公路真宽，陌生人真自觉，没有人会停下来观看晃晃悠悠走着的宝锦。没有人打扰他。宝锦模仿新远校口哨吹得最响的一个男生，向一辆高速行进的卡车吹了一个口哨。并没有吹响，但他觉得吹响了，得意地向卡车吐了一口唾沫。他这副样子倒与那“厉氏三贱”中的厉仲淫有所相像，与惯常的他自己太不一样了。

宝锦就是要解放自己，要享受这种解放自己的感觉。他从来没有像现在这么放松过。这种放松的、自由自在的感觉真好，可以无视别人的目光和评判，自己想怎么来就怎么来，真是太舒服了。

宝锦已经出来两天两夜了，这段时间他的活动范围，主要是在三甲乡的地盘上。三甲乡是俞灶乡的邻乡，在后者的东边。白天，宝锦并不常在公路上走，多数时候他在离公路不远的三甲乡的农田里钓田鸡，从早钓到晚。他能钓好几斤。晚上，他睡农田、桥洞、小树林、废弃的房子，以及路边闲置的巨型水泥管。早晨，他杀田鸡，再拿到三甲乡的集市上去卖。卖田鸡的钱，小部分用来买东西吃，大部分存到兜里。他热爱如今的生活，暂时还没有想好，要一直这样流浪下去，还是流浪一段时间带着一笔巨款回到何家园。如果是后者，他很好奇他姆妈和姐姐看到他掏出一大把钱的第一刻，该惊奇到何等地步。

接近暑假的这段时间，他过得太难受了。在学校里，已经不仅仅是那“厉氏三贱”，更多的同学加入到嘲讽者的行列。每天中午和晚上回到家中，那些嘲讽的声音不再，但往来于他家场上的那些朝圣者，他们投向船舱里的钱币，他们的念念有词，还有醒兰每晚取走钱币回到屋中清点它们的整个过程，所有这一切，都让宝锦的耳朵里重现学校里的嘲讽声音。更可怕是他的姆妈有几次夜里还从床上爬起来开门去屋外察看船舱。那时候，黑夜寂静，他听得到他姆妈贪婪的呼吸声，这声音令他再也睡不着觉。

宝锦是痛苦的。

作为一个自闭症患儿，宝锦有能力让自己的痛苦深入至普通村民无法深入的心灵最深处。他与何家园的每一个村民比如他姆妈是完全不同的人。这些村民的内心充满着因为生活琐事的精确计算而产生的各种各样的痛苦，以至于自己的内心缺少机会去接近那些真正的痛苦，比如丧失亲人的痛苦。作为一个自闭孩子的宝锦从来都无须思考那些琐事，他思考的是生命本身，所以他可以去感受那种纯粹的痛苦。学校里嘲讽他的声音，他家场上那些来来往往的人，那些钱币，这艘被转换了功能的船，归根到底都在提醒宝锦：他的父亲和哥哥死了。近段时间，宝锦时刻都处于这种提醒的围攻中。

死是什么呢？宝锦不得不每时每刻都要来直面这个问题了。这对一个十岁的孩子来说，这样的时时刻刻的摧残，简直太残忍了。

如今，居然何家园的人都要来把他家的房子变成一座庙。果真这样，宝锦日后的每一天，每一分每一秒，都将变成一种煎熬。宝锦不敢再在自家的房子里待着了，不敢再看到他家的场，不敢再看到他姆妈，不敢看到厉金香，不敢看到任何何家园的人。他必须离开，逃离，去听不到、不会幻想任何嘲讽声音的那些个地方。

宝锦不知道，他家永远不可能变成庙。这几天发生在他家，发生在醒兰与厉金香、与何家园村民之间的事情，其实是一起乌龙事件。派林主任下来调查访问的那位乡领导，不久前去县里开了一次关于经济发展的会。这次会上，有一个台商十分活跃。因他有意来这平原上投资，大家对他都比较重视。这天晚宴，那位乡领导和台商挨在一起坐。他们闲聊起来。这台商听说是俞灶乡的领导，就说起他无意间听人说起的醒兰家的事情，他点拨那乡领导说，也许可以利用村民自发形成的信仰做点事情。“信仰其实也可以经营成一门生意啊，而且是大生意哦。”这台商大声说道。那位乡领导是个比较忠厚的人，以他有限的认识，他觉得这台商的话很可笑。台商说的话却被县里的一个领导听见了。这领导觉得客人的话不能怠慢，便随口对那位乡领导说：“王副乡长，你到时派人去当事人家里调查了解一下。”那位乡领导便只好应付于事地派了林主任下来走了一趟，林主任回去简单跟他汇报了一下，他又将林主任的汇报往县上汇报了一下，这事便就此画上句号了。

上面将这事已经画上了句号，不等于何家园的人给它画句号。那些擅长捕风捉影的何家园人，是再也放不下这个事情了。毫无疑问，他们最终会因为这桩事的不了了之而感到遗憾。接下来他们会廾始用足够多的时间来讨论问题出在哪里。这些村民，对官场上的这些那些，是一窍不通的，对此缺乏想象力。他们自然想不到，那原是官场上一次微不足道的乌龙事件。就算告诉他们是乌龙，以他们对官场的敬畏，他们也绝不会相信。村子像一口井，会将这些人的想象力牢牢地吸附，他们的想象力很难有外扩的可能。另一方面，对自己村子里的每一个人，每一间房屋，每一块田地，人们的想象力却又是异常丰富的。所以说，他们必将会将矛头指向醒兰。

是这个叫郁醒兰的女人不配合，才使得上面放弃了原来的计划。他们多半最后会将此作为唯一的结论版本，在这平原上流传下去。或许会流传许久呢。这平原的乡下就这样。

出来流浪的第三天早上，宝锦如前两天早上一样拎着一网兜杀好的田鸡肉来到三甲乡的集市。一个同样来卖田鸡肉的青年今天对宝锦格外关照，中间，宝锦尿急，他主动帮宝锦看管田鸡。宝锦本来是不放心的，想多憋一会儿再说。但是今天田鸡卖得慢，他憋了半个钟头，田鸡肉还是卖不完。那青年见宝锦憋得眼泪都快掉下来了，再度真诚地提出帮宝锦看管田鸡，让宝锦赶快到旁边的弄堂里把这泡尿撒掉。“朋友！你会憋出病来的。”他笑着说。见宝锦还在犹豫，他对宝锦耳语道：“我听说，憋尿憋久了，长大了你就没法娶媳妇了。”他向宝锦挤眼睛，补充道：“朋友！你懂我的意思吗？”宝锦紧张地瞪着这人。“放心吧！我不拿小孩的东西。我不但不拿，如果你不在的时候，有人看上了你的田鸡，我还会帮你卖。”宝锦将信将疑。这青年又道：“你实在不放心，你可以把田鸡拎走啊，我帮你把这位置占着，等会儿你回来就还能在这儿卖。”这对宝锦来说，是两全之策。他就是怕他拎着田鸡走了之后再回来，就再也找不到卖田鸡的地盘了。眼下这块地盘，是他天不亮就过来占到的呢。这集市上的地盘，是很金贵的。“你可不许骗人！”宝锦对这青年说完这句话，将田鸡肉划拉进网兜飞快地向那弄堂跑去。几分钟后，宝锦回来，看到这青年正跟一个中年男人大打出手。打架的原因，是这青年要向宝锦信守诺言，不允许这男人在先前宝锦占据的这块地盘上卖虾。

这青年正是春天时与秋锦一起在工地上干活的盛峰。盛峰是三甲乡人。“朋友！你是俞灶乡人吗？”当天，二人卖完田鸡肉准备离开这集市时，盛峰问宝锦。这平原上，每隔几里地就变一变的方言，令盛峰有此判断。但在这平原上，也并非任何人都有如此精准的判断能力，至少宝锦没有。宝锦敬佩地看着盛峰。“你真厉害！能听出我是俞灶乡的。”盛峰谦虚起来。“也不是我厉害，春天的时候，我总跟舅舅去你们俞灶乡给人家盖房子，所以，除了三甲乡的话，我最熟悉的就是你们俞灶乡的话了。比如我们三甲乡称‘小孩’是‘小囡’，你们俞灶乡是喊‘小倌’的。再比如，我们讲‘吃饭’是‘册饭’，你们是讲‘切饭’的。不过，我一下子就听出你是俞灶乡的，最重要的原因，是你说话的语气，特别像我一个俞灶乡的朋友。哎！怪事了，你们两个长得真像啊。”盛峰说的当然是秋锦了。说到这儿，盛峰竟有些惆怅了。“我这位朋友特别惨，她爸爸和她哥哥，去年秋天出去扒螺蛳，船翻在运河里了，人也跟着没了。她成绩很好的，年年考第一，在她那个学校很有名的。为了家里能早点盖上房子，她只好不上学了出去挣钱。”盛峰说话的时候整个人陷在一种感伤里，眼睛失神地看着远方。说完他才回过头来，却讶异地看到宝锦满脸是泪。“朋友！你怎么啦？”宝锦失声哭了起来。“我要回家。我姐姐肯定找我找得要哭死了。我姆妈肯定也哭死了。”盛峰说：“啊？这么说，你是离家出走？”宝锦点点头。盛峰用手轻轻在宝锦脸上拧了一下，“你这孩子，也太不懂事了。怎么能离家出走呢？你家在哪儿？我送你回去。”

第十章　融化之夏

身兼多种美德的人

小暑那天，这家有贵客登门了，来的是赵瓦匠。这事要从前一天说起。那天中午前，盛峰将宝锦送到家。醒兰和秋锦出于感激留盛峰吃饭。许久未见秋锦，盛峰想跟她说说话，自然乐于留下来吃饭。饭间醒兰说起本村窑厂近日砖头要涨价的事情，把自己说得长吁短叹。“要是手头钱再多一点的话，我真想明天就去窑上去订些砖。可是，手头就这么一点点钱，又不知道到底哪年哪月能盖上这新房，眼下我哪敢随随便便就把钱用出去啊。”

宝锦找到了，醒兰准备这两天就开始弄鱼去了。厉金香与何家园的人，暂时还没意识到那事是个乌龙，等他们意识到这一点，还要过些时日。他们对醒兰的阻挠还在继续。但他们的阻挠如今已经不能影响醒兰的决定。倒是宝锦这一次的离家出走，对醒兰的决定是有影响的。先前，醒兰是想让宝锦一人留守在家，她与秋锦出远门去弄鱼，如今，醒兰对宝锦不放心，她已不敢让宝锦落单。她又不可能带宝锦一起出去弄鱼，那样的话，自家田地里的事情，完全就只能托付给醒兰的父母照应，仅就每天他们从郁家园跑过来去稻田放水这桩事，二老就招架不过来。那天中午吃饭，醒兰父母、珍锦也都在的。听说宝锦回来了，他们就都赶紧跑过来了。一大家子人就是在吃饭的时候讨论这些个事情，算是开大家庭的会议了。珍锦这丫头令醒兰惊喜。这时，她竟提出，她住到何家园来，负责稻田放水。珍锦这丫头毛毛糙糙的，让她负责这桩事情，醒兰是绝对不放心的。讨论来讨论去，最后形成了一个中庸的意见：醒兰与秋锦出去弄鱼，宝锦在家留守，为防宝锦再次离家出走，珍锦住回来看管宝锦。但为了确保万无一失，醒兰与秋锦今夏弄鱼，就在离何家园、郁家园不远的地方弄。最远，不要超过十里。争取做到每天晚上都回家来住。如果不能确保每晚都能回家住，那至少也得三天回家住一次。何家园、郁家园周边的河流，与人们常去的靠东海的那个地方比，没那么容易弄到鱼，但多少还是能弄到一些。也只有这样了。

部署完接下来这一家人的行动，醒兰就说到了窑里砖头要涨价这一情况，便有了那样一段感慨。醒兰这边正在自怨自艾，那盛峰忽道："可以找我舅舅帮忙。我舅舅跟全县的窑厂都熟。"盛峰的舅舅，自然是赵瓦匠了。盛峰说完，秋锦当即向醒兰介绍赵瓦匠。秋锦对赵瓦匠直到现在都心存感激，故向醒兰介绍时，对赵瓦匠不吝溢美之词。秋锦是个说话严谨的孩子，这么夸赞别人在醒兰记忆中尚属首次。这倒让醒兰对这位名唤赵玉彬的资深瓦匠存了一份好奇心了。“哪天你舅舅有空，请他来家里吃个饭吧。”醒兰对盛峰说，“他是瓦匠，还承包人家的房子做，盖房子方面的事情，他是很懂的。我正好向他请教一下。”盛峰自然是再乐意不过。如果赵瓦匠过来，他就可以跟着过来，正好可以再见秋锦一次，何乐而不为？盛峰兴奋地说：“这时节没有人家盖房子，我舅舅最近闲在家里，正闷得慌。明天我就带他过来，怎么样？”醒兰说：“好啊！”这时盛峰悄悄对秋锦说：“忘了跟你说了，我这个舅舅如今还单身，我舅妈前年去世了。”盛峰虽然跟秋锦说的是悄悄话，但一桌的人，醒兰、醒兰的父母、宝锦和珍锦，都听见了盛峰的话。众人都将目光聚向醒兰，而醒兰自己则将目光投向凰桃的灵位，内心里涌出一股说不清、道不明的慌乱。

如此，今天赵瓦匠的到来就有点相亲的意思了。这平原的乡下，素来对手艺人敬重。醒兰怕怠慢了赵瓦匠，准备中午弄四个荤菜招待他。一大早，醒兰领着宝锦去了乡上称了一斤猪肉，回来用盆子装好，凉在水缸里。又抓了一只鸡杀了，把鸡胗仔细清理过，另外放在一只碗里。听秋锦说，赵瓦匠喜欢吃鸡胗。醒兰还问过秋锦，这赵瓦匠喝不喝酒。听到秋锦说滴酒不沾，醒兰松了口气。凰桃就是不喝酒的。一个男人要是不喝酒，在醒兰这儿会加分。巳时过半，醒兰开始在灶台上忙乎，却又为自己今天对赵瓦匠过分的上心不安、羞愧。为什么今天要对这个素未谋面的单身汉如此上心呀？醒兰回忆昨日以来的种种，最后发现，是秋锦的一句话打动到了她：“姆妈！这赵瓦匠跟我爸还有两分相似呢。”

午时将至，赵瓦匠来了。当然，盛峰也跟着过来了。这人真是讲究，礼仪是顶级的。照常理，头一次拜访别人家，象征性地带一样礼物即可，他却带了四样多。为什么说四样多而不说五样呢？因为最后一样跟前四样无法归于一类。前四样分别是：一盒西亭脆饼，一罐石港乳腐，一袋白蒲茶干，一袋正场熏糕。这四样都属于食品。多出来的那一样，是一块蓝印花布。五尺，做一件上衣绰绰有余。一定是人小鬼大的盛峰对赵瓦匠做了某种暗示，甚至是明示，不然这礼不会如此隆重。在一九八四年的这平原的乡下，这样的一组礼物，确实是隆重的。且不说布料，就是四样食品，那可是这平原上鼎鼎有名的特产。通常，人们偶尔也会买脆饼、乳腐、茶干、熏糕送人，但送的都是逊色很多的杂牌，不是西亭脆饼、石港乳腐、白蒲茶干、正场熏糕这样的名牌。布料，更要说一嘴。不是一般的布料，那可是女人做新娘子的时候，才有机会收到的布料。

这隆重的礼物，弄得醒兰心里面好大的压力。要是赵瓦匠走的时候将它们退还，一定叫人家尴尬。收下，醒兰却是不敢的。特别是那块布料，在醒兰看来，它仿佛带着某种使命，她若收下，使命便完成，余下的就是醒兰要向这使命所承载的某种期待给一个说法。天可怜见！直到现在，醒兰的心里还是只有凰桃的呀，她根本就不曾想过，要再找一个男人一起过日子的呀。她怎么能给赵瓦匠，抑或接下来很可能还会出现的什么李瓦匠、胡木匠之类的男人一个说法呢？不能，她不能，她完全就没有心理准备，更谈不上做好了心理准备。

醒兰决定将四样东西，原封不动地让赵瓦匠带走。拿定了这个主意，醒兰心里就放松了。一放松，醒兰就可以抱着单纯待客的心理对待赵瓦匠了。这一单纯，醒兰就看到了赵瓦匠的好。赵瓦匠的好，是显而易见的。他生得白净，完全不像醒兰所认识的那种瓦匠。常年风吹日晒，让一般的瓦匠皮肤比常人黑、糙，不像木匠，一个一个都白白净净。赵瓦匠看起来更像木匠，却又没木匠那么壮硕。赵瓦匠嘴里含着饭菜的时候绝不说话，这一点，醒兰见过的男人，很少有人能做得到。赵瓦匠很沉默。这在别人看来是缺点，在醒兰眼里却是顶顶宝贵的优点。要不是因为凰桃沉默寡言，醒兰这种急脾气的人，很难做到跟他结婚十九年来从不曾吵过一次架。这也正是醒兰从见第一面就排斥那邱新尧的原因：他太爱说话了。赵瓦匠的沉默与凰桃的沉默却不同。凰桃的沉默，多半是为了息事宁人，是为了给自己保留随时可以退缩的空间。赵瓦匠的沉默，似乎是在为下次字字千钧式的说话做铺垫。这一点看，凰桃的沉默是消极的，赵瓦匠的沉默是积极的；凰桃的沉默是不得已而为之，赵瓦匠的沉默是刻意而为；凰桃的沉默是心里没有底只好藏拙，赵瓦匠的沉默是成竹在胸随时准备着兵来将挡、水来土掩。为什么只一个中午醒兰就意识到赵瓦匠与凰桃的沉默有如此深刻的不同？且看秋锦替醒兰向赵瓦匠提出要请他帮忙去港东村的窑厂斡旋砖头事宜时，赵瓦匠是怎么回复的：醒兰的想法，如果不交订金，就按现价订两千头砖，那就再好不过了。这个想法是不太切合实际的。但赵瓦匠却用低沉的声音有力地回答道："吃完饭我就去办。"

饭后，赵瓦匠一点儿都不拖沓，给醒兰来了句“我去办了”，径自骑上自行车走了。醒兰反应过来，赶紧张罗秋锦和宝锦将那四样东西提到手上去追赵瓦匠。“你的东西！”母子三人跑到场边，对着小路上快速骑行过去的赵瓦匠高喊。赵瓦匠骑行的速度一点儿没有放慢，也不回头，径直走了。醒兰和秋锦、宝锦只好回到屋中。却见盛峰在“哧哧”地笑。“我舅舅又不是不回来，你们等他回来，再把这些东西退给他也不迟。如果你们一定要退的话。”醒兰便问：“他也没说今天就会回来啊，他只是说‘他去办’。”盛峰笑得更大声了。“我舅舅这人办事可讲究了，他不可能今天下午办了事还拖到明天来给你们报信的。”果然，一个钟头不到，赵瓦匠骑车回来了。“办完了！给！”赵瓦匠将一张收据交给醒兰。醒兰不识字，忙给秋锦看。秋锦看到，这是一张两千头砖的订单的收据。上面写明了，两千头砖，货款已全价交付。秋锦忙将这收据给醒兰看，并低声告知醒兰新情况。醒兰大惊，仿佛这收据是能致人皮肤重度过敏的洋辣子，她忙将它塞到赵瓦匠手里。“你这人也真是的，我请你免费订两千头砖。你怎么替我把砖头的钱全交了呢？”赵瓦匠就将收据接住，想了想，又交给秋锦。“秋锦！你来保存。”秋锦本不敢接，但见赵瓦匠如此不容置疑，只好接了。“秋锦！这钱！算是我借给你们家的。”赵瓦匠微笑着对秋锦说。他又将脸转向醒兰。“抱歉！这个厂长，我算是半熟，他不给我面子。我得给自己面子。我答应过帮你去办，就要办到。我就垫了钱。”说完，赵瓦匠示意盛峰告辞。盛峰迅速去推了他的那辆自行车，要与赵瓦匠离去。醒兰却还处于震撼中。这男人少说话、多办事的务实作风，事情没办好之前绝不多说半句的严谨性格，他的说到就要做到，叫她无法不觉得他特别。

赵瓦匠和盛峰就要走了，醒兰这才意识到她想好要退礼物的，慌乱中她一个人跑进屋，将那四样食物及那块布一并抱在怀里，追到赵瓦匠身边。“这些礼太重，我不要，不要，坚决不要！”赵瓦匠没有接醒兰手里的东西，醒兰也不好扔到地上。他二人便在场上站得很近地对话。“留着吧！吃的，孩子们喜欢。”赵瓦匠的目光又轻轻从醒兰身上扫过。“布，你穿着好看。”他说到“好看”时，醒兰感觉自己胸口里面有什么东西颤抖了一下，她不知道这是什么感觉，就对自己有点吃惊。她知道自己是好看的，在这平原的乡下，她算是一等一姿色的女人了，但是她有多少年没听到别人，尤其一个男人说她好看了呢？很多年了吧，寡言的凰桃刚开始是会说的，后来是从来不说，别的男人更不会。真的是久违的一句夸赞了啊，若不是赵瓦匠提醒，醒兰都快忘记自己是好看的了。醒兰感觉这夸赞给她带来不可名状的感觉，她能感到，她的眼眶，都因为珍稀的夸赞而潮湿了。

这时，赵瓦匠举了头向屋顶看了看。“夏天雨多，瓦要整理一下。”醒兰的感动又上升了一个层面，是感恩了，她感恩地想，瓦匠就是瓦匠，一眼就能看出这屋顶该弄一下了。她却又叹息了。“有几年没整理过瓦了呢？三年，还是四年，唉！我都不记得了。去年夏天，一天晚上，下大雨，床都给漏湿了。我们一家人，就只好起来坐了一晚。”赵瓦匠低下头来，沉默。仿佛他是在想象醒兰口中的那个悲哀夜晚。这时，他抬起头来，对盛峰说：“峰峰！过几天，一起过来。”盛峰高兴极了，“哪天来？二舅！”赵瓦匠想了想，“就十六号吧。那天农历十八。公历有‘六’，农历有‘八’，也算是吉日。”盛峰忙道：“对对对！整理瓦最好也讲究一下日子。”赵瓦匠转脸对醒兰道：“我们早上八点到。”醒兰“哦”了一下，紧接着从她嘴里冒出来的话显得文不对题：“赵师傅！你住三甲乡几大队的？”虽然去年起已采用“村”的说法，但人们还是习惯说“大队”。醒兰的问题来得蹊跷，赵瓦匠的回答有些迟疑：“十六大队。”“几队？”醒兰追问。赵瓦匠愣怔地看着醒兰。醒兰似乎对他家具体在哪儿很在意，这是为什么呢？这个疑惑把他的喉咙给卡住了。“我二舅家在三队。”盛峰抢答。醒兰神秘地抿了抿嘴，“三甲乡十六大队三队。我知道了。”这时赵瓦匠左脚准确地踩中踏板，在自行车的轮子有力地前行的同时，粗壮的右腿漂亮地一扬，整个人就稳稳地坐到了车上去了，片刻之间，他已骑出去了老远。盛峰赶紧对秋锦补了句“十六号见”，跳上车去追赵瓦匠。醒兰与秋锦、宝锦目送着这舅甥二人远去，一时间三个人都回不过神来。这时醒兰听见秋锦的声音，“今天是七号，初九，星期六。十六号，就是下下个星期一。”这算是对醒兰的一种提示了。醒兰“哦”了声，一抬眼，看到厉金香一家正在对门里面看着这。看来，这一家人已经看了多时了。醒兰忙与秋锦、宝锦进屋。

访亲，访亲

秋锦坐在后舱里整理卡线，醒兰站在前舱撑船。水与行进中的船摩擦，发出清脆、悦耳的响声。这让秋锦对醒兰满心钦佩。只有力气足够大，才能把船撑得这么快，才能使这响声如此清晰、响亮。十五岁的秋锦做不到。这种做不到，对秋锦是一种提醒：她并不是真正的成年人。这种提醒，让秋锦分外惆怅。为什么她身体的长势总是比同年龄段的女孩慢一拍呢？别的乡下女孩，在她这个年纪，身高和体重都差不多要追上她们的姆妈了。比秋锦大一岁的巧英就是。去年，巧英就和她姆妈一样高了，比她姆妈还重了一点。最近几个月，巧英横向发展，长得肉墩墩的，都显得有点男性化了，已经比她姆妈重十五斤。由于这几个月里，秋锦与巧英没见一次，陡然见到黑铁塔似的巧英，秋锦差点没认出来。比秋锦小两岁的徐卫芹从去年冬天到这个夏天，忽然就长高了五厘米，现在比秋锦还高了，真叫一个亭亭玉立。什么时候，秋锦也会像巧英一样突然横向发展？什么时候，秋锦能像徐卫芹那样，突然蹿一下个子？还是她秋锦永远就不长了，就只有眼下的七十三斤、一米五二了？辍学半年的秋锦，已被生活磨灭她本就不多的自信，眼下，她变成了一个完全看不到自己优点的孩子。她看似还与从前一样，但已陷入暗无天日的幽闭世界。有时，她想起在学校获得过的成就，会觉得，学校才是她唯一该去的地方。这个想法一出现，她就马上开始谴责自己。

三天前，也就是小暑第二天，醒兰一早去自留地里摘了些黄瓜、豆角、茄子，让秋锦拿到乡上去卖。那天秋锦在街上遇到了她的班主任林晓琴。林老师本就比秋锦大不了几岁，彼此也算是同龄人，如今没了师生的界限，林晓琴便像朋友那样帮秋锦卖了会儿东西。其间，林晓琴不断向秋锦重复同一个意思：秋锦秋锦！还是来上学吧，这大半年，你就当是休学吧。林老师的话把秋锦的心搅乱了。辍学这些时日来，秋锦很努力，很拼，可她对家庭所做出的贡献，远没有她想象的那么多。秋锦一方面责怪自己无能，另一方面也常在心里问自己：我辍学的意义，到底何在？心里的这些迷惘和困惑，却又是不能跟家中任何人交流的。秋锦憋闷坏了。

这会儿秋锦坐在后舱里，忽又被这些迷惘和困惑弄得失神，手上的动作失去了精度，一下子将手上的卡线弄乱了。她失声惊叫起来。前舱的醒兰完全没有听到秋锦的惊叫，目光如刀，看着前方的水面，用力地挥动手上的竹篙。看醒兰这样子，也跟秋锦一样，被某种迷惘和困惑弄得失魂落魄了。秋锦将头从篷里伸出来，四下里看了看，发现两侧水中长满了高过两米的粗硬芦苇。秋锦暗自不解：姆妈今天怎么到这儿来弄鱼呢？这种河里面，是根本不适合下卡的。一旦有鱼咬了卡，接下来就是在万般挣扎中将卡线拖至芦苇里，到时，芦苇的根部会将卡线绕住。一根卡线几百米长，上面装着上百个卡饵，就算只有几条鱼咬卡，起这根卡线的时候，也会费尽周折。说不定还把一根珍贵的卡线给弄得废掉了。弄鱼人弄鱼，有些河，是要避开的。这长满芦苇的河，是最该避开的一种河。“姆妈！今天我们在这儿弄鱼吗？”秋锦忍不住问醒兰。醒兰没有说话，她手里的竹篙根部向外一划，船尾向左转去，就在船头切换至与先前方向四十五度时，她又将竹篙的根部向内划至船尾，紧接着奋力扬起竹篙根部，又准确将之插入河底，这一气呵成的动作过后，秋锦钦佩地看到，船已经拐入了另一条河道。

这条河，同样是两边布满芦苇的河，但二者有所区别的是：先前那条河，是俞灶乡与三甲乡之间的界河，眼下的这条河，完全在三甲乡境内。越往里撑，越进入三甲乡深处。秋锦听着耳畔坚定有力的水声，觉得自己此刻洞见了她姆妈心中的某种秘密。岸边出现一个摊排，一个女人提着一只淘篓从上面走下来。醒兰挥舞竹篙的手巧妙地运作，使这船陡然降速，进而准确地停靠在那摊排前。“我问问你呀！这儿是十六大队吗？”船停下来的同时，也是那女人走至摊排上的时候，醒兰高声问道。那女人答道：“是啊！”醒兰又问：“这儿是几队？”那女人道：“一队。”“那三队就在前面不远了？”醒兰喘着气问。那女人用手一指船头方向，“过半里地，到二队。过一里地，到三队。”醒兰道了声谢，轻巧将船撑离这摊排，又使它疾速向前奔去了。秋锦听着耳畔变得激烈、嘹亮的水声，心内都在替她姆妈欢呼了。她要去十六大队三队，那儿，是赵瓦匠生活的地方。秋锦想起小暑那日赵瓦匠临走时她姆妈那个文不对题的问题。看来，小暑那天，她姆妈就拿定主意要重视赵瓦匠了。今天，她是蓄意带秋锦前来访亲了。对！访亲，一个寡妇，不需要媒人，自行前来暗中调查赵瓦匠。

秋锦眼里的赵瓦匠是多么好啊。除非姆妈不想再找人，要找，就只能找赵瓦匠。没有比赵瓦匠更好的男人了，也没有比赵瓦匠更适合姆妈的人了。这样想着时，秋锦发现船已经离开刚才那摊排半里了。到二队了！那么，再过半里，就是三队的地盘。赵瓦匠近在咫尺了。秋锦却又担心起自己的姆妈来。她想，若遇到认识她姆妈和她们的人，猜出她们来三队的目的，再传出去，传到何家园，那就惨了。真要到了那个时候，醒兰说不定会被那些叽叽喳喳的嘴说成什么样子呢。这样的担心，让秋锦后悔、内疚起来。早知今天，当时她该在工地上好好打听赵瓦匠的生平，这样，醒兰今天就不用来冒这样的险。

秋锦其实不必为醒兰担心。醒兰什么不明白？她能不知道这是冒险？她当然是知道的。知道了还来蹚这刀山火海，证明她心中不惧。这世上真有什么事是醒兰必须做的，她绝不会退缩。若这赵瓦匠真是老天爷派下来扰乱她心神的，她不来一探究竟，那她就不是醒兰。前面这河的北岸，密密地布满了房子，那一定就是三队即赵家园了。醒兰与秋锦的船在三队最边沿的这户人家的摊排前停下，而后，醒兰对秋锦说："你在船上看着点儿，我上去卖鱼。"秋锦绝少违逆醒兰，这一次她却不容置疑地说："姆妈！我跟你一起上去卖。船系在这儿，不会有人动它。"醒兰想了想，说："也好！

你跟我一起上去卖。”醒兰不会不明白秋锦已经猜出了她来此地的意图。让秋锦一起参与到这次探访中来，她后面也好听听秋锦的意见。母女二人心照不宣地将今天先前卡到了的一斤多鱼捞到桶里，提着上岸了。

她们要避开赵瓦匠家。怎么避开呢？她们也不知道。就只有见机行事了。如果走到一户人家前，感觉那是赵瓦匠家，就赶紧跑开。这是醒兰心里的对策。此刻，母女二人站在赵家园最边沿这户人家的场上。二人推销着手上的鱼，寻机与这户人家的主人攀谈。“你们队里有个瓦匠吧？”那户人家男女主人都在，此外还有一个孩子。男主人答：“我们队有十几个瓦匠，不知道你说的是哪个瓦匠？”醒兰和秋锦吃惊于赵家园有那么多瓦匠，难道这是瓦匠队？就这，让醒兰对这个队都有好感了。就听秋锦帮她问道：“就是那个也承包人家房子做的瓦匠，叫赵玉彬。”男主人眼睛一亮，“你们问的是他啊。怎么？他是你们家亲戚？”说到这儿，原本对他们的交谈漠不关心的女主人好奇心起，从堂屋里走出来，站在一边仔细地听她丈夫跟这对母女说话。醒兰被这女主人侧耳倾听的样子弄得心里发毛，忙道：“不是亲戚不是亲戚！我家不是要盖房子吗？听说这赵瓦匠做承包的，我想去问问他承包一下怎么收费。”那女主人做恍然大悟状，接下来她变了个人似的，喋喋不休地主动讲起赵瓦匠的事情来。这是一个标准的长舌妇呢。经她一顿讲，醒兰把她此次想探访的信息几乎都探访到了。

赵瓦匠一九三六年生人，今年四十九岁。先前赵瓦匠常年在外地做活，脑子活络，挣钱的能力不一般。挣得虽不算太多，但远多于一般的瓦匠。这人早先有些坏毛病。吃、喝、嫖、赌四毒，只有“嫖”这一毒他不沾，其他三样，他都在行。但现在没这些毛病了。前年，他妻子得了绝症，他花光了积蓄，还借了一屁股债，卖了祖屋，给妻子看病。因查出时癌已晚期，花了那么多钱，人还是没救过来。这人有一儿一女，儿子今年在县中读高二，女儿借住在她姐姐家里，读初中。他现在借住在生产队一间公房里，是赵家园的人见他可怜，投票决定让他借住的。“喏！那个，就是生产队的公房。”那女主人站到场上，手指侧前方。醒兰看到，两三百米处，一幢外观与普通民宅相异的两间头房子。醒兰紧张起来，“他今天在家吗？”那女主人道：“夏天瓦匠哪来的活？他这人，自家里那位死了之后，没有事情的话，就成天在家里闷着，这会儿应该在家的。”醒兰拉起秋锦就走。回到船上，她动作猛烈地将桶里的鱼倒入夹舱，完全忘记了作为一个弄鱼人该怎么在鱼卖出前爱护自己的鱼。“可恶！”醒兰凌厉地说了这么两个字，迅猛地将船掉了个头，而后在几分钟内将船撑出去一百多米远。此后，她挥篙的动作变得无力、缺乏规律。就这样，她有一下没一下地，软软地撑着船。秋锦看到两岸原本快速退去的芦苇，在她眼前停留的时间变长。耳畔的水流声，轻得近乎是呻吟了。秋锦很是失望。看来，她姆妈跟赵瓦匠已经万万不可能了。秋锦对赵瓦匠本人，也有一点失望，但就只一点：赵瓦匠怎么以前竟然是个吃、喝、赌样样都来的人呢？那根本就不像他啊。不过，秋锦很快让自己不再对赵瓦匠有失望。那是他以前，不是他现在。秋锦想，现在的赵瓦匠已经浪子回头。这秋锦，就因为当初赵瓦匠破例给她发工钱，永远对他存了一份理解。船忽然又开始掉头了。秋锦正因此讶异，天空飘来一片乌云。毫无过渡地，两声惊雷响彻了起来。醒兰看了看天，惊慌起来。忽然，她将本已掉转了头的船，重新转向。“天意！天意啊！”醒兰大声道。说罢，她快速将船撑动起来。过了二队，过了一队，她们的船重又回到俞灶乡与三甲乡的界河。又过了许久，秋锦耳畔的水流声变得均匀、流畅起来。这水流声里跳脱出醒兰的声音。“秋锦！你替我把赵瓦匠那两千头砖的钱，还给他去吧。”

忘却的归还

次日，母女俩又将船撑至赵家园，醒兰在河边等着，秋锦揣着那两千头砖的钱上岸。秋锦径直来到那公房。里面却没有赵瓦匠，盛峰却在这儿。“你怎么来这儿了？”秋锦、盛峰二人几乎同时问对方。盛峰先答道：“我是我二舅的徒弟，所以虽然现在没活做，但二舅还是每天要教我。”秋锦这才看到，这公房前面堆了一堆断砖。断砖堆旁边，有一截正在砌的墙。那些断砖正是用来砌墙的，它们中只有个别，大于一块整砖的二分之一，绝大多数都很小，近乎碎砖了。秋锦在工地上干过，自然知道，用小于整砖一半的断砖砌墙，却还能砌好，只有高明的瓦匠能做到。“这是你二舅砌的？还是你砌的？”秋锦问盛峰。“你猜！”盛峰卖关子。“当然是你二舅砌的。你学瓦匠才一年多时间吧？”盛峰得意地纠正秋锦，道：“你弄错了！这是我砌的。”“你砌的？”秋锦惊喜地来到这截墙面前，“看来你二舅在使劲教你啊。你都会用很小的断砖砌墙了。”盛峰这才想起刚才秋锦没有回答的问题，便又问道：“奇怪！你怎么知道我二舅住这儿？还有，如果你知道他住这儿，你又是过来干什么的呢？”秋锦忽然很迷惑，她真的要如醒兰之令将钱还给赵瓦匠吗？这种迷惑，又令她心里产生了某种惋惜。“怎么不回答我啊？我问你话呢。”秋锦正不知该不该如实回答，忽然门外进来一个女孩，两个人同时看着对方怔住了。“何观秋？！”“赵希颖？！”

这巧合太令秋锦意外了，昨日那女主人所说的“读初中的女儿”原来是秋锦的初一同学赵希颖。这时秋锦才想起，当时她就对赵希颖的来历感到奇怪，她姓赵，却住在刘家园。她的口音，明显是另一个乡的。秋锦当时所在的初一，学生来自于三个刚解散的小学。这三个小学当然都是本乡的。所以，赵希颖是唯一来自其他乡的学生。此刻，原来在秋锦心里若有若无的来自赵希颖身上的疑惑，全都解除了。“原来你和颖颖是同学，你是来看颖颖的啊。”盛峰觉得自己搞懂了秋锦今日此行的原因，恍悟地说。“对！我是来看赵希颖的。”秋锦答。同时，她心里有种如释重负的感觉。秋锦还真一下子忘记掉了今天此行的目的，忘记了醒兰在河上等着她，拉着赵希颖打听起班里的事情来。赵希颖便耐心地解答秋锦。终究，赵希颖还是忍不住向秋锦炫耀起一件事来。“这次期末，我考了第一名。”她兴奋地说。似乎，又立即感到这话会刺伤秋锦，忙补救道：“要是你在，我不可能考第一名。”去年期中考试那次，秋锦第一次没考第一名，考了第六，那一次，赵希颖考了第十。今天，听说她考了第一，秋锦还是很吃惊。这吃惊终究变成了一种怅惘。“班里的同学，都觉得你挺可惜的。”赵希颖同情地看着秋锦。秋锦慢慢地向前走了几步，来到这公房的屋角。赵希颖误以为秋锦想跟她单独交谈，要避开盛峰，便用眼神阻止盛峰跟过来，而后她悄悄来到秋锦身后，“何观秋！其实，我家的情况，跟你家的情况，是有点类似的。”秋锦转过身来，看着真诚的赵希颖。“我妈前年去世的时候，我也像你一样，想退学的。我想，我退了学，多少能帮我爸爸做点什么，减轻家里的负担。我要感谢我爸爸，是他，阻止了我退学。”说到这里，赵希颖颇为动容，眼睛里面泪光闪闪，“要不是我爸不让我退学，哪里可能有我今天？”这同秋锦一样少年老成的女孩，用一种历尽沧桑的语气说完这句话后，动情地啜泣起来。秋锦看着她微微耸动的双肩，又越过这双肩，看到远方成片的稻田。风吹过去，那些淡绿、尖细的稻尖轻轻摆动，秋锦在心里感叹起自己的命运来。“都怪我自己不好！”秋锦喃喃道。她的话说得不清不楚、不明不白，怪她自己什么呢？或许，此刻的她也没想清这个问题。又或许，那只是十五岁的她业已形成的一句口头禅，跟真正的事实没有任何关联。“何观秋！要不，你还来上吧。”赵希颖拉了拉秋锦的手。“去年，你还在的时候，初二有个男同学得了肝炎，学校给他办了休学一年的手续。这事，你还记得吗？”秋锦失神地点点头。赵希颖笑了，“就是啊，你就当前段时间是休学呗。来吧！到时我们去跟林老师讲，我俩坐一张桌。”天气真热啊，秋锦感觉闷得窒息。她忽然想起了什么似的，问赵希颖：“我们说了多久话了？”赵希颖想了想，“有十分钟了吧。”“坏了！”秋锦这么说了句，快步离去。

船上，醒兰正焦躁不安地等着秋锦。见秋锦回来，醒兰烦躁地叱道：“你怎么去了那么久？”秋锦正要回答，忽然想起钱没有还掉，就要转身往回走。醒兰喝住了她：“你这又是去哪儿？”秋锦停下步来，高高地站在岸上，对醒兰说：“我把正事忘了。”“你忘了还钱？”秋锦歉疚地回答：“嗯！我这就回去还。”醒兰却又喊住了秋锦：“算了吧！赶紧弄鱼去，要不然，这一天又晃过去了。”秋锦回到船上，说：“也是！反正又不是不来这儿了。”说着，她观察醒兰。没猜错的话，醒兰应该是对秋锦今天没有还掉钱是感到庆幸了。秋锦的目光从醒兰脸上跳开去，落到了因被船底搅动而摇晃不已的河面上。她不忍再去洞见醒兰心里的犹豫和彷徨，就像她今天再也不忍去窥探自己内心的惆怅与失落一样。

不受欢迎的帮助

农历六月十八，八点钟，赵瓦匠准时带盛峰来到了这家。没有开场白，直接踩着竹梯子上了屋顶。他速度奇快，加上有盛峰协助，不到中午，就将东屋顶上的瓦整理了一遍。他又让盛峰在下面端了几盆水，他从屋脊向外浇下去，再去屋中审看了一下，确认这屋顶已经不会再漏雨了，这才对醒兰说："等下过几场雨再看。要是还漏，我再来一次。"醒兰没有回答他。她今天自赵瓦匠来到之后，全身心处于纠结中，有时候，她埋怨赵瓦匠不该如此信守诺言，说来帮她干这个事，就真的来了。有时候，她又庆幸赵瓦匠今天来了。如果他没有来，她不知道下一次还有没有机会见到他。但是醒兰今天还是要表达出一个态度：她并不欢迎赵瓦匠的到来。这样的一个态度，是对她自己的一个警示。如果她足够理智，应该看到，她是不能跟赵瓦匠走下去的。远的不说，就说近的，这赵瓦匠一身的债务，会让她的家庭雪上加霜，她还嫌自己和两个孩子如今的日子过得不惨吗?

醒兰表达不欢迎的方式，是今天没有上街买菜。她不打算给赵瓦匠做饭。给瓦匠做饭的那种"做饭"，有肉菜的那种"做饭"。让醒兰没有料到的是，赵瓦匠手太快了，没到中午，他就把活干完了。这就意味着：他不吃饭也属正常。意味着：她就没有机会“表态”了。这时，醒兰看到厉金香来到场上，冲着从屋顶上下来的赵瓦匠嚷嚷：“瓦匠！你这就不对了，弄了一间屋顶，另外两间屋顶不管。你想到了没有？这三间屋的屋顶，都是连在一起的，你动一个屋顶，另外两个屋顶会遭殃。你倒是把这间屋拾掇得不漏雨了，我家这原本不漏的两间屋，要开始漏雨了。”这厉氏简直是胡扯。西屋和堂屋，跟东屋一样是好几年没整理过瓦的，也漏雨。这一点醒兰一清二楚。她明明就是想趁机敲诈，让赵瓦匠免费给她家整理一次瓦。醒兰气不打一处来，就要与这厉氏理论，却见刚爬到竹梯最下一格的赵瓦匠又向上爬去。醒兰被赵瓦匠给气到了：人家明明是想白占你便宜，你倒好，一个屁都不放，就顺了她的心意真去干了。但醒兰决定不与这厉氏理论，由着赵瓦匠犯傻。她愤愤地回到屋里，边走边想，哼！你跟我又不存在任何关系，你犯傻也跟我没关系，我管你干什么？外面场上站着的厉金香，见那赵瓦匠真就上了屋顶，径直来到她家的屋顶上忙乎，便高兴地说教起来：“这就对了嘛！三间屋，哪有只整理一间的。好好干啊。”赵瓦匠不理会下面的厉金香，手上麻利地动作着。倒是盛峰，消极地站在梯子底下，不愿上去。“二舅！你下来吧！”盛峰在下面喊了起来。赵瓦匠一点不放缓手上动作，也不往下看，只大声喊道：“峰峰！你也上来。”盛峰不敢违逆，只好上去。醒兰忽然心疼起盛峰来。她不疼赵瓦匠，却疼这盛峰，大概是因为盛峰还是个大孩子，给了她可以疼惜的理由。对于赵瓦匠，她今天是不愿疼惜的。“峰峰！你下来！”醒兰跳到场上，仰脸唤盛峰。

这几天，那些先前来朝圣的人，像是被一阵妖风刮走了似的，不再出现在这儿了。据说，十几里外的一个地方，出现了一个类似的传说，人们的朝圣对象迁移至那儿了。先前那三名干部的到来所引发的全何家园人的内心骚动，因为最终这事情的不了了之而平息了。最近的几日，包括厉金香在内的何家园人，不再来找醒兰的麻烦。不过，譬如厉金香这样的何家园村民，眼下对醒兰十分不满。今天厉金香所为，也算是找醒兰的碴。醒兰如何看不到厉金香心里的猫腻？如今醒兰是再也不想坐视不管了。“你下来！峰峰！你赶紧下来！”醒兰喊罢，盛峰蹲在屋顶，不知道该怎么办。“秋锦的妈妈！”赵瓦匠忽然停住了手上的活计，喊了醒兰一句，“我是瓦匠，看到这不平整的瓦，我就想把它整齐了。她先前没跟我说，我不好意思帮她。她说了，我更加想帮她了。峰峰这孩子想早点出师，你就让他跟着我一起弄吧。”这番话，令下面的人意外。醒兰意外，厉金香也意外。照赵瓦匠这么一说，倒是厉金香在帮他赵瓦匠的忙了。醒兰吃惊地看着屋顶上的赵瓦匠，意识到这男人居然是有些单纯的。这让她想起了凰桃。有些时候，凰桃也是这么单纯的。醒兰感觉心房里有什么东西，又像上次那样狂跳了两下。她居然有种想掉泪的感觉。这时，醒兰看到场上的厉金香被点了穴道一般，仰着的脖子不动了。她大概此生从来没有遇到过谁主动用这样的话来为她的自私找台阶下，就有些蒙了。“瓦匠！谢谢你啊！”厉金香下意识地冲上面喊了一句。这一声“谢谢”让醒兰感到陌生极了。回想一下，醒兰嫁到何家园这么些年来，听到过厉金香向谁说“谢谢”吗？从来没有。今天这是开天辟地头一下啊。赵瓦匠是何等神力，竟让厉金香这顽固不化的人嘴上开出了一朵灿烂的小花了，不可思议。醒兰进了屋，开始琢磨怎么在没有上街的情况下，让今天中午的饭菜做得像是给瓦匠吃的饭菜。她这样一双巧手，当然是有办法的。约莫半个时辰后，这家的八仙桌上出现了四个菜。

下午接近申时，赵瓦匠将厉金香家的两个屋顶的瓦也给整理好。他又花了半个时辰，帮醒兰把鸡窝、鸭窝的墙整理了一遍。之后，他该离去了。醒兰的心紧张起来。她悄悄过去打开台箱，拿出钱袋，掏出一百六十块钱。那是当下两千头砖该值的钱。醒兰掏出来，又放进去。放进去，又掏出来。这钱拿出去，她当然是心疼的，但她显然不是因为心疼这钱而犹豫，她是犹豫要不要用这种方式跟赵瓦匠一刀两断。

赵瓦匠真就要告别了。他将工具收拾好，背着工具袋来到场上，将它捆到自行车后架上。“郁醒兰！你不还有个孩子吗？怎么今天没见她？”赵瓦匠捆完工具袋，问道。显然，盛峰经由秋锦之口，知道了这家的许多事情，盛峰又将这些事告诉了赵瓦匠。她问的自然是珍锦。可是问珍锦干什么呢？“我认识一个专门搞唱歌的，你这孩子唱歌好，要不要我带她见见这位朋友？”醒兰该拒绝他吗？拒绝，意味着她替珍锦放弃了一个也许珍锦自己非常看重的机会，不拒绝，又给了他一次机会让他与这个家庭发生关系。醒兰拿不定主意了。为什么自打认识这与众不同的瓦匠开始，她一个一贯干脆的人，变得这么犹豫不决了呢？连醒兰自己都对此感到奇怪。醒兰又想，这是他刻意在为自己制造再次与她见面的机会吗？果真是那样，这人对她真是用了心思啊。就在这时，珍锦蹦蹦跳跳地从小路上跑过来了。盛峰毫不犹豫地就把赵瓦匠刚才说的事情，跟珍锦讲了一遍。珍锦喜出望外的程度，超过了醒兰所料。“赵伯伯！你什么时候带我去见啊？明天吗？”醒兰望着激动万分的珍锦，心里面涌动着异样的感受，同时，她听到心里的叹息声，“天意啊！天意！”她是因为珍锦的适时出现使她不得不做出不还钱的决定，而把这当成了一种天意。

这一刻，秋锦心里又何尝不在发出同样的感慨：离家出走的宝锦在街上碰见盛峰；她去还钱惊觉赵瓦匠竟是她同学的父亲，珍锦在最该她出现的时候突然出现了；这三桩事，都是巧合。如果真有天意这种东西存在的话，这么些巧合接踵而至，那不就是天意在积极撮合她姆妈与赵瓦匠吗？“二十一号吧！”只听赵瓦匠对珍锦说，“这事，我们也得寻个好日子不是？我觉得吧，二十一号这日子不错。”他难得没有言简意赅。珍锦拍着手说：“那就二十一号，太好了！”

琴瑟和鸣

“专门”与“专业”一字之差，但意思上差得不是一点半点。赵瓦匠认识的这位“专门搞唱歌的”人，并不是歌舞团或剧团的，他只是一个民间歌唱团队的领班。这团队里人人都会唱歌，且配有小号、圆号、唢呐等儿样乐器，专门给丧礼伴奏与演唱。唱的是这平原上年长的人喜欢的僮子戏。问题就来了：年长的喜欢，不等于年轻的也喜欢。对于僮子戏，珍锦不陌生。自打买了收音机后，郁玉忠和郁张氏偶尔也会在晚上拿走它，去收听这种叫作僮子戏的地方剧种。每到那时，二老的房间里用很小的音量播放着这种唱腔苍凉、悲怆的戏曲，珍锦必在她的房间里用被子将头蒙得死死的。她不喜欢这种戏曲。她喜欢朱明瑛，喜欢邓丽君，喜欢程琳，喜欢咿咿呀呀唱歌的方式。僮子戏的唱腔与她所偏爱的那种演唱，简直是对立的。

“专门搞唱歌的”这位，姓黄，家住三甲乡十一大队，离赵瓦匠家一里多地。春天，赵瓦匠刚给这家盖了新房。他们也正是因了这个机缘认识的。珍锦跟着赵瓦匠来到这人家中之后，才知道这人是给人家唱丧礼的，她一下子就很不高兴。这不是在侮辱我吗？珍锦想。她是把“专门”和“专业”混为一谈的，她先前还以为，这人是歌舞团或剧团的领导。“他搞的那乐队，不就是戏班子吗？”珍锦跟陪她过来的宝锦耳语，声音里满是不屑。这对双胞胎此刻坐在人家的堂屋里。赵瓦匠与那人去了里屋，正在里面拆那人新买的电子琴的包装。“等会儿离开这里，我要把姓赵的骂一顿，怎么可以把我介绍给戏班子当歌女？”珍锦恨恨地说。宝锦提醒珍锦：“你也不能骂人家吧。人家也是好意。”“你怎么知道人家是好意？”珍锦瞪了宝锦一眼，却立即想到了：她今天之所以来到这儿“受辱”，归根结底是宝锦的“功劳”。珍锦便要把气撒到宝锦头上去了，“是你跟盛峰讲我的事情的吧？不然赵瓦匠怎么会知道我的事情？”宝锦默认。珍锦就掐住宝锦的脸，用力一拧，“你以前不是不爱说话的吗？现在什么都跟这盛峰讲。我撕烂你的嘴！看你以后还讲。”宝锦疼得大叫。刚好赵瓦匠与被他尊称为黄老师的男人合力从里屋将电子琴搬出来，珍锦才松了手。“珍锦！你过来，站到黄老师旁边。”赵瓦匠向珍锦招手。这时黄姓男子已将电子琴在这堂屋靠里侧一个地方架好，搬了张凳子坐到它面前，“这电子琴是刚买的，还没用过呢。算你们有福气。”他试了一下音，感觉没什么问题，就转过身来看无动于衷的珍锦。“过来啊！”黄姓男子喊珍锦。珍锦眼睛往上翻了翻，“你叫我过去干什么？我要回家了。”黄姓男子不明白这孩子为什么闹起了别扭，便问赵瓦匠：“老赵！这孩子现在要回家，怎么办？我申明：给过的费用，是不能退的。”费用？珍锦和宝锦听得一头雾水。珍锦便问赵瓦匠：“什么费用？他还收费的吗？”不待赵瓦匠回答，那黄姓男子说：

“我做乐队生意的，哪会白给人伴奏？今天是老赵特聘我给你伴奏半天，我半价收费，十块钱。”珍锦听到这里来火了，拉起宝锦就走，“十块钱？你抢钱吗？我可消受不起。谁给你这钱，你就给谁伴奏吧。我先走了。”赵瓦匠忙去拦这姐弟俩，却又不好伸手碰两个孩子，便没有拦住。珍锦拉着宝锦已经到门口了。那黄姓男子突如其来地发出一声呵斥：“混账！”珍锦和宝锦被这声音吓得定了身。就见这人伸手朝珍锦和宝锦一指，“你们两个，哪个是前一段时间参加唱歌比赛的？”这人的气势使得珍锦下意识地回答：“是我！”“是你？”这黄姓男子训斥道，“你是把老赵的好心当成驴肝肺了吗？老赵就是想帮你证明，你唱歌节奏感不会有问题。你倒好，一上来就毛病兮兮的，还要走？！你走啊！”珍锦吃惊地看了看赵瓦匠。看来她错怪赵瓦匠了，他不是带她应聘“戏班子”的，他只是雇请这人来帮她伴奏而已。这时宝锦靠近珍锦，小声督促：“你赶紧过去吧。”珍锦有些慌乱地来到电子琴边站好。她瞥了眼赵瓦匠，看到他先前蓄积在脸上的失落已消失得无影无踪，取而代之的，是满满的笑意。“这就对了嘛！”黄姓男子满意地看看珍锦。“靠近点！我们开始吧。告诉我，那天，在你们乡上，你唱的是哪首歌？”珍锦幽幽地答道：“《牧羊曲》。”“这首歌的谱子我熟。我要弹了。”这人便弹了起来。他显然不太会弹电子琴，但他乐感很好，这使得他此刻充当的是一个还算合格的乐手。珍锦便跟着音乐唱了起来。

自那次乡试失利以来，珍锦逢到收音机里播放《牧羊曲》就把频道固定，耳朵靠近收音机直到播放结束。她主要听音乐那部分，听每一句人声在哪个音乐节点切入，可以说，在今天之前，她已经对这首歌熟得不能再熟了。大概是因了这样的原因，这一次，全程跟着音乐唱下来，珍锦竟然没有抢过、慢过一次拍子，没有在任何地方乱拖长腔。“你的节奏感哪里有问题？谁跟你说你节奏感有问题的？”一曲完毕，黄姓男子激动地向珍锦提出这样的疑问。珍锦哪里回答得了这样的问题。她自己也感到奇怪呢，怎么今天和上次完全不一样。“你说！上次你们乡上是谁说你节奏感有问题的？你应该找他算账。这不是作弄小孩吗？卑鄙！”黄姓男子愤慨了，“我懂了！这人当时一定是收了别的参赛者好处，便一心想着把你这个孩子灭了。可是，这种灭人的方式太叫人不齿了。可怜你这个孩子，要不是今天到我这儿来试一下，估计一辈子都不想唱歌了吧？我就说呢，这世上一个爱唱歌的人，节奏感差到那样的地步，是不太可能的。”这人如此这般大发感慨的时候，珍锦的思绪终于去往了乡试的那一天。回想当时情形，珍锦一下子想明白了：那天，她自己，是根本没有想过去听音乐的。但那次的打击太大了，所以现在珍锦还是不确定是不是因为眼下她对《牧羊曲》太熟，刚才她的节奏感就还可以。如果唱别的，也许就不行了。“黄老师！你能再帮我伴奏一首歌吗？我找一首我不太熟的歌。”“当然可以。你讲！只要我会弹。”二人商量了一会儿，最后决定合作一首这人会弹珍锦却不太熟的歌：《妈妈留给我一首歌》。歌毕，结论来了：这首歌虽然唱得不如《牧羊曲》，但珍锦的节奏感绝对没有问题。

珍锦接下来有半个月的时间陷入了一种对音乐的疯狂之中。那天回到家中，她就央求郁玉忠买了两样东西：一架电子琴和一台录音机。郁玉忠自然是对珍锦百依百顺的。次日，他将存款几乎全部拿出来，专门坐公共汽车去了市里，将这两样东西买了回来。反正是暑假，对作息无须有要求，珍锦就没日没夜地干两件事：对照电子琴的说明书和当时买它时附送的一本歌本上的曲谱，练琴；把她的自弹自唱录下来。当然，最开始几天，她是只能做其中一件事的。一个从来没弹过电子琴的孩子，不是一时半会儿就能达到自弹自唱的水准，不过，原本连简谱都不识的珍锦五天后就迫不及待地用她刚弹会的三小段歌曲来自弹自唱了。此后，她就两件事并举了。第十五天，珍锦终于可以完整地弹唱一首歌。也就是说，她可以用自弹自唱的方式完整地表现一首歌了。这首歌正是那日珍锦不熟悉的《妈妈留给我一首歌》。“我要办演唱会。”那天，珍锦确信自己已可以一无差错地弹唱这首歌后，宣布了她的这一行动。演唱会要有观众。谁有资格当珍锦首场演唱会的观众？珍锦拟定了一个名单。自然少不了她亲爱的外公和外婆，也少不了她姆妈、姐姐与弟弟。此外，她还邀请了赵瓦匠。“要是没有赵伯伯，就没有我今天。”珍锦拟完名单，对宝锦感慨道。宝锦建议把盛峰也叫上，他的理由是：以往，赵瓦匠和盛峰都是同时来何家园的。这次只叫赵瓦匠，不叫盛峰不好。珍锦答应了宝锦，但不忘笑话宝锦：“你以后喊盛峰‘哥’得了。”

珍锦的演唱会举办当日，醒兰与秋锦自然是没有出去弄鱼的。演唱会的地点，当然是在这家的屋子里。这段时间，珍锦没有依先前她跟醒兰说好的那样，来何家园陪宝锦，她几乎日夜都在郁家园的家里与电子琴、录音机为伴。今早，她专门让外公、外婆把电子琴从郁家园搬到了这儿。珍锦将电子琴和录音机都放在八仙桌上。待听众们都已经围着桌子坐好，她先摁下录音机的播放键，让大家听她提前录下的自弹自唱，“姆妈！这首歌，送给你哦。”《妈妈留给我一首歌》，不送给醒兰，还能送给谁？珍锦算是给了醒兰一个顺水人情。醒兰就当珍锦真的是特意为她唱的，音乐才响起来，她就眼泪汪汪了。等珍锦唱出第一句歌词，醒兰已泣不成声。她趴到桌上，尽情地哭着，声音响亮得不比录音机里珍锦的弹唱小多少。珍锦不满醒兰的哭声打扰了录音展示，但又不便表达她的不满，便调高了录音机的音量。醒兰的哭声这才被盖住。终究，醒兰还是停止了哭泣。她抬起头来，像别人一样专注地听珍锦的演奏和演唱。连醒兰这种十足的乐盲也能听得出来，珍锦弹得很一般，但她唱得好。醒兰的感动再次无法自抑。就这样，在丰沛的感动中，醒兰的目光一一掠过在场的人。她看到：她父母并排坐在桌子一面，二人的坐姿极其相似，坐得极近，在醒兰记忆中，他们从没坐得这么近过；宝锦埋头坐在盛峰旁边，一直在偷偷跟盛峰打闹，动不动就窃笑不止，这孩子，近段时间变得活泼了许多，显然是受了性格开朗的盛峰的影响；秋锦坐在宝锦的身后，她是听得最专注的，像是被录音机里的声音勾去了魂，始终泪眼迷离着；赵瓦匠与往日颇为不同，今天，他不再严肃了，脸上洋溢着明媚的笑意。醒兰的目光在赵瓦匠脸上停留了下来。她想起了凰桃。多少个白天，凰桃也是那样微笑着坐在桌边，在贫苦的生活中静静地感受着属于他的天伦之乐。

醒兰产生了一个错觉：凰桃回来了，春锦也回来了。赵瓦匠就是凰桃，盛峰就是春锦。这一大家子人，今天又会集整齐了。醒兰深深地陷入这样的错觉中，甚至忘记珍锦是什么时候关掉录音机开始真正的自弹自唱的了。等到醒兰醒觉过来，她看到赵瓦匠在用同样深沉的目光看着她。醒兰赶紧把目光闪开了，心房里的什么东西又跳了起来，这次跳得比以往任何一次都要猛烈。

凰桃和春锦都喜欢吃煮玉米，尤其是白玉米。今年，醒兰在离家最近的那块承包地上种了白玉米，是想等成熟了拿到街上去卖的。昨晚，她去察看了一下，有一小部分玉米已经可以吃了。今天，醒兰打算摘几个玉米回来，煮给大家吃。她有一种奇怪的心理，她想看到赵瓦匠和盛峰当着她的面吃这玉米，仿佛，他二人吃了，凰桃和春锦也吃到这玉米了。珍锦的演唱会结束时，巳时已过，得开始弄饭了。醒兰便让她父母在灶台上弄饭，她自己去田地上摘玉米。“让玉彬陪你去摘吧，正好你带他参观一下你家的承包地。”郁玉忠居然提出这样的建议。看来，他是看好赵瓦匠的。与醒兰有关的人，谁不看好赵瓦匠呢？醒兰都快被这人弄迷糊了，他到底有什么本事，叫她身边的所有人都看好他？“也行吧！我正好可以多摘点回来，让你们带点玉米回家去。”醒兰故作随意地回应她父亲。

赵瓦匠便跟醒兰一起来到了她家的玉米田。今天正好是立秋，不像前几日那么燥热，但醒兰却感觉头脑昏涨，内心莫名躁动。她家的玉米长得兴旺，植株高过人的头顶。二人才走进玉米地，便感觉到压抑。又走了十来步，二人来到了这玉米地的深处，这时，压抑变成了一种警示。醒兰听到一个声音在她的脑海里说：孤男寡女，你们到这玉米地里来干什么？还不赶紧离开这是非之地？！但另有一个声音又在反击那个声音：都多少岁的人了？分什么男女？好好摘你的玉米吧。醒兰便停下来，察看身旁的玉米棒。赵瓦匠与她始终保持两步远的距离，见醒兰停了，也停下来。远处有一只知了没命地叫了起来，将醒兰与赵瓦匠都吓了一跳。二人因为这一吓，同时看了对方一眼。又因为眼神的巧遇，彼此会意地笑了。马上，二人又同时将目光投向身边的玉米棒。因为那知了的叫声过于高亢、嘹亮，四周似乎更显寂静了。恍惚间，醒兰感觉这世界只剩下了这片玉米地，以及各自揣着心思静立在其间的她与赵瓦匠。醒兰的不安更甚了。她需要用发出一点声音，来打破这寂静。她便说话了："谢谢你啊！"醒兰的话没头没脑，赵瓦匠不知她在谢什么，便不好回答，就愣怔地站在两步远的地方看着醒兰。醒兰在心里大骂话说得不清不白，忙补救："谢谢你替珍锦做的事。"赵瓦匠这才明白醒兰的意思，摆了摆手，意思是"不用谢"，算是回应醒兰了。醒兰在心里叱了句，"你出个声会死啊？"一阵风吹过来，两边的玉米植株发出哗啦啦的响动，一片叶子从醒兰光裸的臂上划过。这正值盛年的叶片，轻薄的边沿居然是坚硬的，醒兰被它划痛了。当然没有划伤。但醒兰像被划伤了一样下意识地发出了一声惊叫："啊！"赵瓦匠想也没想就急步过来。"怎么啦？"醒兰羞耻于刚才发出的声音。那种一惊一乍的声音小女孩才有资格发出来，不是她醒兰该发出的声音。她从前是个多么硬朗的人啊，怎么能发出这样的声音？此刻，醒兰见赵瓦匠来到身边，心里的羞耻感变成了惊恐。"我没事，没事。"她这样的反应，就算没事也显得有事了。赵瓦匠有些担心地站在一旁，看着醒兰。醒兰感觉她心里的"事"全部被他看透了。都被看透了，她该怎么办？醒兰脑子飞速运转，倏忽间就想：赵瓦匠是揣着明白装糊涂吗？那么如果她也装糊涂，就没劲了。她要挑明。倒要看看挑明了他又能怎么样。"我打听过了，你以前爱赌钱。真是这样吗？"赵瓦匠定定地看着醒兰，目光里装满惊讶，说："你打听我了？"赵瓦匠如何不知道"打听"的意义？他的惊讶正来自于此。醒兰这才意识到自己说漏了嘴，内心里时隐时现的羞耻感这时快把她给淹没了，她提高了音量，用质问予以掩饰："请你回答我的问题。"赵瓦匠似乎习惯了醒兰总是会突如其来的凌厉，他摇摇头，似笑非笑地说："是！"醒兰心里一时间五味杂陈，不知道该说什么好。这样一来，她的急脾气又上来了。"你说你这个人也真是的。男人，喝酒抽烟虽然不好，但也算不得毛病。赌钱就不是了。你怎么能赌钱呢？"赵瓦匠惨然一笑。"你质问我的语气，跟我家那口子真像。唉！我要是早听了她的劝，说不定，她也不会得那毛病。"醒兰遂问："你那口子到底得的什么病？”赵瓦匠说：“乳腺癌。”见醒兰不明白“乳腺癌”是什么，赵瓦匠便用这平原上的乡下人对这病的表述方式重复了一遍：“奶癌。”在这寂寞的玉米田里，一男一女如此严肃地讨论女性某个身体部位的一种病症，气氛便怪异了起来。醒兰想转移话题，但是一贯沉默的赵瓦匠变成了话篓子了。“她爱生气。生气，多半是因为我，譬如说，我的赌。她走了之后，我就经常想，如果我不惹她生气，她兴许就不会得这病。要知道，这病跟经常生气是有关系的。”赵瓦匠整个人已被自责包裹，声音都变得虚弱了，“还有，要是我早点发现她的病，她现在一定还活着。乳腺癌这种病，如果发现得早，就容易治好的。”“你发现她得病的时候，已经晚了吗？”醒兰同情地问。“已经是晚期了，扩散到肺里了，救不回来了。”赵瓦匠哽咽起来。“你还不是为了救她，把家里的房子卖了、借了一堆债。你啊！还是个重情重义之人呢。”赵瓦匠拼命地摇头，摇头。“不不不！我是个无情无义之人。如果我有情有义，我不会不听她的劝，不会那么晚才发现她得了那病。我卖房、借债救她，还不是替自己往日的过错赎罪？”醒兰感觉自己被这个男人的解释深深地打动了。他能这么去想问题，可见他与这平原的乡下绝大多数的男人多么地不同。他大约是常年走南闯北，才习得如此这般的天真气吧？这天真气，在醒兰看来，是珍贵的。“都过去了，人还是要往前看的。”醒兰嗫嚅道。她想起了她的凰桃，她的春锦。快一年啦！她还惦记着他们，深深地惦记着他们，他们的音容笑貌，还是那么清晰地印刻在她的脑子里，可这又如何？她还不是在众人的暗中助力下，与这姓赵的陌生男子来到这寂静的田地里长谈了？为了她或他的未来，来长谈了。这让人无奈的人生啊，就只能这样啊。

未来的路总是长的，就只能这样啊。就只能退而求其次啊。醒兰忽然悲伤不已。不知不觉间，已经满脸是泪了。这流不尽的泪啊，怎么说来就来了呢？醒兰又因自己的无端流泪，更加悲哀自己的人生了。“是啊！人是要向前看的。”赵瓦匠凄然望向醒兰。此刻，这两个同病相怜的人，似乎已经不再愿意继续试探下去了，他们的心里，只想让过往的篇章翻过去，掀开新的一页。这一页的人生里，是他二人合作谱写的人生。“你准备好了吗？”醒兰叹了口气，问眼前的苦命人。“我吗？我想，我大概是准备好了的。你呢？”这个问答让醒兰不满。她自然想听到他坚定的回答。他却似乎是模棱两可的。然而，醒兰不想再苛责他了。她的以后，怎么样都是退而求其次的人生，她去苛责他，显然是不智的。

话虽这么说，有些原则性的问题，醒兰还是要坚持的。“你真的戒赌了吗？”对！她醒兰再需要一个男人来弥合这个破碎的家，也不可以要一个会去赌钱的男人。赵瓦匠闻听醒兰此言，惨烈地一笑。在醒兰猝不及防之际，他突然将他的左手伸出来。“她走后，我对着她的坟发了毒誓：绝不会再赌。看！证据。”醒兰震惊地看到他的一根手指被切断了一截。“我向她发了毒誓：如若再赌，就把自己五根手指全部切掉。”赵瓦匠扬起右手，对着左手剩余四指，来了一个“切”的手势。醒兰看得心惊肉跳。“我变啦！”赵瓦匠咧着嘴无声地笑了。他这样子，使他看起来有点傻傻的。那种历尽沧桑后返璞归真的傻。“我不再是以前的那个赵玉彬啦。以前，我多么爱说话啊。如今，我的嗓子被愧疚堵得死死的，每当我想说话，我就想哭。就只好做一个不爱说话的人啦。”醒兰看着变得喋喋不休的赵瓦匠，仿佛看到了从前那个爱说话的、比现在年轻一些的赵瓦匠。从前这个爱说话的赵瓦匠，也不那么讨厌呀。醒兰又是难过、又是高兴地想：这真是命，她命里有这赵瓦匠，她被他拿得死死的了。“我们说好了，你以后就永远像如今这样，不赌，不爱吃吃喝喝，不抽烟。就做一个干干净净的瓦匠。”醒兰说这番话的时候，都有些像是撒娇了。但这一次，她对自己还有能力撒娇感到满意。这世上，在此之前，能让她撒过娇的，就只有她父亲郁玉忠了。在她小的时候，她也是经常撒娇的。对凰桃，醒兰却是没有撒过一次娇。仿佛如果她撒了娇，是欺负老实的凰桃。

为何她会在这赵瓦匠面前撒娇呢？醒兰对此不解，亦有些惶恐。“我就是如今这样了，再也不会变回去了。”赵瓦匠自信满满地说。“她走了之后这将近两年来，我的所作所为，证明我是对她说到做到的。你知道吗？我在她坟前不但发了毒誓，还许了诺。为了赎我先前的罪，我对她许了些诺的。”“许诺？你对她许了什么诺？”“我呀！我对她说：我要做三年好事。”这又是让醒兰意外的。这赵瓦匠，秘密还真是多呢，他还向亡妻许了这样的诺言？真是奇怪。“你要做三年好事？”赵瓦匠目光变得清澈，看着醒兰，“我怕她不信我真的能把赌戒掉，就算我切掉了一根手指，她也未必能信。我就对她说：‘你要是不信，我就做三年好事给你看看。如果我真的能坚持做三年好事，说明我真的可以不再赌。’”醒兰终是敏感的，先前她心里若有若无的对赵瓦匠的疑惑，似乎因为他眼下的这番话而得到诠释了。为什么开始这赵瓦匠如此干脆地就对她好了？为了预支两千头砖的钱，冒着毒日头不但替她整理了瓦而且毫无怨言甚至很愉快？为什么他比她醒兰还细致地观察到珍锦需要证明对音乐是有节奏感的并精心设计了那次的事情？这种种的“为什么”，是因了他曾经向亡妻许了要做三年好事的诺言吗？仅仅是因为他许过了这样的诺言吗？醒兰感到，她发烫的身体，不知何时冷却了。“你最近这些时日对我、对我的孩子做的那些个事情，是因为你需要做三年好事吗？”赵瓦匠明显愣住了。“你只需回答‘是’或‘不是’。”醒兰无法忽略赵瓦匠的反应：他被问得愣住，说明事实很有可能就是如此。“这世上的事情，不是‘是’或‘不是’就可以说清的。”赵瓦匠的声音干涩起来。“‘是’，还是‘不是’？”醒兰已经有些失望，但她仍对赵瓦匠抱有期许。

就回答“不是”吧。回答一句“不是”，哄哄我这可怜人那又怎样？我一个寡妇，难道还能对你奢望太多？醒兰在心里对赵瓦匠发出这些提示。“不全是。”赵瓦匠思索良久，扬起脸来，镇定地看着醒兰。醒兰心内发出一声咆哮。这天杀的赵瓦匠，你怎么这么不懂女人的心思呢？还是你故意这样回答，叫我这寡妇无法判断你到底对我真心几许，却又不忍轻易舍弃你？醒兰悲愤起来。“赵瓦匠！你要知道，我一个人也是能过的。一个人过一世。”赵瓦匠笑啦。他饶有兴味地打量起醒兰来。阳光从玉米植株的叶缝里漏下来，落到醒兰的脸上。生产队的时候，人们在一起干活，醒兰因为长得好，常被几个嘴皮子贱的男人列为暗中重点八卦对象，那时候，凰桃没少因为那些男人的贱嘴而生他们的闷气。醒兰也没少因为凰桃的不作为而生凰桃的气。

这一切都过去了，如今醒兰还风韵犹存，依然有资本对男人挑三拣四。不是吗？那比醒兰年轻、长得气派的邱新尧和面前的这个事业有成的瓦匠就是例证。“你啊！真像个孩子。”赵瓦匠笑着给醒兰下了个定义。凰桃去世一年来，醒兰整个人从身体和精神都处于紊乱中，如今还没缓过来，这在赵瓦匠这种成熟、练达的男人看来，确实是孩子气。“一个人是可以过。但两个人过，比一个人过好。”赵瓦匠又温柔地说了一句真理。醒兰冷笑，“如果一个男人是在别人的坟前说了大话，不得不做好事，才对我和我的孩子好，我宁愿一个人过一世。”赵瓦匠今天算是领教到醒兰的厉害了。这种时候男人跟女人较真就是蠢，赵瓦匠才不蠢，他离蠢有十万八千里。他走南闯北，就算没亲身实践，也听到过太多男人哄女人的事例。“好啦！我是看上你，才对你好，才对你的孩子们好的。这下你满意了吧？”醒兰没提防赵瓦匠这么直接，这一来，她倒是尴尬了。“我们托个媒人吧。总不能像现在的小年轻一样，连个媒人都没有，就在一起了。”这天杀的瓦匠是越来越直露了。醒兰不由举起拳来，去捶赵瓦匠。赵瓦匠却一把抓住了醒兰的手，任她如何挣脱，都挣脱不开了。“我俩算是我外甥盛峰和你的孩子撮合到一起的，总不能叫孩子当媒人吧？没有这个先例。”醒兰用力推赵瓦匠，“你放开我说话。”赵瓦匠笑道：“放开你又怎么能说话呢？”“怎么不能，说话是用嘴的，又不是用手。”赵瓦匠才不放。“还是这样抓着说话自在。”他笑得更开心了。又正式道：“我姐姐，刘家园的赵玉秀。刘家园靠你们何家园，你应该也是听说过她的。让她做媒人吧？！”醒兰哀求起来：“你先放了我吧。”赵瓦匠才不管呢，继续道：“我们也不是小年轻，没有那么多的套路。就速战速决吧。这夏天很快就过去了，秋天一来，田地上的事情都会堆过来。总不至于等过了秋忙再办事吧？就最近怎么样？过几天是‘七月半’，今年你家肯定要更加认真操办的，就过了这‘七月半’，我们选个吉利的日子‘送日子’，再选个同样吉利的日子订个婚，‘八月半’之前，我们就把婚事办了吧。”这赵瓦匠心思还真是重呢，想得这么长远、周到。醒兰都还没完全拿定主意要跟他呢。“我想一下吧，三天后，你让你姐姐来我家，我让她把我的答复捎给你。”醒兰奋力地想扯脱他的手，还是扯不脱。“你还真把媒人当回事了。媒人就是个形式罢了。你不用通过媒人，直接把答复告诉我就是。现在就告诉我。”赵瓦匠斩钉截铁地说。过了许久，醒兰才幽幽地答道：“那行吧！就全听你的吧。”赵瓦匠猛地吻住了醒兰的嘴。

天哪！这是醒兰的初吻，就这样被赵瓦匠毫无过渡地剥夺了。醒兰感到天旋地转。这天杀的赵瓦匠，他到底要干什么呀？赵瓦匠开始用他的舌头，引领懵懂的醒兰，像是要把她引到一个天堂和地狱并存的地方去，在那个地方，人可以化成一摊水，归入温暖的大江大河里去。醒兰享受着这种融化的感觉，直到发觉自己已经在辽阔的世界里化为乌有。她备受惊吓，猛地推开了赵瓦匠。面前的赵瓦匠仍兴致勃勃，还要再来。醒兰像是今天才认识这人，不敢再把自己交给他了。他怎么会有这般手段呢？凰桃就没有。最让醒兰生气的是：他太老到了。醒兰还得考虑考虑。必须再考虑考虑。

三　室

盛峰背着一个蛇皮袋，宝锦紧跟在盛峰身后，他二人来到一户人家房后。蛇皮袋里，已经装了十几块多数都小于二分之一整砖的断砖。他们今天打算捡至少五袋断砖。断砖这种东西，就像承包地里的荠菜，就算是在人家的房前屋后，也照样是可以随便捡的。所以，盛峰与宝锦捡得坦然。断砖真是不少呢。难道是因为从来就没有人捡过这玩意儿，古往今来的断砖都存留在人家的房前屋后啦？“照这形势，我们只需两天时间，就可以捡够我们需要的断砖。”盛峰胸有成竹地对宝锦说。宝锦满是期待地捡起一块断砖，高兴地说：“那太好了！今天、明天我们捡够砖，后天一早，你就可以动工了。后天晚上，我姆妈和姐姐回来，就可以看到你在给她们盖房子，不晓得有多惊喜呢。”

这是赵瓦匠与醒兰在玉米地里长谈后的次日，八号，农历七月十二，这天醒兰与秋锦一早出去弄鱼去了。后天，即农历七月十四，是何家园办中元节的日子，由于凰桃与春锦去年新死，她们到时要回来大办中元节。在此之前，她们要赶紧弄鱼，就不再回家来了。这平原上的人们，对中元节极其重视。一年里，除了春节，最重视的就是中元节了。每一个姓氏，都有特定的一天是他们的中元节，通常在农历七月十三、十四、十五、十六那四天里，何姓的中元节是农历七月十四。宝锦和盛峰打算在这家的屋后接一爿小小的屋子。这是盛峰昨天临走前想出来的主意，偷偷跟宝锦合计了一下，当时宝锦就十分赞同。他二人暂时还没有告知醒兰和秋锦，打算等明晚她们回来时，给她们一个惊喜。

比他们预想得还要快，只捡了一天半，盛峰就觉得已捡够砌一爿小屋的墙。农历七月十三中午，比计划中快半个白天，盛峰就决定动工。毕竟是未出师的准瓦匠，盛峰到底还是不太自信。刚做完动工的决定，盛峰就骑上自行车回三甲乡了。一个时辰后，盛峰与赵瓦匠一人骑着一辆自行车，风风火火地赶来。“你确定，不需要跟你姆妈商量一下？”赵瓦匠问宝锦。他不敢轻易动手。他算是已经领教过醒兰的风云莫测了，他怕宝锦这孩子擅作主张迎来醒兰的暴怒。宝锦却自信地说：“这件事情，我可以替这个家做主。”这话太孩子气了，赵瓦匠更加不敢贸然动手。宝锦急了，“哎呀！赵伯伯！你是不知道我姆妈多想盖房子。为了盖房子，她什么事情都干得出来的。要不是她没有那个本事，她早就想盖新房子了。她要是知道不花钱、用断砖就可以在后面接一间小房子，她求你给她盖还来不及呢。怎么会怪你？”何家园人人都知道醒兰对盖新房的奋不顾身，但赵瓦匠却是今天才知道醒兰在这件事上如此急迫。“为什么呢？为什么你姆妈那么急着要盖房子？这种事情，总要量力而行的。”宝锦像个小大人似的答道：“她这个人，心气儿太高。总怕被别人家比下去呗。”赵瓦匠算是又对醒兰多了一层了解。他眯起眼睛，打量这逼仄的二十几平方米的屋子，多少理解了醒兰的攀比心。“宝锦！从今天开始，我们来替你姆妈圆梦。新房的梦不能帮她圆，就接一间小屋给她圆半个梦。”赵瓦匠眼睛闪闪发光，铿锵有力地说。寂静的中午，因了赵瓦匠这宣誓般的声音，变得庄重。“赵伯伯！你是这方圆几里最有本事的瓦匠，你要帮我姆妈圆梦，就一定能帮我姆妈圆好这个梦。”这小东西，开始趁机给赵瓦匠施加压力了呢。只许盖好，不许盖坏，这是宝锦的言外之意。赵瓦匠大步走过醒兰的婚床与那小床之间的狭窄过道，来到后墙根下。他手指的关节敲了敲墙，听了听声音，转身对跟过来的宝锦与盛峰道：“这墙还挺结实，在上面开一个门，还是要花一点时间。”宝锦一愣：“你要把墙打开？”赵瓦匠笑了，“你这孩子想法真是奇怪，接一个小屋子，不与这屋连通，那以后进出小屋多不方便？再说了，如果小屋不与这屋连通，接屋子的意义就损失了很多。既然要接屋子，我们就得按最好的方案来接。”宝锦犹豫起来。“我觉得，我姆妈肯定对打墙没什么意见的，反正她也没打算在这屋子里长久地住下去。就怕有别人不同意我们打墙。”

赵瓦匠感到奇怪："这个家你姆妈是一家之主，她都没意见，谁还能有意见？"宝锦说："我不知道我大伯父有没有意见，但我知道，我大伯母一定会有意见的。她是个事儿特别多的人。"赵瓦匠说："是吗？那我先去会会你大伯母，看她能说出什么阻挠意见。"

也是巧了，正当他们说这些话的时候，厉金香回来了。她是和小梅一起回来的。先前，小梅带着她去了乡卫生院去。棉桃与小俊早在一个月前就出远门弄鱼去了，一直就没回来过。宝锦说得没错，厉金香会有意见的。不等赵瓦匠找她，她先来找麻烦了。一回家，她就循着盛峰和宝锦背砖回来时掉在场上的砖屑，来到这家的屋后，一眼就看到了一大堆断砖。"你们这是要干什么？"见厉金香一副挑衅者的气势，赵瓦匠意识到一场恶战在即。他忽然开始对自己能否摆平厉金香持怀疑态度。"我们准备给宝锦家接一间小屋子。"赵瓦匠实话实说。"你打算怎么接？"按惯例，接房子都要先打墙做门，再接成连通房的，厉金香显然猜到了要打墙。赵瓦匠带厉金香、宝锦、盛峰出了屋，绕至屋后，站在刚才站立点的墙对面，说："就接这儿！""你可以接，但不许打墙。"厉金香直接就把话说死了。赵瓦匠笑了。"不打墙，接屋子的必要性就不大了。""反正不许打墙。这房子老，你要是打墙，这房子哪里都震得到，我家就被你打坏了。打坏了，你赔吗？"这个理由不能成立，赵瓦匠从业三十多年，为多少老房子打过墙，还没碰到过在一间屋子的墙上打洞却影响到别的屋子的，再说了，他要打的地方，远离厉金香当下拥有的堂屋和西屋。“宝锦的大伯母！你看这样好不好，我给你立一个字据，上面写明：如果因为我在这儿打墙，把你家哪里给震坏了，到时候我免费给你家修房子。”厉金香冷笑。“你是谁？能替她郁醒兰家立字据？你是郁醒兰的男人？”宝锦勇敢地发声：“他是我干爸爸！他可以替我家做主。”厉金香大笑：“宝锦！你什么时候有个干爸爸了？”她似乎立即忘记了先前的动机，一意被恶趣味控制了。“你干爸爸是不是要跟你姆妈结婚了呀？”她又转脸看赵瓦匠，“哎哟！要真这样，你跟我还是亲戚了呢。”赵瓦匠有些无计可施。正在这时，厉金香忽然捂住锁骨那儿，“哎哟”叫了起来。刚刚跑过来的小梅见状，忙去搀扶厉金香。“姆妈！医生不是跟你说了嘛，你这两天应该少说话，多休息，走吧！不用管二婶家的事情，回家歇着去吧。”厉金香推了小梅一把。“怎么不管？人家都要把我家房了给敲塌了，不管？”小梅抱歉地看了看宝锦和赵瓦匠，温言对厉金香道：“怎么可能敲塌我家的房子呢？好多人家都这样接房子的嘛，也没见谁家塌过房子。”厉金香气急起来，“你这孩子，怎么替别人家说话呢？”一急，她更加感觉不对劲，捂着锁骨的那只手开始掐自己颈肉，“小梅！我真的觉得不舒服。”母女二人说着这些话的时候，赵瓦匠目光变得锐利。他盯着厉金香上下打量。他居然将目光落到厉金香的胸上。厉金香吼叫：“你眼睛往哪里看？”赵瓦匠认真地问：“你是不是锁骨下方淋巴结肿大？”厉金香听不懂什么“淋巴结”不“淋巴结”的，小梅听得懂。就在一个时辰前，她们还在乡卫生院里，听医生两次提到这个词。厉金香其实有当前的这些那些的症状，已经不止一天两天。

较真说的话，也许去年她就有了眼下这些不适。只不过，以前没有最近几天那么强烈的感受。此刻，小梅见赵瓦匠说到淋巴结，便替她姆妈答道："是！我姆妈是锁骨下方有淋巴结肿大。""那你这儿有痛感吗？"赵瓦匠指了指自己的胸部，问厉金香。这厉氏本来要恼的，但见赵瓦匠如此郑重，便忍住心里的怒火，答道："是又怎样？你怎么尽关心女人的这个地方。你这人，不正经。郁醒兰怎么找了你这么个不正经的人？""那请你告诉我，你第一次感到乳房部位有痛感，是什么时候？"厉金香再也忍不住怒火，举起手来要打赵瓦匠，"你这狗嘴里怎么什么话都吐得出来？"赵瓦匠往外一让，继续道："如果你乳房已经出现过疼痛的症状了，请赶紧去正式的医院做详细的检查，而不是去乡卫生院看了门诊就算了。乡卫生院的医资力量、器械条件毕竟有限。"厉金香皱了皱眉头，对小梅道："他怎么跟上午乡卫生院的李医生说得一模一样？"小梅央求厉金香："姆妈！你还是听李医生的话，明天去县人民医院好好查一查去吧。要真有什么事，拖不得啊。"

赵瓦匠妻子得的是乳腺癌，厉金香锁骨下淋巴结肿大，他就马上联想到了乳腺癌，这属于过度敏感。可天底下的事情就是巧在这儿。次日，小梅带厉金香去县人民医院，初检结果，厉金香确有乳腺结节，须住院全面检查。小梅就替厉金香办完了住院手续。两天后，检查结果出来了：确定是乳腺癌。由于是早期，治愈率很高。

醒兰得知厉金香得了乳腺癌后，把弄鱼的活计停了一天，携秋锦专程去县人民医院探访厉金香。“多亏赵瓦匠。”厉金香一见醒兰就说道，“要不是他家那位得过这病，他也不至于那么懂这病。要不是你找了赵瓦匠，我也不可能见得到赵瓦匠，就不可能得到赵瓦匠的提醒。要不是及时得到赵瓦匠的提醒，我不知道要拖到什么时候才会来这大医院检查。医生说了，这病啊，像我这样发现得早的，基本上都治好了。要是像赵瓦匠家那位，发现的时候已经是晚期，就只能送命了。醒兰，是赵瓦匠救了我一命啊。”厉金香两只手抱住醒兰的一只手，用力握着，摇着，拍着。仿佛，她此刻抓住的正是已被她视为恩人的赵瓦匠的手。“回去把我的话带到，说我感谢他。”厉金香含泪道，又带着几分羡慕的语气，感慨了起来，“醒兰，你找的这个男人，不但心善，懂得替别人着想，还是个福将啊。”瞧厉金香这架势，像是知道赵瓦匠、醒兰正在寻一个媒人于是毛遂自荐了。醒兰真诚地将厉金香的两手握住。“等你治好出院，我请你当我和玉彬的媒人。”厉金香黯然神伤起来。“那你们恐怕要等好久，你们等得及吗？”醒兰知道厉金香在担心什么，安慰她：“用不着几天，你就会治好出院的。我相信。”厉金香苦笑了一下，“但愿是你说的那样。唉！我们做女人的，真是不容易啊。哪像男人们，过得太轻松了。你说这病，怎么尽找我们女人呢？还一找一个准。”厉金香忽然盯住醒兰，紧张兮兮地说：“你有没有那种感觉，总感觉心里面不舒服，为什么不舒服，却又说不太清，有时候，不仅仅是心里不舒服，还感觉身体不舒服了，但到底是身体哪个部位不舒服呢，却又说不清。就总是控制不住自己的火气，总想找个人出出气。自己也觉得这样不好，却也没办法。”厉金香在叙述她对更年期的体验。她年近半百，正是更年期最容易找上她的黄金时期，大概早在一两年前就已经成为更年期的俘虏了。这平原上的乡下女人，几乎没人知道更年期的说法。厉金香和醒兰也不例外。厉金香不知这世上有更年期，但她该感受到的都能感受得到。也不知道她是否真的为醒兰担心，毕竟，醒兰也不比她小几岁。“昨天，就在这里，管我的那个医生，说，女人过了四十岁，就要多留意身上有没有硬块。你今年四十二了吧？你快摸摸看，看看身上有没有硬块。”说到这里，厉金香居然做出要帮醒兰摸的样子。醒兰闪避。厉金香这才发现自己的造次，将手缩了回去。“你不方便在我面前摸，回去一定要好好摸一下。”厉金香恢复了一点她最擅长的狡黠，笑道：“你也可以让赵瓦匠帮你摸啊！”醒兰生气道：“你在说什么呀？”厉金香不理会醒兰，眼神空茫起来，“你说，赵瓦匠家那位得了这病，我也得了这病，由此可见，女人多么容易得这病啊。你可真的也要当心啊。对！你趁着今天在医院，去做个检查？”醒兰虽然排斥厉金香此刻的偏执，但还是受到她言语的蛊惑。她不由想起，凰桃去世后，有那么几天，她真切地感受到身体的僵硬与寒凉。醒兰嘴上申明着绝不会去检查，告别厉金香后，却马上让秋锦给她挂了个号，开了检查单，去检查了一番。惴惴不安等到下午医院下班之前，才拿到结果。怎么可能巧到醒兰的身体也沾染上这玩意儿？不可能的。自然是一场虚惊。醒兰却有一种逃过一灾的庆幸。带着这份庆幸，醒兰与秋锦回到何家园，让赵瓦匠和盛峰次日就动工接小屋。

先前，因为厉金香的阻止，赵瓦匠和盛峰始终没有开工。宝锦想制造惊喜的意愿自然也没能实现。不过，惊喜没有，他们想干的事情，醒兰和秋锦还是知道了。如宝锦所想，醒兰很乐意接一间小屋出来。这次，醒兰去县医院看望厉金香，其实也带有请求厉金香停止阻挠的意思。但当她真的见了病中的厉金香，却不再好意思开口。不想这厉金香在醒兰告别时居然主动提出：屋子，你想接就接，墙，你该打就打，不用管我怎么想。想怎么打就怎么打。看来，这一场病，把厉金香身体里的魔性全赶跑了。抑或是，她要卖给她视为恩人赵瓦匠一个人情。

赵瓦匠自然是快手，他与盛峰用断砖砌墙，挖了醒兰家的一棵十来年的树做梁，用竹子做椽子，用沥青纸做顶盖，花了三天时间，就接完了小屋。这间小屋，长度大约是醒兰家后墙的三分之二，宽六尺。赵瓦匠还在墙上抹了雪白的石灰。看着别提多干净的一间小屋子。赵瓦匠真是个心细的人呢，这约莫四五平方米的小屋子，以墙上打通的那个门为界，分为东区和西区。东区三平方米左右，可以放一张一米二宽、一米八长的单人床，还能在一边留一个过道。西区，大约一平方米，可以放一张七八十厘米长、四五十厘米宽的书桌，外加一张凳子。东区与西区之间，因为临近门，正好做一个半平方米左右的通道。为了让来者一进来就知道这小屋子是分了区的，赵瓦匠在东区顶头挂了布帘子。这还不算，还在通道上放了一盆植物。盆子，是他专门在街上买的塑料盆，植物是他让盛峰和宝锦到田地里挖的，三棵长势兴旺的茨菰、三棵同样长势兴旺的荸荠。赵瓦匠要办就把事办周全，索性将单人床和书桌也买回来了，在专属于它们的位置摆好。等到醒兰与秋锦再次出船回来，她们看到的是一个完善的套房。类似于城里人家的一室一厅的套间。

醒兰与秋锦站在新启用的那扇门里面，用观赏宫殿的欣喜若狂的目光，扫过这洁净、精美的小屋里的每一个细节，醒兰都快要哭出来了。这屋子那么小，却是醒兰婚后从不曾有机会得到的。这些年来，一家人住在这堆着各种物什的二十几平方米的屋子里，醒兰都快忘了自己什么时候脱过衣服了，就算那些年里她跟凰桃做那事，她好像也从来不曾脱过衣服。她也不记得自己什么时候在这屋里大声叫过。这屋子虽小，但按赵瓦匠的设计，显然是私人闺房。醒兰向往地想，如果这是自己的闺房，她可以脱掉衣服在里面睡觉，甚至可以在里面大声叫。但是那张与新远校的教桌长、宽相等的书桌，让醒兰洞悉赵瓦匠的意思：这个小屋子，是专为秋锦弄的。赵瓦匠的意思很明白：再过十来天，新远校要开学了，秋锦应该复学。找刘校长网开一面让她读初二也可以，重新从初一读也行。总之，秋锦应该去上学。秋锦显然比醒兰更快地理解到赵瓦匠的心意，她感动得无法自抑，大声哭了起来。“我看出你比秋锦还喜欢刚接出来的这个小屋子。”晚上，醒兰单独送赵瓦匠到灌溉渠，赵瓦匠笑话醒兰。醒兰揶揄道：“没想到，你直接就把这屋子定给秋锦了。”“秋锦这个年纪最需要一个单独的房间。”赵瓦匠说。醒兰笑道：“我也需要啊。”赵瓦匠接下来的话大大出乎醒兰意料，“我还可以帮你再在东边接一间。”东边，就是远离厉金香家的那堵墙。这赵瓦匠，是要把醒兰的家打造成三室一厅吗？赵瓦匠说干就干了。几天后，又一间小屋子接出来了。这间屋子属于宝锦。这一家三口，现在一人有一间屋子了。

“现在，你还想跟别人家抢着盖新房吗？”这次，醒兰送赵瓦匠到灌溉渠的时候，赵瓦匠这么问醒兰。“我觉得吧，我们一家四口人，三个独立的房间，足够了。”这话信息量有点大。至少包含两层意思：首先，赵瓦匠不赞同醒兰着急盖新房。其次，赵瓦匠想向醒兰表明，他可以入赘到何家园。该是对这场婚姻有多么大的诚意，才会在醒兰并未要求的情况下，主动提出入赘啊？醒兰无法不体会到赵瓦匠的这份诚意。她站在夜晚的灌溉渠边，泪眼婆娑地在心里向她的先夫凰桃做请示：“凰桃啊！这是个好人啊。就他了吧。”这时赵瓦匠居然夸起海口来了：“醒兰！我跟你说啊，凭我这门手艺，要不了两年，我就把我身上的债务还了。再过两年，我一定可以给你盖一幢楼房。”楼房？醒兰可是从来没想过这玩意儿。这一刻，过去将近一年来像一座大山一样积压在她身体深处的盖新房的愿念，似乎变得比风和尘土还轻了。真是奇怪，它就这么从她的身体里跳出去了。没有了它，醒兰感到轻盈。她多喜欢这种轻盈的感觉啊。是赵瓦匠让她变得轻盈的啊，他是老天爷派下来拯救她的吗？醒兰胡乱想着，赵瓦匠却还在说个不停：“如今大家抢着盖大瓦房，但时代不一样了，现在一天一个变化，我打赌，要不了几年，大瓦房会被大家嫌弃，到那时候，大家又要拆掉才盖了几年的瓦房去盖楼房了。我们就不这样折腾了吧，等到时机成熟了，一步到位地盖楼房。醒兰！你一定是何家园第一个盖楼房的人。”

醒兰放声大笑起来。果真那样，她要多活几辈子。

第十一章　秋意盎然

新 学

新远校东侧的河还是那么浅，还是从来都看不到一条鱼，学生们每至河边还是会开那个玩笑：学校人太多，把鱼都给吓走了。河岸上的树，还是那么细瘦，仍然时不常有男生从上面冲过来吊到树上却折断了树枝的同时把自己摔到河岸上去。中学的刘庆达校长还是那个在一般的学生面前端架子，看到学习成绩好的学生就笑眯眯的初二、初三班数学老师兼校长。林晓琴还是看起来比初三班年纪最大的那几个学生年轻。小学的郁方毅老师还是喜欢把学生从一年级带到五年级，此外，看到以前他曾经带过的学生，他依然能叫出名字。中学靠河那间教室的后墙上，那个拳头大的洞还在，如果这教室里的老师拖课，经过这儿的他班学生中的那几个坏学生，还是喜欢把脸伸到洞口向里面发出一声恶作剧的大吼而后迅速跑开。学生们还是那么讨厌每晚放学时的打扫卫生，因为届时这教室里将尘土飞扬。新远校的什么都没有变啊，秋锦却变了。她老了！这当然是她对自己的认识。难道不是吗？新远中学的历史上，几时出现过十五岁还读初一的学生？她不老谁老？

即便林晓琴老师去找刘庆达校长说情，秋锦还是没能直接去读初二。她必须重新从初一第一学期开始读起。这多少有点出乎秋锦的意料。照她自己的想法，她是可以直接去读初二的，她有自信能追上她的同学们。论到学习，秋锦的自信心还在。她也觉得，鉴于她过往在学校里创造的成绩，刘校长能网开一面让她直接读初二，谁承想刘校长就是不。“何观秋初一下学期没有读，让她直接读初二，不符合规定。”刘校长对前来找他说情的林晓琴说。用规定做理由，就缺乏说服力了。新远校，不！就是新远中学，史上还出现过一次跳级的学生呢。只能说，刘校长就是不想让秋锦直接读初二。这也难怪，从刘校长的角度来说，什么对他来说是最重要的？当然是中考时的升学率。像新远校这样的农村学校，一年能有五个学生考取高中那是惊喜，只有一两个学生考上高中那是正常。按刘校长的经验，秋锦这种情况，直接读初二就是死路一条，别说以后考高中，在班里成绩能达到中游就不错了。但如果秋锦重新读初一，她就仍然是刘校长心目中的高中苗子。她就还有重点关注、栽培的价值。

秋锦哪里能理解得到刘校长的苦心，她被这个多少有点出乎意料的结果弄得无措了。她坐在现在这个初一班的第一排，每时每刻都感觉后面的同学们都在盯着她看，她的后背都要紧张得抽搐了。她走在上学、放学的路上，每时每刻都感觉身后有结伴行走的学生在小声议论她："她都十五岁了，还读初一。亏她好意思。要是我，我就不好意思。"就连她现在的班主任王威龙让她当英语课代表，她都觉得是别有用心。要知道，先前的初一期末，她就是因为英语考得太差，才使总分排至第六名。这可真是错怪王老师了。真实的原因是，要开学了，王威龙老师才接到刘校长的指示，说要插进来一个学生。那个时候，班长、学习委员、语文和数学课代表的人选都已确定，唯独英语，因为是新课，没有学生的成绩做参考，他不知道定谁为课代表。秋锦的出现，解决了他这个困扰。曾经学过一个学期英语的秋锦，曾经的好学生秋锦，在他看来是英语课代表的不二人选。

只能说，没有如愿直接上初二的秋锦，头上顶着一个"超级高龄学生"的"殊荣"重读初一的秋锦，已经变成了一个比她姆妈还要敏感的人。或许她缓缓到来的青春期，如今到达一个制高点了吧。如今的秋锦不再是以前那个心思单纯的学生，她想得可多了。时不常地，前面的老师正在讲课，秋锦就开始推演她的未来了：假设她真能侥幸考上高中，那时候她多大了呢？高一入学时十八岁，毕业时，她已经二十一岁了。要是那时考上大学还好。考不上大学，她二十一岁回到何家园务农，那将是多么轰动何家园的新闻啊。"我不想上学了。"开学一周后，秋锦对醒兰说。与去年得知秋锦要辍学时的模棱两可、含糊其词不同，这一次，醒兰的立场不可谓不坚定，态度不可谓不鲜明。"换作往常，你说你不上学了，我高兴还来不及。如今我们这个家，跟往常不一样了。这个家马上要多一个赵瓦匠。你不上学，对这个家意义不大。上吧！”秋锦哭了起来。她是多么担心这学白上了啊。醒兰仿佛看得到秋锦的心思，温言安慰道：“儿啊！上吧，什么也别想，就上吧。要真是到头来这学是白上了，那也没关系。就当这上学，是为了让你以后不后悔、不遗憾、不埋怨。”

次日，秋锦放学后请赵希颖跟她一起回家。一进入秋锦的“闺房”，赵希颖吃惊非小。“我爸爸对你家比对自己家还上心。他自己到现在还借住在公房里，把我丢给姑姑家不管。”赵希颖话里话外都是嫉妒。才不是真的嫉妒。她是在暗示秋锦赶紧多催促催促醒兰，趁热打铁地把婚事给办了。所有人都看好赵瓦匠和醒兰，包括赵瓦匠的亲生女儿。我爸为什么对你家如此付出呢？因为他把你家当成他未来的新家了，付出也是为自己付出。所以，你们这一家人，还不赶紧主动要求我爸住过来。这是赵希颖的潜台词之一。秋锦才听不懂赵希颖的潜台词，她现在完全迷失在失而复得的读书生涯所给她带来的冲击中。“希颖！你在这儿跟我住几天吧。现在这初一第一学期要学的东西，我全是会的。我想提前看初二的书。你住在我这儿，我就可以在你不看的时候，看你的书。”昨天醒兰的立场和态度对秋锦产生了不可估量的影响。秋锦正在慢慢变回从前那个对学习有规划和设计的好学生。秋锦说罢，赵希颖想了想，说：“让我住几天，我是不住的。除非一直住，我才愿意。”秋锦说：“你想一直住，我当然愿意啊。如果没有你爸，也没有我这间屋子。你也有资格住这间屋子。”赵希颖笑了，“你的心意我领了。我才不过来住呢。我姑姑、姑夫待我像亲生女儿，我住在刘家园挺好的。你看你这屋子，明摆着就设计成单人间的。我要是长期跟你住，我爸会骂死我的。”秋锦也笑了起来，反过来逗赵希颖：“你爸既然能在我家原来房子的基础上接出两间小屋子出来，他应该也能再接一间小屋子。我们让他再给你接一个单人间不就行了？”赵希颖笑着揶揄：“对！他能接，能一间又一间地不停接下去，一直把你家接到俞灶乡街上去，再接到三甲乡街上去，再接到我们三甲乡十六队三队去，到时候，我们两家就合二为一了。你是这个意思吧？你这么看好我爸和你妈啊？”赵希颖正与秋锦说着这样的玩笑话的时候，赵瓦匠和醒兰刚好从外面走进来。“你看！孩子们都急了，你不急吗？”赵瓦匠将醒兰偷偷拉到门外，笑话醒兰，“你以前不是个急性子的吗？怎么在我们的事情上变成慢性子了？”

新　生

宝锦、厉仲建和另外四个男生留下来打扫教室卫生。六人花了十几分钟打扫完，背起书包各自离开教室。有两个男生住在新远校南边，两个男生住在新远校西边，只有宝锦、厉仲建住在新远校北边。这意味着，宝锦、厉仲建今晚要同路一段时间。宝锦当然不愿与厉仲建同路，厉仲建也如此。二人出了教室门，来到北去的土路上，走在前面的厉仲建回头瞪了宝锦一眼。这一眼的意思不言自明：别跟着我！我俩保持距离。宝锦自觉地放慢了脚步。几分钟后，二人已相隔五六十米。将晚未晚，土路上，除了两个男孩，再无他人。从两边的庄稼地里，传出虫子的叫声。对厉仲建的畏惧使宝锦的耳朵灵敏，放大了虫子的叫声，听着十分刺耳。宝锦在意念中跑进庄稼地，捉到了一只叫唤的虫子，将它撕碎。这种想象抗衡着对厉仲建的畏惧。

厉家园比何家园离新远校远，这么走下去，到厉家园的时候，天绝对已经黑了。厉仲建显然想到了这一点，这个怕走夜路的男孩发力狂奔起来。宝锦愣住了，不知道厉仲建跑个什么劲。厉仲建才跑了几步，路旁庄稼地里蹿出一条体格壮硕的狗，狂吠着向他追去。厉仲建吓得停了步，慌乱地取下书包，提着背带挥舞着它，驱逐这狗。书包的褡裢却马上松脱了一只，里面语文、数学课本加作业本、文具盒，撒了一地，这一来，厉仲建手里只剩下一只没有几两重的帆布书包，根本就挥舞不出效果来，显得极滑稽。那狗配合厉仲建的滑稽，叫得更起劲了，围着厉仲建转圈，时不时地作势要向他扑去。

宝锦就也停下来，等着厉仲建将狗赶跑，再继续前行。不承想厉仲建根本就赶不走狗。那狗越来越有精神了。宝锦这才意识到：厉仲建缺乏跟野狗斗争的经验。从某种角度说，人可以区分为两种：一种，怕狗的人；另一种，不怕狗的人。不怕狗的人之所以不怕狗，是因为其有一整套对付狗的办法。怕狗的人之所以怕狗，是因为一碰到狗就无计可施。这平原的乡下几乎每户人家都会养狗，少则一条，多则三四条。狗太多了，所以，通常很多人从小就学得了几样对付狗的办法。这也算是在这乡间的必要生存技能。却也有一部分不那么灵醒的人，从来没有学会如何对付那些随时会从人家的房舍、庄稼地里蹿出来的狗。宝锦属于前者，厉仲建属于后者。这乡间的狗跟人相处时间长了，都习得了一个本事：哪个人怕它们，哪个人不怕，一下子就能区分。不知道这些狗是用眼睛看出来的，还是用鼻子嗅出来的。也许狗的第六感比人强吧。狗们咬人，总是一咬一个准。这也正是在这乡间有的人总被狗咬，有的人一生都未被狗咬的原因。有些看似神奇的事情，自有它的道理。显然，正在纠缠厉仲建的这条狗，早已发现厉仲建怕它。“你不要怕它，你越怕它，它越是要咬你！”宝锦远远地提醒厉仲建，并快步上前。

厉仲建哪里能不怕，他已经怕得尿裤子啦。这是宝锦跑近他与狗时，立即发现的事实。晚霞映照的土路上，厉仲建的脚下有几片尿迹。不是厉仲建的尿，难道是狗的？这世上就从来没有撒着欢儿去扑咬人时还撒尿的狗。这狗自然已经辨别出宝锦是不怕狗之人，不待宝锦近身，已远离厉仲建。但它不死心，拦在厉仲建、宝锦前头的路上十几米处，对着二人继续狂吠。“谁家的狗？还真跟我们较上劲了。”宝锦竭力让自己的声音平静，冲厉仲建说笑。他其实也有些畏惧。他已经看出来了，这狗似乎不是一般的狗，是条疯狗。他不知道那些个对付正常狗的办法，对付疯狗是否有效。“还有心情说笑？赶紧把它赶走啊！”厉仲建都快哭出来了。宝锦看了厉仲建一眼，有点不相信眼前的事实。他怎么会怕成这样？不可能啊。他不可能会怕成这样。但宝锦终究还是相信了这一切。这给宝锦带来某种震惊：

原来，厉仲建也是胆小的，甚至可能会比他宝锦还要胆小。平时，他只是把他的胆怯深深藏住而已。那么厉仲迎呢？厉蚬呢？也一样不是吗？这世上所有平时看起来凶蛮、霸道的人，都只是把他们的胆怯藏起来罢了。原来是这样的啊。

宝锦仿佛开了天眼，整个人一下子有种清明的感觉。这感觉终究变成了一种巨大的失落。原来，他畏惧了几年的人，都是花架子而已。他怎么会畏惧这些花架子这么多年呢？这失落，让宝锦感到这个世界简直是一个笑话，一个天大的笑话。宝锦失声大笑起来。

“何观跃！你笑什么笑？快想想办法啊！你看你看，它又来了。”厉仲建惊恐不迭的声音与宝锦的笑声交汇在一起。宝锦就停了笑，这时他看到那狗果然又近了几米。大概，经过了短暂的试探，它觉得自己可能误判了宝锦，现在它认为宝锦也是怕狗之人。

宝锦凝神盯住这狗。就算心里怕，他也要做出不怕的样子，这是此刻他心里无坚不摧的念头。他开始运用他的驭狗术了。很简单，只要突然蹲下身来，做出要捡什么的样子，那狗就会跑开。但是这个动作也得做出气势，做得干脆有力，做得完美，才能真正吓跑狗。宝锦自然深谙这动作的精髓，他做得可规范了。随着宝锦的动作，那狗吓得蹿出去老远。宝锦今天不知从哪里获得那么大的自信，索性，他真的从地上捡了一块土疙瘩，奋力追撵起狗来。那狗最终吓得再也不敢在土路上跑，一头钻进了庄稼地，了无踪影了。到后来，不知躲在庄稼地的哪个角落里的这狗，连轻声叫唤一下都不敢了。

天已有些黑了，这微凉的初秋里，满世界都是寂静。厉仲建还站在原地，不敢前行。宝锦回走过来，不屑地对厉仲建说：“狗已经跑了，你还待在这儿干吗？”厉仲建还是很紧张，问：“它不会又跑出来吧？”宝锦冷笑，道：“就是啊！你要是不怕它再跑出来的话，那就继续待在这儿吧。”厉仲建撒腿就跑。跑了两步想起掉在地上的书和文具，便跑回来捡。还剩半块橡皮没捡，他怕耽误时间太久，橡皮不要了，重新撒起腿来，跑远去了。

宝锦站在原地，笃定地望着厉仲建如丧家之犬远去的身影，直到这身影溶解到黄昏的昏暗里。这一天，他觉得自己跟往日任何一天都不同。不同在哪儿呢？比如，往日，他也怕走夜路，但今晚，他不怕了。他要慢悠悠地走回家去。

第二天，厉仲建课间凑到宝锦身边，警告宝锦不要把昨晚的事情说出去。不警告还好，一警告，宝锦想起了厉仲建昨晚是尿了裤子的。“你要敢说出去，我饶不了你。”厉仲建的声音很凶恶。宝锦平静地看着警告完离去的厉仲建，忽然失声大笑。厉仲建生气地转过身，虚张声势地喝道：“你再笑，再笑我揍你。”宝锦心里想，你倒是来揍啊，别光嘴上喊。他懒得理厉仲建，转身回教室坐着去了。次日，他很早就去上学，并在何家园找了条与他相熟的狗，用绳子系了，牵着，慢慢往学校走。离新远校近了，他停下来，坐在路边。陆续有学生过来了。厉仲建、厉仲迎、厉蚬都来了。今天，他们三人是一起来的。宝锦等他们走近了，便牵着狗在他们前面走，但走得非常慢。那三人并没有越过宝锦和狗，就只是跟在后面走。宝锦有数了：不只厉仲建，厉仲迎、厉蚬也是怕狗之人。"喂！前面的！好狗不挡道！你挡什么道？"厉仲迎在宝锦和狗后面斥骂。宝锦不理睬。"赶紧提着你的狗让开！"这是厉蚬的声音。宝锦仍不理睬。厉仲建也出声了："何观跃！你真的找揍啊？"宝锦蓦地叉着双腿停在了路中心。后面的三人随之停了步。这平凡的早晨，宝锦牵着那狗，如泥塑木雕般站立着。他有一个想法：只要后面那三人再说一句不中听的话，他就转身牵着狗向他们冲去。

那三人并没有出声。

新　婚

又是一年秋分至，醒兰和赵瓦匠选择这一天作为他们正式结合的日子。赵瓦匠是个讲究的人，他的意思，他与醒兰虽都是二婚，事情也要办得跟年轻人一样隆重。醒兰不要。她还是那个在乎别人看法的人，"等着看我俩笑话的人多着呢，你就不用惹他们去了。”醒兰把有模有样地操办她与赵瓦匠的事情说成惹事，说明她对这乡间的人事依然是悲观的。从这个角度看，醒兰还是从前那个醒兰，并不会因为赵瓦匠的到来而从本质上改变自己。要再往深里说的话，接下来的这个重组家庭，也许表面上看起来会是赵瓦匠说了算，但真正说了算的一定是醒兰。赵瓦匠看到这么深远的内幕了吗？以他的深沉和睿智，不可能看不到。“好吧！你说了算！”赵瓦匠笑着回答醒兰。

“送日子”、订婚、结婚，这乡间男女结亲的三大程序，这一次被统统舍弃。醒兰与赵瓦匠就在秋分这天把醒兰的父母叫上，加上她与赵瓦匠的五个孩子，九口人吃了一顿中饭，就算是正式成为一家人了。这天是周一，五个孩子吃完饭，四个去新远校了，剩下的那一个，赵瓦匠在县中上学的儿子，回县城去了。正值秋忙，醒兰的父母一吃完饭就回郁家园忙乎去了。醒兰领着赵瓦匠来到她家刚割完稻子的稻田里。

何家园那台从生产队时期遗留下来的公用脱粒机，从去年秋天到今年夏天，一直停在社场上，不知何时被人砸坏，也无人修理，便弃之不用了。徐家园有一户人家兄弟三人很团结，合伙买了两台脱粒机，出租给村民用。醒兰昨天跟这兄弟仨中的老二约好，明天上午开一台脱粒机过来，给她家打稻。却出现了变故。醒兰正与赵瓦匠在稻田里梳理稻子的时候，远处匆匆跑来那老二的妻子。“郁醒兰！对不起你！我们的脱粒机有一台今天上午坏掉了，现在还没修好。不知道什么时候能修好。这一来啊，明天上午就不能给你家打稻了。”醒兰马上就急了，“改成明天下午给我家打不就行了？”那女人为难地说：“可说不准，就剩一台脱粒机干活了啊。”醒兰又问：“后天上午呢？”那女人还是为难，“也说不准的呀。”醒兰明白过来了，这女人是想让她今晚上租借脱粒机，而且一定是后半夜。通常，前半夜人们都熬得起，所以，这脱粒机今晚前半夜的时间一定已被谁家约走。“你是想让我改成今晚后半夜用你们家的脱粒机吧？”醒兰快人快语地问。那女人脸上堆满了歉疚，“郁醒兰！真是对不起你，只能安排你家今天后半夜用的呀。”

今晚可是醒兰与赵瓦匠的洞房花烛夜啊。醒兰对赵瓦匠过意不去。回想那天在玉米地里，赵瓦匠的那般手段，显然可以看出，他是饥渴的。“玉彬！你愿意今天后半夜跟我出来打稻吗？”醒兰像个做错了事的小女孩，小声问赵瓦匠。她的意思很明显：她是想答应后半夜用脱粒机的，不过，她仍需要征得他的同意。赵瓦匠如何不明白醒兰的心思？当着那女人的面，他将手搭到醒兰肩上，轻轻地将醒兰的身子往他身上收了一下。这个动作胜似千言万语，醒兰感动地仰起脸来，看着赵瓦匠。“我会补给你的。”醒兰说。赵瓦匠笑了。醒兰又道：“往后，还有很多很多的日子，都是我们的。”那女人不知道这二人在打什么哑谜，疑惑地看着他们。“急死人了！到底怎么想的呀？你们快呀。”她焦躁地说，“你们要今晚实在不想用，我就要跟别人家说去。”赵瓦匠大方地向那女人一摆手，道：“用！我们用！”

第十二章　又一年

双重阴影

这个新年醒兰一家人简直没法儿过日子了。“一家人”，那是个四舍五入的说法，可没把醒兰的瓦匠新夫赵玉彬包括进去。赵瓦匠腊月廿八那天没跟任何人打招呼，就不知道跑哪儿去了。醒兰跟她的孩子们这个新年里无法安生，正是因了他的不告而别。人是跑了，赌债跑不了，初一到十五，两组讨债的人轮番、反复地来醒兰家中蹲守。醒兰除了对两位债主以礼相待，还得忍受对自己的恨。她不恨天，不恨地，不恨任何人，甚至不恨赵瓦匠，只恨自己。恨自己眼瞎看人不准。这平原的乡下有个说法：二婚应当比头婚顺当，到醒兰这儿却是反过来了，跟她头婚的凰桃除了过早撒手人寰这点不好，其他哪儿都好，二婚，碰到的却是这么个“过门”才四个来月就让她债台高筑的男人。

两位债主通常就坐在这个家主要用来吃饭的八仙桌旁。其中一位是个胖子，极能吃，吃掉醒兰端上来的一碗红糖煨鸡蛋，会暗示醒兰再来一碗。醒兰耻于装傻，别人想要，她就再去煮一碗。这个人总共过来蹲守了九次，平均一次吃掉醒兰两碗红糖煨鸡蛋，加起来是十八碗。另一个人食道细，吃蛋黄会噎住，所以他只吃蛋白，醒兰就用另一只碗把他丢下来的蛋黄接走，待他走后，她到自留地里割一把韭菜炒这蛋黄，作为她与秋锦、宝锦当天唯一的一道菜。通常醒兰煮一碗红糖煨鸡蛋要用四个鸡蛋，后面这人来蹲守过十次。醒兰算了算，这个新年，两位债主吃掉了她将近九十个鸡蛋。她多穷啊，她和秋锦、宝锦三个人半年都不敢吃这么多个鸡蛋。却是可惜：再多的鸡蛋，都无法让两位债主信任醒兰。“他走之前，难道没有跟你通个气？”“他欠债的事情，没跟你说过才怪。”“不可能吧？你郁醒兰也是个聪明人，他赵瓦匠欠了赌债你却不知道？”“你还是告诉我们吧，你这么瞒下去，浪费你的时间，也浪费我的时间。”二人同声一词。他们认定醒兰是赵瓦匠的同谋，以此获得向当事人配偶索要债务的充足理由。

凰桃、春锦的在天之灵可以做证，醒兰知道赵瓦匠为帮亡妻看病借过钱如今还没还掉，但借的都是亲戚的钱，说好慢慢还的。赵瓦匠欠了赌债，这个醒兰还真是不知道。她完全不知道，赵瓦匠在她并不知道的某个时候又犯赌瘾了。这人不是当着亡妻的面剁掉过一根手指以表明戒赌的决心吗？正因为他有如此举动，醒兰当时才坚信他不会再赌这才安心嫁给他呀，而且，醒兰与他结婚前，能感觉得到他对赌博的痛恨，坚信他是不会复赌，这才嫁给他的。他终究还是复赌了。什么时候复赌的？

据两位债主称，钱是半个月前借给赵瓦匠的。啊？！他是最近才开始复赌的？醒兰愤怒之余心存愧疚：怪自己没有看好赵瓦匠啊，赵瓦匠复赌，她也得担一份责任啊。

这个新年里，醒兰还有桩糟心事：棉桃、厉金香要拆掉这幢房子属于他们家的部分，盖一幢三间头的大瓦房。就在原地盖。相比于赵瓦匠的失踪，和两位怎么赶也赶不走的债主，这个更糟心：即将在醒兰眼前修建的这幢三间头瓦房，将是眼下这平原的乡下最有气势的那种新房，那种前后由七根横梁架构而成的超大进深的房子。可以想象，待这栋新房建成后，这旧房剩余的部分，属于醒兰、秋锦、宝锦的那部分房体，会显得多么难堪：

新房将会像一个巨大、华丽的身影，一年四季笼罩、俯视着蜷缩在其东侧的这幢房体，每天上午过后，醒兰、秋锦、宝锦一出屋门，首先迈入的是这幢新房被日光投射下来的那一大片阴影。阴影出现时，也许只有短短一截，但它会快速变宽、变长，下午近晚时，它会宽大到极限，将醒兰家彻底笼罩，之后的漫漫长夜里，它将借力于长夜更多的黑暗，与后者一起无声地鞭挞醒兰家这间旧房的渺小。除非醒兰也盖新房，否则她一家此后就只能活在棉桃、厉金香一家的阴影中。这平原的乡下，多少人在等着看别人的笑话。醒兰不敢想象何家园的人们站在田地上远远地眺望一大一小、一新一旧，一个有着漂亮体形，另一个形同残障的两栋房子时，将发出多么难听的议论。这些议论会造就另一种阴影，伙同那片从醒兰家西边投射下来的阴影，给予醒兰一家双重打击，让醒兰的神经官能症越来越严重。

醒兰很清楚，她无法阻止这阴影的诞生。棉桃是个做事绵密的人，年前他就去村委会要到了盖房的批文。人家可是按规建房啊，醒兰实在没有理由阻止。但醒兰虽无法阻止这阴影的出现，却不是不可以让这阴影变小。

看看醒兰为了缩小阴影所做出的努力：

“你家盖新房子我没意见，但不能盖得离我家那么近。”

正月十六，棉桃、厉金香正式将工人请过来拆旧房时，醒兰找到他二人，提出了她的意见。说这话的前一分钟，醒兰看到棉桃正在动手拆房的工人间与他们讨论未来新房的具体位置，棉桃的意思很明白：新房将挨着醒兰家建。这是醒兰第一次获知两家未来的距离。在醒兰看来，这是没有道理的。为什么说没有道理？这又扯回到历史上那个备受争议的问题了，扯了多年的那个问题：旧房的堂屋，本应两家各占半间。过去这些年，厉金香和棉桃一家将属于醒兰家的那半间堂屋也占为己有，整间堂屋一直由他们家独享。现在堂屋要拆掉了，我不追究你们先前独占整间堂屋的过往，你们的新房不能占用本应属于我的那半间堂屋的地皮——这是醒兰的道理，这个道理拿出去跟谁讲，谁都得觉得醒兰占理，不是吗？

可这世上任何事情的发生、发展都遵循一个规律：起先水是水、泥是泥，分得清清楚楚，日子长了，泥水早就经了多次搅拌混成了一锅黄泥汤。如今，棉桃、厉金香一家绝不认为他们霸占过属于醒兰家的半间堂屋，他们还是那一套话，但如今显然比从前那些年对此更笃信了：棉桃、凰桃、小桃兄弟三人，道义上应一个一间房，堂屋是属于小桃的，小桃将它出让给了棉桃，整间堂屋的归属权，当然是属于他们的。醒兰这次绝对是要跟他们辩论到底的：“我们把小桃请回来吧，让他当着我们两家的面，好好把这堂屋的事情说清楚。”

农历正月十八，公历一九八五年三月九日，厉金香、棉桃家已将西屋拆除，堂屋因醒兰的阻止停拆，小桃被请回何家园。同时被请回来断理的，还有红桃和绿桃。“小桃老弟！你不能再像以前一样不吭声了，‘是’还是‘不是’，老太婆要死的时候有没有跟你说过堂屋给你这话，你得说清楚。你不说清楚，我们两家就说不到一块儿去。你不说清楚，我们等于白叫你回来了。多少回，你都不吭声，让我们白叫你回来一趟。这次你不能再像以前那样不吭声了。这次跟以前不一样，如果你不吭声，你大哥和大嫂就要把新房挤到我家门口了啊，你也知道，我孤儿寡母如今这种阵仗，盖不上新房，只能住在这间小屋里，不知道要住到哪年哪月，你忍心让他们欺负我孤儿寡母吗？你不吭声，就是害我，就是要我的命啊。”醒兰情真意切地说罢，期期艾艾地看着小桃。她想好了，如果小桃这次还是不吭声、还是两头都不愿得罪，她就到村委会去讨要说法。反正小桃也没亲口承认过，所以只要她坚定堂屋一半属于她的立场，村干部也不敢贸然将整间堂屋全部判属厉金香、棉桃一家。只要村干部不做判决，这事儿就没有定论。没有定论，只要这家敢把新房挨着她盖，她就敢躺到原堂屋靠近她家的地基上哭，像戏文里的孟姜女到长城底下哭那样，直到把厉金香、棉桃新房计划哭破产。如果他们想让计划如愿实施，只能按醒兰所要求的那样，将新房建到离她醒兰家半间堂屋的距离。古往今来，嘴巴讨论不清楚的问题，不都是用眼泪来解决的吗？

醒兰设想了那么多，就是没想到风向变了，小桃千年不开的尊口这次要来一句石破天惊之语了。“老太婆快死的时候，确实把我和大哥叫到了床前，当时，二嫂你和二哥在地里，来不及喊你们回来，所以，老太婆说的话，只有大哥和我两个人听到了。”

“她说了什么？”见小桃启口，厉金香激动起来，用鼓励的目光看着他，催促他赶紧往下讲。

“她对我说，‘儿啊！姆妈我活着的时候亏欠你，让你去人家做上门女婿，我要死了，不能再亏欠你了，该是你的，姆妈要给你，这房子，也有你的份，西屋你大哥住着，东屋你二哥住着，我现在住的堂屋，待我死后，就归你。’”

小桃说完就走了。仿佛他多待一会儿，天上就会掉下来一块石头，砸烂他那张说谎不眨眼的脸。醒兰站在她与厉金香、棉桃一家共用的房前场地上，大声喝止远去的小桃，后者却骑上自行车跑远了。醒兰怔怔地收回目光，看到红桃、绿桃两个姑子也想跑，她忙一只手抓住她们的一条胳膊，将二人拽回。“红桃、绿桃，你们不能走，小桃说的话，你们能信吗？他满口胡言不是吗？要真是老太婆死前那么说过，他小桃为什么这么些年了没敢把这话说出来，却是今天才说。明明是他看你们二哥已经不在，我跟别人成了家，是小桃觉得我现在这一家子人跟他无亲无故了，这才开始做你们大哥、大嫂的帮凶，不是吗？”

醒兰的脑子真是好使，这会儿小桃的自行车还没出何家园吧，她就看透了小桃的心思。可是，她怎么早没看透呢？她早该想到，小桃这次可能会一反常态地选择得罪她啊，她怎么就把他请回来了呢？醒兰正自懊恼，就听红桃、绿桃抢着开口了：“二嫂！你怎么能这么想三弟呢？”“是啊！你也是这么想我们姐俩的吧？”“二哥没了，他还是我们的二哥，我们不可能不把你当二嫂。你要这么想我们，真是让我们寒心。”“我敢说，三弟没有你说的那种想法，我们也一样，我们都是一碗水端平，公平看待大哥、大嫂和二嫂你、二哥之间的矛盾的。”“是啊！三弟是个公平的人，他会实事求是，绝不会为了偏袒大哥、大嫂编瞎话，这一点得确定。”“遗嘱一定是千真万确的，这一点，二嫂你就不要怀疑了。”

红桃、绿桃争先恐后，飞快地一唱一和，醒兰找不到机会插话。她真是懊悔，怎么就把这两棵墙头草弄回来断理了呢？小桃一反常态的原因，同样也适用于这二人啊。当然，那原因也适用于棉桃、厉金香这一家人。醒兰与赵瓦匠结婚前与结婚后，这一家人对醒兰的态度是有明显变化的。显然，与赵瓦匠结婚后，这一家人不再把醒兰当成与自己有亲缘关系的人了。这一家人，人人对醒兰表现出一种顽固的生疏，甚至排斥，包括小梅。从前，无论厉金香与醒兰和也好，不和也好，小梅对醒兰的态度一以贯之，一直是敬重醒兰的。现在，连小梅也不愿搭理醒兰了。

而眼前的红桃、绿桃，除了不再把醒兰当成与自己有亲缘关系的人，或许，因了同是女人，这二人如今会更排斥醒兰，比小桃、棉桃这两个大男人还不把再婚的醒兰当成自己人。醒兰看着红桃、绿桃两张上下翻动的嘴，恍惚间看不清她们的脸了。从她们嘴里发出的声音，逐渐变得刺耳、不真切，到最后，它们混杂在了一起。醒兰衰弱的神经会让她在赵瓦匠失踪后的这几天做梦时经常看到大片蝗虫向她头顶压来的场景，此刻是大白天，但那个场景在她眼前清晰地出现了。醒兰听到它们嗡嗡乱叫的声音汇成轰鸣，撞击着她的耳膜，直到她脑中一片空白，一头栽倒在地。

孟姜女哭断长城那得需要多少力气？醒兰这阵子实在是太烦心了，连跟她们辩论的力气都那么容易消失殆尽。醒兰晕倒在红桃、绿桃和厉金香、棉桃一家人面前。尚存的一点意识，她用来为自己居然会被气得晕倒而羞耻。让这羞耻暂停蔓延的，让醒兰的晕厥戛然而止的，是厉金香故作温和的声音：

“郁醒兰，我和棉桃也不想让新房挨你家那么近，我们也想离远一点，但我们做不到啊。我们是两间房，扩建成三间房，加上每间房都比原来老房子的房间大，我们新房的面积都超出老房子一倍了，村里能把建房报告批下来就不错了，要是我们还敢把新房挪出老房的位置太远，怕是要遭人举报啊。真要到了那地步，我们新房建到半途拆掉重建吗？到了那时候，人工和材料，这些损失，谁来赔，你会赔吗？你不会。”

厉金香嘴里冒出来的除了假仁假义，就是那些根本经不起推敲的理由。村委会批准的建房报告里所规定的“原地建修”，从来都不是一个绝对的概念，围绕旧宅一定范围，只要不是出入太大，都属于原地建修。厉金香、棉桃一家的新房，就算整体建到原老房子西屋的西边，也仍然没有超过“原地建修”所说的范围。真正的原因，是厉金香和棉桃请风水先生年前来为新房勘址时，风水先生说了两个意思：一、老房子所在的位置风水不错，不要随便搬离这一区域。二、原老房子西屋的正西方十米处有一棵老水杉，水杉是阴性的，且存活太久，吸掉了其地下的太多阳气，盖新房前要先把这棵水杉挖掉，此外，最好不要让新房建到这水杉原址之上。

这棵水杉是厉金香、棉桃二十八年前生大儿子小松时栽下的，松树与杉树都是针叶树，算是同类，这平原上不兴种松树，如果不是那样，当时厉金香、棉桃会种一棵松树给同名的小松壮命。风水先生来的当日，棉桃就和在家的二儿子小俊开始挖树，挖了两天，把这棵水杉挖除了。水杉本是做房梁、椽子的好材料，厉金香、棉桃却把挖出来的树卖掉了而不是留为已用，就是不想让未来的新房沾到这水杉的树气，一丁点儿都不想沾。可见，他们是多么笃信风水先生的忠告。那棵挖掉的水杉，离旧房的西屋十米，未来的新房，长度加起来正好超过旧房西屋和堂屋八九米，稍微往西挪一点，新房就有可能碰到水杉的旧址。厉金香和棉桃当然是想让新房离那处地方越远越好，如果醒兰愿意，他们都想盖到醒兰家的位置上去呢。

羞耻啊羞耻

无法说服对家的醒兰坐在八仙桌靠近凰桃、春锦灵位的那一面，看着灵位上凰桃和春锦的照片发呆。赵瓦匠与醒兰结婚后，默许醒兰将凰桃与春锦的灵位在这狭小的屋子里保留，这件事说明赵瓦匠是个重情重义的人。本来赵瓦匠在醒兰眼里就是个极好的人啊，若不是他的突然失踪及紧接着被揭发的秘密赌债，醒兰都快认为他是世上最完美的男人了：聪明、斯文、慷慨，手艺好、人缘好，说话从不打诳语，办事更是有板有眼，有时候，惜字如金的他竟然还会来点小幽默。最重要的是，他对醒兰体贴、周到，关心醒兰的孩子甚至超过他自己的两个孩子。赵瓦匠在醒兰记忆中的好，让醒兰有时甚至会怀疑他如今是被人陷害。根本就没有欠赌债的事吧？那两个债主是按一个提前设计好的阴谋来她家蹲守的？

跟赵瓦匠结婚前的那一年里，碰到心里面绕不过去的事，醒兰就坐到凰桃的灵位前哭诉。与赵瓦匠结婚后，聪明的赵瓦匠总能及时看到她心里郁积的情绪，帮她疏解。现在这天杀的赵瓦匠没影没踪了，只好让先夫凰桃重新回到倾听者的岗位上。三月的日子在变长，秋锦、宝锦一时半会儿还不会放学回家，醒兰有足够的时间与凰桃单独相处，细细地向他吐露心声。“我还是算了吧，不与她这一大家子的人争了。他们想挨着盖，就让他们挨着盖吧。”这话说出来之后，连醒兰自己都很诧异：怎么才斗争了两下就放弃了？就这么任他们宰割了？这可不像她，先前的她，是有战斗力的。她不惹人，但谁要是惹她，她定然不会善罢甘休。为什么突然变得这么容易退缩呢？难道是发生在赵瓦匠身上的意外将她击溃了？不是没有这个可能。“只能怪我自己，怪我自己没有用，要是我也有那盖新房的本事，要是我有本事盖一幢跟他们家一样大的新房，哪里会怕他们家挨着我们盖啊？根本不会怕的。说来说去啊，还是我郁醒兰没有屁用啊。”果真是被赵瓦匠这厮给击溃了，醒兰眼下对自己厌弃到了极点。“凰桃啊，还有我那可怜的儿春锦，你们两个还在世的时候，我们一家人起早贪黑，想尽了法子挣钱，就为了别让何家园的人赶了先。那时候我们想，可别等别人家都盖了新房，我们还没盖上新房啊。为了不落在别人家后面盖新房，你们出去挣钱把命都挣丢啦。可到头来怎么样？我们还是掉了队。你们知道吗？你们走后这一年多的时间里，何家园三十户人家，已经有十一户人家盖了新房。你们的命白丢啦。”说至此处，醒兰感觉到对自己的厌弃已经登峰造极了。她顺手抄起桌上的镜子，端详镜子里的自己，觉得这个下午的她特别难看。“料天料地，就是没料到这天杀的赵瓦匠不是个东西啊。我原本想，这人手艺好，让他入了家门，由他帮着我们孤儿寡母，我们家盖新房的步子会快一点。谁承想啊，他才来了这么些天，不但没给我挣几个钱，还让我惹了一身的债务。他自己倒好，拍拍屁股跑掉了。赵瓦匠！你到底死哪儿去了啊，你到底是死还是活，得让我知道啊。凰桃啊，你说我和孩子们怎么这么倒霉？你一定觉得我丢人是吧？你一定会埋怨我，不该这么心急火燎地嫁人，我应该为了你守一世的寡才是啊。要是我为你守寡一世，新房或许会晚一点盖，但绝不会盖不了，绝不会。现在这个样子，我们哪有可能盖新房啊？”或许是过于惨烈的想象激怒了醒兰，说到这儿，她忽然瞪着眼睛呵斥起自己来：“郁醒兰！不许你这个样子。你啊，一定要盖上新房。不许你听凭他们在你面前竖一幢大房子来气你，如果你忍着这股气，还不如去死，去死！你，必须盖新房，死也要盖。”

正月二十，对面这家便不再是“对门”了，西屋、堂屋都已一块砖不剩地拆掉。醒兰站在朝西的自家门口，冷冷地打量眼前这暂时空旷的地面，棉桃、厉金香，还有他们的女儿小梅、二儿子小俊、二儿媳黄进进，这一家五口人天一亮就从场上搭着的两个帐篷里爬起来，脸不洗、牙也不刷、不吃早饭，一路小跑地清理起地基来。到了八点，工人们陆续到齐，这一家人把地基上的碎砖、瓦片、残木等一应物什逐一清理完毕后，工人们在工头的指挥下分成挑土、夯土两组人马，行动起来。夯土的六人抬个三个石夯，步调一致地打夯。才夯了几下，六人便整齐地喊起号子来。醒兰给吵得烦死了，从猪圈里拔了一把锄头，去自家的一块麦地里锄草去了。

这一块田地离家不远，站在这儿，那边的光景一目了然。醒兰从来没到想到过：被拆得只剩了一间东屋的房体，站在这儿看，是那么地丑陋不堪。此前，曾让醒兰得意的从她家房体后部、东侧分别接出来的那两间小屋子，如今，变成了这丑陋局面的罪魁祸首，因了这二者的存在，眼下的房体像长了两个赘物的畸形砖垛，令醒兰恨不得立即将它铲除。恍惚间，醒兰觉得，这堆被她认作“家”的东西，随时都会塌掉。她和她的孩子们，怎么在这丑物里住了那么久呢？这东西怎么可以年复一年、日复一日地充当她和孩子们的家呢？她真想永远不再靠近它，更不想进入，一想到她曾经并且以后还要在那里面吃饭、睡觉，不断地吃饭、睡觉，她就觉得是奇耻大辱。

醒兰停止了锄地，愤懑地眺望她的家，心里面的羞耻感比往常任何时候都要多。从西面的灌溉渠里走下来一对何家园的夫妻，他们要到自家田地上去。他们的田地，离醒兰家的田地不远，他们经过田垄向醒兰这边走来。仿佛心里面的羞耻是有形之物，他们愈走近，必会被别人看得愈加真切，醒兰惊恐不安地背转过身去，将锄头扛到肩上，脚步飞快地回家去了。到了家中，她亦不愿多停留一刻，把门锁了去郁家园去了。她在娘家待了两日，于正月二十二那天才回来。这两日里，秋锦、宝锦放学后也去郁家园。眼不见心不烦，醒兰无法阻止这家人盖新房，无法阻止他们挨着她家盖新房，但她可以阻止自己和孩子们当他们的观众。

正月二十二日下午在娘家吃过中饭，等秋锦、宝锦、珍锦去新远校上学之后，醒兰回到了何家园。她被眼前的情景惊住了。又不是从前地主家盖庄园，更不是盖宫殿，就是盖个三间头瓦房而已，花了整整三个白天的时间，这家居然没有打好地基。问题出在：他们把地基打得太高了。醒兰站到自家屋门口，用腿丈量这地基已有的高度。比她的膝盖还高。何家园这两年盖新房的十一户人家，有把地基垫高的，但从来没有像这家那样，垫到如此高的高度。醒兰再抬眼望去，热火朝天的工地上，抬土的那组工人还在往地基上倒土。嚯！看来这还不是最终的高度呢。这家人想怎样？到底想怎样？住在何家园上首的何彪年前死了老娘，为了证明自己是个孝子，何彪给老娘筑了个何家园有史以来最高的坟，这一家五口人，是想把地基打得比何彪老娘的坟还高？醒兰感到肺要气出个窟窿来了。她怒视着围绕着这片新砌的地基与工人们一起忙乎着的这一家人。五个人，都避开醒兰的目光。

不敢看醒兰，说明他们自知垫高地基会触怒脾气说来就来的醒兰。但在醒兰看来，他们不敢与她对视，是自知理亏。这一认识使醒兰冷静了一些。她定了定神，四下里看过去，将这块地基左右前后、上上下下都好好地看了看。这一看不得了，她这才发现，垫高并不是这块地基的最可恶之处，过于靠前才是。

关于这家新房的具体位置，除了与她家的距离这一点曾被醒兰重点关注，还有一个被重点关注的，是它前排的墙砌在哪里。新房比旧房进深大，前排、后排的墙都会砌在老房前、后墙之外，这是毫无疑问的。正常人家，会选择新房的前排、后排比老房前、后排超出差不多一样多的距离，这样对这块地上的原住户公平。这人家看来不是正常人家，他们选择让新房的前排墙尽最大可能地往前移，后排那面墙呢，比原先老房子的后墙还要靠前一点。为什么才刚刚打地基，醒兰就看出来那新房前后墙的位置？当然是由地基看出来的。看啊！地基的后部边沿，正好与旧房的后墙齐平。地基总要向外延伸一点的，那新房的后墙无疑将出现在地基里侧。

这家是要把新房整整往前推三米以上。醒兰想象，如果让他们如此盖完新房，她家这间旧房不仅仅是那新房身上的丑陋赘物了，还会像新房屁股后面沾的一坨屎。一坨屎啊，可恶！如果听凭他们为所欲为，一个月后，那新房盖完了，醒兰与她的孩子们，就是住在一坨屎里面了。

醒兰被这种臆想带来奇怪的痛不欲生的感觉。三月的天气颇多寒气，她打了个冷战，整个人更加不好了。这时，醒兰新近养的那只猫从家中蹿出来，三蹦两跳上了那地基。醒兰将肩上的锄头挥下来，跟着爬上那地基，紧握锄头杆，锄刀向着前下方，追打那猫。一边追一边呵斥："你个不要脸的东西，不在家里好好待着，跑到这上面来干什么？这是你能来的地方吗？给我下去。"呵斥的同时，她将那锄刀用力凿在那猫身旁的地面上。猫受到惊吓，蹦开了，醒兰却不再追赶，而是让手上使了十成的劲儿，令那锄刀在那已夯得硬实的地基上刨出一个坑。"我让你不要脸！让你们不要脸！"醒兰将锄刀上的土挥向空中，再将锄刀向地面刨去。再挥，再刨。一个坑，又一个坑，又一个……那一家人在醒兰刨第三下的时候，才反应过来：醒兰找事儿来了。五口人，同时停止了手上的活计，两个男将首先怒了。"郁醒兰！你发什么神经？"棉桃站在离醒兰七八米的地方，厉声呵斥。小俊径直从地基之外的一个砖垛上取了一块砖，牢牢握在手上，向醒兰跑来。“你搞什么破坏？”醒兰待小俊跑到她身前时，将锄头收起来扔到一边。这样，她就赤手空拳了。“有种你往二婶的头上砸，反正你二婶我不想活了，你把我砸死了，我就不用受你们这一家人的气了。”醒兰瞪着小俊手上的砖头，冷笑道。这一来，小俊提着砖不知道接下来该干什么了。两名女将及时上场，先是厉金香迈着胖腿走过来取走小俊手上的砖扔掉，再是黄进进过来将小俊拉到一旁，而后重新上前，与厉金香并肩站到醒兰面前。“二婶！小俊是用砖吓唬猫呢，你可别多想。”黄进进那张白皙的梨形脸上布满微笑。“是啊！郁醒兰，小俊吓唬猫的。”厉金香帮儿媳的腔。黄进进又道：“不过，有句话我想请教二婶，你刨我们家的地基干什么呢？”这黄进进读过初中，说话还总带文词儿，让醒兰听得不适。醒兰瞟了黄进进一眼，心想你才嫁到何家园一个月不到，哪里有你说话的份儿？醒兰把身子转向厉金香。“你们做了什么事情，你们心里比我郁醒兰清楚。我不需要说前因后果。我只想先跟你们知会一声，今天你们把地基打得这么靠前，我锄头刨的是你们家的地基，明天你们房子盖得那么靠前，我刨的是你们家的房子。”厉金香没有回应醒兰。她把脸转向儿媳，用眼神鼓励后者继续做他们一家的代言人。

半年前厉金香治好了乳腺癌之后人变了，不再像从前那样凶蛮、霸道，与人说话也不再像以前一样恶毒、凶狠，她变成了一个跟赵瓦匠一样惜字如金的人，还总笑，虽然那笑容看着阴森森的。在醒兰看来，这厉氏变的只是外面的皮，里子一点儿没变过，还是一样，又黑又脏。“二婶！听你这话的意思，你有把锄头了不起了？谁家还没有一把锄头，你能用锄头刨我们家的地基，还想以后刨我们家的房子，你刨呗！但你要知道，我们也有锄头啊，也可以刨你们家的房子啊。”黄进进说到此处，刻意地停顿了一下，接着一句比狠话更能击中醒兰的话出场了，“就怕旧房子没新房子结实，你那点力气刨我们家房子，怎么刨，我们家房子怕还是好好的。你家这旧房子就不一样了，我们稍微刨两下就得塌。不！我们都不用刨，它自己就会塌掉。你们说是不是啊？”黄进进说罢转脸问那些工人。工人们放缓手里的活计，虽没有应和黄进进，但都暗自笑了起来，有一个人居然还笑出了声来。

黄进进明摆着是在嘲讽醒兰盖不起新房。醒兰遭此奚落，悲愤得双唇颤抖，一时无法接招。古话说得好，不是一家人，不进一家门，这黄进进与她婆婆厉金香比，不差毫厘。她怎么奚落醒兰的，马上要传遍何家园，传到周边那些村民组，传遍这平原，人们在暗中笑话醒兰的同时，黄进进大概也会被列为她这一代中的首席悍妇。悍妇悍妇，虽不见得是好名声，但可让人们敬她三尺。这世道笑弱不笑狠，你只要够狠，就能得到足够的敬畏。这新媳妇无师自通，把这世道人心摸得透透的，真得让醒兰刮目相看。但醒兰哪能让她得逞，哪能让她踩着她的尊严上位？醒兰迅速恢复了战斗力，就见她冲着黄进进大声笑了起来，笑毕，她寒脸说道：“黄进进！你说得没错，我郁醒兰是无能，盖不起新房，我活该遭你耻笑。但你也该耻笑你自己，还没过门，就怀上了。何家园从古到今也没见过你这么不要脸的，还以为大家都不知道。”

黄进进与小俊上一年农历三月廿六“送日子”，四月廿一订婚，订婚时就请人看了结婚的日子，定为今年春夏之交的农忙之后，谁承想，这一家人把结婚的日子提前到了上一年腊月十八，在农历新年到来之前就把黄进进迎进门了。提前结婚的原因，人人都心知肚明，但真正敢当面拿出来耻笑的只有此时的醒兰。醒兰话毕，黄进进脸色泛青，扭身跑到一边去了。小俊哪里容得下醒兰当着那么多工人的面将这等秘密之事抖搂出来，这一下简直气到爆炸。“郁醒兰！我敬你，你是我二婶，不敬你，你就是个王八蛋。你还说别人，你自己呢？我二叔生前对你百依百顺，死了一年不到，你就找了别的男人。找什么男人不行，找了个赌棍。你还把这赌棍招到我们何家园来丢人现眼，这下好了吧，丢人丢到家了，赌棍欠了赌债跑了，给你留下一屁股的债。你找这赌棍，还不如当寡妇呢。当寡妇，虽然盖不上新房子，至少也不会欠一屁股债吧？”男人真跟女人不一样，一般不骂街，真要骂起街来，一点拐弯都不讲，哪儿捅得人疼往哪儿捅。这愣小子字字都踩在醒兰的命门上啊。他还越说越来劲了：“郁醒兰！你自己没用，没本事挣钱，盖不起新房，看到我家盖新房，就眼红，就嫉妒，就想坏我家的事儿。想坏我家的事儿，又不好明说，就找碴。你怎么这么不要脸呢？”话真是越说越狠，连厉金香都听不下去了。厉金香和棉桃都上来拉小俊，一个去捂小俊的嘴。小俊却是吐槽个没完了：“我就这么跟你说吧，郁醒兰！你欠了一屁股债，一辈子盖不上新房了，你就带着你家秋锦、宝锦在这间像坨屎一样的旧房子里过到老死吧。”当说到“屎”时，小俊加重语气。醒兰的心如同被刀刨过，疼得站不住。一口气蹿上喉咙，再也下不去。脑子里霎时白茫茫一片。厉金香、小俊他们瞪着眼睛看着醒兰直挺挺晕倒在地。短短几天，醒兰已经被这家人气晕过两次了。

但醒兰这次迅速醒了过来，她将羞耻感牢牢控制在心里，让自己笃定起来，以一当五，与这一家人理论为什么新房不能盖得太高、太过靠前，她其实并没有充足的依据来证明新房为什么不能这样盖，邻里之间，尤其是沾亲带故的邻里之间的事情，从来就没有一个定论，所以醒兰真的费尽口舌，却如同对牛弹琴，这家人依然一意孤行。他们几乎整个下午都在争执，其间，醒兰多次回到屋中休整一阵子再出来向他们宣战。及至傍晚，工人们收工离去了，秋锦、宝锦放学回来时，他们的争执还在继续。在醒兰身边听了一会儿，秋锦开始帮醒兰与他们理论，胆小的宝锦则是想帮腔又不敢插话，就在旁边干着急。或许一整个下午因与醒兰争执延误了工期，这一家人在这个傍晚分外生气，那小俊将气撒到未成年的堂妹、堂弟身上来了，宝锦个子最小，又是男孩，小俊就拿宝锦出气，只见他突然扭住宝锦，像老鹰捉住一只小鸡一般，将宝锦在地基上推来甩去。“要杀人了啊！”醒兰悲呼起来。秋锦护弟心切，不顾一切地冲过去想把宝锦拽回来，小俊却一脚将秋锦从这高高的地基上踹了下去。下面，是一把瓦匠的铲子，秋锦摔倒在铲子上，胳膊上血流如注。醒兰跑过来抱住秋锦痛哭，口头向她的先夫凰桃呼救：

“凰桃啊！他们就是这么欺我孤儿寡母的啊，你可要替我做主啊，可不能放过他们啊。”口中嘶吼着，脑子里似有千百条虫在爬，醒兰的神经官能症已经非常严重了。

隔离大法

醒兰老了，老得牙齿都掉光了，她像何家园第一个买了假牙的严老太婆那样，嘴里含着一口假牙，驼着背，颤着双腿，站在何家园那条人来人往的灌溉渠上，她在等她的女儿秋锦一家。正月初二，是女儿回娘家拜年的日子，嫁出去多年的秋锦每年这一天都早早带着丈夫和孩子来郁家园给醒兰拜年。但是这一年的大年初二，醒兰在灌溉渠里等了很久，眼睁睁地看着一拨又一拨的外嫁女回到了何家园，等到了中午一户接一户的人家的烟囱开始冒烟，等到她的腿站不住，等到背弯成了镰刀，却还是不见秋锦一家的到来。醒兰知道了，秋锦今年不再愿意带她的丈夫、孩子来何家园了。过往这些年，秋锦回到何家园，每次走到这灌溉渠，都能看到路两边的房子里有人跑出来，冲她指指戳戳：“看啊，秋锦又拖家带口地回何家园了，她倒是不嫌弃她那个寡妇老娘呢。”“这郁醒兰跟她的光棍儿子宝锦住在那么小的一个破房子里，秋锦一家子再过来，那么一大堆人在房子里怎么站得下哦。”“秋锦啊，也真是可怜，摊了个有神经官能症又没本事还要替新夫还债的老娘。”“都几十年过去了，郁醒兰还没把债还掉。”秋锦再也不愿给这些人指手画脚的机会，所以今年不再过来拜年了啊。

醒兰眼泪汪汪地离开灌溉渠，沿着小路慢慢地往家里走。到家自然要路过那一家，照理应该从房子前经过，但醒兰不愿意，宁可从那房子后面的田地里走。好在，这块田是醒兰家的，若是别人家的，她自是不敢从这田里走。醒兰绕过那房子的后面、东侧，回到了自家屋中。宝锦一动不动地坐在八仙桌旁，因那大房子的遮蔽，这屋里常年光线不足，宝锦没有表情的脸与屋子里的阴暗融为一体。醒兰颤巍巍地走到宝锦面前，端详起宝锦来。宝锦脸上都有皱纹了，头发也花白了，比去世前的凰桃都要老了，可是，他还是孤身一人。怪只怪他摊了个没本事却还要替赌鬼男人还债的老娘啊，怪只怪这么多年过去，他老娘始终没能给他盖上新房啊，谁家的女儿愿意嫁到这种人家来呢？没有的，所以可怜的宝锦就这样变成老光棍了。“儿啊！姆妈对不起你啊。”醒兰愧疚地伸出手来，去摸宝锦的头。宝锦却蓦地瞪大眼看向醒兰，怒斥道：“你还有脸跟我说‘对不起’，你怎么不去死？”醒兰大惊，跌坐在地。这时，她发现宝锦变成了凰桃。“你给我起来！你把话给我说清楚，为什么我死了还不到一年，你就嫁了人，嫁人还不长眼睛，嫁了个赌鬼，你说，你倒是说啊？！”醒兰大叫了一声醒了过来，原来是南柯一梦啊。

自那家人终于把那大房子盖完之后，醒兰每晚长时间失眠，偶或睡过去的短短几分钟里，她就做梦。在梦里，时间不再是此时的一九八五年，而是很久很久以后，是很多年之后，总是如此。醒兰在这些梦里备受愧疚的煎熬。现在，醒来的醒兰哭泣起来。秋锦、宝锦自然是在醒兰被噩梦惊醒的第一刻就已醒来，与醒兰同床的秋锦坐起来，不知所措地在黑暗中呆望着醒兰，小床上的宝锦则爬起身，坐到床边来，就只是坐在那儿，同样不知所措。醒兰的愧疚更甚了。两个孩子明天还要上学，她怎么可以大半夜把他们吵醒呢？“你们睡吧！快睡吧！姆妈没事。”醒兰哭泣地说完这句话，假装让自己睡着了。两个孩子待听到醒兰的鼾声均匀了，才小心翼翼地让自己睡着了。直到秋锦、宝锦睡着，醒兰才敢自由地呼吸。可是，这自由，却只是脖颈到口鼻的局部自由，身上那股子气的发力源头——胸口，那儿永远像是压了一块石头。有好些天了，醒兰都感觉胸口有被重压之感，很显然，她的神经官能症更严重了。

在刚刚过去的这个白天里，两位债主又来讨债了。二人显然是约好的，一个前脚刚到，另一个就来了。春节时长达十几天的时间里，他们天天前来讨债，那之后，他们就只分别来过一次，此时离春节已过去三个多月，醒兰一度有一种幻想：他们不会再找上门来讨债了。讨也是白讨，索性就不来了吧！他们指定会这么想，于是不再来讨债了——这是醒兰辅助那种幻想的思维线。事实证明是醒兰想多了，大家都穷，他们怎么可能听凭自己辛苦攒下的钱就这么不再属于自己？

两位债主这次是来跟醒兰谈判的。田里的麦子成熟了，大麦、小麦、圆麦，醒兰家四亩多地，这一季种的几乎都是麦子，他们去那些麦地上看过了，就数醒兰家的麦子长得好，这么些麦子收上来，说不定有三千斤。按现在麦子的市场价，折算成钱，指不定能值一百五十块钱。这笔钱不是小钱，能把那堆庞大的债务里切掉一小块，所以两位债主挺重视醒兰田里即将收割的麦子。他们今天是过来跟醒兰商谈以麦子充抵债务事宜的。他们是这么想的：预想中的三千斤麦子，二人一人得一半。他们还想得周到：可以是割麦子时他们就介入，帮醒兰割，正好也弥补了醒兰家劳力不够的缺陷。

醒兰根本没有想到，他们会打麦子的主意。这是旧社会才能发生的事啊，地主才会这么对付雇农，新社会已经这么多年了，怎么还有人这么干呢？醒兰依然用糖水煨鸡蛋招待他们，静静地听他们抢着说话。听清楚他们的意思后，醒兰悲从中来。她终是个直性子的人，凄声反问道："我把这一季的麦子都给了你们，下面这大半年，我们一家人该怎么办？我儿秋锦、宝锦正在长身体，我哪里有钱让他们吃饱饭？""你不是有点积蓄吗？过年的时候，我们让你把积蓄拿出来，抵掉一点欠我们的钱，你死活不干，我们体贴你孤儿寡母，不想逼你太急，就允许你留着积蓄。现在我们让你用麦子抵掉一点欠我们的钱，已经很是仁至义尽了啊。"醒兰想了想，他们说的，倒真是有些道理，可这道理是个无形的刽子手，能把醒兰盖房子的梦想一刀铡掉——没错！醒兰先前还在构想呢：这一季的麦子收上来卖掉一部分，她总能攒下几十块钱来。几十块钱几十块钱这样一季一季地攒下去，总有一天，她能攒够盖新房的钱。来者显然看到了藏在醒兰肚子里的那副账本。他们觉得醒兰的规划极其好笑，欠着人家的债呢，居然还想着攒钱盖新房？做你的春秋大梦吧。其中一人就直截了当地戳破了醒兰：“郁醒兰！你别再做梦了，只要你家赵瓦匠不回何家园，我们就只能找你要钱。你没钱还我们，我们就牢牢盯着你的地，你种一季，我们收一季，种两季，我们收两季，让你地上的粮食一季又一季地替你还钱，直到你的地替你把钱还完了，收上来的粮食才能是你自己的。”另一人补充道：“听明白了吗？你地里的收成，以后全都是用来还债的，不可能做他用。”醒兰听到这里胸口一口气上不来，又晕了过去，这是醒兰这一年第三次晕倒了。若不是她晕倒，两位债主这个白天肯定是不可能走的。简直太好笑了，是她的晕倒，赶走了债主。

这个深夜，醒兰想起几个时辰前发生的事，再也无法入眠。快天亮了，她才勉强让自己合了一会儿眼。像往常一样，懂事的秋锦做了早饭，与宝锦吃了早饭去学校了，醒兰七点钟才起床。心不在焉地喝掉秋锦盛在桌上用另一只碗捂好的半碗粥，醒兰端着剩下的半碗粥出门倒到猫碗里。就在她吆喝着提醒此时不知身在何处的猫过来吃粥时，醒兰看到一条蛇沿着草垛的边沿慢慢地向河边游去，吓得醒兰手里的碗差点掉下来。这蛇游得不紧不慢，完全不像平素看到的那种蛇。通常，蛇看到人会惊吓万状，游动的速度会变得迅捷。醒兰不算是个怕蛇的人，这会儿她定了定神，站定了身子，定睛地打量这蛇。是一条通体青色的水蛇，大蛇，比她手腕细不了多少，有接近两米长。在这平原的乡下，有一种说法，老祖宗死后会变成蛇，藏在自家房子里，佑护活着的家人。通常，它们不会现身，若是现身，那便是一种昭示。按照人们通常的理解，化身为蛇的老祖宗们，比平素大家见到的蛇要大。而且，与普通的蛇会有所区别。在人们的总结里，老祖宗蛇的样貌有几个基本要素：一足够大；二比普通蛇淡定；三通体青色。此刻，醒兰眼前的这条蛇符合老祖宗蛇的三大基本要素，不是老祖宗又是什么？既然是老祖宗，那么，它又是老祖宗里的谁化身的呢？是凰桃、棉桃他们兄弟的父母吗？或是醒兰从不曾见过的凰桃、棉桃他们的爷爷、奶奶？甚至是因死去也可以被当作老祖宗的凰桃或春锦？醒兰正想弄清楚是哪个老祖宗，那蛇突然改变了游行的方向，扭摆着身子钻进了草垛里。醒兰一下子感到不安，即便这蛇真的是老祖宗，让它藏在草垛里，终究是件吓人的事。每天早、中、晚三顿饭，她或秋锦、宝锦都会来这草垛取草做饭。万一哪天，秋锦、宝锦来取草，这蛇突然蹿出来，能把他们给吓出病来的——两个孩子，尤其宝锦，极其怕蛇。

醒兰便往草垛边站近了点，对着草垛呵斥起来。“我不管你到底是什么东西，赶紧给我爬出来，走开！”草垛里面发出“嗦落”“嗦落”的声响，很快又没声儿了。醒兰便跑进家门，取了扁担，捅起草垛来。才捅了几下，醒兰听到草垛背面传来两声惊叫，是厉金香与他儿媳黄进进的声音。紧接着，醒兰又听到棉桃与小俊父子的高声叱骂。先是棉桃：“跑到我家门口来吓人，看我不打死你。”接着是小俊的：“你个不要脸的，把蛇往我们家这儿赶！”醒兰一愣，小俊骂的是她。这时醒兰听到棉桃用某种器物击打并追赶蛇的声音，是往河面方向追去的，棉桃直追到河沿下，这才停歇。看来，那蛇是被棉桃追到河里去了。前前后后几分钟的动乱，这之后，草垛背面的这一家人平静了下来，开始一意地责怪草垛这边的醒兰。“你说你这人，良心去哪儿了？怎么把蛇往我们家这边赶呢？”这是黄进进的声音。醒兰觉得她说得要多搞笑有多搞笑，她懒得跟小她一辈的黄进进理论，跌份。这时，厉金香开腔了：“郁醒兰！你说你堆了这么大一个草垛，在我们家眼皮底下，我们一家人，一出门就看见这草垛，一年三百六十五天，你这草垛天天堆在这儿，我们每天要等下午太阳走到西边时，才能有一会儿被太阳光照到，你这么干，良心上过得去吗？”

醒兰听罢，微笑起来。正是早晨八九点钟太阳光最茂盛的时候，醒兰微仰起脸来，闭上眼睛，让茁壮的阳光沐浴到整张脸上，真是舒服啊，草垛后面的这一家人，这辈子别想沾得到这么好的阳光了。想至此，醒兰胸口那块巨石，神不知鬼不觉地消失了，她感到从未有过的轻松。这真是一个美妙的上午啊，有阳光，有轻松的身体，要多美妙有多美妙。有这美妙做伴，醒兰今天有了一种宽容的能力，她不再觉得有必要与草垛后面的那家人理论，他们爱指责她什么，就让他们指责去吧。

事实已经极其明朗：自那一家人将他们的大房子如愿盖完，高高兴兴地入住之后，醒兰就在他们家与她家之间堆了一个草垛。醒兰把她所能收集的草全部归拢到这儿，堆出了一个硕大无朋的草垛。她还会继续让它变大的，这不麦子要收了吗？收完了那么多的麦子，得留下多少麦秸秆，届时，这草垛得变得多大啊？

你们一家人，不是完全不顾我们一家人死活地把地基打得那么高、把房子盖得那么越位吗？好！我没本事盖新房子，盖个草垛的本事总是有的，我会让草垛一天比一天高，一年比一年高，你们家的房子高是吧？草垛以后会长得比你们家房子还高。

这就是醒兰回击那家人的方式。毫无疑问，醒兰并没有因为赵瓦匠失踪所给她带来的打击而失去战斗力。

那家人自然不可能无动于衷。醒兰要如愿将草垛堆出来，可没那么容易。一个月前，醒兰和两个孩子一大早开始从别处的自家田地上往回运草垛，还没开始堆呢，那家五口人就已经站在场上盯着他们了。醒兰和孩子们就开始堆，五口人迅速出动。这边才堆，那边就扒掉了。这一天，醒兰和孩子们没堆成。当晚，醒兰琢磨了琢磨，决定暂时不堆。过了几日，等那家人全部去了田地上，醒兰从郁家园请来数名劳力，一人给他们一块钱，大家一气呵成将草垛堆了起来。当时，这个草垛也就堆了两米多高，加起来有两三米长的样子——醒兰将各块田地上的草垛搜集到一起，也就只能堆出这么大一个草垛。

为了防止那家人回来时拆草垛，醒兰堆完草垛就叫宝锦去了村委会。那家人回来时，正好村委会的人也到了。当着村委会的人，那家人自然不敢过来拆草垛——醒兰堆在她家的场地上。到别人家的地盘上拆人家的东西，要真闹到政府插手，那可是犯法。这一家人，终究不像这平原的乡下难得一见的那种无赖、地痞，犯法的事，他们是不敢干的。碰到这种邻里纠纷，村委会的人自然是息事宁人的原则，他们就劝醒兰，意图让她自行拆掉草垛。醒兰当然不。天色已晚，村委会的人提出明天再来。如此，这草垛第一天顺利地堆放在那儿直到次日。次日，村委会的人却没有来。那家人等了一天，再把村委会的人叫来，村委会的人这次更加和稀泥，这草垛还是没让那家如愿拆成。就这样，这草垛慢慢就成了既成事实，在醒兰与那家之间扎下了根。醒兰与两个孩子别的本事也许没有，到处捡草的本事还是有的。于是，草垛一天比一天高，一天比一天宽大。有一天，小俊站在自家门前，对醒兰扬言：要放把火把草垛烧了。醒兰知道他只是说说——那可是纵火，谅他也不敢。事实确实如此，小俊只是说说而已。总之，无论那一家人多么痛恨这草垛，它终究还巍然屹立在了两家之间。醒兰想，只要她立场足够坚定，自己不心软拆掉，他们绝对是搞不掉横亘在他们一家人眼前的这垛“墙”的。

其实，醒兰并非一开始就拿定主意要堆这草垛，在此之前，确切地说，在那家人正式入住新房与草垛落成前的那约莫十来天的时间里，醒兰是不愿意堆这草垛的。没错！是有人家用这种方式与邻居对抗，但在醒兰的认识中，这么做实在是太狠了，她有些下不了手。是黄进进，这个何家园的新媳，也许未来会成为接替厉金香成为何家园首席悍妇的女人，把醒兰逼成这样的。

这一天，确切来讲，是那家人入住新居的第五天，醒兰早晨从家中出来，黄进进端着一盆水从新房子里走出来，明明她看到醒兰就要经过她前方，她竟然迅速将盆里的水泼了出去。醒兰停了步，怔怔地看着前方湿漉漉的地面。这个才嫁到何家园不几个月的新人，到底想对醒兰表达什么意思？醒兰想起，自那日在地基上她与黄进进争执以来，后者几乎没再正眼看过她，不再愿意跟她说话，实在迫不得已要说话，就尽量减少字句。她是记恨醒兰当日闹事？醒兰好言问道："进进！你明明看到二婶就要从这场上走，为什么还要泼水呢？"黄进进还真是快人快语："你嫌别人在你眼前泼水，你可以不从这儿走啊。"醒兰看着这新媳妇扭着有孕的粗壮腰身进门去了，那一刻，她不能相信黄进进居然不想让她从这房前走。

不走就不走！醒兰的劲儿也上来了。我不从你们家新房子前面走，似乎也不会出大问题，新房子后面的地是我家的，我完全可以从自家田地里走，再不济，我还可以把船横在前面的河上，从河上走，河对岸不就有条路吗？醒兰又想道，讨厌我从你家门前走，那么好，从东边来的阳光，也请允许我把它拦住，不让它从你家门前走，这样才公平。

就是这样，一个月前，醒兰突破了心里那道坎，很是坦然地酝酿起那道"墙"来。

这一个月里，与这茁壮成长的"墙"相伴而生的，是醒兰对自己的厌恶。我怎么变成这样的人了呢？她不想做这样的人啊，却只能沦落到这种地步了，真是厌恶自己啊。这厌恶终究变成了对自己的嫌弃。这种自我嫌弃意味着，那个后来被人们叫作抑郁症，在彼时在这平原的乡下被医生们称作神经官能症的东西，已经在醒兰的身体里进一步升级了。

这种升级，一个明显的表现，是醒兰有了自杀之意。

这日子怎么过得下去呢？赵瓦匠欠债跑路了，债主随时会登门来羞辱她，而更多的羞辱，来自她家门口的这一家人，而她，似乎这一辈子注定要委屈地活在这一家人的阴影之下，这样的日子，活下去可还有意思？没有意思。

醒兰思考了一下：如果要死，就喝农药。这平原的乡下，多少年来，出现过多少自尽的人啊，他们当中，以喝农药的居多。看来，喝农药是广受欢迎的自尽方式。农药这种东西，乡下寻常可见。如此说来，醒兰要自杀，实在太容易。

就喝敌敌畏吧，既然它是那些喝农药自杀的人的首选，醒兰也随个大溜。去年夏天醒兰用作给稻草驱虫的农药里，就有敌敌畏，当时，她买的是一瓶五两装的敌敌畏，和在其他农药里给稻草打药，因为就用了一次，余下来很多。大概还余有三两多吧。这么多的敌敌畏，足够把醒兰毒死一百次了吧。醒兰想到这一点，居然神秘地独自笑了一下。为什么会笑呢？自杀不应该是桩悲伤的事吗？怎么她都让自己笑起来了呢？醒兰倏尔脑中闪过那条大青蛇。这时分，那蛇在她脑子里，用它那双细小的眼睛盯着她。醒兰忽然觉得这凝视似曾相识。她蓦地惊醒了。这蛇是凰桃变的，一定是凰桃。既是凰桃，那么，它此时来到她脑中，定然是为了告诉她什么。告诉她什么呢？瞧它那笃定的眼神，显然，凰桃在鼓励她呀。“醒兰啊！没什么大不了的，死吧！死了一了百了。活，那么辛苦，死就比活着要好，大胆死吧。”醒兰感觉自己一下子就拿定主意了。

但是，醒兰是多么舍不得秋锦与宝锦啊，当然还有珍锦，还有她年迈的父母。我死了之后，他们怎么办呢？醒兰伤心地想。这一想，她的悲伤不能自已。这悲伤，令她觉知到，死是一桩自私的事，是不勇敢。这么一来，她对自己更加嫌弃了。一嫌弃，她又找到了自杀的初衷，对死，又开始深刻地向往了。

醒兰打算避开秋锦和宝锦死。避开，是很容易的，白天，他们大多数的时间都在学校。就白天死啊，挺好，这样，很多何家园的人都会跑过来看。不！不只何家园的人，这平原上的人，都会来看的，他们怎么可能错过这么好看的事情啊。他们会从四面八方跑过来，从很远的地方跑过来，围观自杀的醒兰，围个水泄不通。这样真是好啊，很多很多的人都知道她自杀了，他们都会怀着极大的探究的欲望，弄清楚她为什么会死，这平原上很快就会传遍：是那一家人，把她醒兰逼死的。

醒兰要死在那新房子前。这样，人们前来围观的时候，不用猜测、不用探讨，就能一步到位地弄清她的死因。这样，那一家人甚至可以当场会遭到人们的责问、痛斥和唾骂。一想到那样的场景，就很解气啊。

敌敌畏和其他几瓶农药留搁在屋外的一个角落里，用一些碎砖封着。醒兰扒开碎砖，却先发现了一窝死老鼠，同时闻到刺鼻的农药味。一瓶农药歪斜着。醒兰将它拿到手上，拧了下瓶盖，发现有点松动，闻了闻，气味是从这瓶农药里出来的。看来，一点点散发出来的气味，就可以毒死一只又一只钻到此间的老鼠，可这瓶农药毒性还远比敌敌畏小呢，看来，农药的毒性真大啊。醒兰有些失神地提着那瓶农药，望着那窝老鼠。对死亡的恐惧这时以前所未有的力度向她袭来。她心内狂跳不已，下意识间放下了那瓶农药，又飞快地用碎砖重新将所有农药封住，快步离开这屋角。她终究还是怕死的啊。如此，再去想凰桃与春锦的死，醒兰比往日任何时候都要心疼他俩了。

醒兰在接下来的日子里迟疑不决。农忙很快到了，她必须去组织人手帮她去田地里割麦了。醒兰自我安慰地想，等收了麦子，再说死这桩事情吧。可是，过了农忙，终究还是要去赴死啊。终究还是要这样结束了这一世啊。醒兰难过极了。

就在醒兰为这必将到来的死而难过不已时，赵瓦匠回来啦。这天杀的赵瓦匠，就在这节骨眼上回来了。这天杀的赵瓦匠，就这样把醒兰救下来了。这天杀的赵瓦匠啊，这段日子你到底死哪儿去了啊，你可得给我好好交代交代。

这个赵瓦匠啊

年前，赵瓦匠听说马路南边一户人家开春后要盖房，并有意把活儿承包出去，经朋友介绍，他去这家商谈承包事宜。这户人家前年开始做床上用品生意，做得很不错，赵瓦匠去的那天，这家来了生意伙伴，是一个上海小开。赵瓦匠临走时听那上海小开说起一件事，说他有个爷叔在政府城建部门当个小头目，眼下有一幢办公楼的工程在对外招标，爷叔建议小开把这个工程包下来。“我那爷叔说啦，只要我想干，他就有办法让我拿到这个工程。”那小开得意扬扬地半上海话、半普通话地说。赵瓦匠在这平原的乡下到处给人家盖新房，常年都会听到谁谁谁包了政府工程发了大财的事情，但亲耳听到，并且隐隐感到跟自己有关，还是头一回。赵瓦匠便留了个心，问那小开：“那你怎么不干呢？这么好的事。”小开连连摆手，看都不看赵瓦匠一眼，“我不愁吃不愁穿，关键是我不懂建筑上的事，我才懒得去瞎三搞四。”赵瓦匠越来越感觉这事跟自己有关了，“那如果有一个懂建筑的人跟你合伙干呢？”小开想了想，说：“我倒要看看格个人是哪个，我不随便跟人合伙做事的。要是这个人是老乔嘛，就有得商量。”老乔就是做床上用品的这户人家的户主。这时老乔替赵瓦匠帮腔，用地道的上海话对那小开道：“小杨啊，老赵，对！就是坐在你眼前的这位，老赵！他人品肯定是很好的，你看他面相就知道。重点是，老赵是搞建筑的，更重点是，他跟我们这边多数搞建筑的人还不太一样，他懂承包。”小开仿佛这才意识到赵瓦匠的存在，瞥了赵瓦匠一眼，“侬搞过建筑承包？”赵瓦匠忙道：“经常搞，经常搞，搞过多年了。”小开放声大笑，“光懂建筑承包，也还是没得屁用呀！我问问侬，侬有钞票伐？”赵瓦匠被问得蒙住了。小开以一种清晰可辨的讽刺的语气道："侬在乡下搞的这种承包，是小承包，严格地讲，都配不上承包二字。我说的这个包办公大楼，这种承包，可是需要本钱的，噢！难道侬是光想出工出力不出钱？哪有这么好的事情？瞎三话四！真要想跟我干，我们算算前期必须拿出的本钱，侬出五，我出五，算作股份，各占百分之五十，等工程干完了，赚的钱，平分！"赵瓦匠想也没想便问："我出五的话，要出多少？"小开装模作样地掰着指头算了算，"前期所需要的本钱，其实并不算多，主要用于打理关系，做公司的手续费，等等。八千，对！八千可能就够了。""那你的意思，我出四千，你出四千，这事就可以开干了？"小开朗声道："对啊！侬要出得起四千，我们马上就开干，马上！侬晓得伐？！我说话算数。"赵瓦匠毫不犹豫地说："我出！"

赵瓦匠找了两个关系不错的朋友——就是年后频繁来找醒兰要债的那两位——跟他们借了四千块钱，便按照那小开的要求，在快要过年的一天去了上海。他借钱时没有跟那两个朋友说是去干什么的，因为那两个人，也是搞建筑的，他怕他们知道要提出用他们的钱参股。这也正是那二人最终认定赵瓦匠借钱是为了赌博的原因。

他也不打算事情还没怎么样呢，就告知醒兰。要等去了上海，摸清楚这回到底能挣多少钱、挣这笔钱需要花多少时间，他才打算详细告诉醒兰和她的孩子们、他的孩子们，不是吗？那个时候才让他的家人知道这桩大事情，那对他们来说无疑是一个惊喜。日子太苦了，偶尔有些时候，还是需要惊喜的，既然他有机会给醒兰和孩子们惊喜，何不好好地操纵一回惊喜？若手捧一大笔钱突然出现在醒兰面前，告诉她，马上可以给她盖房，楼房，那是何等快乐的场景啊。这是赵瓦匠心里的那篇大文章。看来，赵瓦匠跟那邱新尧一样，也是个懂浪漫的人啊。只不过，接下来的事实会证明，他的浪漫用错了地方。

赵瓦匠揣着钱到了上海见到那小开，后者便立即像模像样地带着个助理带着赵瓦匠来到一个五层的政府机关。进了二楼，在某间办公室门外，小开让赵瓦匠把钱给他，声称要拿着这钱进去送礼。赵瓦匠有点不放心，没有立即拿出来。小开生气了，“侬有毛病伐？！”赵瓦匠忙道了个歉，将一沓四千块钱掏给了小开。小开接过钱后正要去敲那办公室的门，“助理”忽然说想先去一下厕所，小开马上说他也要去。这两个人快步跑向厕所。赵瓦匠在走廊上等了五分钟，还没见二人回来，又等了五分钟，还是没回来，这时他已觉得有问题，但他是多么实诚的人啊，就再等了五分钟，还是不见那两个人从厕所门口出来，他便急了，冲进厕所，却见那厕所一扇窗户是坏的，把头伸到窗户外面一看，外面墙上是下水管道。那二人早就顺着管道溜走了。

这是一九八五年芒种过后的一天，失踪近五个月的赵瓦匠从天而降，醒兰与秋锦、宝锦、珍锦，以及闻讯而来的郁玉忠、郁张氏围坐在八仙桌旁，听赵瓦匠诉说这些天来他在上海的遭遇。等说到那小开与扮演其助理的人溜走时，醒兰叹了口气，幽幽地问：“就是说，年前，你去上海的第一天，钱就被骗跑了，接下来还有那么多天，你都去了哪里呢？”

赵瓦匠微笑地看着醒兰，“我当然首先要把钱追回来啊。”

“好追吗？”

“一开始我以为是好追的。”赵瓦匠悲愤起来，“我回来去马路南边那户人家，问那个小开在上海的地址——”

“你回来过？”醒兰与秋锦、宝锦、珍锦几乎同时震惊地问道。“那你怎么不回家？”醒兰厉声责问。

赵瓦匠羞愧地低下头。“我哪里有脸回家啊！我本来就因为给从前那位看病欠了钱，而这欠的钱跟着我一起来到了何家园，这回又欠了这么一大笔钱，我怎么好意思回来啊。我得把钱找回来，才好意思回来啊，你们懂我的心思吗？”

“那你找回来了没有？”郁张氏体贴地问。

“哪里找得回来。”赵瓦匠冷笑道：“马路南边那户人家几乎是同时发现，他们也被这小开骗了：几百套床上用品的订单，一大笔钱，不回款，再也不见了。留给人家的地址、电话、名字，全是假的。就是个职业骗子啊。你们知道吗？今年过年，我从初一到十五，满上海找这骗子，有一点蛛丝马迹，我就去找，完全是找不到啊。”

“那你找到了十五，发现找不到了，为什么不回家呢？”醒兰质疑起来，“钱没了就没了，你是瓦匠，慢慢挣，还是挣得回来的，一年挣不出来挣两年，两年挣不出来挣三年，三年挣不出来挣一辈子，总能挣出来的，你就回来挣啊，为什么你那时没回来？等到现在才回来呢？你知道吗，就因为你跑了，跑了这么久，这家里发生了多少事。”醒兰啜泣起来。

见醒兰如此伤心，赵瓦匠也瓮声哭泣起来。这人从来都大大咧咧的，常年都是个爱笑的人，大家从不曾见过他落泪，见他今日如此反常，大家都迅速噤了声，同情地看着他，更加想知道这段时间来他受过的苦、他心里的苦。赵瓦匠见大家都沉默地盯着他，便不再好意思流泪。他扬起脸来，长舒一口气，恢复了那副笑模样。他继续讲起来：

正月十五过后，赵瓦匠彻底断了找到那骗子的念想，但他又不想灰溜溜地回家，他在上海的街上盲目地流浪了两天，终于拿定了一个主意：就算死，我也要在这大上海想办法挣出这四千块钱来，否则我绝不回家。他在心里呐喊出这个决心。

赵瓦匠暂时想不到别的挣钱的办法，只能老法子：凭手艺挣钱。上海多大啊，那么多需要盖的房子，城市里的房子，周边郊县的房子，乡下的房子，一个瓦匠分分钟都可以拿到活干。赵瓦匠便去工地上做他的老本行：泥水瓦匠。上海的行情比他江北的老家要好，但也没好太多，江北老家瓦匠一天一块五毛钱，这边一天两块。赵瓦匠不吃不喝，一个月也只能挣六十块。从六十块到四千块，约需六十个月。那就是五年啊。赵瓦匠要铆足劲儿在各种各样的工地上干那么久才回家吗？果真到那时，醒兰就不定都已经改嫁啦。看来，就这样出苦力打工是不行的。那该怎么办？

一天，赵瓦匠跟两个山东工友去他们一个老乡家吃饭。“老乡”是一对年轻夫妻，在闸北区一个居民密集的街上卖煎饼，早上三四点起床，干到下午，晚上回到租住的阁楼上和好面再睡觉。夫妻二人一天睡三个小时的觉，常年如此，但他们得到了回报：上一年，他们净赚了五千块钱。

“五千？！”赵瓦匠吃惊地问道。

“对啊！五千。”“老乡”中的女主人道：“早知道在上海卖煎饼一年能挣这么多，我们早来了。”

赵瓦匠很快得知，这对夫妻是去年初才来了。先是他们村子里有户人家来上海卖煎饼挣了钱回去盖了大瓦房，后来整个村的人闻风而动，都跟着来上海卖煎饼了。这对夫妻的动作有点慢，属于村子里较晚来上海的。听这夫妻二人满怀激情地诉说他们的创业史，赵瓦匠也心动了，有心学他们卖煎饼。这对夫妻是聪明人，一下子知道了赵瓦匠的心思，便暗示赵瓦匠：煎饼这活计不难，要做一张好的煎饼也不难，难的是占地盘。为了一块好的地盘，兄弟两家能打得进医院的。他们说的就是自己的例子：男主人的弟弟、弟媳比他们早一年来上海卖煎饼，事实上，他们是跟着弟弟、弟媳来的。兄弟两家支着两只炉子，距离十来米，在同一条小街上卖煎饼。不想，这一对夫妻比他们的弟弟、弟媳脾气好，又不像后者那么小气，摊的煎饼里面永远会放足够多的鸡蛋，于是，他们的生意很快比弟弟、弟媳家好做，一天卖出去的煎饼数量更多。有一天，两家就当街争吵了起来，掀翻了各自的炉子，打破了各自的脸，都去了医院。从此，两家人在一条街上卖煎饼，不再说一句话，春节回山东老家，也不说话，就这样抱定了老死不再往来的决心。

这就是了嘛，若真的谁都能通过卖煎饼发家致富，那两位带赵瓦匠前来造访“煎饼夫妻”的工友，何必去工地上干和泥水、垒砖这样的苦力活？看来，卖煎饼在赵瓦匠这儿是行不通的喽。但赵瓦匠急于在短时间里赚到四千块钱，他告诉自己，必须迅速找到一个挣快钱的门道。

春天来了，那一日，赵瓦匠快步跑过一个弄堂，被一辆急慌慌的三轮车撞倒在地。骑三轮车的年轻男子是个蔬菜贩子，三轮车上装满了他半夜从郊区收购来的蔬菜。赵瓦匠被撞倒的同时，撞他的三轮车也倒下来了。蔬菜撒了一地。这青年便骂骂咧咧地下来捡蔬菜。赵瓦匠本想与他理论，但听出是乡音，好脾气的他便帮着捡蔬菜。那人这才发现自己本已理亏却还骂人，于是很不好意思，赵瓦匠便与他成了朋友。几天后，赵瓦匠去他的蔬菜摊位拜访，花了几十分钟听他讲卖菜的故事，这才得知，卖蔬菜赚的也不少。去年一年，这十九岁的青年与他二十一岁的姐姐两个人在上海卖菜，挣到了两千多块钱。赵瓦匠还见到了“姐姐”。这是个很漂亮的姑娘，就是太憔悴了。“开春啦！菜长得快，郊区的菜农家家大丰收，一年难得遇到这么好的时候可以跟菜农拼命杀价，所以啊，这几天，我和弟弟都比往常起得早。往常，我们是夜里三点起床，骑两辆三轮车去郊县菜农的田里进货，进完货骑回市里，正好天亮了，城市里的人也都起床啦，买菜的人也都来啦。这几天，我们提前了一个钟头，两点就起床啦。哎呀！往常，我一天能睡到三个钟头，这几天，我一天只能睡两个钟头啦。”“姐姐”说罢心疼地看弟弟，“还不是为了让他多睡会儿，年轻人啊，要长身体。白天啊，一般中午的时候，买菜的人会少，他就窝在菜摊子后面可以多睡一会儿。”赵瓦匠听到这才比弟弟大两岁的“姐姐”称弟弟为“年轻人”时，陡然伤心起来——这人就是从这一天起学会哭泣的呀——他忽地想起了自己懂事的女儿颖颖，想起了秋锦，想起了他的、醒兰的其他孩子，想起了醒兰，想起了江北的家乡，想起他的亡妻，想起了人生的不易，在这一天，这平素笑口常开的瓦匠伤心得不得了啦。当着这姐弟二人的面，他陡然吸溜了一下鼻子，失声痛哭起来。那姐弟二人顿觉愕然，但忙于卖菜，顾不上询问赵瓦匠为什么哭。赵瓦匠忙用替他们卖一会儿菜的方式，弥补自己的突然失态造成的尴尬，其间，向这姐弟二人咨询如何可以像他们一样做一个在上海卖菜的人。这姐弟二人热心肠，在随后的三天里，利用卖菜的间隙耐心解答。等到第四天，赵瓦匠离开了工地，也在这菜市场租了个摊位，做起菜贩子来。

赵瓦匠却发现自己卖菜是挣不到很多钱的。不是他不够吃苦耐劳，完全不是，他比这姐弟二人力气大，也可以像那姐姐一样一天只睡两小时，但他不会精打细算。没错！与绝大多数乡下的苦命人相比，赵瓦匠是那种少见的不会精打细算的人。但是，卖菜这种事情，最需要精打细算的能力了，一棵菜最外面的几片黄叶要不要任随买主择除，将菜堆到摊上前要不要提前喷点水、喷多少水，卖的过程中如何适时、适量地喷水，用秤称菜的时候，如何体面地让秤杆略略低一点但不至于被秤砣的重力拉倒，这些，都需要精打细算的能力，需要将精算的能力发挥到极致，需要随时都高度警觉地让自己保有这种精算能力。赵瓦匠哪里有。事实上，他太可笑了，第一天卖菜，他居然赔本了。原因是，他每次都会给来客多称一点，到了晚间，发现剩下的菜蔫了，直接就扔。换了别人，蔫的菜留下，第二天混到新鲜的菜里卖掉。

那对姐弟批评了赵瓦匠。第二天，赵瓦匠将他马虎大意的个性收敛了一点，遂没有赔本。第三天，更加好了一点。慢慢，赵瓦匠算是上手了。但真正变成一个合格的、稍具精算能力的菜贩子，是在一个月后。真是太慢了啊，他花了一个月时间，才习得到一个菜贩子的基本素养。算一算，那一个月下来，他才攒到三十块钱。比在工地上干瓦匠还少了三十块。这可怎么办？入错行了呀。时间在流逝，距离赵瓦匠擅离家乡已经快两个多月了。那对姐弟鼓励赵瓦匠，希望他不要灰心。“你需要心狠点！”那十九岁的弟弟，以一个久入江湖的老者的口吻，老到地训斥这可怜的赵瓦匠，“你这么为他人着想，不可能赚得到钱的。”

赵瓦匠便试着心狠点，接下来的每一天，能做到在给买主称完菜、付完钱后不会因这买主的央求附送一棵菜给此人，就因为这一点，他每天就能多赚一毛钱。那弟弟逐一细抠赵瓦匠卖菜的“坏毛病”，加起来抠掉五六点吧，如此，赵瓦匠每天能多赚六毛钱。就这样，赵瓦匠又卖了一个月菜，这个月，他赚到了六十块钱。月收入与在工地上做瓦匠持平。“每个月涨一点，终究，你一个月的收入，会追上我们。”姐弟二人继续鼓励赵瓦匠。

虽然看到了希望，但赵瓦匠还是觉得，卖菜无法实现他挣快钱的愿望。怎么办啊？怎么办？赵瓦匠急死啦。因为太急，有一次卖菜，他都忘了收买主的钱。这可是这一行不能犯的致命错误。那弟弟当晚收摊时狠狠地教训了赵瓦匠一顿。赵瓦匠伤心地蹲在摊子下面，捡了一只抽了三天没舍得抽完的烟屁股，用力地吸了一口，然后抱头痛哭。我是个没用的人啊！在那一天，这个不久前才学会哭泣的人，哭得比那平原的乡下专门在人家做丧事时当哭婆的女人还会哭啦。那姐弟二人这回不再同情赵瓦匠，只觉得这人太弱了，不值得同情。赵瓦匠独自哭泣，第二天继续卖菜。

这一天，赵瓦匠碰到两个穿得很好的女人来买菜。她二人边买菜边交谈。其中一人说到，她家住单位的顶楼，房子漏雨，去年夏天，阵雨多，漏得她和丈夫、孩子们烦死了。再过一两个月就要入夏了，她找单位相关部门的人维修，找了几次，对方都找借口不来。“我有个乡下亲戚，他认识专门修房顶的人，要不要我让我那乡下亲戚把那修房顶的人找来？”另外一个女人说道。那女人高兴极了，“好呀好呀！麻烦你了。”赵瓦匠听得真切，他突然感到自己的天灵盖开了，在这大上海，有更适合他的事情可做，那说不定真的可以让他挣快钱。他突然插嘴：“我会修！我帮你家修。”那女人惊喜地望着眼前这个因几十天未好好睡过一次觉的菜贩子，就见此人长得一表人才，一看就是可靠的人。“你真的会修？那就麻烦你啦？！今天有空吗？”赵瓦匠当即将摊位托付那对姐弟看管，跟着那女人回家去了。

虽然城里的楼房跟乡下那些赵瓦匠造过的瓦房不一样，虽然赵瓦匠从来都是盖新房，没干过对旧房修修补补的事，但什么叫专业呢？专业就是触类旁通，对赵瓦匠来说，修房顶绝不是什么难事。花了半天的时间，赵瓦匠研究透了修楼顶的办法。又花了半天的时间，买来相应的材料，再花一个小时，赵瓦匠就把房顶修好了。过了两天，赵瓦匠亲自过来检修。他让男主人端了一盆水，倒向新修过的房顶上。接下来他耐心在那人家待了两个小时，静静抬头看着屋顶。正如他所预料的那样，屋顶上没有渗出水迹。“你这人啊！手艺好！人又实诚！”男主人真心诚意地夸赵瓦匠。女主人向赵瓦匠付钱。赵瓦匠算算材料费与工钱，前者他照实说，花了两块四毛钱，工钱他就按在工地上一天两块算，总共花去了不到两天时间，他按一天半算，三块。“就收五块四毛钱吧。”“这么少？”女主人惊呼。她无法相信，这个可爱的瓦匠只收她五块四毛钱。“给你吧！不用找了。”女主人从皮夹子里拿出十块钱交给赵瓦匠。赵瓦匠坚决要找钱。女主人生气了，“说你这人实诚，你也不能实诚成这样。实诚成这样，就是没有趣味。”赵瓦匠瞬间醒觉到，城里人对待事物看法与乡下不一样。按城里人的想法，面对人家这样的好意，他再拒绝，确实是不妥的了。赵瓦匠便收下了那十元钱。这时，他才意识到，他多么热爱今天的所得。便听那女主人说：“我们这个院子里呀，住着几百家人。好多人家的家里，都这儿那儿需要修补的。单位后勤部门的人成天踱兮兮的，大家都不能指望单位派人去修。你愿意的话，我帮你介绍，很多人家都有活给你干的。”

赵瓦匠大喜，当场就不再愿意做菜贩子。这是公历五月间的事了。接下来的这接近半个月的时间里，赵瓦匠在那院子里奔波，从这家到那家，又从那家到那那一家，这儿那儿地修这补那，一口气，就挣了八百多块钱。最后，他遇到了一家，请他装修屋子。是简单的装修，刷刷墙、打打地坪这些，但这家是单位里的领导，分得的房子面积大，赵瓦匠组织了三个工人连着给这家干了一周干完，那领导大方地结算了工钱，并封了赵瓦匠一个红包。回到租住的地方，赵瓦匠开始数钱，发现这一次他挣了一千块钱。天哪！装修是如此挣钱的活计啊。赵瓦匠从那姐弟那儿挑了几斤新鲜的蔬菜，去感谢第一家的男、女主人。感谢他们给他提供了一个如此好的活路。那男主人在单位是搞政工的，送赵瓦匠出门时感慨道：“哎呀！还是政策给了你们机会。家庭联产承包责任制之后，你们这些农民中间，有一部分能人，可以从田地里脱离出来，到城里来干活，挣钱，这就是领袖说的‘解放生产力，发展生产力’啊。”赵瓦匠听不懂什么叫“解放生产力，发展生产力”，却隐隐能觉知这书生在高屋建瓴地总结着什么，却又仿佛觉得他要指点自己什么。当日夜间，赵瓦匠彻夜难眠，仔细思考那书生的话，居然，赵瓦匠发觉自己有能力领会那十个字的深意了。

“我不再种田了。”在一九八五年芒种后的这一天，赵瓦匠与他的家人坐在八仙桌旁，他将自己从上海带回来的四千块钱交给醒兰，一大沓钱啊，末了，他如同一个被菩萨选中的高人般，目光锐利地看着醒兰他们说。“你一个人在家里种田就够了。遇到农忙，你一个人干不了，我们就雇人干。雇人，也花不了几个钱。”

赵瓦匠口气真是大啦。瞧他这语气，“花不了几个钱”！醒兰看着赵瓦匠闪闪发光的脸，觉得他因为近一个多月来突如其来的成就变得膨胀了。不过这种膨胀在她看来是合理的。他是真的能挣到钱了，膨胀一下又何妨？醒兰感觉自己的目光里，都有那种珍锦曾经说到过的叫作“爱意”的东西了，此刻，她一点儿都不想压抑它，就任凭它恣意地涌动在她的眉眼间。这叫作“爱意”的东西，因她的自我感知，给她带来一个信心：也许，从今晚起，她就能好好地睡觉，整夜整夜深入地睡觉了。哎呀！那是多么好的日子呀。醒兰沉浸在自己的思绪里，就听赵瓦匠兴奋的声音跳跃在她耳畔：

“我刚才说得不太准确。醒兰！你也不要种田了。你没必要种田。你可以跟着我去上海。我们租个房子，我在外面包工程做，你在家里给我专心洗衣、做饭，你就不会像现在那么辛苦。我们就把承包地，转包给何家园的人。你想啊，如今大家都那么喜爱田地，多少人会争着来承包我们家的地？他们承包我们的地，我们不但叫他们代交我们家的农业税，说不定还可以让他们给点承包费，何乐而不为？”

醒兰他们六人讶异地望着赵瓦匠，都感觉赵瓦匠有点得意忘形了。就连在外面见过世面的郁玉忠，也不是太能理解赵瓦匠的话。醒兰便批评道：“玉彬！你这话说得我有点听不懂啊。你想想，前年刚‘分地’的时候，那何兆玖移垄、那水芝想办法挖垄，就是想让自己家的田地多一点。我们好不容易‘分’到了地，才用了两年多，怎么能随便给别人去用呢？”

赵瓦匠沉默了片刻，定定地看了看醒兰。那眼神里隐隐藏着失望。醒兰却没有看出来，还在继续说：“你去上海包工程干，我是赞同的。你让我把田地丢了，等于白送给别人家，让我跟着你一起去上海，我觉得这太傻了，我做不到。我不会跟你去。”

赵瓦匠急了。一急，就口不择言：“你呀，真是应了那句话，女人家的，头发长，见识短。你知道我在上海认识的一个知识分子怎么说的吗？生产力的分配，是有讲究的。只有懂得这方面讲究，弄得通这方面讲究的人，才能立到这个时代的潮头。像你这样、像我从前那样、像何家园的那些个人这样，从来都只懂得出死力气，是不能出人头地的。”

“你在说什么呀？”醒兰有点生气了。这人以前可从来没有跟她说过一句不中听的话，今天这是头一回，还当着她父母和孩子们的面。醒兰想起，若不是这人回来了，她说不定现在已经喝了敌敌畏了。一想至此，她悲愤不迭，抽泣起来。

放在往常，比如赵瓦匠的这一次失踪之前，碰到醒兰抽泣，他会立即软了语气，过来哄她。今天他不。只见他居然皱起眉头来，冷静地看着醒兰，慢悠悠地说道：

“这个知识分子是我回来前刚碰到的。他还说，以后，城市里到处都是高楼大厦，农村里，没有人家盖瓦房，都会像那些发达国家那样，是楼房。再以后，城市会变得很大很大，农村里的很多人都会搬到城里去，不再需要那么多的人种地。我多么相信他说的话啊。既然他说的是以后一定要发生的事，既然很多农村的人后来都会去城里，为什么我们不现在就去呢？我们去，我们就是领先别人啊。”

醒兰忽然感觉不妙，她打断了赵瓦匠：“你不会不想盖新房了吧？以你今天的能力，你是能让我们一家今年就盖上新房的，你不想了吗？你可不能这样。先前，我们刚结婚的时候，你接了两间小屋子，我觉得是暂时的，也没有说。照你今天这语气，你是想让我们永远住在这难看的一间屋子加两个尾巴里吗？”

“我怎么可能让你们永远住在这小屋子里。你怎么就不明白我的意思呢？”赵瓦匠不耐烦了，“我是想跟你说，你现在没必要比对着别人家急着盖瓦房，因为，要不了几年，这瓦房就不行了，大家会争着盖楼房。你真要争，也是应该先忍一忍，等着直接盖楼房啊。照我现在这个势头，说不定明年我就能给你们盖楼房了。不！”赵瓦匠忽地想起什么来，“不啊！以后我们都要去城里，所以，就算我明年有能力盖楼房，也不应该盖啊。应该把钱投到生意上去，说不定，能发大财，真真正正地发财。”

醒兰觉得，她根本就看不懂这人了。居然，他真的不想给她和孩子们盖新房啊。那些个话，那些她听不太懂的话，无疑是借口，他在为自己的不想作为找借口。怎么就找了这么个人呢？醒兰伤心起来，一下子就觉得人生无望。外面屋角里躺着的那些农药，那瓶三两多的敌敌畏，此刻自告奋勇地挤到了她的脑海中。他再这么胡扯下去，我就去死，死给他看！醒兰听到自己在心里要求着自己。

好在，赵瓦匠终究还是平静了下来。他充满歉意地看着醒兰和其他人，开始哄醒兰："好啦！你别这样啦！我赵玉彬一心想让你们日子过得好，怎么能放任你郁醒兰的心意不管呢？你想盖新房，我就盖。我保证，要不了一个月，我再去上海包个大工程，回来就能给你们盖新房。你郁醒兰若是觉得可以忍一年，等到明年，我们直接盖楼房，我也听你的。"

醒兰忙道："不要等明年了。我受够了，就按你说的，你明天去上海，月底，你带着盖房子的钱回来。就这么说定了。"

赵瓦匠笑了。他笑，一方面，是因为他从醒兰此际的言语间洞悉到她对他的信心，这让他颇为受用，另一方面，却是别扭。所以，他这笑，有点苦笑的意思。醒兰却完全不能从他的笑中看出苦笑之意，这意味着，未来她与赵瓦匠在心灵上将愈走愈远，这将是无法避免的事。但是在一九八五年芒种过后的这一天，刚刚感觉到一点苦尽甘来的醒兰如何能想到那么久远以后的事情呢？甚至，她永远都不能想得到。这一天，她只知道，她找对人了。这个人，有能力让她和她的孩子们脱离苦海，这是对的人。一想至此，她对这人的"爱意"真真切切地变得浓烈起来。

"我们出去把那草垛拆了吧！"赵瓦匠忽然这样提议，"我今天一回来，就觉得这草垛不对劲。我们没必要这样。"

醒兰、秋锦、宝锦、珍锦，还有醒兰的父母都没有预料到赵瓦匠会提出这样的意见。醒兰执意要堆这草垛，前因后果，大家都清清楚楚。在大家看来，她堆这草垛，算是用力了一点，但没有过错。然而，在这一天里，大家多少都对赵瓦匠有点崇拜，便不想违逆他的意思。

这一天太阳很大，阳光激烈地涌动在草垛间，使这草垛泛出金黄的颜色，分外漂亮。醒兰有些不舍地望着它，却仍然第一个动了手。赵瓦匠第二个动了手，他劲儿大，一抓就抓了一大坨草，奋力扔开。宝锦、珍锦跟着欢快地拆将起来。余人也开始拆。草垛后面的那一家人听到外面轰轰烈烈的声音，从新房子里鱼贯而出。他们不能相信眼前的场景，但他们很快意识到这不是做梦。厉金香兴奋起来，冲家人高喊道：“哎呀！都愣着干吗啊，去帮个忙啊。醒兰妹妹呀，我们来帮你啦！”

图书在版编目 (CIP) 数据

桑田日暖 / 王棵著. — 北京 : 北京十月文艺出版社，2021. 7

ISBN 978-7-5302-2089-4

Ⅰ. ①桑… Ⅱ. ①王… Ⅲ. ①长篇小说—中国—当代 Ⅳ. ①I247.5

中国版本图书馆 CIP 数据核字 (2020) 第 226499 号

桑田日暖

SANGTIAN RINUAN

王　棵　著

出　　版　北 京 出 版 集 团
　　　　　北京十月文艺出版社
地　　址　北京北三环中路 6 号
邮　　编　100120
网　　址　www.bph.com.cn
发　　行　新经典发行有限公司
　　　　　电话 010-68423599
经　　销　新华书店
印　　刷　北京盛通印刷股份有限公司
版　　次　2021 年 7 月第 1 版
　　　　　2021 年 7 月第 1 次印刷
开　　本　880 毫米 ×1230 毫米　1/32
印　　张　12.5
字　　数　246 千字
书　　号　ISBN 978-7-5302-2089-4
定　　价　58.00 元
质量监督电话　010-58572393
如有印装质量问题，由本社负责调换。